Veröffentlicht von
DREAMSPINNER PRESS

5032 Capital Circle SW, Suite 2, PMB# 279, Tallahassee, FL 32305-7886 USA
www.dreamspinnerpress.com

Ein Junge ohne Bedeutung
Urheberrecht der deutschen Ausgabe © 2022 Dreamspinner Press.
Originaltitel: The Importance of Being Kevin
Urheberrecht © 2019 Steven Harper
Original Erstausgabe. Juli 2019
Übersetzt von Niklas Wagner.

Umschlagillustration
© 2019 Aaron Anderson
aaronbydesign55@gmail.com
Umschlaggestaltung
© 2022 L.C. Chase
http://www.lcchase.com
Die Illustrationen auf dem Einband bzw. Titelseite werden nur für darstellerische Zwecke genutzt. Jede abgebildete Person ist ein Model.

Deutsche ISBN. 978-1-64108-469-7
Deutsche eBook Ausgabe. 978-1-64108-468-0
Deutsche Erstausgabe. September 2022
v 1.0

Gedruckt in den Vereinigten Staaten von Amerika.

EIN JUNGE OHNE BEDEUTUNG

STEVEN HARPER

Für meine fantastische Freundin Michelle Singer!

DANKSAGUNG

MEIN DANK gebührt der *Untitled Writers Group* in Ann Arbor (Mary Beth, Cindy, Erica, Christian, Jonathan, Diana und Sarah) für ihre wertvolle Rückmeldung zu diversen Entwürfen. Außerdem danke ich meinem Agenten Travis Pennington für seine Geduld und Sorgfalt.

ANMERKUNG DES AUTORS

DIE FIGUREN in diesem Roman zitieren gelegentlich Textstellen aus Oscar Wildes Theaterstück *Bunbury oder Ernst sein ist alles* (Originaltitel: *The Importance of Being Earnest*). Da die Sprache aus dem Viktorianischen Zeitalter für eine heutige Leserschaft etwas ausufernd sein kann, habe ich beschlossen, einige Stellen zu kürzen, um einen angenehmeren Lesefluss zu gewährleisten und die Parallelen zwischen Wildes Theaterstück und meinem Buch stärker herauszuarbeiten. Ich hoffe, Mr. Wilde nimmt mir das nicht allzu übel.

ERSTER AKT, 1. SZENE

KEVIN

EIN EINZELNES Stück Papier würde darüber entscheiden, ob ich ins Gefängnis musste. Mein Herz hämmerte in meiner Brust, als wollte es aus meinem Körper ausbrechen und die Flucht ergreifen. Eine leise Stimme in meinem Kopf flüsterte: *Wie dumm von dir, es überhaupt zu versuchen. Niemand will einen Versager haben. Du wanderst in den Jugendknast, so wie du es verdienst.*

Der trostlos geflieste Flur erinnerte mich an einen schummrigen Dachboden. Irgendjemand hatte fast alle Lichter ausgeschaltet, wahrscheinlich, um Geld zu sparen. Auch die Klimaanlage war deaktiviert, und hier drin herrschten über dreißig Grad. Der Schweiß lief mir den Rücken hinunter und ich schlurfte mit gesenktem Kopf durch den Gang. Meine Schnürsenkel waren doppelt geknotet, weil meine Schuhe schon ein paarmal kaputtgegangen waren. Das machte es sehr schwer, sie zu binden, also schlüpfte ich meistens einfach mit meinen Füßen hinein, als wären es alte Hausschuhe, und tat so, als hätte ich sowieso keinen Bock mehr, mit meinen Freunden Basketball zu spielen. Beziehungsweise mit meinen ehemaligen Freunden. Wie es aussah, hatte ich zur Zeit nicht mehr viele Freunde.

Am Ende des Flurs befand sich das Schwarze Brett, an dem der bedeutungsvolle Zettel hing. Falls mein Name draufstand, wäre ich aus dem Schneider. Falls nicht, würde ich schnurstracks hinter schwedische Gardinen wandern. Die Angst trocknete meine Kehle aus und trieb mir den Schweiß auf die Handflächen. Es sprachen sich viele Geschichten darüber herum, wie es so im Jugendknast zuging und was dort mit den Neuzugängen passierte. Ich war sechzehn, aber klein gewachsen und ziemlich schmächtig. Garantiert würde mich jemand zu seinem Showerboy machen.

Ich ging an ein paar Türen vorbei und erreichte das Ende des Flurs. Das Schwarze Brett war übersät von Broschüren und Flugblättern mit Aufschriften wie *Sommerkurse im Feriencamp*, *Erzieher:innen gesucht* und *Hund entlaufen*. In der Mitte hing ein brandneues, strahlend weißes Blatt Papier mit der Überschrift *Jugendtheater – Besetzungsliste: Bunbury oder Ernst sein ist alles*. Die Angst durchzuckte meinen ganzen Körper. Es war die Liste, von der alles abhing. Meine Bewährungshelferin hatte gesagt, ich müsste entweder einen Job finden oder einem Sommerprogramm beitreten, sonst würde sie der Richterin dazu raten, meine Bewährung zu widerrufen und mich für die nächsten zwei Jahre in die *Maximus Boys Training School* zu stecken, was bloß ein schönerer Name für das Jugendgefängnis war. In Ringdale gab es dank der beschissenen Wirtschaft

1

keine Jobs für Jugendliche, und natürlich hatte ich Volldepp die Suche nach einem Sommerprogramm viel zu lange vor mir hergeschoben. Gestern hatte ich in der Bibliothek nach einem Sommerjob gefragt – keine Chance –, als ich eine Broschüre mit Informationen zum Vorsprechen für das Sommertheater sah, zu dem ich es laut meiner Armbanduhr gerade noch rechtzeitig schaffen konnte.

Ich kannte mich kein bisschen mit Theater aus, aber andererseits hatte ich nichts mehr zu verlieren, also rannte ich quer über die Straße zum Ringdale-Kulturzentrum. Zehn Minuten später stand ich auf der Bühne und tat so, als wäre ich irgendein Spinner aus England, während die Regisseurin ihre Brille hochschob und dem Typen neben ihr, der sich auf seinem Klemmbrett Notizen machte, etwas zuraunte.

Heute war die letzte Frist – für mich stand alles auf dem Spiel. Falls ich Ms. Blake heute Nachmittag am Telefon keine guten Neuigkeiten überbringen konnte, würde ich geradewegs in die Showerboy-Hölle wandern.

Ich keuchte wie ein Hund, der zu lange in der Sonne gelegen hatte. Meine Augen wanderten über die Besetzungsliste, aber plötzlich war mir alles zu viel. Die Ungewissheit war besser, als die Wahrheit zu erfahren. Mir war es egal, was Ms. Blake sagen würde. Ich drehte mich um, wollte gerade abhauen ...

... und stieß mit jemandem zusammen. Es war, als würde ich gegen eine Backsteinwand prallen. Mit einem Ächzen fiel ich zu Boden. Alles um mich herum drehte sich. Ich schüttelte den Kopf wie eine Comicfigur, der jemand mit einer Keule eins über die Rübe gezogen hatte.

»Hey, alles okay bei dir?« Eine Hand schob sich in mein Sichtfeld. »Komm, ich helf dir.«

»Ja, ich bin ...« Ich blickte auf und bekam kein Wort mehr heraus. Der Junge, der sich über mich beugte, war etwa neunzehn. Er hatte rabenschwarzes Haar, ein langes Kinn und eine leichte Stupsnase. Seine Augen waren so grün wie Gras, wenn es im Mai zum ersten Mal gemäht wird. In mir drehte sich alles, ich bekam ein flatteriges Gefühl im Magen und die Worte entwichen mir. Es fühlte sich komisch an und ich wusste nicht, was ich tun sollte.

Der Junge half mir wieder auf die Beine und ich konnte die Kraft in seinen Armen spüren. Er trug ein eng anliegendes T-Shirt und unter den umgeschlagenen Ärmeln ragten seine Muskeln hervor. An ihm war viel mehr dran als an mir mit meinen dünnen Armen. Ich fuhr mir mit der Hand durch die Haare. Sie waren unscheinbar braun, immer ein bisschen zu lang und so dick, dass sie sich nur schwer kämmen ließen. Immerhin hatten meine Augen ein schönes Blau.

»Für jemanden, der sich das Schwarze Brett gar nicht richtig angeschaut hat, bist du aber ganz schön in Eile«, bemerkte er.

Mein Gehirn setzte wieder ein. Sein Name war Peter. Er hatte auch für das Theaterstück vorgesprochen. Die Regisseurin hatte uns gestern sogar beide auf die Bühne gerufen, um die Szene gemeinsam zu spielen. Meine Worte kehrten zu mir

2

zurück und purzelten herum wie Orangen aus einem aufgerissenen Netz. »Ich habe gar nicht … ich meine, du warst … der Hammer!«

»Ich war der Hammer?«

Mist. Die Hitze stieg mir ins Gesicht und ich wäre am liebsten im Erdboden versunken. »Nein, ich meine, du warst gut. Gestern. Richtig gut. Du hast … einen tollen Akzent hinbekommen.«

Ach du Scheiße. In meinem Kopf hielt ich mir einen Revolver an die Schläfe.

»Danke.« Er streckte mir wieder die Hand entgegen. »Kevin Devereaux, stimmt's? Ich bin Peter Finn.«

»Ich weiß! Ich muss die ganze Zeit an dich denken … also daran, wie gut du warst.« Oh Mann. »Die Besetzungsliste hängt.«

Peter versuchte, sich an mir vorbeizubeugen, um einen Blick auf die Liste zu erhaschen, obwohl er einen halben Kopf größer war als ich. Er roch nach Schweiß und Sonnenlicht. »Und, hast du schon nachgesehen?«

»Nicht nötig. Ich war richtig schlecht. Na ja, ich geh dann mal …« Ich hielt kurz inne. »Also, nach Hause. Aber, äh, du hast bestimmt eine Hauptrolle bekommen. Du warst so überzeugend, dass ich wirklich dachte, du wärst ein Adliger aus England oder so.«

»Auf welche Rolle hast du denn gehofft?«, wollte Peter wissen.

»Ist doch egal. Ich hab sie eh nicht bekommen.« Ich lehnte mich gegen das Schwarze Brett und weigerte mich, einen weiteren Blick darauf zu werfen. »Du wurdest wahrscheinlich als Jack besetzt. Die Hauptfigur. Oder als Algy, die andere große Rolle. Ich … Ich dachte, dass ich vielleicht jemanden wie den Butler spielen werde. Aber das kann ich jetzt wohl vergessen. Ich hab's verkackt.«

Peter grinste mich an und augenblicklich gingen alle Sterne auf. Während ich mich noch davon erholte, schob er mich zur Seite. In meinem Kopf machte ich eine clevere Bemerkung, vielleicht sogar einen doppeldeutigen Witz. Stattdessen brachte ich nur ein »Hey!« hervor.

»Alter, ich will es jetzt wissen.« Peter betrachtete das Schwarze Brett und hatte seine Hände hinter dem Rücken verschränkt. Er trug eine kurze, braune Cargohose und Sandalen, und dadurch fühlte ich mich besser, weil kein Mensch mehr kurze Cargohosen trug und das bedeutete, dass er nicht vollkommen perfekt war. Ich kaute an meinem Fingernagel herum.

»Du hattest recht«, seufzte Peter. »Du wurdest nicht als Butler besetzt.«

Meine Knie wurden wackelig und nur die Wand hielt mich davon ab, umzufallen. Die Stimme in meinem Kopf sagte: *Was hast du auch anderes erwartet, du Vollidiot?*

»H… hab ich doch gesagt …« Mein Hals war wie zugeschnürt. Ich bekam kaum noch Luft und musste schleunigst hier raus.

»Du wirst Algy spielen«, brachte Peter seinen Satz zu Ende.

Es dauerte eine Sekunde, um das sacken zu lassen. Der Gedanke sickerte durch meinen Kopf wie Marmelade. Peter setzte sein Grinsen auf, das die Sterne aufgehen ließ, und deutete aufs Schwarze Brett.

Jugendtheater – Besetzungsliste: Bunbury oder Ernst sein ist alles
Jack Worthing (Ernst) ... Peter Finn
Algernon Moncrieff (Algy) ... Kevin Devereaux
Lady Bracknell ... Melissa Flackworthy
Cecil Cardew ... Meg Kimura

Auf der Liste standen noch weitere Namen, aber ich konnte meinen Blick nicht von der zweiten Zeile lösen. Ich durfte mich nicht bewegen, sonst würde mein Name sofort wieder verschwinden.

Peter klopfte mir auf die Schulter. »Glückwunsch, Alter.«

Damit war der Bann gebrochen. Ich sprang auf und schlug mit der Faust in die Luft. Vor Freude und Erleichterung fühlte ich mich so leicht, dass ich nicht glaubte, je wieder zu landen. »Ich bin gerettet!«, rief ich und warf beide Arme um Peter. »Oh mein Gott, oh mein Gott, ich kann es kaum fassen!«

»Oh ja.« Peters Stimme wurde von meiner Schulter leicht gedämpft. »Tolle Neuigkeiten.«

Ich bemerkte, was ich tat, und war plötzlich wie versteinert. Peter hatte sehr breite Schultern. Langsam ließ ich die Landmine, die ich umklammerte, los und trat einen Schritt zurück. »Äh ... tut mir leid«, murmelte ich. Mein Gesicht war so heiß, dass ich damit selbst Eiswürfel in Brand hätte setzen können. »Ist so über mich gekommen.«

»Schon okay, Mann.« Peter lehnte sich an die Wand. »Wir werden den nächsten Monat sowieso gemeinsam auf engem Raum verbringen. Du weißt ja, wie das im Theater läuft – das Stück wird zu deinem Leben und das Ensemble zu deiner Familie.«

»Oh, ähm ... eigentlich kenne ich mich damit gar nicht aus.« Ich fuhr mit meinem Schuh über den Boden. »Ich hab noch nie in einem Theaterstück mitgespielt.«

Peter zog seine dunklen Augenbrauen zusammen. »Echt jetzt? Krass. Und Algy ist sogar eine ziemlich große Rolle. Das ist ja ...«

»Die Besetzungsliste hängt!«

Eine Horde Teenager stürmte durch den Flur aufs Schwarze Brett zu. Ich spürte den Fußboden beben. Peter und ich sprangen gerade noch rechtzeitig zur Seite.

»Hab ich die Rolle bekommen?«

»Ja, hast du!«

»Les Madigan übernimmt die Regieassistenz? Was für ein widerlicher Typ.«

»Wer spielt Jack?«

4

»Meg Kimura? Wer zum Teufel ist das?«

»Oh mein Gott! Ich bin Lady Bracknell!«

Peter packte mich am Arm und zog mich zur Seite. »Sind wir hier im Theater oder im Zoo? Los, weg hier!«

»Na toll, ich hab nicht mal die Rolle des Butlers bekommen.«

Ich watschelte Peter hinterher wie ein überfordertes Entenküken. Okay, ich musste nicht in den Jugendknast und mir fiel ein riesiger Stein vom Herzen, aber ich hatte nicht die geringste Ahnung von Theater. Worauf hatte ich mich hier eingelassen?

Draußen angekommen ließ mich die stechende Junisonne zusammenzucken, nachdem es drinnen so kühl und schattig gewesen war. Ein paar Bäume ragten über einen kleinen Parkplatz hinter dem Kulturzentrum. Auf einem Schild stand: *Parken nur für Cast und Crew.* Die meisten Plätze waren belegt. Mit einem Knall fiel die Metalltür hinter uns zu.

»Wo ist dein Auto?«, fragte Peter.

Ich schaute weg. Es fiel mir schwer, ihm in die Augen zu sehen, vor allem bei Tageslicht. »Ich bin mit dem Fahrrad hier. Es steht da drüben.«

Bevor ich mich noch weiter meiner Scham hingeben konnte, schlurfte ich rüber zu dem Fahrrad, um das es ging – ich hatte es an dem Schild mit dem Parkhinweis festgekettet – und fummelte am Schloss herum. Es war ein klappriges altes Gestell der Marke Schwinn, das ich für zehn Dollar bei einer Polizeiauktion ersteigert hatte. Ich verbrachte mehr Zeit damit, es zu reparieren, als damit zu fahren. Ich weiß nicht, warum ich mir überhaupt die Mühe machte, es anzuketten, vor allem, da mein Hightech-Sicherheitssystem aus nichts weiter als einer wuchtigen Kette und einem rostigen Zahlenschloss bestand.

Die Sonne atmete mir ins Genick und ich schwitzte noch stärker als drinnen. Die Sommer in Michigan sind brutal, und sie setzen rapide ein. An einem Tag muss man noch Eisbären bekämpfen, wenn man den Müll rausbringt, und ehe man sich's versieht, kann man auf dem Asphalt ein Steak grillen. Und die Luft ist so feucht, dass man einen Drink verpasst bekommt, wenn man nur tief genug einatmet. Echt verrückt.

»Wenn du magst, kann ich dich nach Hause fahren«, sagte Peter hinter mir. »Wir könnten uns unterhalten. Also, über das Theaterstück. Algy und Jack sind beste Freunde, und wir müssen uns überlegen ...«

»Nein!« Ich drehte mich energisch zu ihm um und hatte das Schloss mit der Kette fest um meine Finger gewickelt. »Nein. Ich brauch keine Mitfahrgelegenheit!«

Er blinzelte. »Hey, das ist doch keine große Sache. Ich wollte nicht ...«

»Mir geht es gut! Alles ist super!« Ich war kurz davor, ihn anzuschreien, und konnte mich kaum noch bremsen. »Ich brauche keine Mitfahrgelegenheit!«

Die Tür zum Bühneneingang fiel erneut ins Schloss. »Da sind ja meine Jungs!« Iris Kaylo schlenderte zwischen den geparkten Autos hindurch auf uns zu. Ihre dunklen Haare waren zu einem losen Dutt gebunden, in dem zwei Haarklammern in der Größe von Stricknadeln steckten. Sie trug eine Brille mit dunklem Rahmen und quadratischen Gläsern, und hinter ihr Ohr war ein Bleistift geklemmt. Außerdem hatte sie ein lila Poloshirt an, auf dem in weißen Buchstaben an der Stelle, an der eigentlich die Tasche wäre, *Jugendtheater* geschrieben stand.

»Ihr habt die Besetzungsliste schon gesehen, oder?«, fuhr sie fort.

»Iris«, entgegnete Peter. »Ja, wir haben sie gesehen. Danke, dass du mich als Jack besetzt hast.«

»Das hast du verdient. Und du, Kevin.« Sie gab mir vollkommen unerwartet einen Kuss auf die Wange. Mir stieg wieder die Hitze ins Gesicht und ich fühlte mich unwohl mit der Situation. »Dein Vorsprechen hat mich echt umgehauen. Brillant! Wo warst du nur all die Zeit? Was meinst du, Peter?«

Peter grinste. »Ich konnte meinen Blick nicht von ihm lösen. Niemand konnte das. Er ist voll in seiner Rolle aufgegangen.«

»Ähm …« Mehr konnte ich nicht sagen.

Okay, um ehrlich zu sein, konnte ich schon ein bisschen verstehen, wovon sie redeten. Als ich gestern Nachmittag den dunklen, kühlen Theatersaal betrat und mir die Szenen ansah, die Iris verteilte, überkam mich plötzlich etwas. Ich las, wie Algy und sein bester Freund mehr oder weniger aus Versehen dieses komplizierte Spiel aus Täuschung und erfundenen Namen entwickeln, und ich erkannte mich darin wieder. Ich verstand Algy, ich wusste, wonach er sich sehnte, wer er sein wollte und wie er tickte. Auf eine seltsame Art und Weise wurde Algy real, ich *wurde* zu Algy. Mein wahres Ich, die Person tief in meinem Inneren, zog sich in einen Panzer zurück, der nach außen wie Algy bemalt war, und als Iris mich aufrief und ich die Stufen zur Bühne aufstieg, war es nicht ich, Kevin Devereaux, der auf der Spielfläche stand. Es war auch nicht Kevin, der so tat, als wäre er Algy. Es war Algy höchstpersönlich, mit einem Kern von Kevin in seinem Inneren. Falls das Sinn ergibt.

Bunbury ist eine Buddy-Komödie über zwei beste Freunde, Jack und Algy. Sie leben im 19. Jahrhundert, als die Gesellschaft noch super streng war, in England. Jack hütet einen ganzen Haufen peinlicher Geheimnisse, zum Beispiel, dass er kein Geld hat und dass seine Eltern ihn als Baby in einer Handtasche am Bahnhof zurückgelassen haben, weshalb er als armes Waisenkind aufwuchs. Er steht auf ein Mädchen namens Gwendolen, allerdings will sie nicht mit einem armen Schlucker zusammen sein, also gibt er sich als reichen Kerl namens Ernst aus. Aber dann verlieben sie sich ineinander und je mehr Zeit sie miteinander verbringen, desto schwerer fällt es Jack, ihr die Wahrheit zu gestehen. Währenddessen verliebt sich Algy – das bin ich – in Jacks Cousine, aber wie sich herausstellt, behauptet auch er, sein Name sei Ernst. Dann landen alle vier an einem Wochenende auf demselben Landsitz, was zu der einen oder anderen unangenehmen Situation führt. Das Stück wurde von einem Typen namens Oscar Wilde geschrieben. Iris meinte, *Bunbury* wäre wie eine Sitcom, und ich glaube, da hat sie recht. Obwohl es schon über hundert Jahre auf dem Buckel hat, ist das Stück immer noch lustig.

Jedenfalls hatte Iris auch Peter auf die Bühne gerufen, aber ich nahm ihn überhaupt nicht wahr. Ich sah nur meinen besten Freund Jack. Ich sah keine leere Bühne, auf der ein paar alte Möbelstücke verteilt waren. Ich sah einen Salon in einem englischen Anwesen im Jahr 1865. Ich hatte mich selbst komplett verschlungen und war zu jemand anderem geworden. Und da Algy nicht von Peters – Jacks – gutem Aussehen aus der Fassung gebracht wurde, bewahrte auch ich die Ruhe.

»Mein Lieber«, hatte ich zu Jack gesagt. *»Ich finde es toll, wenn man meine Verwandten beschimpft. Nur so kann ich sie überhaupt ertragen. Verwandte sind lediglich eine öde Sippe von Menschen, die nicht die geringste Ahnung davon haben, wie sie zu leben haben, und schon gar nicht den leisesten Instinkt dafür, wann sie den Löffel abgeben sollten.«*

Alle im Publikum, die auf ihr Vorsprechen warteten, krümmten sich vor Lachen, genau wir Iris. Peter – Jack – presste die Lippen aufeinander, um sich das Lachen zu verkneifen. Der Teil von mir, der sich in den Algy-Panzer verkrochen hatte, drehte sich im Kreis wie ein Riesenrad und war dabei, eine neue Art von Freude zu entdecken. Ach du Scheiße! Sie haben gelacht! Das ist der Hammer!

Peter sagte in seiner Rolle als Jack: *»Nun ja, da werde ich nicht widersprechen. Du streitest dich immer so gerne über alle Dinge.«*

»Genau dafür wurden die Dinge ja überhaupt erfunden«, entgegnete ich und zog eine Fratze, die wieder alle zum Lachen brachte und mein inneres Ich zu Luftsprüngen hinriss. Es machte mir tierischen Spaß.

Aber als ich nach der Szene von der Bühne abging, verschwand Algy mitsamt seines Verstands und Selbstbewusstseins und mein eigenes Ich kam wieder zum Vorschein wie ein Wurm, der nach dem Regen aus der Erde hervorkriecht. Mir wurde langsam bewusst, dass eigentlich alle darüber lachten, wie schlecht ich gespielt hatte und wie bescheuert ich aussah. Ich sah sogar nach, ob mein Hosenstall offen war. Vielleicht hatte Peter mir noch etwas hinterhergerufen, aber ich konnte nichts mehr hören, weil ich schon auf dem Weg nach draußen war.

Ich verstand, was Peter damit gemeint hatte, dass ich in meiner Rolle aufgegangen war, aber das machte mich noch längst nicht zum Schauspieler. Was wusste ich schon vom Schauspielen? Und trotzdem hatte ich es so genossen, auf dieser Bühne zu stehen, und wäre am liebsten für immer dort geblieben.

Iris fragte mich: *»Du hast vorher noch nie Theater gespielt, Kevin? Die meisten in der Theatergruppe hatten in deinem Alter schon in drei oder vier Produktionen mitgewirkt.«*

»Nein.« Es war mir unangenehm, dass Iris und Peter mich anstarrten, und ich wollte einfach nur abhauen. Flüssige Hitze ergoss sich von der Sonne und stieg aus dem Parkplatz wieder auf, was die Luft zum Schimmern brachte. Ein Schweißtropfen lief über Peters Unterarm, schlängelte sich an den feinen schwarzen Härchen entlang und folgte den Umrissen seiner Muskeln.

»Wie kam es dann dazu, dass du beim Vorsprechen warst?«, wollte Iris wissen.

Die beiden richteten ihre Scheinwerfer auf mich und ich fühlte mich wie ein Reh, das von einem Auto angestrahlt wird. *Lass dir was einfallen*, flüsterte die Stimme in meinem Kopf. *Sag, dass deine Mutter als Schauspielerin große Erfolge gefeiert hatte und dies am Sterbebett ihr letzter Wunsch war. Dass du das Theaterstück gelesen hast und selbst ein Teil davon sein wolltest. Dass du ein Geheimagent bist, der diesen Sommer untertauchen muss und sich als Teenager ausgibt. Irgendwas!*

Ich rieb wieder mit meinem Schuh über den Asphalt. »Ich ... dachte einfach, es wäre vielleicht eine coole Idee.«

Was für eine bescheuerte Antwort!

»Jedenfalls bin ich sehr froh, dass du gestern da warst.« Iris winkte uns zu, bevor sie sich wieder dem Bühneneingang zuwandte. »Wir sehen uns dann heute Abend um Punkt 19 Uhr.«

Peter drehte sich zu mir. »Bist du dir sicher, dass ich dich nicht mitnehmen soll? Es wird hier draußen immer heißer.«

Ich sah in seine grünen Augen, die kühler waren als Herbstwasser, und hätte beinahe laut Ja gerufen. Algy hätte das getan. Aber das wäre dumm gewesen. Ich griff nach meinem Lenker. »Nein, danke. Ich muss jetzt los.«

»Klar, kein Problem. Dann bis heute Abend.« Er stieg in einen brandneuen blauen Mustang und fuhr mit quietschenden Reifen vom Parkplatz, ohne auch nur einen Blick zurückzuwerfen. Das gab mir ein seltsames leeres Gefühl, das mir überhaupt nicht gefiel.

Mein Heimweg führte mich an der Genevieve-Morse-Bibliothek vorbei über einen schmalen Pfad, der wie eine idyllische Landstraße aussah, obwohl er sich mitten im westlichen Stadtteil von Ringdale befand. Üppige Bäume standen auf perfekten Rasen herum wie Riesen bei einem Kaffeekränzchen. Dazwischen tauchten Häuser auf, die geradewegs dem *Killionaires*-Magazin entsprungen zu sein schienen. Schließlich war Ringdale das Zuhause von Morse Plastic und der Morse-Familie. Niemand außerhalb von Ringdale hatte je von ihrem Namen gehört, obwohl etwa ein Drittel des Plastiks, das im gesamten Land zum Einsatz kam, von Morse hergestellt wurde. Wenn man eine Plastikgabel wegwirft, ist die Wahrscheinlichkeit hoch, dass Morse den Rohstoff angefertigt hat. Das ganze Plastik in Computern, Wasserflaschen und Autos? Morse, Morse, Morse. Und Morse Plastic hatte viele reiche Leute nach Ringdale gebracht. Dieser Mustang, den Peter fuhr, deutete vermutlich darauf hin, dass sein Dad oder seine Mom – oder vielleicht sogar beide – zu den hohen Tieren von Morse gehörten.

Ich fuhr durch ein Waldstück und kam an einem großen Schild in rustikalem Stil mit der Aufschrift *Morse-Naturzentrum* vorbei, das sich am Anfang eines breiten Pfades aus Holzspänen befand. Morse Plastic verseuchte das Wasser, verunreinigte die Luft und vergiftete die Erde, also bestach die Familie die Stadt mit Dingen wie

Naturlehrpfaden, einer riesigen Bibliothek, großen Parks, Bildungszuschüssen und Sommerprogrammen für Jugendliche.

Und trotzdem gab es da noch den Gestank. An manchen Tagen war es Schwefel, der nach faulen Eiern roch. An anderen Tagen waren es Abgase von Öl und Diesel, die wie schmierige Tröpfchen in der Luft hingen. Manchmal war es der stechende Geruch von verbranntem Plastik. Irgendetwas gab es immer. Aber niemand beschwerte sich über den Gestank, weil der Wind ihn rüber in den Osten der Stadt trug, und wen interessieren schon die Leute, die dort wohnen?

Ich überquerte eine alte einspurige Brücke über den Hallburger River und rollte im Leerlauf auf eine schmale Straße, die sich zwischen einem Golfplatz und einem weiteren Park hindurchschlängelte. Typen mit seltsamen Hosen und halbe Handschuhen schlugen mit ihren Schlägern gegen kleine weiße Bälle und tuckerten ihnen mit einem elektrischen Mobil hinterher. Ich erklomm einen kleinen Hügel und landete auf dem Gehweg, der an der M-127 entlang verlief, einer viel befahrenen Straße, die davon träumte, eine Autobahn zu sein. Ich hatte nun offiziell die Grenze von der West- zur Ostseite überquert.

Je weiter ich fuhr, desto kleiner und heruntergekommener wurden die Häuser. Hier draußen waren die Straßen, die sich mit der M-127 kreuzten, nicht einmal ordentlich nummeriert. Sie hatten pragmatische Bezeichnungen – Two Mile Road, Three Mile Road, Four Mile Road. Niemand interessierte sich genug für die Leute, die hier lebten, um den Straßen zumindest schöne Namen wie *Whisperwood Lane* oder *Anti-Insolvenz-Chaussee* zu geben. Der heutige Gestank der Ostseite bestand aus gerösteter Alufolie mit einem Hauch von Leichtbenzin.

Wohnte Peter auf der Westseite? Ganz bestimmt, wenn er so ein Auto fuhr. Er wusste wahrscheinlich nicht einmal, wo die Ostseite lag.

Ich trat fester in die Pedale. Autos rasten an mir vorbei und hinterließen Abgasspuren. Trotz der heißen Sonne über mir konnte ich immer noch die Wärme seiner Berührung spüren. Mein Gott, wie gerne wäre ich in sein Auto gesprungen, und nicht nur, weil es vermutlich klimatisiert war. Wie bescheuert. *Klar, nimm mich mit nach Hause*, würde ich ihm sagen. *Oder nimm mich einfach!* Wie er darauf wohl reagiert hätte?

Ich bog in die Six Mile Road ein, eine schlecht gepflasterte Straße voller Wagenspuren. Die Häuser, die hier standen, hingen trostlos auf ihren Grundstücken herum wie alte Hunde. Dreckige, kaputte Spielzeuge übersäten altes Gras, und nicht wenige Vorgärten waren mit Maklerschildern versehen, auf denen voller Hoffnung *Reduzierter Preis* geschrieben stand. Der einzige Lichtblick war, dass es zwischen den Häusern sehr viel Waldflächen und Ackerland gab, also sah es irgendwie schön aus, wenn man in die richtige Richtung schaute, vor allem, wenn der Herbst die Baumkronen in ein buntes Feuerwerk verwandelte.

Mein Fahrrad fand ganz von alleine in die Einfahrt – Schmutz und Wagenspuren, genau wie auf der Straße. Ein paar Bäume bildeten ein dunkles Blätterdach über meinem Haus. Nun ja, eigentlich war es kein Haus. Ja, ich wohnte in einem Mobilheim, und wer mich deswegen für Abschaum hält, der kann mich mal. Wenigstens hielten mein Dad und ich unser Zuhause in Schuss, und das besser als einige der richtigen Häuser, die am Straßenrand standen. Der Rasen wuchs wegen der vielen Bäume zwar ein wenig ungleichmäßig, aber nirgendwo lag Müll herum und wir hatten der Fassade erst letztes Jahr einen neuen Anstrich verpasst. Wir pflanzten keine Blumen oder so einen Scheiß, weil das was für Mädchen war, aber der Rasen war ordentlich geharkt und gemäht und Dad hatte im Vorgarten eine hübsche kleine Veranda aus Holz gebaut. Dads Truck war genauso alt und verrostet wie mein Fahrrad, aber daran konnten wir nun mal nichts ändern.

Und trotzdem würde ich um nichts in der Welt zulassen, dass Peter mein Zuhause je zu Gesicht bekäme. Lieber würde ich mit meinem Fahrrad nackt durch ein Feld voller Brennnesseln fahren.

Ich war immer etwas schlecht gelaunt, wenn ich nach Hause kam, vor allem, wenn ich auf meinem Heimweg mit meinem Klappergestell an diesen riesigen Häusern vorbeigefahren war. Es kam mir so ungerecht vor, dass ich mich mit meinem Dad in einem erbärmlichen Trailer herumschlagen musste, während sich nur wenige Kilometer entfernt die reichen Leute benachteiligt fühlten, weil der Sekt auf ihrer letzten Bahamas-Kreuzfahrt nicht ausreichend gekühlt war. Die Wut stürzte sich mit ausgefahrenen Krallen auf mich wie ein Tiger. Und jetzt, wo ich im *Nachher* lebte, war es umso schlimmer.

Ich unterteilte mein Leben in ein *Vorher* und *Nachher*. Das *Vorher* bezeichnete die Zeit vor dem ganzen Mist, der dazu geführt hatte, dass ich vor einer Richterin stand. Das *Nachher* bestand aus den wenigen Wochen, die seither vergangen waren, aber es kam mir vor, als wäre es mein halbes Leben. Manchmal glaubte ich, die Wut wäre endlich verflogen, aber dann brüllte sie wieder aus dem Gras, das um meine Seele wuchs, und fraß mich bei lebendigem Leib auf. Das Theaterstück brachte gute Neuigkeiten mit sich, ich hatte Spaß damit, und dann gab es noch Peter, also hatte ich mal wieder gedacht, die Wut wäre endlich vorüber, aber als ich nach Hause kam und über Peters Auto nachdachte und über das Haus, in dem er wahrscheinlich lebte, knurrte die Wut erneut und meine Hände klammerten sich so fest um das Lenkrad, dass sie kreidebleich wurden.

Zumindest war es unter den Bäumen kühler. Ich stellte mein Fahrrad ab und stieg die wenigen Treppen zur Eingangstür hinauf. Das Wohnzimmer war, so wie alles im Trailer, winzig, aber sauber. Dad hatte einen kleinen Putzfimmel. Wir besaßen nur eine Couch und einen Sessel – beide stark abgenutzt – und einen alten Fernseher, der auf einer Getränkekiste stand. Unsere Klimaanlage war ein Ventilator auf der Fensterbank.

Aber die Sache, die mein Zuhause besonders seltsam machte, waren die Bücher. Sie waren überall, in einfachen Haufen und ordentlichen Stapeln, in zwei, teilweise drei Reihen hintereinander auf Bücherregalen aus Ziegeln und Brettern abgestellt. Sie waren nach keinem System sortiert. *Harry Potter* stand neben Charles Dickens, Sachbücher neben einem Stapel Mangas. Bestseller,

Liebesromane, Science-Fiction-Abenteuer, Thriller, Gedichtsammlungen und sogar Graphic Novels – alle gebraucht, ergattert auf Flohmärkten und Bücherbasaren, oder sogar aus dem Müllcontainer hinter dem Buchladen in der Innenstadt gefischt. Normalerweise schenkte ich den Büchern kaum Beachtung, aber heute machten sie mich wütend. Warum lebten wir in einer Scheißbibliothek und nicht in einem normalen Haus?

Dad las auf der Couch ein Buch. Er war wie eine ältere Version von mir, oder vielleicht war ich eine jüngere Version von ihm. Wir hatten die gleichen braunen Haare und blauen Augen und die gleiche lange Nase, auch wenn Dad seine Haare kürzer trug und seine Arme kräftiger waren als meine. Seine nackten Füße waren auf dem alten Koffer ausgestreckt, den wir als Couchtisch nutzten, aber er setzte sich aufrecht hin, als ich hereinkam.

»Hey, Kleiner«, sagte er. »Wie ist das Vorstellungsgespräch in der Bibliothek gelaufen? Gibt es gute Neuigkeiten?«

Stinksauer, ohne überhaupt selbst den Grund zu kennen, ging ich in die Küche – die genau wie alles andere eng, aber sauber war – und schenkte mir ein Glas Wasser ein. »Es lief schlecht«, antwortete ich langsam. »Sie wollten jemand Älteren.«

Er stand auf und ging auf die Küchentür zu. »Hast du ihnen das Empfehlungsschreiben von deiner Lehrerin gezeigt?«

»Ja. Das hat sie aber nicht interessiert.«

»Deine Bewährungshelferin hat angerufen«, sagte er in ebenso langsamem Tempo wie ich. »Sie hat gefragt, was sie der Richterin sagen soll. Kev ...«

»Es wird alles gut, Dad.« Plötzlich zögerte ich. Auch wenn es dumm war, fühlte sich das Theaterstück wie ein cooles Geheimnis an, fast so, als hätte ich das Tor zu einer anderen Welt gefunden, und das wollte ich nicht kaputt machen, indem ich jemand anderem davon erzählte. Außerdem machte es mich wütend, dass er nachgefragt hatte.

»Laut deinen Bewährungsauflagen musst du einen Ferienjob finden, Kev. Willst du etwa ins Jugendgefängnis?« Dad verschränkte die Arme. Er hielt immer noch sein Buch fest. »Außerdem könnten wir das Geld gut gebrauchen.«

Ich öffnete den Kühlschrank. »Haben wir etwas zu essen da? Ich hatte seit dem Frühstück nichts mehr und bin am Verhungern.«

»Wir haben Sandwiches – dein Leibgericht.«

»Juhu«, antwortete ich. »Und wie läuft *deine* Jobsuche so? Irgendwelche Trockenbauprojekte in Aussicht?«

Seine Gesichtszüge verhärteten sich. »Fehlanzeige. Niemand will einen Ex-Knacki einstellen. Deswegen mache ich mir ja so viele Sorgen um deine Situation. Wenn du mal so endest wie ich ...«

»Du wurdest schon vor Jahren aus dem Gefängnis entlassen.« Ich schmierte Marmelade auf eine Toastscheibe. »Wen interessiert das noch?«

11

»In dieser Wirtschaft? Zu viele Leute.« Er seufzte und ich konnte sehen, dass auch er mit der Wut rang. Ein Teil von mir wollte sich mit ihm streiten, ein anderer war auf Harmonie aus. »Du wechselst das Thema, Kevin. Ms. Blake hat die Frist für deine Jobsuche schon zweimal verlängert. Ich weiß nicht, ob sie es auch ein drittes Mal tut. Was wirst du ihr sagen?«

Ich setzte mich mit meinem Sandwich und einem Glas Kool-Aid-Brause an den kaputten Tisch. Keine Milch für die Gottlosen. »Also, ich … habe tatsächlich was gefunden.«

»Ach ja? Meine Güte, warum hast du das denn nicht gleich gesagt? Was ist es?« Dad wirkte immer noch angespannt.

Puh, dann mal raus mit der Sprache. »Ich habe im Kulturzentrum für die Theatergruppe vorgesprochen. Ich habe eine Rolle in einem Stück bekommen.«

»In einem Theaterstück?« Dad ließ sich auf den anderen Küchenstuhl sinken. »Wie meinst du das? Was für ein Theaterstück? Und warum Theater?«

»Weil ich Lust darauf hatte, Dad. Und weil ich dachte, es könnte Spaß machen. Das Stück heißt *Bunbury* und es geht um zwei Typen, die sich einen Freund namens Ernst ausdenken, um eine Freundin zu bekommen.« Ich biss in mein Sandwich, um mein Gefühlschaos zu verbergen. Das Vorsprechen und Peter und der Heimweg durch die Hitze hatten den Tiger verärgert, der in meinem Brustkorb seine Kreise zog. »Und die Regisseurin meinte, dass ich ziemlich gut war. Ich hab eine große Rolle bekommen. Nicht die Hauptfigur, aber trotzdem eine große Rolle.«

»Kevin.« Dads Stimme hatte bedrohliche Züge angenommen. »Deine Bewährungshelferin hat doch gesagt, dass du diesen Sommer einen Job finden musst, um zu zeigen, dass du nicht …«

»Wir proben immer abends«, unterbrach ich ihn. Der Tiger knurrte. Warum konnte er sich nicht einfach darüber freuen, dass ich etwas gefunden hatte, was mir Spaß machte? »Ich kann tagsüber trotzdem noch nach einem Job Ausschau halten. Außerdem hat mir Ms. Blake gesagt, dass ein Sommerprogramm ihrer Ansicht nach genauso gut für mich wäre wie ein Job.«

»Aber du verdienst damit kein Geld«, entgegnete Dad.

»Du doch auch nicht!«, brüllte ich.

Die Stille zwischen uns donnerte auf den Tisch wie ein Fausthieb. Dad schaute auf das Buch in seinen Händen. Der Tiger ergriff die Flucht und hinterließ eine Spur tiefer Schuldgefühle.

»Du hast recht.« Dad stand auf. »Also gut. Du spielst in dem Theaterstück mit. Das ist toll. Ich freue mich, dass es geklappt hat, mein Sohn.«

»Warte, Dad«, rief ich.

Aber er war schon weg. Die Tür zu seinem Schlafzimmer fiel zu und er ließ mich mit dem Rest meines Marmeladensandwichs zurück.

ERSTER AKT, 2. SZENE

KEVIN

ICH RIEF Ms. Blake an und erzählte ihr, was los war. Wenigstens sie freute sich für mich. Der Jugendknast konnte warten.

Das war eine Erleichterung. Anschließend ging ich im Trailer auf und ab und wusste nicht, was ich mit mir anfangen sollte. Dad blieb in seinem Zimmer. Ich schritt durch den kleinen Flur und hob meine Hand, um an seine Tür zu klopfen. Ich hatte ein schlechtes Gewissen, weil ich ihm dafür, dass er keine Arbeit finden konnte, Vorwürfe gemacht hatte. Dann wurde ich wütend darüber, dass er mir ein schlechtes Gewissen verpasst hatte. Plötzlich war ich unglücklich darüber, dass ich sauer auf ihn war. Und schließlich ärgerte ich mich darüber, dass ich nicht wusste, was überhaupt in mir vorging. Ich schlurfte in mein eigenes Zimmer und ließ mich aufs Bett fallen. Es war beschissen, im *Nachher* zu leben.

In meinem Zimmer gab es überhaupt nichts. Ein paar Sachen hatte ich zwar schon – ein Bett, eine alte Kommode und meine Klamotten. Meinen Schulranzen hatte ich in die hinterste Ecke meines Wandschranks geschoben, und auf einem krummen Tisch neben meinem Bett gab eine Digitaluhr die Zeit an. Aber ich besaß nichts von Bedeutung: keine Poster an den Wänden, keine Andenken an Ausflüge nach Florida, keine alten Spielzeuge aus meiner Kindheit – nur die vier Wände und ich. Der einzige Gegenstand in meinem Zimmer mit persönlichem Bezug war ein Bilderrahmen neben der Uhr. Er enthielt das Schülerporträt eines Jungen, der etwa vierzehn Jahre alt war. Der Junge hatte rotbraune Locken und ein paar Pickel, und er lächelte in die Kamera. Sein Name war Robbie und jeden Abend, bevor ich schlafen ging, tippte ich sein Bild dreimal an und hoffte, er würde mir vergeben und meine Albträume darüber, was ich getan hatte, vertreiben. Es funktionierte zwar nie, aber ich versuchte es trotzdem weiter. Ich wusste nicht, was ich sonst tun sollte.

Gähnend streckte ich mich aus und dachte darüber nach, einen Mittagsschlaf zu machen, aber das brachte das Risiko eines Albtraums mit sich, und das wollte ich nicht in Kauf nehmen. Außerdem schwamm Peters Gesicht in meinem Kopf herum, und wer könnte bei solchen Gedanken schon ein Auge zubekommen?

Okay, jetzt mal Klartext: Wir leben im 21. Jahrhundert und ich bin nicht bescheuert. Es ist nicht so, als hätte ich noch nie von Männern gehört, die auf Männer stehen. Man kann ja mittlerweile nicht mal mehr den Fernseher einschalten, ohne zwei Kerle rumknutschen zu sehen. Aber Ringdale ist eine richtig konservative Stadt, die von konservativen Leuten geführt wird. Vor ein paar Jahren wurde auf unserer Schule sogar eine Lehrerin gefeuert, weil sie einem Schüler erlaubt hatte, vor der ganzen Klasse ein Musikvideo mit der Botschaft abzuspielen, dass es okay war, schwul oder lesbisch zu sein. Die Leute hier können mit so etwas nicht gut umgehen. Ich selbst konnte das früher auch nicht ... und tat mich noch heute damit schwer. So läuft das eben, wenn man in Ringdale wohnt. Die Fabrik presst die Menschen genau wie das Plastik in eine enge Form. Also hielt ich die Klappe.

Und dann gab es da noch den ganzen anderen Mist. Jetzt, wo ich im *Nachher* lebte, hatte ich jemanden wie Peter nicht verdient. Ich hatte niemanden verdient. Also musste ich alles für mich behalten. Außerdem redete ich mir ein, dass Peter kein Interesse an mir hatte, auch wenn er nett und megacool war. Er war reich und gut aussehend und die eine Hälfte aller Mädchen stand Schlange, um ihn einen zu blasen, während die andere ihm am liebsten einen Antrag machen würde. Selbst für den Fall, dass er vom selben Ufer war wie ich – für den extrem unwahrscheinlichen Fall wohlgemerkt –, würde er sicher nicht auf mich und meine hässlichen Schuhe und mein altes Schrottfahrrad stehen. Warum sollte ich ihm also überhaupt Zutritt zu meinen Gedanken gewähren?

Und trotzdem ging er mir den ganzen Nachmittag in all seiner sternenhellen Pracht nicht aus dem Kopf. Warum konnte der Tiger ihn nicht einfach auffressen?

Am Abend fuhr ich mit meinem Fahrrad den langen Weg zurück zum Theater. Mir wurde bewusst, dass ich bis zur Premiere Beine aus Stahl haben würde. Die Hintertür des Kulturzentrums stand offen und ich schlängelte mich durch das Labyrinth aus Gängen, Garderoben und Lagerbereichen zur Bühne. Die anderen Ensemblemitglieder waren schon da. Einige unterhielten sich miteinander, andere standen herum und wirkten angespannt, weil sie niemanden kannten. Ich schaute mich nach Peter um, aber konnte ihn nicht finden. Würde er noch kommen? Dann zuckte ich mit den Schultern. Es spielte keine Rolle.

Das Theater war groß und voller Echo, ein Raum, der einen förmlich verschlingen konnte. Ich stand am Rand der Bühne und versuchte vergebens, den selbstbewussten und lustigen Algy aus mir hervorzuholen.

Ein Junge mit längeren blonden Haaren und dem schlanken Körper eines Schwimmers kam auf mich zu. Er sah aus, als wäre er etwa zwanzig oder einundzwanzig Jahre alt. »Hey, Kumpel. Du bist Kevin Devereaux, oder?«

»Ja, genau«, antwortete ich.

Er reichte mir ein Textbuch von *Bunbury* aus seiner Tasche. »Ich bin Les Madigan. Pass gut darauf auf – wir haben nicht genug Budget für einen Ersatz. Aber du kannst dir darin deinen Text markieren und Notizen machen.«

»Notizen?« Das klang ja wie in der Schule.

»Du weißt schon – Regieanweisungen. Wo du hinmusst und wann.«

»Oh. Verstehe.«

»Du warst beim Vorsprechen richtig gut.« Les streckte mir die Hand entgegen. »Willkommen im Team.«

14

»Danke.« Ich schüttelte seine Hand. Er drückte eine Sekunde lang fest zu und ließ dann los, lächelte mich nervös an und ging weiter zur nächsten Person.

In diesem Moment kam Peter herein. Er unterhielt sich mit Iris und zeigte in sein eigenes Exemplar des Textbuchs. Mein Idiotenherz machte wieder einen Sprung, als ich ihn sah, und ich erinnerte mich daran, wie sich unsere Umarmung vorm Schwarzen Brett angefühlt hatte, nachdem wir die Besetzungsliste gesehen hatten. Ich versuchte, nicht daran zu denken, aber wie kann man schon seine eigenen Gefühle unterdrücken?

»Dann fangen wir mal an«, rief Iris. »Bitte bildet einen Sitzkreis auf der Bühne.«

Wir ließen uns alle wie quirlige Kindergartenkinder im Schneidersitz nieder und spürten die Erwartung in der Luft liegen. Ich weiß nicht, ob es von mir oder von ihm ausgegangen war, aber Peter und ich saßen plötzlich nebeneinander und ich fühlte mich glücklich, erleichtert und ängstlich zugleich. Er salutierte mir scherzhaft zu und ich konnte mir ein Lächeln nicht verkneifen.

»Ihr habt alle eure Textbücher bekommen und wir fangen gleich mit unserer Leseprobe an«, fuhr Iris fort. »Aber zuerst noch ein paar Regeln.«

Ich schaute mich in dem Kreis um. Insgesamt bestand das Ensemble aus neun Personen – fünf Jungs und vier Mädchen – und dann gab es da noch Iris und diesen Les. Ich erinnerte mich daran, wie er beim Vorsprechen mit einem Klemmbrett neben Iris gesessen hatte.

»Wir fangen immer um Punkt 19 Uhr hier auf der Bühne zu proben an, also müsst ihr zehn Minuten vorher da sein. Wer zu früh kommt, ist pünktlich und wer pünktlich kommt, ist zu spät. Nach zwei Verspätungen werdet ihr umbesetzt.« Sie deutete auf Les. »Les Madigan ist unser Regieassistent. Sobald die Aufführungen beginnen, ist meine Arbeit getan und er darf Gott spielen. Gute Regieassistenten sind nur schwer zu finden, also bringt ihn ja nicht auf die Palme.«

Les tippte mit spielerischer Strenge auf sein Klemmbrett und entrang allen ein gezwungenes Lachen. Ich warf Peter einen Seitenblick zu. Er blätterte in seinem Textbuch herum und hörte nur mit halbem Ohr zu. Wahrscheinlich hatte er das alles schon zigmal erklärt bekommen.

»Und nun zur letzten Regel: Denkt daran, dass wir das hier alle ehrenamtlich machen. Unsere einzige Bezahlung ist die Erfahrung und jede Menge Spaß.« Iris schob ihre Brille nach oben. »Also fangen wir mit einem kleinen Kennenlernspiel an.«

Ich wusste nicht, was ich davon halten sollte. In der Schule mussten wir manchmal Kennenlernspiele spielen, bei denen man einen Zettel auf den Rücken geklebt bekam und anhand der Art und Weise, wie der Rest der Gruppe einen behandelte, raten musste, was darauf geschrieben stand. Ich hasste diesen Mist, weil ich immer Bezeichnungen wie *Ostseitler* oder *Krimineller* abbekam und auch nach Ende des Spiels noch von allen wie Dreck behandelt wurde. Ich schaute mich um, um zu sehen, wie die anderen die Idee fanden. Die restlichen Ensemblemitglieder kannte ich nicht, aber wenn ich mich nicht täuschte, hieß das kräftige blonde Mädchen Melissa. Das Spiel schien den anderen nichts auszumachen, aber sie kannten sich wahrscheinlich sowieso schon alle.

»Also, wir spielen *Zwei Wahrheiten und eine Lüge*«, erklärte Iris. »Jeder muss sich vorstellen und dann zwei Wahrheiten und eine Lüge erzählen. Der Rest von uns muss raten, was davon gelogen war. Ich fange an.« Sie räusperte sich. »Ich bin Iris Kaylo, die Regisseurin der Produktion. Erstens: Ich studiere auf Lehramt.«

Peter änderte seine Sitzposition und unsere Knie strichen leicht aneinander. Er verharrte in dieser Haltung und ich fühlte mich erneut wie ein Reh, das in Scheinwerfer starrt. Es war eine beiläufige Berührung, die auch ganz zufällig passiert sein könnte. Vielleicht war es ihm nicht einmal aufgefallen.

»Zweitens: Ich höre in meiner Freizeit gerne Reggae.«

Oder hatte er es mit Absicht gemacht? Ich bewegte mich nicht und auch er hielt still. Mein Knie wurde zu einem Stück heiße Kohle. Aus dem Augenwinkel konnte ich Peters Gesicht sehen. Er schaute zu Iris und lächelte in sich hinein, als würde ihm das Ratespiel Spaß machen.

»Drittens: Ich habe mal als Roadie für die Grateful Dead gearbeitet«, sagte Iris abschließend. »Was davon war gelogen?«

»Nummer drei!«

»Zwei!«

»Zwei!«

»Eins!« Alle riefen durcheinander. Peter verlagerte sein Gewicht und stützte sich mit seinen Handflächen auf dem Boden hinter sich ab, aber sein Knie rührte er nicht. Ich hätte mich nicht mal von der Stelle bewegen können, wenn ein Tyrannosaurus Rex durch die Tür geplatzt käme.

»Nummer zwei war die Lüge«, enthüllte Iris grinsend. »Ich höre definitiv keinen Reggae. Melissa, du bist als Nächstes dran.«

Das kräftige blonde Mädchen winkte in die Runde und die meisten von uns winkten zurück. »Ich bin Melissa Flackworthy und ich spiele Lady Bracknell. Dann fange ich mal an. Erstens: Ich bin die älteste von vier Schwestern.«

Ich beschloss, dass es an der Zeit war zu handeln. Was hatte ich denn schon zu verlieren? Schließlich könnte ich mein Manöver auch als Versehen darstellen und mich entschuldigen. Aber das musste ich erst mal meinem Adrenalinspiegel beibringen. Der ging vollkommen durch die Decke. Ich lehnte mich so wie Peter ganz beiläufig zurück und stützte meine Hände auf dem Boden neben Peters Händen ab.

Was zum Teufel machst du da?, raunte die fiese Stimme in meinem Kopf, aber zum ersten Mal in meinem Leben schenkte ich ihr keine Beachtung.

»Zweitens: Ich wurde als Soldatenkind in Deutschland geboren.«

16

Alle blickten zu Melissa und mein Körper versperrte mir ohnehin die Sicht. Meine Hand tastete sich näher an Peters Hand heran wie eine schüchterne Raupe. *Bleib einfach cool.*

»Drittens …«

Mein kleiner Finger berührte seinen. Ich spürte seine Haut auf meiner eigenen und ein kleiner Ruck katapultierte mein Herz in die Kehle. Meine Hose wurde enger. Ich wagte es nicht, Peter anzuschauen.

»Hmmm …«, dachte Melissa nach. »Mal überlegen.«

Es kam mir vor, als würde eine halbe Ewigkeit verstreichen. Ich war erledigt. Peter würde ausrasten, seine Hand wegziehen und sie schütteln, als hätte ich ihn mit einer Krankheit angesteckt. Seine Armmuskeln spannten sich an und ich machte mich schon aufs Schlimmste gefasst. Dann drückte er die Seite seiner Hand noch fester an meine. Mein Herz flog aus meinem Körper wie ein frei gelassener Falke, der mit einem Freudenschrei in die Lüfte schießt.

»Jetzt weiß ich es: Ich habe erst Fahrrad fahren gelernt, als ich zehn war. Was davon war die Lüge?«

Ein Chor von Vermutungen folgte, aber Peter und ich blieben still und hielten unsere Hände weiter heimlich aneinandergedrückt. Ich riskierte einen Blick in seine Richtung und diesmal lächelte er mich übers ganze Gesicht an. Ich lächelte zurück. Einhundert Sonnen entstanden aus dem Nichts und fingen an zu strahlen.

»Die richtige Antwort ist Nummer drei. Ich habe bis heute nie gelernt, wie man Fahrrad fährt.«

Darauf folgte leichtes Gelächter und ein leises Murmeln im Ensemble. Langsam verkrampften sich meine Arme und ich musste meine Position ändern, weswegen ich meine Hand von Peters Hand wegziehen musste, aber ich nahm Blickkontakt auf, um ihm zu signalisieren, dass alles in Ordnung war. Er nickte. Es fühlte sich toll an, zu wissen, dass vielleicht auch jemand anderes …

»Kevin! Hey, Kevin!« Mein Herz machte einen Ruck. Les deutete mit seinem Bleistift auf mich. »Du bist dran.«

Die Sonnen, Lichtstrahlen und Falken lösten sich schlagartig in Luft auf.

»Oh! Tut mir leid. Ich bin Kevin Devereaux und ich spiele Algy. Mal überlegen.« Ich dachte schnell nach. »Erstens: Ich habe Verwandte in New Orleans.«

Erstens: Ich zwar zwölf, als ich merkte, dass ich schwul bin.

»Zweitens: Ich bin ein sehr guter Schachspieler.«

Zweitens: Ich sitze neben dem tollsten Jungen, den ich je gesehen habe, und ich glaube, er mag mich auch, und mein Herz hämmert so fest in meiner Brust, dass ich kaum ein Wort rausbekomme.

»Drittens: Ich bin einmal von zu Hause weggelaufen und kam erst einen knappen Monat später wieder zurück.«

Drittens: Ich bin ein Versager, der zusammen mit einem Ex-Häftling in einer schäbigen Bibliothek lebt und genauso enden wird wie er.

»Nummer drei!«

»Eins!«

»Eins!«

»Drei!«

Ups. Eine dieser Aussagen sollte ja gelogen sein.

»Es ist die Nummer zwei«, sagte ich. »Ich weiß nicht mal, wie man Schach spielt.«

Ich bemerkte, dass Les mich anstarrte. Er schob sich mit seinen langen Fingern die Haare aus dem Gesicht, zwinkerte mir zu und wandte sich dann wieder seinem Klemmbrett zu. Was hatte das zu bedeuten? Plötzlich spürte ich einen stechenden Schmerz – hatte er gesehen, wie ich Peters Hand berührt hatte?

»Okay, Peter«, sagte Iris und ich drehte mich wieder zurück zu ihr. »Du bist dran.«

Peter zählte seine Aussagen mit den Fingern auf. »Ich bin Peter Finn – Jack Worthington. Erstens: Ich habe einen Flugschein. Zweitens: Ich war mal in einer Beziehung mit einer Person, die zehn Jahre älter war als ich. Drittens: Ich studiere Architektur. Nummer eins war gelogen.«

»Hey!« Iris erhob mahnend den Finger. »Wir sollen doch raten, was die Lüge ist.«

»Sorry. Ich kann Ratespiele nicht leiden.« Peter fuhr sich mit der Hand durchs Haar und sah mich mit seinen atemberaubenden Augen an. »Und *das* war keine Lüge.«

Les trommelte mit seinem Bleistift aufs Klemmbrett.

Danach gaben Peter und ich uns Mühe, so zu tun, als wäre nichts passiert. Die anderen zählten ihre Wahrheiten und Lügen auf und anschließend lasen wir einmal das komplette Textbuch laut vor. Das machte zwar Spaß, aber weil wir alle nur im Kreis saßen, fühlte ich mich nicht wirklich wie Algy. Es war das erste Mal, dass ich *Bunbury* von vorne bis hinten las, und ich nahm mir vor, später ein bisschen zu Oscar Wilde, dem Typen, der es geschrieben hat, zu recherchieren.

Nachdem wir fertig waren, gab Iris uns eine Kopie des Probenplans, eine Liste mit allen Kontaktdaten und den Link zu einer Website, auf der wir sämtliche Neuigkeiten finden würden. Ich packte die Zettel ein, ohne zu sagen, dass ich keinen Computer besaß. Ich kam mit ein paar anderen Ensemblemitgliedern ins Gespräch, aber ich war in ihrer Anwesenheit etwas schüchtern. Melissa machte einen netten Eindruck, und zwei von den Jungs in der Produktion, Joe und Thad Creeker, waren Brüder.

Anschließend gingen alle in unterschiedlichen Richtungen von der Bühne ab und ich verlor Peter aus den Augen. Etwas enttäuscht begab ich mich auf den kleinen Parkplatz hinter dem Gebäude, der nahezu leer war. Ich konnte Peters Mustang nirgendwo sehen. Es war zehn Uhr und ein Dreiviertelmond tauchte die Baumkronen in ein silbernes Licht. In meiner Kindheit, als Mom noch bei uns war und wir in einem richtigen Haus wohnten, dachte ich immer, dass der Mann im Mond auf Diät war, wenn jemand von einem abnehmenden Dreiviertelmond sprach. Die dunkle Nacht hing in der warmen Luft zwischen den Lichtpfützen der Straßenlaternen, und im Verborgenen zirpten die Grillen, während ich mein Fahrrad von der Kette löste.

Fußsohlen schlurfen über den Asphalt. Ich drehte mich mit einem Ruck um. Es war Peter. Mein Herz schlug immer noch wild vor sich hin.

»Hey«, sagte er. »Ich hab gar nicht mitbekommen, dass du gegangen bist.«

Ich zuckte mit den Schultern. Plötzlich kam mir die verspielte Berührung dämlich vor und ich wollte mich davon distanzieren. Wahrscheinlich war es ein Fehler gewesen. »Ja. Sind wir die Letzten?«

»Abgesehen von Les. Er muss die Tür abschließen.«

»Ich kann dein Auto nirgends sehen«, sagte ich.

»Ich habe vorne geparkt. Du fährst im Dunkeln mit dem Fahrrad nach Hause? Ganz schön gefährlich.«

»Ach was. Das mache ich dauernd.« Ich wickelte meine Kette um die Sattelstütze. »Ich fahre gerne im Dunkeln. Es ist irgendwie friedlich.«

Peter trat näher auf mich zu. »Du warst bei der Leseprobe richtig gut. Alle anderen haben sich ständig verhaspelt, aber du hast sehr sicher gewirkt.«

»Echt? Äh … danke. Dich fand ich auch richtig gut, Jack.«

»Algy.«

Wir mussten beide grinsen, und die Ungewissheit lag zwischen uns wie zerbrochenes Glas. Keiner von uns wollte näher auf den anderen zugehen und keiner wollte einen Schritt zurücktreten. Peters Atem roch nach Schokolade. Meine Hand lag auf dem Fahrradsitz. Die Stille dehnte sich aus. Ich wusste nicht, ob ich weglaufen oder ehrfürchtig vor ihm in die Knie gehen sollte.

»Fährst du auf deinem Heimweg durch den Park?«, fragte Peter schließlich. »Ich kann dir eine coole Abkürzung zeigen.«

Eine Sekunde lang konnte ich gar nichts sagen. Dann brachte ich doch etwas hervor: »Gerne. Aber … wie kommst du darauf? Das liegt doch gar nicht auf deinem Weg.«

»Du hast mich bei der Kennenlernrunde doch gehört.« Und dann legte er seine Hand auf meine, die immer noch auf dem Fahrradsitz ruhte. Sie war warm und durch die Berührung wurde es in meiner Hose immer enger. »Ich bin kein Freund von Ratespielen.«

Die dämliche kleine Stimme in meinem Kopf raunte mir zu: *Er spielt nur mit dir. Hau ab. Sei vorsichtig! Nichts wie weg von hier!* In meinem Magen machte sich ein flaues Gefühl breit.

Ich öffnete den Mund, um ihn zu fragen, wovon zum Teufel er da redete, und klarzustellen, dass er einen Riesenfehler beging. Aber mit einem Mal schien der lustige, selbstbewusste Algy mich zur Seite zu schieben und von meinem Körper Besitz zu ergreifen. Aus meinem Mund drangen die Worte: »Du musst nicht raten, woran du bei mir bist«, und ich drehte meine Hand um, um seine festzuhalten.

19

Für einen kurzen Augenblick passierte nichts und ich dachte schon, ich hätte es verbockt. Dann atmete Peter erleichtert auf und griff meine Hand noch fester. »Puh, Gott sei Dank. Ich hatte schon Angst, du würdest mich verarschen.«

»Ach du Scheiße! Das dachte ich auch.« Wir mussten beide lachen. Es fühlte sich schön an, das mit jemandem zu teilen.

Peter drehte seinen Kopf zur Seite und ließ meine Hand los. »Was war das?«

Ich schaute mich auch um, aber ich konnte nichts sehen. »Was?«

»Ich dachte, ich hätte … ach, egal.« Er führte mich mit meinem Fahrrad weg. »Na los. Es ist ein verdammt schöner Abend.«

»Da hast du verdammt noch mal recht«, stimmte ich ihm zu und wir mussten schon wieder lachen.

Wir schlenderten über den künstlichen Feldweg an den großen Häusern und den Riesenbäumen vorbei, die noch immer in ihr Kaffeekränzchen vertieft waren. Der Sommerabend hüllte sich schweigend um uns wie ein weicher Mantel, der uns einen Blick auf eine abgeschiedene Welt im Mondschein gewährte. Ich ging zwischen Peter und meinem Fahrrad her, und im Gehen berührten sich unsere Schultern. Das jagte kleine Glücksschauer durch meinen Körper. Wie konnte so eine kleine Berührung mich so glücklich machen? Das kam mir surreal vor.

»Hat das eigentlich gestimmt?«, fragte ich. »Warst du wirklich mal mit einer Person zusammen, die zehn Jahre älter war als du?«

»Ja.« Peter fuhr sich wieder mit der Hand durchs Haar und ich bewunderte die Geste. »Damals war ich fünfzehn. Das hat gegen jedes erdenkliche Gesetz verstoßen. Aber Mann, es war toll, solange es gehalten hat.«

»Ähm … also nur, um sicherzugehen, dass wir hier über das Gleiche reden … es war ein Typ, oder?«

Peter blieb auf dem Gehweg stehen. Ich hielt auch inne und hatte plötzlich Angst. Was hatte ich falsch gemacht? Mist. War er etwa immer noch …?

»Alter«, entgegnete er. »Das letzte Mädchen, dem ich einen Kuss gegeben habe, war meine Cousine Shelly auf ihrer Hochzeit, und da hätte ich viel lieber den Bräutigam geküsst.«

Schon wieder mussten wir lachen. Ich spürte, wie der Tiger sich zurückzog. Peter schaffte es, ihn zu vertreiben.

Wir überquerten die Brücke und schlenderten in den Park hinein. Peters Arm legte sich langsam um meine Schultern. Ich hatte dort noch nie den Arm eines anderen Jungen gespürt. Es gab mir ein Gefühl von Sicherheit, so, als könnte die Welt mir nie wieder etwas anhaben. Außerdem war ich freudig erregt. In meiner Hose wurde es wieder zu eng und ich musste tief schlucken.

»Hast du schon immer gewusst, dass du … auf Typen stehst?«, fragte ich ihn.

»Überhaupt nicht.« Peter prustete. »Es hat eine halbe Ewigkeit gedauert, bis ich mir darüber klar wurde. Tja, das änderte sich dann, als ich fünfzehn war.«

20

Der Fluss strömte unter den schimmernden Sternen wie eine silberne Schlange. Ich konnte Peters Körperwärme ebenso spüren wie den Sommerabend um mich herum. Ich hätte über die Bäume springen können. Ich hätte über den Mond laufen können. Ich wollte ... Ich brauchte ...

Und dann legten sich Peters Arme komplett um mich. Bevor ich richtig begriff, was geschah, küsste er mich. Ich ließ mein Fahrrad fallen. Seine Lippen fühlte sich warm an, jeder Teil meines Körpers schmolz dahin und erschauderte zugleich vor Kälte. Selbst, während es noch passierte, jagten weitere Gedanken ...

Das ist er also! Mein erster Kuss!

Du hast das nicht verdient, du Idiot.

Ist das etwa sein Schwanz, der sich gegen mich drückt?

... durch meinen Kopf und versuchten, den Moment zu ruinieren.

Unsere Lippen lösten sich voneinander, aber unsere Stirn berührte sich noch. Sein Atem streifte mir übers Gesicht.

»Wow, du bist umwerfend«, flüsterte er. »Von dem Augenblick an, als du diese Bühne betreten hast, warst du wunderschön, weißt du das eigentlich?«

Ein Schatten huschte durch meinen Augenwinkel. War das ein Mensch? Ich machte einen Schritt zurück und drehte mich leicht nach hinten um. Plötzlich fühlte ich mich seltsam und ganz schwer. Meine linke Hand zuckte zusammen und klammerte sich um meinen rechten Ellbogen. »Nenn mich nicht so. Ich bin ein mieser Versager.«

Peter sah mich verwirrt an. »Das bist du nicht, Kevin. Du bist so talentiert und schlau. Jeder kann das sehen. Iris hat es sofort erkannt.«

»Ich bin ein Versager, okay?« Der Tiger knurrte schon wieder. »Genau wie ein ... Ich bin ein dummer Versager.«

»Weil ich dich geküsst habe?« Peter legte seine Hand auf meine Schulter.

»Oh mein Gott ... Ich wollte nicht ...«

»Nein!« Mit einem Ruck überkam mich wieder diese dämliche Angst. Ich hatte gedacht, Peter könnte mir dabei helfen, sie fernzuhalten, aber das war nicht möglich. »Es liegt nicht an dir, Peter. Du willst mich nicht. Du *kannst* mich gar nicht wollen.«

Ich riss mein Fahrrad vom Boden auf und versuchte, mich darauf zu schwingen, um wegstrampeln zu können. Ich war getrieben von Wut und Angst und konnte nicht stillhalten.

Eine Hand umklammerte meinen Arm. Peters Hand. So heiß wie eine chemische Verbrennung. »Hey«, sagte er. »Das würde ich gerne selbst herausfinden.«

Lauf weg, dachte ich. *Hau ab. Versteck dich.*

Aber ich blieb da. Für eine kurze Weile.

Ich hatte kaum noch Erinnerungen an meine Heimfahrt mit dem Fahrrad, nachdem wir den Park verlassen hatten. Dad war noch wach und wartete mit einem Buch in der Hand im stickigen Wohnzimmer auf mich.

»Ich dachte, die Probe endet um zehn«, sagte er knapp. »Es ist Viertel nach elf.«

»Meine Fahrradkette ist abgesprungen.« Ich hielt meine ölverschmierten Hände hoch, die ich extra an die Fahrradkette gerieben hatte, bevor ich hereingekommen war. »Es war scheißschwer, sie im Dunkeln wieder anzubringen.«

»Nicht in diesem Ton«, mahnte er. Seine Augen waren hart und ich wusste, dass er etwas ahnte, aber wenigstens war meine Ausrede plausibel. Mein Fahrrad musste ständig repariert werden. Und es war ja nicht so, als würde ich Drogen dealen oder mich besaufen.

Nein, sagte die dämliche Stimme in meinem Kopf. *Du hast einen Jungen geküsst.*

»Ich wasch mir dann mal die Hände und gehe ins Bett«, sagte ich und ergriff die Flucht, bevor er noch etwas anderes sagen konnte.

Im Badezimmer rieb ich meine Hände mit Seife ein. Das Spiegelbild über dem kleinen Waschbecken verdoppelte meine Bewegungen. Ahnte Dad wirklich etwas? Oder war er noch wütend auf mich wegen heute Nachmittag?

Ich schaute in den Spiegel. Blaue Augen starrten zurück. Sah ich anders aus? Mit nassen Fingern wischte ich mir die Haare aus dem Gesicht. Wow. Er hatte mich geküsst. Und ich hatte seinen Kuss erwidert. Es fiel mir schwer, nicht die Arme auszustrecken und laut aufzuschreien. Ich hätte nie gedacht, dass es sich so anfühlen würde, als könnte ich alles auf der ganzen weiten Welt berühren.

Ich huschte in mein Zimmer und zog mich aus, aber ich wollte am liebsten meine Flügel ausbreiten und in die Luft aufsteigen. Ich wollte singen und tanzen. Ich hatte einen Freund! Ich war in einer Beziehung! Vergeben! Vielleicht! Wahrscheinlich! Aber wem könnte ich schon davon erzählen? Wenn sich herumsprach, dass Kevin Devereaux schwul ist ... Scheiße. Ein Teil meiner Euphorie machte sich davon und ich tippte Robbies Bild dreimal an. Es war so furchtbar.

Aber es fühlte sich so gut an.

Es dauerte lange, bis ich einschlief.

Der Junge kauert auf dem Boden, umringt von einem Kreis aus männlichen Personen. Die anderen rufen wild durcheinander und ballen ihre Fäuste.

»Verpass ihm einen Tritt!«

»Schlag ihm die Zähne ein!«

»Zerquetsch ihm die Eier!«

»Komm schon – wehr dich!«

»Worauf wartest du noch? Na los!«
Eine Faust rast nieder. Ein Fuß tritt zu. Eine Kette schwingt durch die Luft.
Ein Stein wird zerschmettert.
Der Junge kreischt: »Lasst mich in Ruhe!«

Ich wachte rasend auf. Die Bettdecke war um meine Hüfte gewickelt und meine Haare klebten an der Stirn. Noch mehr Schweiß lief meinen Bauch herunter. Mein Herz hämmerte in einem schrecklichen Rhythmus gegen meine Rippen.

Die Träume nahmen kein Ende. Ich wusste nicht, was ich machen sollte. Ich wünschte, Peter könnte …

Nein. Die Dunkelheit umschloss mich von allen Seiten. Ich war froh, dass Peter nicht bei mir war. Er würde mich sicher für einen Versager halten.

Ich legte mich auf die Seite und wartete auf den nächsten Traum.

ERSTER AKT, 3. SZENE

KEVIN

»OKAY, LEUTE, lasst es uns mal so probieren.« Iris schob ihre Brille nach oben und wedelte vom Zuschauerraum aus – der, wie ich gelernt hatte, auch *das Haus* genannt wurde – mit ihrem Textbuch.

Auf der Bühne setzte sich ein Mädchen namens Krista Benson auf ein Sofa. Sie spielte Gwendolen und sollte bis über beide Ohren in Peter verliebt sein – also in Jack. Jemand hatte ein paar Möbel auf die Bühne geschoben und die Stellen, an denen die Bühnenarbeiter später die Wände und Türe bauen würden, mit Kreppband markiert. Ich hätte mir jede Menge Ärger sparen können, wenn ich mich einfach freiwillig dafür gemeldet hätte, hinter der Bühne zu arbeiten – schließlich nahmen sie jeden auf –, aber das hatte ich vor dem Vorsprechen nicht gewusst. Natürlich wäre ich dann aber auch nicht mit Peter zusammengestoßen.

Ich befand mich mit Les, dem großen, blonden Regieassistenten, auf der Hinterbühne. Er hielt ein dickes Ringbuch in der Hand, auf dessen Titelseite mit schwarzem Filzstift *Regiebuch* geschrieben stand. Auf der anderen Seite der Bühne wartete das kräftige blonde Mädchen, Melissa. Sie spielte Lady Bracknell, die schnöselige Tante meiner Rolle.

Peter befand sich auch auf der Bühne. Er saß neben Krista/Gwen und hielt ihre Hand. Ihre Textbücher lagen auf dem Sofa. Neben mir kritzelte Les Regieanweisungen – wer wann auf welcher Position sein musste – ins Regiebuch.

»Peter – ich meine, Jack – du kniest vor Gwen nieder und nimmst ihre beiden Hände«, rief Iris von ihrem Platz im Zuschauerraum. »Aber bleib im Profil – kehr uns nicht den Rücken zu.«

Peter setzte die Anweisung um. Ich wand mich neben Les, der weiterhin Notizen machte, hin und her.

»Jetzt rückt näher zusammen. Noch näher. Ihr seid ineinander verliebt.«

Krista/Gwen beugte ihren Kopf leicht nach unten und lächelte, während Peter ihr näherkam. Sie war hübsch, und ich konnte sie plötzlich nicht mehr besonders gut leiden.

»Nicht so«, rügte Iris. »Ich weiß, dass es unangenehm ist, aber er ist deine große Liebe. Sieh ihm in die Augen. Ein Heiratsantrag ist der wichtigste Moment im Leben einer viktorianischen Frau.«

Gwen befolgte die Anweisung. Peter erwiderte ihren Blick und ich sah einen Funken zwischen den beiden entstehen. Hm. Ich wusste, dass es nur ein

Theaterstück war und sie bloß eine Rolle spielten, aber es machte mich nervös, dass Peter Krista auf diese Weise anblickte.

Les trommelte mit seinem Bleistift auf dem Ringbuch herum. Ich schaute zu ihm und er erwiderte meinen Blick. Ich lächelte ihn leicht an. Er zuckte mit den Schultern und wandte sich wieder seinen Notizen zu. Das Regiebuch war am Rand mit eingekringelten Buchstaben übersät und mit Pfeilen, die über die ganze Seite reichten. Ich verstand davon nur Bahnhof.

»Auftritt: Lady Bracknell«, sagte Iris.

Auf der anderen Seite der Bühne bauschte sich die sonst so sanftmütige blonde Melissa zur steifen Lady Bracknell auf und schritt mit dem Textbuch in der Hand von einer Kreppbandmarkierung zur nächsten. »*Mr. Worthing! Erheben Sie sich aus dieser halbliegenden Haltung. Sie ist äußerst unziemlich.*«

»*Mama! Ich muss dich bitten zu gehen*«, sagte Gwen. »*Du hast hier nichts zu suchen. Außerdem ist Mr. Worthing noch nicht ganz fertig.*«

Les hörte auf zu schreiben und ließ seine Hand sinken, als hätte er einen Krampf, aber ich war zu sehr in das Bühnengeschehen vertieft, um ihm große Aufmerksamkeit zu schenken. Ein Vorhang schottete Les und mich etwas von den anderen ab und verdeckte mir die Sicht. Peter hielt immer noch Kristas Hand fest und war ihr innig zugewandt.

Lady Bracknell wirkte entsetzt. »*Darf ich fragen, womit er noch nicht fertig ist?*«

Wie dumm war es bitte, eifersüchtig zu sein auf …

Eine Hand strich mir über die linke Pobacke. Mich überkam ein eiskalter Schauer. Ich riss meinen Kopf herum und sah, wie Les mit einem seltsamen Lächeln seine Hand zurückzog.

»*Ich bin mit Mr. Worthing verlobt, Mama.*«

Eine Sekunde lang konnte ich mich nicht bewegen. Übelkeit machte sich in mir breit. Ich sprang ein paar Schritte zur Seite und wandte mich von ihm ab. Ich wusste nicht, was ich tun sollte.

»*Verzeihung, aber du bist mit niemandem verlobt. Und wenn es doch einmal so weit kommt, werde ich dich darüber in Kenntnis setzen.*«

Les kehrte sich wieder seinen Notizen zu, aber er wirkte genervt. Niemand schien etwas mitbekommen zu haben. Alle Augen waren auf die Bühne gerichtet, und der Vorhang verdeckte uns größtenteils vor den anderen. Was zum Teufel war gerade passiert? War es etwa so offensichtlich, dass ich schwul war? Wussten alle Bescheid?

»*Um Himmels willen, Algy, hör auf mit dieser grässlichen Musik. Was bist du nur für ein Quälgeist!*«

Mein Magen zog sich zusammen und ich schaute nach unten auf den Bühnenboden. Als Les mich berührte, fühlte es sich irgendwie … widerlich an, als hätten wir etwas Unerlaubtes getan. War es immer so widerlich? Ich mochte es, wenn Peter mich berührte, aber er begrapschte mich nicht auf diese Weise. Zog ich etwa nur Widerlinge an?

Versager!

Vielleicht steigerte ich mich einfach zu sehr hinein. Vielleicht hatte ich es mir nur eingebildet, oder er war aus Versehen gegen mich gekommen. Vielleicht …

»Algernon! Algernon! Hey, Kevin!«

Ich kehrte wieder in die richtige Welt zurück. Alle starrten mich an, auch Iris, die gerade meinen Namen gerufen hatte.

»Das ist dein Einsatz, Algernon«, sagte sie. »Pass auf. Und Les – es ist *deine* Aufgabe, ihn an seine Einsätze zu erinnern.«

Les salutierte mit seinem Bleistift. »Tut mir leid, Iris. Mein Fehler. Ich hab ihm nicht Bescheid gesagt.«

»Geh wieder auf deine Startposition, Algernon«, sagte Iris.

Ich betrat die Bühne und versuchte, meinen Algernon-Panzer vom Vorsprechen wieder abzurufen, aber Les' Handabdruck brannte noch immer auf meiner Haut und ich konnte mich nicht konzentrieren. Peter schaute nach unten in sein Textbuch und seine Haare fielen ihm ins Gesicht. Ich wollte sie berühren.

»*Mit Gwendolen ist alles in bester Ordnung*«, verkündete er in einem noblen Akzent. »*Wenn es nach ihr geht, sind wir verlobt.*«

»Jack, klopf deinem Freund Algy bei deinem nächsten Satz mit britischer Steifigkeit auf die Schulter«, rief Iris ihm zu.

»*Ihre Mutter ist geradezu unausstehlich*«, sagte er und tätschelte meinen Rücken mit einem Anflug von Melancholie. »*Eine solche Gorgone ist mir noch nie untergekommen. Zwar kenne ich keine Gorgonen persönlich, aber ich bin davon überzeugt, dass Lady Bracknell eine ist.*«

Einen Moment lang war ich wieder im Park, mit seiner Hand auf meiner Schulter. Dann kehrte ich ins Theater zurück. Ich ließ Algy ein wenig über die Aussage seines Freundes lächeln. Aus dem Augenwinkel konnte ich sehen, wie verärgert Les wirkte. Ich beschloss, ihn zu ignorieren.

»*Ich bitte dich um Verzeihung, Algy.*« Peter legte seinen Arm um meine andere Schulter, sodass er mich halb umarmte. Das gefiel mir ziemlich gut. »*Ich sollte wohl nicht in deiner Gegenwart so über deine Tante sprechen.*«

»Sie sagte, du sollst ihm auf die Schulter klopfen und nicht, du sollst ihn umarmen, Peter«, unterbrach Les ihn. »Hebt euch das Techtelmechtel für später auf, Jungs.«

Ich löste mich aus Peters Griff, als hätte er sich plötzlich in eine Schlange verwandelt. »Hey … was?«

»Er hat recht, Jack«, warf Iris ein. »Warte mit der innigen Umarmung lieber bis zu der Szene, in der du erfährst, dass er dein verloren geglaubter Bruder ist. Aber hier sollte ein Klaps auf den Rücken genügen.«

»Alles klar«, sagte Peter mit neutraler Stimme.

26

Scheiße, dachte ich.

»Dein Einsatz, Algy«, rief Iris.

Um 22 Uhr beendete sie schließlich die Probe. »Ich sehe euch morgen alle um Punkt 19 Uhr auf der Bühne«, erinnerte sie uns. »Übt euren Text. In zwei Wochen müsst ihr ihn alle auswendig können. Kevin und Peter …«

Wir zuckten beide leicht zusammen, während die anderen die Bühne verließen.

»Ihr beide habt eine tolle Chemie. Weiter so.«

Ich wusste nicht, wie ich darauf reagieren sollte, also sagte ich gar nichts. Peter klopfte mir fest auf die Schulter und bedankte sich bei Iris. Dann raunte er mir mit gesenkter Stimme zu: »Wir sehen uns gleich draußen.«

Kurz darauf stand ich auf dem Parkplatz und machte mein Fahrrad von dem silbernen Laternenmast los. Mein Herz pochte. Meine Hände zitterten. Ich konnte es kaum erwarten, ihn zu sehen.

Mit einem knarrenden Geräusch ging die Stahltür auf und ich drehte mich um. »Hey …«, setzte ich an.

»Hey«, entgegnete Les.

Erschrocken richtete ich mich auf. »Oh! Äh … hi, Les.« Was zur Hölle?

Mit seinen Händen in den Hosentaschen trat er auf mich zu. Vorsichtig machte ich einen Schritt zurück und hielt das Fahrradschloss noch immer fest umklammert. Die Erinnerung daran, wie er mich berührt hatte, spukte mir durch den Kopf. Ich konnte ihn nicht leiden, und diese Situation hier gefiel mir überhaupt nicht.

»Hast du einen weiten Heimweg?«, fragte er.

»Geht so«, antwortete ich.

Und dann stand er direkt vor mir. Er legte seine Hand auf meine Schulter, so wie Peter es getan hatte. Mir war kalt und ich fühlte mich unwohl, doch ich konnte mich nicht vom Fleck rühren. Der Gedanke davon, wegzulaufen, jagte mir Angst ein. Als würde ich ihn dadurch wütend machen. Und Iris hatte gesagt, wir sollten ihn nicht verärgern, weil er der Regieassistent war. Was, wenn er mich aus der Produktion schmeißen würde? Dadurch könnte meine Bewährungsauflage zurückgezogen werden.

»Ich würde dich gern durch den Park begleiten«, sagte er mir einem halben Lächeln. »Ich kann dir eine coole Abkürzung zeigen.«

Ich brauchte einen Moment, um das sacken zu lassen. Dann überkam mich ein weiterer Schauer. Das waren genau die Worte, die auch Peter zu mir gesagt hatte. Woher wusste er das?

Les fasste mir in den Schritt. Ich erstarrte. Die Gedanken flogen aus meinem Gehirn wie ein Schwarm verängstigter Vögel. Ich konnte weder nachdenken noch reagieren. Seine Hand fummelte herum, zerrte und tastete den Stoff meiner Hose ab.

27

»Ich liebe es, Leuten Abkürzungen zu zeigen«, sagte Les. »Und nicht nur das.«

Der Tiger in mir erwachte brüllend zum Leben. Ich schubste Les mit beiden Händen fest von mir weg. Er landete auf dem Hintern, und sein Gesicht war zunächst vor Verwunderung und dann vor Wut verzogen.

»Fass mich nicht an!«, fauchte ich. »Lass mich in Ruhe!«

Les blieb auf dem warmen Asphalt sitzen. In diesem Moment wirkte er nicht schmächtig oder hinterlistig. Er kochte vor Wut. »Ich weiß, was du für einer bist, du kleiner Wichser!«, rief er. »Du *willst* doch, dass ich …«

»Was ist hier los?« Plötzlich stand Peter vor uns, groß und stark. Für einen kurzen Moment hätte ich schwören können, dass er eine Rüstung trug. »Gibt es ein Problem?«

»Nein.« Les erhob sich taumelnd und lief zum Bühneneingang. »Überhaupt nicht.« Er ging wieder rein und schlug die Tür hinter sich zu.

Ich fuhr mir übers Gesicht. Mein Schritt fühlte sich verletzt und geschändet an. Peter wandte sich mir zu. »Alles okay bei dir? Was ist passiert?«

»Mir geht's gut«, sagte ich hastig. »Es ist nichts. Nichts ist passiert.«

Peter sah zwischen mir und der Tür hin und her. »Bist du dir sicher?«

»Ja. Es war einfach … eine dumme Sache.« Auf gar keinen Fall würde ich mit Peter darüber sprechen. Er würde denken, dass ich komische Typen magnetisch anzog. Ich konnte mich später immer noch darum kümmern. »Komm. Wir nehmen wieder die Abkürzung, okay?«

Wir schlenderten durch den Park und mein Fahrrad ratterte neben mir her. Der Dreiviertelmond hing friedlich über uns und der Weg breitete sich vor uns aus wie ein silberner Fluss unter sanfter Abendluft. Peter streifte im Gehen meine Schulter und ich blendete die ganze Aufregung um Les aus. Ich lief neben einem Jungen her, der mir einen Kuss gegeben hatte und mich vielleicht sogar wieder küssen würde.

»Darf ich etwas Blödes sagen?«, fragte Peter.

»Äh … klar.«

»Ich konnte heute den ganzen Tag nicht aufhören, an dich zu denken. Und ich konnte die Probe heute Abend kaum erwarten.«

Ich hätte Luftsprünge machen können, aber stattdessen entgegnete ich trocken: »Das ist echt bescheuert.«

»Hey!« Peter starrte mich gespielt zornig an. »Du sollst mir doch sagen, dass ich *nicht* bescheuert bin.«

»Oh. Tut mir leid. Ich bin nicht so gut in … du weißt schon.«

»Beziehungen?«

»Sind wir denn in einer Beziehung?« Der Boden knirschte unter meinen Schuhsohlen. »Ich meine, wir waren nur zweimal spazieren und haben uns einmal geküsst.«

Als Reaktion darauf drehte Peter sich zu mir um und küsste mich. Es war nicht ganz so überwältigend wie beim ersten Mal, aber es kam nah dran. Als wir fertig waren, stellte ich überrascht fest, dass wir immer noch Boden unter den Füßen hatten und nicht auf Wolken schwebten. Ich musste mir erst wieder ins Gedächtnis rufen, wie man richtig atmete.

»Zweimal«, korrigierte Peter mich.

»Du kennst mich doch gar nicht richtig«, murmelte ich. »Vielleicht bin ich ja ein Juwelendieb oder ein Axtmörder.«

»Okay.« Peter holte tief Luft und ich fragte mich, ob auch er für einen kurzen Moment vergessen hatte, wie man atmete. »Hast du jemals eine Axt ermordet?«

»Klugscheißer.« Ich schlug ihm sachte auf die Schulter.

»Au!« Peter taumelte unter vorgetäuschten Schmerzen zur Seite. »Dafür wirst du büßen!«

Er warf sich auf mich und wir rollten durch das weiche Gras und ächzten und lachten dabei wie Hundewelpen. Meine Muskeln drückten sich gegen seinen harten Körper. Bei ihm fühlte ich mich frei und geborgen zugleich.

Mit einem Ruck saß ich auf Peters Bauch und drückte seine Arme oberhalb seines Kopfes zu Boden. Unter leichtem Keuchen blickte ich zu ihm herab. Er grinste. Niemals hätte er zugelassen, dass ich ihn gegen seinen Willen in diese Position gebracht hätte, und er wusste, dass ich mir darüber im Klaren war. Dieser Mistkerl. Ich erwiderte sein Grinsen und bückte mich dann zu ihm herunter, um ihn zu küssen. Dieses Mal nahmen wir uns mehr Zeit und gingen behutsamer vor. Ich erkundete seinen Mund, und als ich seine Handgelenke fester nach unten drückte, überkam mich ein Rausch. Das Gras raschelte unter uns und die Welt um uns herum zog sich immer enger zusammen, bis nur noch wir beide darin existierten.

Ich bäumte mich wieder auf. »Dreimal.«

Peter grinste erneut, bevor er seinen Kopf zur Seite drehte. »Was war …?«

»Was denn?« Ich sah mich auch um, aber ich konnte nichts erkennen.

»Ich dachte, ich hätte da drüben ein Licht gesehen. Aber ich hab mich wohl getäuscht.«

Er schob mich sachte von seinem Körper, richtete sich auf und legte seinen Arm um mich. Ich hätte diesen Augenblick am liebsten für immer in einer Flasche aufbewahrt. Wir saßen neben dem Fluss, und die Strömung rauschte im Dunkeln an uns vorbei.

»Du hattest recht. Ich weiß gar nichts über dich. Wo wohnst du?«

Normalerweise brachten mich solche Fragen immer völlig aus dem Konzept oder gaben mir ein ungutes Gefühl, aber in diesem Moment hätte ich ihm alles erzählen können. »Bei meinem Dad. Draußen am Stadtrand.«

»Was ist mit deiner Mom?« Mit seiner freien Hand hob er einen Kieselstein auf und warf ihn ins Wasser. Er verschwand mit einem winzigen Platschen.

»Sie hat uns vor langer Zeit verlassen, als ich ungefähr neun war. Ich weiß nicht einmal, wo sie gerade ist.«

»Oh. Das tut mir leid.«

»Ich komm damit klar«, sagte ich, und das entsprach sogar größtenteils der Wahrheit. Die meiste Zeit über vermied ich es, an Mom zu denken. »Was ist mit dir? Du gehst aufs College, oder? Studierst du Schauspiel?«

»Nee.« Er warf noch einen Kieselstein ins Wasser. »Ich bin nicht gut genug, um professionell auf der Bühne zu stehen, und ich möchte auch nicht unterrichten. Ich studiere Architektur. Ich liebe es, Gebäude zu zeichnen, und ich will mitansehen, wie sie gebaut werden.«

»Stimmt, das war ja eine deiner Wahrheiten beim Ratespiel.« Ich atmete seinen Duft ein, den ich langsam als seinen ganz eigenen Geruch erkannte. »Du wirst es schaffen. Ich kann es schon vor mir sehen.«

Wir blieben so noch einen Moment lang sitzen und ich fühlte mich glücklich in Peters Armen. Dann sagte er: »Ich will echt kein Spielverderber sein, aber ich muss morgen früh aufstehen. Ich belege diesen Sommer Zusatzkurse.«

Ich seufzte. »Okay.«

Wir hoben mein Fahrrad wieder auf und Peter gab mir einen langen Abschiedskuss. »Viermal«, sagte er und ging mit seinen Händen in den Hosentaschen den Pfad entlang, über den wir gekommen waren. Ich sah ihm nach, bis er in der Dunkelheit verschwunden war.

Ich habe einen Freund! Der Gedanke kam mir völlig absurd vor und ich hätte nie gedacht, dass ich ihn einmal in meinem eigenen Kopf hören würde. Ausnahmsweise meldete sich die fiese kleine Stimme nicht zu Wort. *Einen Freund! Der mich so mag, wie ich bin!*

»Hey.«

Ich drehte mich um. Vor mir stand Les mit einem trägen Lächeln im Gesicht. Durch den Stoff seiner Hosentasche drang das schwache Leuchten eines Smartphones. Ein Ruck fuhr durch meinen Körper.

»Alter!«, schrie ich erschrocken. »Was zur Hölle machst du …«

Les packte mein T-Shirt, zog mich zu sich und küsste mich heftig. Einen Augenblick lang konnte ich mich nicht rühren, wie in dem Moment, als er mich begrapscht hatte, aber diesmal kam ich schneller wieder zu Bewusstsein und riss mich von ihm los.

»Einmal«, sagte er und das Wort jagte mir einen Schauer über den Rücken. Er wusste von mir und Peter. Er hatte uns beobachtet und mit seinem Handy in der Hand belauscht. Ich fühlte mich, als wäre jemand mit einer schmutzigen Hand über meine Seele gefahren. Der Tiger in mir fletschte die Zähne.

»Für wen hältst du dich eigentlich, Arschloch?«, rief ich. »Lass mich gefälligst in …«

Er schubste mich mit Gewalt zu Boden. Ich fiel der Länge nach ins Gras. In Windeseile lag Les auf mir und drückte meine Handgelenke nach unten, so wie ich es wenige Augenblicke zuvor bei Peter getan hatte. Les schaute auf mich herab und grinste. In seinem Mundwinkel funkelte ein Speicheltropfen.

»Ach, ihn küsst du, aber mich nicht? Ihn lässt du ran, aber ich geh leer aus? Du kleiner Perversling.«

Les' Gesicht senkte sich zu mir wie der Kopf einer Schlange, und er küsste mich erneut. Ich bekam kaum Luft und versuchte, mich zur Seite zu winden, aber er war zu schwer und ich hatte keine Chance, mich zu wehren. Mich packte die blanke Angst.

»Zweimal«, raunte er.

Mein Herz pochte. Meine Hände zitterten. Ich wollte einfach nur weg von ihm.

»Lass mich in Ruhe, Arschloch«, versuchte ich zu grummeln, aber ich bekam kaum Luft und brachte nur ein erbärmliches Keuchen hervor. »Ich rufe ...«

»Die Bullen?« Les grinste höhnisch. »Und was willst du ihnen erzählen? Dass du eine kleine Schwuchtel bist? Damit dann schön im Polizeibericht steht, was für ein perverses Schwein in dir steckt?« Er beugte sich näher an mich heran und sein eiserner Griff klammerte sich immer noch um meine Handgelenke. »Ich verrate den Bullen, was du mit Peter getrieben hast. Er ist neunzehn. Du bist sechzehn. Und dann werden sie es allen erzählen. Sie werden es deinem Dad sagen, du kleiner Perversling.«

Die Panik zerdrückte mir die Brust. Meine Bewährungshelferin würde es auch erfahren. Sie würde mich sofort in den Jugendknast stecken, wenn ich mit der Polizei in Konflikt geraten würde. Die ganze Schule würde es mitbekommen. Und Dad – was würde Dad erst sagen?

Mit einer schnellen Bewegung drehte mich Les auf den Bauch und hielt meine Hände auf meinem Rücken fest. Er war so stark. Mein Gesicht drückte sich ins Gras und meine Nase versank in der Erde. Was als Nächstes passierte, fühlte sich schlimmer an als jeder Schmerz, den ich mir je hätte ausmalen können. Für eine Weile war ich abwesend. Schließlich spürte ich, wie Les' Gewicht von mir abließ. Ich lag immer noch auf dem Boden.

»Ich merk doch, dass dir das gefallen hat, du perverses Schwein«, sagte Les. »Nächstes Mal wird es noch schöner.«

Nächstes Mal? Die Worte hissten wie rote Schlangen.

Les kniete sich neben mir nieder und legte mir die Hand auf die Schulter. »Wir werden uns diesen Sommer noch oft zu Gesicht bekommen. Und ich werde *sehr viel* von dir sehen.« Er drückte mir einen Kuss auf die Schläfe. Ich zuckte zusammen. »Dreimal«, flüsterte er. Und dann war er weg.

Ich blieb noch eine lange Zeit liegen. Ich wollte mich nicht bewegen. Alles tat mir weh. Ich wollte im Erdboden versinken, wollte, dass diese Stelle zu meinem Grab wurde. Aber schließlich musste ich doch aufstehen. Wie ein Zombie zog ich meine Hose hoch und setzte einen Fuß vor den anderen, bis ich mein Fahrrad erreichte. Ich konnte nicht fahren. Langsam schob ich es aus dem Park heraus.

An den Heimweg konnte ich mich kaum noch erinnern. Er musste stundenlang gedauert haben, aber ich hatte jegliches Zeitgefühl verloren. Als ich den Trailer erreichte, besaß ich gerade noch genug Geistesgegenwart, einen Schraubenzieher zu nehmen und damit das Luftventil meines Vorderreifens zu öffnen. Mit einem Zischen wurde er platt. Dann ging ich hinein.

Dad lag auf der Couch und starrte auf das Buch in seinen Händen, aber ich glaubte nicht, dass er am Lesen war. Der Ventilator auf der Fensterbank wirbelte die heiße Luft auf. Mit einem Ruck sprang Dad auf.

»Was ist passiert?«, rief er aufgebracht. »Es ist fast zwei Uhr. Ich war krank vor Sorge.«

Ich schaute ihn an. Für einen winzigen Moment wollte ich ihn mit beiden Armen umklammern und wie ein kleines Kind schluchzen, bis er mir über den Kopf streicheln und sagen würde, dass alles gut wird. Dann erinnerte ich mich wieder daran, was Les im Park zu mir gesagt hatte. Die Polizei. Die Nachrichten. Peter. Dad.

Kleiner Perversling.

»Ich hatte einen Platten und musste mein Fahrrad fast zehn Kilometer nach Hause schieben«, keuchte ich erschöpft. »Du kannst an meinem Fahrrad nachsehen, wenn du mir nicht glaubst.«

So leicht wollte Dad nicht nachgeben. »Warum zum Teufel hast du dann nicht angerufen?«

»Es gab unterwegs keine Telefonzelle.« Ich musste das Wohnzimmer verlassen, bevor ich in Tränen ausbrach. »Ich bin fix und fertig. Ich geh noch schnell duschen und dann direkt ins Bett. Nacht.«

Ich drehte die Dusche so weit auf, bis mir das Wasser zu warm war, und stellte es dann noch ein bisschen heißer. Ich wusch jeden einzelnen Winkel meines Körpers, aber die Erinnerungen schwebten im Dampf um mich herum.

Nächstes Mal wird es noch schöner.

Es tat immer noch weh. Ich schrubbte mich trocken und schluckte eine Tablette Ibuprofen aus dem Spiegelschrank. Als ich in meinem Zimmer das Handtuch lockerte, war es, als würde Les mir wieder die Hose runterzerren. Ich zog mir das Tuch fester um die Hüfte.

Ich werde sehr viel von dir sehen.

Irgendwie schaffte ich es, mir frische Boxershorts anzuziehen und aufs Bett zu kriechen. Robbie blickte mich von seinem Bilderrahmen aus an. Ich starrte zurück, ohne ihn anzutippen.

ERSTER AKT, 4. SZENE

KEVIN

ROBBIE SAH mich immer noch von seinem Bilderrahmen aus an, obwohl es bereits der nächste Morgen war und ich mich draußen unter einem der Bäume im Vorgarten befand. Ich hatte kaum ein Auge zubekommen. Die Morgenluft war kühl, vor allem im Schatten vor dem Trailer. Ein Vögelchen zwitscherte auf einem Ast über mir. Jeden Moment könnte es mir auf den Kopf kacken.

Ich hörte, wie sich Dads Schritte näherten, bis er neben mir in die Hocke ging. Er trug feste Arbeitsschuhe und ein blaues Jeanshemd mit hochgekrempelten Ärmeln. »Du solltest damit aufhören, Kevin. Das ist nicht gesund.«

Dad wollte nach dem Bild greifen, aber ich riss es ihm weg. Er seufzte und fuhr sich mit der Hand durch die Haare. Ich legte den Rahmen mit dem Bild nach unten ins Gras, wo Dad ihn nicht erreichen konnte. Ich wollte nicht mit ihm darüber reden.

»Hör mal zu, Kev«, sagte er. »Ich weiß nicht, wie ich dich unterstützen kann. Ich wünschte, wir könnten uns professionelle Hilfe leisten, aber …«

Die Wut platzte aus mir heraus. Ich fuhr ihn an. »Warum? Hältst du mich für verrückt? Hab ich etwa einen Seelenklempner nötig?«

Dad sah erschöpft aus. Dieses Gespräch führten wir nicht zum ersten Mal, und es verlief jedes Mal gleich. »Ich will damit nur sagen, dass ich nicht weiß, was mit dir los ist. Das hat schon lange vor dieser Sache mit … mit den anderen Jungs angefangen.«

Ich hob das Foto wieder auf und schaute zu Robbie herab.

»Ich weiß, dass du denkst, ich würde dich nicht verstehen. Das habe ich als Teenager auch immer gedacht. Aber ich habe nicht vergessen, wie es sich anfühlt, sechzehn zu sein. Manchmal kann es helfen, mit jemandem darüber zu reden.«

Dad, ich bin schwul, ich habe einen Freund und letzte Nacht wurde ich …

Robbie blickte zu mir auf, so wie er es immer tat. Dad saß schweigend neben mir in der Hocke.

… vergewaltigt.

Meine Hände zitterten und das Foto bebte leicht. *Es war meine Schuld. Ich hätte mich wehren sollen, hätte vorsichtiger sein müssen, damit Les mich nicht mit Peter zusammen sieht.*

Ich schaute Dad an. Er gab sich Mühe, ein guter Vater zu sein. Die meiste Zeit über war mir das bewusst. Auch, wenn er den Großteil meiner Kindheit versäumt hatte, weil er im Gefängnis gewesen war. Er könnte mir helfen. Ich wollte gerne mit ihm reden. Ich öffnete den Mund, um die Worte auszusprechen. Aber stattdessen brachte ich nur hervor: »Du trägst deine Arbeitskleidung. Hast du einen Job?«

Dad sah enttäuscht aus, und mein schlechtes Gewissen wurde noch größer. »Ja, als Trockenbauer. Ist nur ein kleiner Auftrag über ein paar Tage.«

»Arbeitest du schwarz?«

»So fallen keine Steuern an.« Dad lächelte verlegen. »Jeder Cent bleibt für uns. Was hast du heute vor?«

Ich entrang mir ebenfalls ein vorgetäuschtes Lächeln. »Wahrscheinlich meinen Text auswendig lernen. Die Premiere ist in vier Wochen, also muss ich echt Gas geben.«

»Alles klar. Vergiss dein Mittagessen nicht. Dann bis heute Abend.« Er stand auf und wollte schon gehen, zögerte dann aber kurz. »Kevin …«

»Mir geht's gut, Dad.« Ich schaute wieder runter auf das Foto. »Geh zur Arbeit, sonst kommst du noch zu spät.«

Er hielt noch einen Moment inne und stapfte dann weg. Der Truck fuhr in einer Rauchwolke davon.

Genau in diesem Moment klingelte im Trailer das Telefon. »Mist«, brummte ich und lief mit dem Foto in der Hand nach drinnen. Ich war bestimmt der einzige Teenager in ganz Amerika, der kein Handy besaß. Das konnten wir uns nicht leisten. Unser Festnetztelefon hatte sogar noch ein Kabel, und es war immer verdreht. Ich riss den Hörer von der Wand.

»Hey, Kevin«, sagte Peter.

Die gesamte Kraft schwand aus meinen Beinen und ich glitt an der Wand entlang auf den Boden. Ich war mir nicht sicher, ob es daran lag, dass seine Stimme mir Freude oder Angst bereitete. »Hey«, antwortete ich. »Ähm … woher hast du meine Nummer?«

»Sie steht auf der Kontaktliste, die Iris verteilt hat, Blödmann.«

Ich wickelte mir das Kabel um die Hand. »Oh. Stimmt ja. Also … was geht?«

»Mein Kurs fällt heute aus. Hast du Lust, was zusammen zu unternehmen? Wir könnten unseren Text üben oder einfach so rumhängen.«

Einen Moment lang befand ich mich wieder im Park. Peter küsste mich. Und dann war es Les. Und dann wurde es noch schlimmer. Ich zog meine Knie bis zum Kinn an.

Liebend gerne! Wo wollen wir uns treffen? »Ich hab keine Zeit. Ich muss heute zu Hause ein paar Sachen erledigen.«

»Oh. Okay.« Ich hörte zwar die Enttäuschung in seiner Stimme, aber ich konnte ihm unmöglich gegenübertreten. Nicht jetzt. »Also dann bis heute Abend.«

»Ja.« Das Kabel unterbrach den Blutkreislauf in meinen Fingern. »Man muss schließlich proben, hab ich recht? Bis später.«

Wir legten auf. Meine Hand hielt den Hörer fest, bis sie sich verkrampfte. Die Probe. Les würde auch auf der Probe sein.

Mit einem Mal überkam mich die Übelkeit, und ich schaffte es gerade noch rechtzeitig ins Bad. Ich hielt die Toilette fest umklammert und übergab mich. Die Säure brannte meine Innereien komplett aus.

Das war alles nur passiert, weil ich Peter geküsst hatte. Hätte ich das nicht getan, hätte mich auch Les niemals beobachtet und wäre nicht auf diese Gedanken gekommen. Er wäre mir nicht gefolgt. Es war meine Schuld.

Ich übergab mich wieder und wieder, bis nichts mehr übrig war, was ich hätte erbrechen können. Ich kauerte auf dem dünnen Badezimmerteppich und rührte mich nicht vom Fleck. Mir fehlte die Energie, mich zu bewegen. Die Zeit verstrich. Das Badezimmer wurde immer dunkler, während die Sonne an mir vorüberzog. Ich bewegte mich nicht. Im Badezimmer wurde es noch dunkler. Ich rührte mich nicht von der Stelle. Schließlich hievte ich mich auf die Füße. Es war bald Zeit für die Probe. Meine Beine verkrampften sich und ich ließ den Schmerz schuldbewusst über mich ergehen.

Draußen pumpte ich meinen Fahrradreifen mit der Handpumpe auf. Ich konnte die anderen nicht hängen lassen. Das wäre unfair. Ich nahm einen Umweg durch die Stadt, um nicht durch den Park fahren zu müssen, und versuchte dabei, nicht an die Probe zu denken. Als ich jedoch das Kulturzentrum erreichte, wurde meine Kehle trocken und eiserne Ketten der Angst legten sich um meine Brust. Les wartete hinter dieser Stahltür, und ich musste da durch. Ich hatte solche Angst. Er …

Die Hintertür flog ruckartig auf und ich zuckte zusammen. Mir drehte sich der Magen um. Ich schrie auf und hasste mich selbst dafür, dass ich so ein Feigling war. Iris streckte ihren Kopf raus.

»Da bist du ja«, sagte sie. »Du bist spät dran, Kleiner. Nicht vergessen, wenn du dich mehr als zweimal verspätest, wirst du umbesetzt. Ich mach keine Ausnahmen.«

Ich band mein Fahrrad mit zitternden Händen fest. »T…tut mir leid, Iris. Ich bin gleich da.«

Sie folgte mir ins Gebäude und wir gingen Seite an Seite durch den Gang zur Bühne. Ich wusste noch, wie viel Angst ich vor dem Gedanken gehabt hatte, dass dieser Flur mich ins Gefängnis führen könnte. Nun kam mir diese Option plötzlich wie das geringere Übel vor. Vielleicht sollte ich einfach alles hinschmeißen und in den Jugendknast gehen. Augen zu und durch.

»Alles okay bei dir, Kevin?«, fragte Iris. »Du bist kreidebleich.«

»Mir geht es gut«, druckste ich. »Wirklich. Ich bin nur ein bisschen müde. Ich … ich …«

Der Flur geriet ins Schwanken. Taumelnd fiel ich gegen die Backsteinwand. Iris schreckte auf und packte mich am Arm, um mich aufzufangen. »Kevin!«

Dann saß ich auf dem Boden und vergrub meinen Kopf in den Knien. Aus dem Augenwinkel sah der Flur dunkel aus. Iris kniete sich neben mich und legte einen Arm um meine Schultern. Die Worte türmten sich in mir auf und sprudelten nur so heraus. Ich konnte sie nicht aufhalten.

»Ich habe solche Angst, ich habe einfach solche Angst«, rief ich.

»Kevin, was hast du?« Iris wirkte sehr beunruhigt. »Du kannst es mir ruhig sagen.«

Ich musste es jemandem erzählen. Ich konnte es einfach nicht mehr für mich behalten. »Ich wurde angegriffen. Gestern Abend. Auf dem Heimweg von der Probe.«

Ich rechnete mit einer angewiderten Reaktion, aber stattdessen klang Iris besorgt. »Angegriffen? Kevin, was ist passiert? Ist schon gut – du kannst es mir ruhig sagen.«

»Ich … ich wurde …« Die Angst erstickte meine Worte. Ich konnte ihr nicht alles erzählen. »So ein Typ hat mich überfallen.«

»Weißt du, wer es war? Hast du die Polizei gerufen?«

»Ich weiß nicht, wer es war. Und ich hab niemanden angerufen.« Meine Augen brannten und meine Nase fühlte sich angeschwollen.

Sie half mir wieder auf die Beine. »Komm, wir gehen in den Aufenthaltsraum. Dort können wir uns unterhalten, okay?«

Ein paar Minuten später saß ich auf einer abgenutzten Couch im Aufenthaltsraum. Wie ich lernte, wurde dieser Bereich in der Unterhaltungsbranche auch *Green Room* genannt, obwohl die Wände überhaupt nicht grün waren. Iris reichte mir eine Cola-Dose und nahm neben mir Platz.

»Ich habe den anderen gesagt, dass sie ihren Text lernen sollen«, sagte sie. »Erzähl mir, was passiert ist.«

Ich drückte die gekühlte Dose gegen meine Handgelenke. Das beruhigte mich ein wenig. »So viel gibt es nicht zu erzählen. Ich wurde von einem Typen im Park überfallen. Er wollte Geld haben, aber ich hatte keins dabei. Also schlug er ein paarmal zu und lief weg.«

»Würdest du ihn wiedererkennen, wenn du ihn siehst?«

Eine Sekunde lang schwebte Les' grinsendes Gesicht vor mir. »Kann sein«, murmelte ich.

»Wir sollten die Polizei rufen. Selbst wenn du ihnen nicht sagen kannst, wer es war, solltest du Anzeige erstatten, falls er doch irgendwann gefasst wird.«

Ich war angespannt. »Nein.«

»Kevin, ich weiß, dass es schwer ist.« Sie berührte mein Handgelenk. »So reagieren viele Angriffsopfer. Aber dadurch kommen Leute wie dein Angreifer ungestraft davon.«

»Darum geht es nicht.« Ich hasste es, sie anzulügen. Ich kam mir vor wie ein Wurm, der von Hundehaufen begraben war. »Also, ich stehe … unter Bewährung.«

Iris rückte ihre Brille zurecht. »Bewährung?«

»Meine Bewährungshelferin hat gesagt, ich muss entweder einen Job finden oder an einem Sommerprogramm wie der Theaterproduktion teilnehmen. Also habe ich das getan. Wenn ich die Polizei rufe ... stehe ich aus ihrer Sicht sowieso schon auf der falschen Seite. Sie würden mir nicht glauben – oder ich würde schon wieder in Schwierigkeiten geraten.«

»Pass mal auf, Kleiner.« Ihre Stimme klang sanft und brachte mich fast schon wieder zum Weinen. Ich holte tief Luft, um die Tränen zu unterdrücken. Mir war es unangenehm, in der Öffentlichkeit zu heulen. »Der Polizei wird deine Bewährung egal sein. Du bist hier das Opfer. Was haben deine Eltern dazu gesagt?«

Fast wäre mir die Getränkedose aus der Hand gerutscht. »Sag meinem Dad nichts davon! Er wird mir verbieten, am Theaterstück teilzunehmen.«

»Schon gut, ich werde ihm nichts sagen.« Sie stand auf. »Ich muss jetzt wirklich zurück zur Probe. Willst du nach Hause fahren und dich ein wenig ausruhen? Wir werden dir auch keinen Fehltag anrechnen.«

»Nein! Das Theaterstück ... hilft mir dabei, die Sache besser zu verarbeiten.« Eigentlich hatte ich etwas anderes sagen wollen, aber es stimmte. Für eine Weile konnte ich jemand anderes sein. Algy gab einen Scheiß auf Les.

»Na klar. Ich sage Les, dass er Algys Text übernehmen soll, bis du soweit bist.« Sie hielt kurz inne. »Ich habe Peter am Getränkeautomaten gesehen. Er macht sich Sorgen um dich, aber ich habe ihm gesagt, dass ich mich unter vier Augen mit dir unterhalten muss.«

Ich blieb noch ein paar Minuten sitzen, nachdem sie gegangen war, und trank meine Cola aus. Es war das Einzige, was ich den ganzen Tag über zu mir genommen hatte, und der Zuckerrausch floss durch meine Adern. Schließlich stand ich auf und huschte hinter die Kulissen. Die Hinterwand war von Seilen und Flaschenzügen, an denen ein Gewicht befestigt war, gesäumt, und schwarze Vorhänge bildeten einen Irrgarten aus Samt. Hier hinten war alles schwarz angestrichen. Auf der Bühne saß Meg Kimura, ein asiatisches Mädchen, das ich bisher noch nicht sonderlich gut kannte, auf einem Sofa. Meg spielte Cecily, die später mit meiner Figur zusammenkommen würde. Jack, Peters Rolle, hatte sie nach dem Tod ihrer Eltern großgezogen. Dadurch lebte Meg auf der Bühne als asiatisches Mädchen in einer weißen Familie, aber wie ich bei den Proben lernte, war es im Theater mittlerweile üblich, Rollen ganz unabhängig von der Hautfarbe zu besetzen.

Neben ihr auf dem Sofa saß Les. Er spielte Algy, meine Rolle. Das gefiel mir nicht, aber ich wollte auch nicht selbst die Bühne betreten. Mir war heiß und kalt zugleich, und ich war überkommen von Wut und Angst.

Meg sagte als Cecily: *»Ich bin nie zuvor einem schlechten Menschen begegnet. Wie fürchterlich. Meine größte Angst ist, dass er so aussieht wie jede andere Person auch.«*

Les sagte mit einem sehr schlechten britischen Akzent als Algy: *»Oh! Ich bin gewiss nicht böse, Cousine Cecily. Sie dürfen mich nicht für einen schlechten Menschen halten.«*

Ich sah mit makabrer Faszination zu und merkte nicht, wie sich hinter mir aus der Dunkelheit eine Hand ausstreckte.

»Wenn Sie nicht böse sind, dann haben Sie uns alle aber auf unverzeihliche Weise hinters Licht geführt.«

Die Hand legte sich auf meine Schulter. Ich sprang auf und zuckte zusammen wie eine verängstigte Katze.

»Ich hoffe, dass Sie kein Doppelleben geführt und sich als böse ausgegeben haben, wenn Sie eigentlich die ganze Zeit über gut waren. Das wäre äußerst scheinheilig.«

Peter drückte mich gegen die Bühnenwand und hielt mir mit der Hand den Mund zu. Sein Grinsen strahlte wieder heller als die Sterne. Ich fühlte mich wie in einem Käfig.

»Sch«, flüsterte er. »Ich bin's doch nur.«

»Oh! Selbstverständlich habe ich leichtsinnig gehandelt«, sagte Algy.

Ich zog Peter an mich heran und klammerte mich im Dunkeln um ihn. Er wirkte überrascht.

»Jetzt, wo Sie es erwähnen, habe ich mich auf gewisse Weise tatsächlich sehr heimtückisch verhalten«, gestand Algy.

Peter wich zurück. »Geht es dir gut?«

»Ich glaube, dass Sie darauf nicht so stolz sein sollten, auch wenn es sicher äußerst amüsant war«, sagte Cecily.

Ich musste wieder etwas Schönes spüren, irgendwas, also küsste ich Peter stürmisch. Er erwiderte meinen Kuss.

Algy sagte: *»Es ist wesentlich amüsanter hier bei Ihnen.«*

Nach dem Kuss schenkte Peter mir ein Lächeln. Es hatte sich wirklich schön angefühlt. »Nummer fünf«, flüsterte er.

In meinem Kopf hörte ich Les' eigene Aufzählung. Plötzlich verschmolz Peters Gesicht mit dem von Les. Mir wurde schlecht. Die Luft zog sich zusammen. Ich machte kehrt und sah gerade noch im Augenwinkel das Entsetzen in Peters Gesicht, bevor ich davonlief.

»Das ist eine gewaltige Enttäuschung«, bemerkte Algy hinter mir. *»Ich habe einen Geschäftstermin, den ich liebend gerne verpassen würde.«*

Ich schnappte mein Fahrrad und strampelte blindwütig nach Hause. Draußen war es fast komplett dunkel. Schwarze Wolken hingen tief im Himmel und vor mir durchzuckten Blitze das Wolkenmeer. Die Temperatur sank. Ich trat fester in die Pedale, während der Regen in dicken Tropfen herab prasselte. Sie wurden zu einem schweren Schauer, der über die Straßen peitschte und mich bis auf die Knochen durchnässte. Es war mir egal. Alles war mir egal. Ich war ein Niemand.

Der Platzregen hielt an, bis ich zu Hause eintraf. Als ich in die Einfahrt bog, blieb mein Vorderreifen an einer Furche oder einem Stein hängen und ich rutschte ab. Mein Fahrrad fiel in die eine Richtung und ich in die andere, und ich schlitterte bäuchlings über das nasse Gras. Ich blieb auf der Stelle liegen, verschränkte die Arme über meinem Kopf und hoffte, der Regen würde mich im Erdboden versenken. Ich war mir nicht sicher, ob ich weinte oder nicht. Der Donner polterte und krachte über mir, aber ich beachtete ihn nicht.

Ich blieb eine lange Zeit im starken Regen und der aufziehenden Dunkelheit liegen. Schließlich hörte ich ein sachtes »Hey«.

Peter. Ich wusste nicht, wie ich mich fühlte, nur, dass ich todmüde war. Meine Arme hievten mich ganz von alleine auf. »Warum bist du hier?«

»Alter, ich hab mir Sorgen gemacht. Iris hat mir erzählt, dass du ziemlich heftig angegriffen wurdest. Bist du ... Ich meine ...«

»Mir geht's gut. Ich ...« Die Luft strömte aus mir heraus. »Ich hab eine Scheißangst.«

»Wenn du darüber reden willst, habe ich immer ein offenes Ohr.« Er klang wie Iris. »Für so was hat man doch eine bessere Hälfte.«

»Ich weiß nicht mal, ob ich überhaupt darüber reden *kann*.« Der Regen ergoss sich über uns beiden. Meine Füße waren vollkommen durchnässt und meine Finger ganz schrumpelig. Wie dumm, sich darüber Gedanken zu machen. »Ich habe ständig Angst, Peter. Ich habe Angst, dass er zurückkommt und ... und es wieder macht.«

»Was wieder macht?«

Ich antwortete nicht.

»Pass auf.« Peter setzte sich neben mich und es machte ihm nichts aus, dass er genauso nass wurde wie ich. Dadurch fühlte ich mich etwas besser. Sehr viel besser sogar. Er machte sich so viele Gedanken um mich, dass er sich sogar zu mir in den Regen setzte. »Du wurdest überfallen. Klar ist das scheiße, aber so etwas kommt nun mal vor, weißt du? Du musst deswegen nicht ...«

»Er hat mich vergewaltigt.«

Ein langer Moment verstrich. Ich zog meine Knie unters Kinn, ohne Peter anzusehen. Warum antwortete er nicht? Oh Gott, warum hatte ich überhaupt etwas gesagt? *Jetzt hält er mich bestimmt für ein schwules Flittchen.* Ich machte mich schon bereit, aufzustehen und davonzulaufen.

Peter zog mich in eine feste Umarmung. »Oh mein Gott, Kevin, das tut mir so leid. Scheiße, das tut mir so leid. Das ist alles meine Schuld.«

Ich geriet ins Stocken. »Was? Wieso ist das deine Schuld?«

»Mir wurde das erst bewusst, nachdem du von der Probe abgehauen warst. Du wurdest kurz nachdem ich heimgegangen bin angegriffen, oder? Hätte ich dich nicht allein gelassen, wäre das alles nicht passiert.« Er ließ mich los und fuhr sich mit der Hand über sein nasses Gesicht. »Ich bin ein richtiger Vollidiot. Es tut mir leid, Kev.«

»Du kannst nichts dafür.« Ich nahm seine Hand. »Das konntest du doch nicht ahnen.«

Peter wischte sich über die Augen. Weinte er? »Ja, aber ... trotzdem lässt mich mein schlechtes Gewissen so schnell nicht los.«

Ich brachte ein leichtes Lächeln über die Lippen und bemerkte, dass Peters Mustang am Anfang der Einfahrt stand. Meiner Einfahrt. Mist. Peter sah, wo ich lebte. Aber im Vergleich zu allem anderen, was passiert war, erschien mir das gerade nicht so wichtig.

»Woher wusstest du, wo du mich finden würdest?«, fragte ich.

»Iris hat deine Adresse auf die Casting-Ausschreibung geschrieben.« Wasser tropfte von seiner Nase. »Sie schlug vor, dass jemand nach dir sehen sollte. Ich hab mich auf den Weg gemacht, bevor sich jemand anderes freiwillig melden konnte. Mein Auto ist ziemlich schnell.«

»Ja. Schickes Gefährt«, sagte ich neidisch. »Bist du eigentlich reich?«

»Kann man wohl sagen.« Mit einem verlegenen Lächeln strich Peter seine durchnässten Haare nach hinten. »Mein Großvater hat mir ein Vermögen hinterlassen.«

Ich zeigte auf den Trailer. »Tja, meiner nicht.«

»Das kann ich sehen. Und weißt du was?« Mit einem Ruck half er mir auf die Beine und führte mich zum Trailer. »Wen interessiert das schon? Wenn es da drin trocken ist, dann lass uns reingehen.«

Wenige Sekunden später standen wir tropfend in der Eingangstür. Peter pfiff beeindruckt. »Ganz schön große Büchersammlung. Gehört sie dir?«

»Nein. Ich lese zwar ganz gern, aber mein Dad ist der Bücherwurm.« Ich überspielte mein Unbehagen darüber, dass er hier in meinem beschissenen Zuhause war, indem ich mir zwei Handtücher schnappte und eins davon so warf, dass es auf seinem Kopf landete. »Das ist für dich.«

Er rieb sich die Haare trocken. »Also, ich will nicht klingen wie in einem billigen Porno, aber wir sollten uns echt diese nassen Klamotten ausziehen. Kann ich mir etwas von dir ausleihen?«

Und dann standen wir in meinem kargen Zimmer. Peter lehnte sich an den Türrahmen, während ich meine Kommode durchwühlte und wie wild Klamotten durchs Zimmer warf, weil ich nicht wusste, was ich sonst tun sollte. Er war in meinem Zimmer, in meinem *Zimmer*, und gleich würde er sich ausziehen. Würden wir es tun? Wollte ich das überhaupt? Ich war mir nicht sicher. Nicht nach der Sache mit Les. Selbst vor der Sache mit Les wäre ich mir nicht sicher gewesen. Alles war so durcheinander. Wenn er es tun wollte und ich nicht, würde er sich dann von mir trennen wollen?

»Sch…schau mal, ob das passt.« Ich reichte ihm ein paar Sachen und unsere Hände berührten sich. Mein Blick traf seinen, und die gesamte Luft wich aus dem Zimmer.

»Danke.« Seine Stimme klang sanft. »Ich häng das Handtuch im Badezimmer auf, wenn ich mich umgezogen habe. Bin gleich wieder da.« Und damit verließ er das Zimmer.

Ich ließ mich aufs Bett fallen und verschränkte meine Hände hinterm Kopf. Robbie schaute mich von seinem Bilderrahmen auf dem Nachttisch aus an. Einerseits war ich sauer, dass Peter es nicht machen wollte, andererseits war ich total erleichtert. Wie konnte ich das beides auf einmal fühlen? Das war so abgefuckt. *Ich* war so abgefuckt.

Aus dem Badezimmer drangen Geräusche. Ich zog mir die nasse Kleidung aus und schlüpfte in trockene Sachen. Meine Schuhe waren vollkommen durchweicht, also ging ich barfuß. Peter erschien im Türrahmen und trug schlabbrige Basketball-Shorts und das größte T-Shirt, das ich besaß. Es war ihm immer noch zu klein und umspannte jeden Muskel seines Oberkörpers. Ich konnte meinen Blick nicht abwenden.

»Schon viel besser.« Er streckte einen Arm aus, der aus dem Ärmel zu platzen drohte. »Glaube ich jedenfalls.«

»Du siehst toll aus«, sagte ich und war froh, dass ich es geschafft hatte, diese Worte laut auszusprechen. »So solltest du dich immer anziehen.«

Peter ließ sich aufs Bett fallen, so wie ich es wenige Momente zuvor getan hatte, und ich bemerkte, dass sein Gesicht rot angelaufen war. Hatte ich ihn in Verlegenheit gebracht? Hm ... Er nahm Robbies Foto in die Hand. »Und wer ist das?«

»Hör auf.« Ich entriss ihm wütend den Bilderrahmen. »Fass das ja niemals an.«

»Oh. Klar, kein Problem.« Peter stand auf, aber ich hatte den Blick auf das Foto herabgesenkt und konnte seinen Gesichtsausdruck nicht sehen. »Ich sollte mich wohl besser mal auf den Weg machen. Bis dann.«

Er ging zur Tür. Ein Kloß bildete sich in meinem Hals und ich starrte weiterhin auf das Foto. Es war vorbei, bevor es überhaupt richtig angefangen hatte. Die fiese Stimme in mir raunte: *Siehst du? Du hast ihn nicht verdient, und du verdienst auch sonst nichts.* Ich hatte es vermasselt. So wie jedes Mal.

Der leere Türrahmen starrte mich an. *Idiot!*

Ich lief ins Wohnzimmer und hielt das Foto immer noch fest. Peters Hand lag auf dem Griff der Eingangstür. »Halt!« Ich lief auf ihn zu und legte meinen freien Arm um ihn. Er fühlte sich warm an. »Ich bin ein richtiger Depp. Ich will nicht, dass du gehst.«

Wir ließen uns auf die durchgesessene Couch sinken. Robbies Foto lag inmitten der Bücher auf dem Wohnzimmertisch und unsere Arme waren so fest verschlungen, als würden wir davon schweben, wenn wir sie wieder losließen.

»Ich bin froh, dass du genau in diesem Moment hereingelaufen kamst«, flüsterte mir Peter ins Ohr.

»Warum?«

Er grinste mich an. »Weil es ziemlich langweilig wurde, hier rumzustehen und den Türgriff festzuhalten.«

Ich stürzte mich auf ihn. »Du Arsch!«

Wir rangelten auf dem Sofa und mussten beide lachen. Irgendwie gelang es mir, ihn mit den Handgelenken auf der Couch festzunageln. Peter lächelte zu mir hoch. Und dann waren es Les und ich im Park. Ich schreckte zurück und kauerte mich am anderen Ende der Couch zusammen.

»Tut mir leid …«, murmelte ich.

Peter drehte sich zu mir um. Das Lächeln schwand aus seinem Gesicht und er sah ernst und verständnisvoll zugleich aus. »Das hat damit zu tun, was im Park passiert ist, oder?«

Ich antwortete nicht.

»Und mit dem Jungen auf dem Bild.«

Jetzt sah ich ihn an. »Woher weißt …«

»Es steht dir ins Gesicht geschrieben.«

Ein absurdes Bild schoss mir durch den Kopf. Meine Wangen waren übersät von Tattoos, die meine Lebensgeschichte erzählten, und jeder konnte sie lesen.

»War er … du weißt schon … dein erster Freund?«, fragte Peter.

Ich starrte ihn mit großen Augen an. Peter sah aus, als würde er die Frage bereuen, aber er hielt meinem Blick entschlossen stand. Und dann brach ich in Gelächter aus. Ich hielt mir den Bauch vor Lachen und konnte nicht aufhören. »Oh mein Gott. Mein erster Freund. Ich kann nicht mehr!«

»Freut mich, dass du es lustig findest.« Peter wirkte etwas irritiert.

Das Lachen verging und ich wischte mir über die Augen. »Oh Mann. Nein, er war nicht mein erster Freund. Ganz im Gegenteil.«

»Also, was ist dann mit ihm?«

Ich stand auf und ging zum Fenster. Draußen prasselte der Regen herab, als wollten die Wolken den Schmerz der gesamten Welt davon spülen. »Ich habe versucht, ihn umzubringen.«

ERSTER AKT, 5. SZENE

KEVIN

ICH WAR wütend, erzählte ich Peter. *Ich war die ganze Zeit so wütend. Ich hatte keine richtigen Freunde. Meine Mom war nicht mehr da. Sie hatte uns sofort verlassen, nachdem Dad aus dem Gefängnis entlassen worden war. Ich glaube, sie hat hier draußen die Tage genauso gezählt wie er in seiner Zelle. Sobald er heimkam, machte sie sich vom Acker. Sie konnte es kaum erwarten, ein beschissenes Kind wie mich loszuwerden. Damals war ich neun Jahre alt.*

Jedenfalls hatte ich nur noch Dad, und ich kannte ihn damals noch gar nicht richtig. Er verstand überhaupt nichts. Außerdem war ich wütend auf ihn. Wütend darauf, dass er im Gefängnis gesessen hatte, wütend darauf, dass er nicht für mich da gewesen war, wütend darauf, dass er Mom vertrieben hatte.

Was? Nein, ich hab keine Ahnung, ob er wirklich für ihr Fortgehen verantwortlich war. Ich war einfach nur wütend. Außerdem machte mir noch anderes Zeug zu schaffen, aber damit wollte ich mich nicht befassen, also freundete ich mich mit ein paar waschechten Ostseitlern an, von denen ich wusste, dass Dad sie hassen würde. Sie waren etwas älter als ich – zu diesem Zeitpunkt war ich fünfzehn – und sie zogen ziemlich wilde Sachen ab. Zerbrochene Flaschen und Crystal Meth aus Glühbirnen in verlassenen Trailern waren erst der Anfang. Ich trank zwar mit ihnen Alkohol und stahl Sachen, aber wenigstens war ich nicht so dumm, das Meth zu probieren. Ach, Scheiße, das stimmt nicht mal. Ich hatte zu viel Angst davor, es durchzuziehen, auch wenn ich so tat, als hätte ich etwas davon genommen.

In den Frühlingsferien sagte Hank – er war quasi unserer Anführer – dann schließlich, dass es an der Zeit war, es richtig krachen zu lassen. Ich ... ich mochte Hank. Sehr sogar. Und ich hasste es, wie sehr ich ihn mochte. Das war ein weiterer Grund dafür, dass ich so wütend war. Aber nicht nur Hank löste diese Gefühle in mir aus. Es waren ... ach, du weißt ja, wie es ist.

Hanks Aktionen machten sehr viel Spaß. Wir suchten uns eine Gegend im Westen der Stadt aus, nahmen uns Baseballschläger oder Steine oder Ketten oder was wir sonst finden konnten, und schlugen damit im Dunkeln Sachen ein. Es fühlte sich toll an, so als wäre ich Teil einer starken und mächtigen Gruppe.

Zuerst waren es Briefkästen. Wir zertrümmerten sie. Dann kamen Autos an die Reihe. Von denen haben wir auch ein paar kaputt geschlagen. Der nächste Schritt war einfach. Verdammt, er war sogar logisch. Ich meine, wenn man nachts unterwegs ist und diese kriminelle Energie in der Luft liegt, was erwartet man denn auch sonst?

Jedenfalls sahen wir diesen Jungen auf der Straße. Aber wir beschlossen, dass die Straße uns gehörte, zumindest bis die Bullen aufkreuzen und wir uns aus dem Staub machen würden. Hank bemerkte ihn als Erstes, aber wir kapierten schnell, was er im Schilde führte. Der Junge war vielleicht ein Jahr jünger als ich. Er hatte braune Haare, so wie ich, und riesengroße Augen. Damit sah er aus wie ein Vogelküken.

Ich kann mich nicht mehr an alles erinnern, was danach passierte. Der Junge versuchte gar nicht wegzulaufen, als wir ihn umzingelten. Woran ich mich noch erinnern kann, ist, dass mir mein Baseballschläger plötzlich sehr schwer vorkam, und dass die winzigen Glassplitter im Holz funkelten wie Diamantenstaub. Der Junge keuchte vor Angst.

Wir alle warteten darauf, dass jemand anderes anfing. Es war seltsam, aber niemand wollte den ersten Schritt machen.

Dann sagte Hank: »Schlag ihn, Kev! Mach die kleine Schwuchtel fertig!«

Ich hielt meinen Schläger hoch, bereit, einen Homerun zu erzielen. Dieser Junge war reich und hatte alles, was mir fehlte. Und Hank, der große, attraktive, starke Hank, sagte mir, dass ich es tun sollte. Und ich war wütend.

Hank rief mir zu: »Worauf wartest du noch? Los jetzt!«

Der Junge hielt sich die Hände schützend über den Kopf. Ich will nicht lügen. Ich wollte es wirklich tun. Aber ich konnte mich nicht dazu überwinden.

Hank sagte: »Er will deinen Schwanz lutschen.«

Irgendetwas an diesem Satz brachte das Fass in mir zum Überlaufen. Ich holte aus und traf mit meinem Schläger den Arm des Jungen. Er schrie. Die anderen Bandenmitglieder lachten und schlugen auch zu. Mit Ketten und Steinen und Händen und Füßen. Ich konnte nicht aufhören. Ich schlug auf alles ein, was mich wütend machte, auf alles, was ich hasste.

Alles, was ein Teil von mir war.

In dem Moment tauchten die Polizeiautos auf, und ihre Scheinwerfer durchschnitten die Dunkelheit wie blaue Messer. Die anderen liefen rechtzeitig davon, aber ein Polizist drückte mich so schnell zu Boden und legte mir Handschellen an, dass ich überhaupt nicht richtig begreifen konnte, was um mich herum geschah. Ich werde niemals den furchtbaren und bestürzten Ausdruck im Gesicht meines Dads vergessen, als er mich vom Polizeirevier abholte. Ich wollte mich die Toilette runterspülen.

Der Junge wäre fast gestorben. Er lag drei Wochen lang im Krankenhaus. Am Tag meines Urteilsspruchs wurde er entlassen. Weil ich noch nicht vorbestraft war, gab mir die Richterin zwei Jahre Bewährung, anstatt mich ins Gefängnis zu stecken. Sie sagte, dass ich keinen Kontakt mehr zu den Leuten haben durfte, mit denen ich mich früher abgegeben hatte. Falls ich mich mit ihnen treffen oder anderweitig in Schwierigkeiten geraten würde, müsste ich direkt in den Jugendknast wandern.

Außerdem gab sie mir ein Foto des Jungen, den ich verprügelt hatte. Es ist dieses Bild hier.

»Sein Name ist Robbie Hunter«, sagte die Richterin. »Er ist vierzehn. Er hat eine ältere Schwester und einen jüngeren Bruder. In seiner Freizeit liest er viel und spielt Videospiele. Außerdem schnitzt er gerne Holzfiguren und hat seinem kleinen Bruder letzten Sommer ein Baumhaus gebaut.«

Jedes einzelne Wort verpasste mir einen schweren Hieb. Ich konnte weder sprechen noch denken. Ich konnte nur mit gesenktem Kopf dastehen. Wenn sie eine Axt geschwungen hätte, um ihn mir abzuschlagen, hätte ich sie nicht aufgehalten.

»Du hast einen Menschen schwer verletzt, Kevin. Einen Menschen mit Wünschen und Gefühlen und einer Familie, die um sein Leben gebangt hat. Das darfst du niemals vergessen.« Und dann klopfte sie mit ihrem Richterhammer auf den Tisch.

Was? Nein, ich habe danach nie mit Robbie gesprochen. Aber er steht auf meinem Nachttisch und ich tippe den Rahmen jeden Abend dreimal an, bevor ich schlafen gehe, damit er weiß, dass ich ihn nicht vergessen habe.

Also nein ... er war nicht mein erster Freund. Oder vielleicht war es auf eine seltsame Weise ja irgendwie doch.

MEINE HÄNDE wanden sich unruhig in meinem Schoß wie ein Nest voller Spinnen. Es war das erste Mal, dass ich all das laut ausgesprochen hatte, und es war mir gleichzeitig leichter und schwerer gefallen, als ich gedacht hätte. Ich schwitzte ein wenig und war dankbar für den Ventilator, der die feuchte Luft aufwirbelte. Der Regen war zu einem sachten Nieseln geworden.

Peter saß immer noch neben mir auf dem Sofa. Ich hatte meinen Blick nach vorne gerichtet, aber er war mir zugewandt, als er sprach: »Ich weiß nicht, was ich sagen soll.«

Ich zuckte mit den Schultern. Die Worte schwärmten in mir umher. Ich wollte sie eigentlich nicht herauslassen, aber sie sickerten von ganz alleine durch. »Du musst auch nichts sagen.«

»Nein, ich habe das Gefühl, ich sollte dir eine bedeutungsvolle Antwort geben, aber mir fällt nichts ...«

»Es geschah mir recht«, sagte ich.

Damit hatten die letzten Worte ihren Weg nach draußen gefunden. Plötzlich wollte ich sie zurücknehmen. Mein Kinn begann zu zittern und ich versuchte, es wieder unter Kontrolle zu bringen.

»Was?«, fragte Peter.

Meine Lippen bewegten sich von selbst. »Diesen Vorfall im Park. Den habe ich verdient.«

Peter legte seine Arme um mich, auch wenn ich mich nicht regte. »Das stimmt nicht, Kevin. Ganz und gar nicht.«

»Doch, es stimmt.« Die Worte strömten aus mir heraus, schneller und schneller, gefangen im Kreis von Peters Armen. »Ich habe Robbie Hunter zusammengeschlagen, und dann hat dieser Typ ... mich angegriffen. Das war meine Strafe, und sie geschah mir recht.«

»So funktioniert das Universum nicht, Kev.« Peters Stimme klang sanft. »Niemand versucht, dich zu bestrafen.«

»Ach, was soll's.« Es war zwar nett, das zu hören, aber ich glaubte ihm kein Wort. Warum hätte es sonst passiert sein sollen? Verdammt, wegen der Sache, die ich Robbie angetan hatte, war ich überhaupt erst ins Theaterprogramm geraten, und nur dadurch kam ich an jenem Abend in den Park, wo Les mich angegriffen hatte. Die Verbindung lag auf der Hand.

Peter beugte sich näher zu mir und gab mir einen flüchtigen Kuss auf die Wange. Ich war zu sehr in meine dunklen Gedanken vertieft, um darauf zu reagieren. Er lehnte sich ein Stück zurück. »Nummer sechs?«, sagte er in hoffnungsvollem Ton.

Na gut, das brachte mich zum Lächeln. Wenigstens ein bisschen.

Die Vordertür flog auf. Peter zuckte weg von mir. Fast wäre ich mit dem Kopf gegen die Decke gestoßen, als Dad in den Trailer gestampft kam. Seine Haare waren zerzaust, sein Arbeitshemd und seine Jeans schmutzig, seine Stiefel von Schlamm übersät. Und er war nass.

»Bin wieder da!«, rief er. »Wem gehört das Auto in der Einfahrt?«

»Dad!« Ich sprang auf. »Hi! Wie war die Arbeit? Hast du Hunger? Oje, du musst sicher müde sein! Ich kann dir ein Sandwich machen!« Die wenigen Schritte zur Küche legte ich in rasantem Tempo zurück. »Wie lief's auf der Baustelle? Du siehst aus, als hättest du dich ziemlich abgerackert. Arbeitest du morgen auch?«

Dad stellte seinen Henkelmann ab. Seine Augen verengten sich. »Was führst du im Schilde, Kevin?«

»Ich?«, antwortete ich mit zu lauter Stimme. Ich konnte mich einfach nicht zusammenreißen. »Ich führe gar nichts im Schilde. Wie kommst du darauf?«

»So plapperst du nur vor dich hin, wenn ich dich bei etwas erwischt habe.« Er deutete mit seinem Daumen auf Peter. »Wer ist dein Kumpel hier? Hat er was damit zu tun? Ist das sein Auto in der Einfahrt?«

Ich hatte das Weißbrot und ein Messer vor mir abgelegt und wusste nicht, was ich damit anstellen sollte. »Ähm ...«

»Hi, Mr. Devereaux.« Elegant und lässig stand Peter auf und streckte seine Hand aus. »Ich bin Peter Finn. Kevin und ich spielen zusammen in dem Theaterstück mit. Unsere Probe hat heute früher aufgehört, also hab ich ihn nach Hause gefahren.«

Sie gaben sich die Hände. Ich versuchte, das zu breite Grinsen in meinem Gesicht zu zügeln. Falls Dad etwas ahnte ...

»Alles klar. Schön, dich kennenzulernen, Peter.« Dad ließ seine Hand los und musterte ihn. »Hast du Kevins T-Shirt an?«

Mein Herz sackte in sich zusammen wie ein zerstochener Luftballon.

»Ja.« Peter ließ seine Hände in die Hostentaschen gleiten und setzte sein charmantes Traumlächeln auf, das sogar einen wütenden Löwen hätte aufhalten können. »Ich bin ausgerutscht und klatschnass geworden, als wir vom Auto zur Tür gerannt sind, also hat Kevin mir ein paar Sachen geliehen. Wir haben meine Klamotten im Badezimmer aufgehängt. Ich hoffe, das ist in Ordnung.«

»Na klar, kein Problem. Wie schön, dass Kevin so einen netten Kumpel hat.« Der letzte Funke Misstrauen wich aus Dads Gesicht und mir wäre vor Erleichterung fast schwindlig geworden. »Ich wollte heute Abend Pizza bestellen. Du kannst mit uns essen, wenn du möchtest.«

»Nein, danke. Ich sollte lieber nach Hause fahren. Regnet es noch?«

»Nicht mehr so stark.« Dad durchwühlte eine Schublade, in der wir unsere Restaurant-Bestellkarten aufbewahrten. Ich schob das Weißbrot beiseite – Pizza! – und schnappte mir einen Regenschirm aus dem kleinen Schränkchen neben der Eingangstür.

»Ich begleite dich zum Auto, damit du diesmal nicht nass wirst«, sagte ich.

»Danke«, erwiderte Peter höflich und charmant.

»Hat mich gefreut, dich kennenzulernen«, rief Dad, als wir zur Tür hinausgingen. »Du bist hier jederzeit herzlich willkommen.«

Wir kauerten uns unter dem zu kleinen Regenschirm zusammen und wichen auf dem Weg zu Peters blauem Mustang mehreren Pfützen aus. Der Regel prasselte auf den Stoff über unseren Köpfen. Unsere Hände hielten beide den Griff fest, und plötzlich wollte ich immer weiter mit ihm gehen, bis ans Ende der Einfahrt, über die Straße und in die Unendlichkeit.

»Danke, dass du vorbeigekommen bist, Peter«, sagte ich, während er die Autotür öffnete. »Mir ... mir geht es jetzt schon besser.« Und es stimmte.

»Das freut mich.« Ein seltsamer Ausdruck legte sich auf sein Gesicht. »Hey, Kev, ich wollte dir noch erzählen ...«

»Was?« Unsere Hände hielten immer noch den Griff des Regenschirms umklammert. »Was wolltest du mir erzählen?«

Er nahm seine Hand weg und ließ sich auf den Fahrersitz sinken. »Nicht so wichtig. Ich muss dann los. Hoch lebe *Bunbury*!«

Ich winkte ihm beim Wegfahren nach und fragte mich, was er mir wohl hatte sagen wollen, aber ich wollte nicht zu sehr darüber nachdenken.

Dad saß auf der Couch und zog sich gerade die Arbeitsschuhe aus, als ich wieder hereinkam. »Die Pizza ist unterwegs, Kleiner. Ich wurde ziemlich gut bezahlt, selbst für einen kurzen Tag.«

»Cool. Ich habe einen Bärenhunger.« Ich legte den Regenschirm weg und ging auf mein Zimmer zu.

»Also, was ist Peter *wirklich* für dich?«, fragte Dad.

47

Die komplette Welt kam zum Stillstand. Einen Moment lang konnte ich mich nicht bewegen. *Oh, Mist.* Hatte er etwas gesehen? Was wusste er?

»Wie meinst du das?« Ich versuchte krampfhaft, meiner Stimme einen beiläufigen Tonfall zu verleihen. Algy wäre stolz auf mich.

»Du hattest keinen Besuch mehr von Freunden, seit ... noch vor der Gerichtsverhandlung.« Er band seine Schnürsenkel auf. »Ist er ein guter Freund?«

Oh. Verdammt. Es war alles okay. Vermutlich. Aber ich befand mich immer noch auf dünnem Eis. Dad schaute mir nicht direkt in die Augen, was bedeutete, dass auch er eine entspannte Stimmung erzwingen wollte. »Ja, schon. Also, wir haben in dem Stück viele gemeinsame Szenen, und er ist ziemlich cool.«

»Er hat ein Auto. Und er wirkt etwa drei Jahre älter als du.«

»Klar, aber wir verstehen uns gut.« Ich musste das Thema wechseln, und zwar schnell. »Willst du dich noch schnell abduschen, bevor die Pizza kommt? Mozzarella mit Gipsstaub schmeckt nicht gut.«

Dad reckte sich und ging aufs Badezimmer zu. »Ja, gute Idee.«

Ich atmete erleichtert auf, als er aus Sichtweite war, und stieß dann beinahe ein zweites Mal gegen die Decke, als er »Kevin!« rief.

Ein T-Shirt und eine kurze Hose flogen durch die Luft und landeten auf meinem Kopf. »Dein Kumpel hat die hier vergessen.«

Ich verpasste meinem Herz einen Neustart und nahm Robbies Bild und Peters Klamotten mit in mein Zimmer, während im Badezimmer die Dusche zischte. Robbies Bild landete auf meinem Nachttisch und Peters Klamotten auf meinem Bett – mein Ex-Freund und mein neuer Freund. Ich setzte mich im Schneidersitz auf die Matratze und zerknautschte Peters feuchtes T-Shirt in meinem Gesicht. Es roch immer noch nach ihm. Ich lehnte mich zurück, und einen Moment lang dachte ich nicht mehr an Robbie oder an Les, und ich befand mich wieder auf der Couch, mit Peters Armen und meinen Schultern.

ERSTER AKT, 6. SZENE

PETER

IN SEINEM eigenen Zimmer streifte Peter Kevins T-Shirt ab und zerknautschte es in seinem Gesicht. Es roch immer noch nach Kevin. Einen Moment lang streckte er sich in seinem Bett aus. Was zum Teufel machte er da? Verdammt, Kevin war sechzehn und stand kurz vor seinem vorletzten Highschool-Jahr. Peter war neunzehn und würde im Herbst in sein drittes Semester auf dem College starten. Klar, wenn sie einmal älter waren, so Mitte dreißig, würden drei Jahre keine große Rolle mehr spielen. Momentan klaffte dieser Altersunterschied jedoch zwischen ihnen wie ein gähnender Abgrund.

Aber wenn sie zusammen waren, schmolz dieser Abgrund dahin. Kevin hatte schon viel durchgemacht, und er verhielt sich nicht wie die anderen Highschool-Schüler, die Peter kannte. Beim Vorsprechen hatte er Kevin zunächst gar keine Beachtung geschenkt, aber dann hatte Kevin die Bühne betreten und war zu Algernon geworden. Die Verwandlung war so schnell und formvollendet verlaufen, dass es Peter die Sprache verschlagen hatte und er beinahe seinen Text vergessen hätte. Und verdammt, sah dieser Junge gut aus. Seine wuscheligen braunen Haare und die strahlend blauen Augen hatten Peter sofort in ihren Bann gezogen. Peter scheute nur selten ein Risiko, aber er hatte all seinen Mut zusammennehmen müssen, um auf der ersten Probe Peters Knie zu berühren und später auf dem Parkplatz seine Hand zu nehmen. Und jetzt ging alles so plötzlich. Peter war zwar nicht zum ersten Mal verliebt, aber noch nie zuvor war es so schnell passiert und hatte sich so intensiv angefühlt. Und dann hatte er erfahren, dass irgendein Spinner Kevin vergewaltigt hatte.

Der Zorn bündelte sich in dem T-Shirt in seinen Händen. Es kostete ihn seine gesamte Selbstbeherrschung, nicht zu … was? Schreien? Kreischen? Brüllen? Den Typen ausfindig zu machen? Er wusste nicht einmal, wer dieses Arschloch war. Aber falls er es jemals in Erfahrung bringen sollte …

Peter stopfte Kevins T-Shirt unter eines seiner Kissen, gefolgt von den geliehenen Shorts. Dann nahm er sich aus seinem begehbaren Kleiderschrank ein T-Shirt und Shorts, die ihm gehörten. Durch die Glastüren zur Terrasse vor seinem Zimmer konnte er sehen, dass der Regen endlich ein Ende nahm. Ein Großteil des Trailers, in dem Kevin mit seinem Vater lebte, hätte in Peters Zimmer gepasst, in dem sich ein von kleinen Teppichen übersäter Hartholzboden bis zu den kunstvoll verputzten Wänden erstreckte. Eine Ecke, die über einen eingebauten Plasmafernseher, einen Kamin und bequeme Möbel verfügte, auf denen sich zahlreiche Videospiele türmten, glich vielmehr einem Wohnzimmer. Peters Schreibtisch und sein Computer nahmen überraschend wenig

Platz ein, und die Regale stellten eine beachtliche Büchersammlung zur Schau, auch wenn sie sich nicht ansatzweise mit dem Sammelsurium von Peters Dad vergleichen ließ. Eine Tür führte zum Badezimmer. Peter fragte sich, was Kevin wohl von seinem Zuhause halten würde, und musste bei dem Gedanken tief ausatmen. Ostseitler und Westseitler. Romeo und ... Romeo.

Jemand pochte fest an die Tür. Peter erkannte das Klopfen sofort. »Komm rein, Mom.«

Helen Morse betrat das Zimmer. Sie trug ihre Geschäftskleidung – einen biederen grauen Hosenanzug und flache Schuhe. Ihre silbern werdenden Haare waren zu einem Dutt gebunden. Sie verzog das Gesicht zu einer unzufriedenen Miene und Peter war angespannt. Was wollte sie?

»Ich dachte, die Probe geht bis 22 Uhr«, sagte sie.

»Kleine Planänderung. Keine große Sache.« Er zog sich seine Schuhe an. Kevins Schuhe waren mit Klebeband umwickelt. Für sein eigenes Paar hatte Peter damals tausend Dollar ausgegeben, ohne auch nur mit der Wimper zu zucken. »Was gibt's?«

Seine Mom wedelte mit einem Blatt Papier herum. »Du hast einen Brief vom Institut für Architektur erhalten. Darin steht, dass dein Antrag auf einen Fachwechsel genehmigt wurde.«

»Du hast meine Post geöffnet?« Peter stand auf und war überrascht und empört zugleich.

»Dein Vater und ich bezahlen deine Studiengebühren.« Peters Mom deutete mit erhobenem Zeigefinger drohend auf sein Kinn. »Wenn ein Brief von der Uni kommt, dann mache ich ihn verdammt noch mal auf. Ich habe mir auch deinen Stundenplan angesehen. Alle Kurse, für die du dich angemeldet hast, sind entweder zu Architektur oder Theater. Du sollst doch BWL studieren.«

Peter verschränkte stur die Arme. Er hatte gewusst, dass dieser Streit kommen würde, aber er wollte ihn nicht in diesem Moment führen, nicht nachdem das, was mit Kevin passiert war, sich um ihn herum auftürmte. »Ich hasse BWL. Es ist frustrierend und langweilig, und ich bin nicht gut darin.«

»Dein Großvater hat Morse Plastic nicht gegründet, damit du ...«

»... dein Leben damit vergeudest, Bilder von Gebäuden zu kritzeln und über eine Bühne zu tänzeln. Das hör ich nicht zum ersten Mal, Mom.« Peter ließ sich wieder aufs Bett sinken. »Ich würde Morse Plastic gegen die Wand fahren, wenn ich die Führung übernehme. Das wissen wir doch beide.«

»Denk nicht einmal daran, Peter Finn. Du bist ein *Morse*, und ein Morse hat sich gefälligst Respekt zu verschaffen.«

»Ganz egal, ob er ihn sich verdient hat oder nicht«, sagte Peter trocken.

»Hör auf, so zu reden. Du bist ein intelligenter, talentierter junger Mann – der geborene Anführer. Du brauchst nur einen kleinen Stoß in die richtige Richtung.«

»Und woher weißt du, was die richtige Richtung ist, Mom?«, setzte Peter ihr entgegen. »Ich möchte gerade echt nicht darüber reden. Bis vorhin war ich noch richtig gut gelaunt.«

»Peter Finn …« Sie bemühte sich offensichtlich, ihr Temperament zu zügeln, auch wenn ihr Fuß unruhig auf den Teppich trommelte. »Ich werde nicht für immer da sein. Dein Großvater wollte, dass Morse Plastic in der Familie bleibt, also musst entweder du oder deine Schwester die Geschäftsführung übernehmen, und du weißt genau, dass Emily dazu nicht imstande ist.«

»Sie wäre immer noch besser geeignet als ich.« Peters Hand fuhr unter das Kissen, um zur Ermutigung nach Kevins T-Shirt zu greifen. Kevin war stark. Also konnte Peter auch stark sein. »Vielleicht ist es an der Zeit, mit der Firma an die Börse zu gehen. Du weißt, was das für Auswirkungen haben könnte. Es wäre der fetteste Neuzugang auf dem Markt seit Google.«

»Siehst du?« Sie trat an Peters Bett heran und er konnte ihr Parfüm riechen. »Du hast also doch ein Händchen für Wirtschaft.«

»Zwei Kurse machen mich noch lange nicht zum Geschäftsführer«, seufzte Peter.

Sie schritt auf die Tür zu. »Ich muss beim Abendessen eine geschäftliche Angelegenheit klären. Wir sind noch nicht fertig mit diesem Thema, Peter Finn.«

»Ist klar«, sagte Peter zu ihrem Rücken, der sich von ihm entfernte. »Würdest du Dennis bitte sagen, dass mein Auto in die Garage geparkt werden muss?«

Sie hielt vor der Tür inne. Ohne sich noch einmal umzudrehen, entgegnete sie: »Emily hat nach dir gefragt. Du solltest bei ihr vorbeischauen, bevor du ins Bett gehst.«

Sie schloss die Tür. Peter blieb lange auf dem Bett sitzen, bevor er seinen Kopf in die Hände legte. Scheiße. Er hasste es, sich mit seiner Mom zu streiten. Und noch mehr hasste er es, wenn sie recht hatte. Am besten sollte er es schnell hinter sich bringen.

Er verließ sein Zimmer und folgte einem langen, breiten Korridor durch die Villa. Ein paar Hausangestellte traten zur Seite, um ihn vorbeizulassen, und Peter nickte ihnen geistesabwesend zu. Schließlich erreichte er eine schwere Eichentür. Er wappnete sich und klopfte exakt zweimal an.

»Herein«, ertönte eine melodische Stimme aus dem Inneren.

Peter öffnete die Tür. »Hi, Em.«

»Peter Finn!«, rief sie. »Komm rein, Peter Finn! Ich wollte dich unbedingt sehen, Peter Finn!«

Er zog die Tür hinter sich zu.

KEVIN

AUF DER Probe war ein Neuer, groß und wuchtig mit Bizeps wie Bowlingkugeln und einem schaufelförmigen Vollbart. Er machte mich nervös, aber nicht mal

51

annähernd so nervös wie Les. Es kostete mich große Überwindung, mit ihm auf derselben Bühne zu stehen, auch wenn ich mir Mühe gab, mich möglichst weit von ihm fernzuhalten. Les hatte mit seinem Ringbuch den üblichen Platz beim Vorhang am linken Bühnenrand eingenommen. Bei seinem Anblick wurde mir ganz flau im Magen, obwohl er mich ignorierte. Ich dachte schon darüber nach, aus der Produktion auszusteigen, aber dann hätte ich ein Problem mit meiner Bewährungshelferin und könnte Peter nicht mehr sehen. Also zwang ich mich dazu, hinzugehen. Peter stand neben mir, und dafür war ich sehr dankbar. Thad und Joe schwirrten um Meg herum, und Melissa hatte Les demonstrativ den Rücken zugekehrt. Ich fragte mich, ob zwischen den beiden etwas vorgefallen war.

Mittlerweile befanden sich noch mehr Möbelstücke auf der Bühne, zusätzlich zu einer halb fertig aufgebauten Treppe an der hinteren Wand. Iris stand am vorderen Bühnenrand und deutete auf den großen Typen.

»Hey Leute, das ist mein Bruder Wayne«, sagte sie. »Er entwirft das Bühnenbild und geht mir als Co-Regisseur zur Hand.«

Wayne winkte kurz in die Runde. »Hey.«

»Dein Bruder?«, fragte Joe. »Krass.«

»Wir sind Zwillinge«, grummelte Wayne, und ich konnte nicht einschätzen, ob das ein Witz war.

»Ich habe mir überlegt, dass wir heute Abend mit einer Schauspielübung loslegen könnten, bevor wir damit anfangen, den zweiten Akt zu proben«, erklärte Iris.

Wayne fügte hinzu: »Nehmt euch einen Moment, um in eure Rollen zu schlüpfen. Wenn ich ›Los‹ sage, dreht ihr euch zu der Person, die am nächsten von euch steht, und führt ein Gespräch mit den gleichen Gesten und Ausdrücken, die auch eure Figur verwenden würde.«

Les warf mir einen Blick zu. Ich hatte die Augen weiterhin auf Wayne gerichtet, aber spürte, wie Les mich unentwegt anstarrte. Ich rückte näher an Peter heran, hielt jedoch inne. Ich konnte mich nicht ständig an ihn klammern, so sehr ich es auch wollte. Die anderen würden Verdacht schöpfen. Außerdem musste ich die restlichen Ensemblemitglieder besser kennenlernen. Und es wäre schön, noch ein paar andere Freunde zu finden. Ich gab mir einen Ruck und schritt auf Melissa zu. Lady Bracknell. Sie hatte Les immer noch den Rücken zugekehrt.

»Denkt daran, es gibt einen Unterschied zwischen euch und eurer Rolle«, grummelte Wayne. »Niemand hier verhält sich wie ein britischer Adliger oder Dienstbote, der vor hundert oder hundertfünfzig Jahren gelebt hat. Also müsst ihr den amerikanischen Teenager ablegen und euch zu jeder Sekunde fragen, wie eure Figur sich stattdessen bewegen würde.«

Peter bemerkte, dass ich nicht mehr neben ihm stand. Er wirkte etwas überrascht, zuckte dann mit den Schultern und wandte sich Joe zu. Ich wusste nicht, was ich davon halten sollte. Wenigstens ein *bisschen* enttäuscht hätte er schon sein müssen, oder?

Wayne sagte: »Schlüpft in eure Rolle. Und ... los.«

Melissa sprang mir sofort ins Auge. Sie richtete sich auf und wurde starr und ernst. Dann schnaubte sie mich, ihren nichtsnutzigen Neffen, an, und brabbelte geräuschlos vor sich hin. Mir wurde klar, dass ich keine Ahnung hatte, was ich tun sollte. Was Algy ausmachte, waren vor allem seine Worte, aber Wayne hatte gesagt, dass wir nicht sprechen durften. Es fühlte sich an, als wäre mir etwas gestohlen worden. Ich nahm eine lässige Haltung ein und versuchte, um mich herum den Algy-Panzer zu erzeugen, doch er war dünn und weich. Ich wandte mich von »Tante Augusta« ab und verdrehte die Augen. Nein, das war so nicht richtig. Algy fürchtete seine Tante zu sehr, als dass er sie so offen verspotten würde, doch er würde auch keine Angst an den Tag legen. Ich ergriff ganz impulsiv ihre Hand, küsste den Handrücken und tat so, als würde ich etwas Charmantes sagen. Geschmeichelt, aber keineswegs bereit darauf hereinzufallen, zog Tante Augusta ihre Hand zurück und wedelte abwimmelnd damit.

»Algy und Lady Bracknell – super!«, rief Wayne. »Lane – Thad, denk daran, dass du ein feiner Butler bist und kein Straßenfeger. Sieh deinen Spielpartner an und nicht Les.«

Die Übung gefiel mir immer besser. Ich zückte einen Fetzen Papier aus meiner Hosentasche hervor und hielt ihn Tante Augusta mit einem Dackelblick hin. Ich hatte keine Ahnung, was auf dem Zettel stand, aber Tante Augusta nahm ihn an und machte eine fragende Geste. Ich faltete meine Hände bittend unter dem Kinn zusammen. Mit einem genervten Stöhnen tat sie so, als würde sie den Zettel unterschreiben, und reichte ihn mir zurück. Natürlich – es war ein Scheck. Mit einer überschwänglichen Geste gab ich ihr erneut einen Handkuss und kehrte ihr dann mit einem verschmitzten Grinsen den Rücken zu.

Alle starrten uns an. Sie brachen ihn Applaus aus, und Peter war am lautesten. Davon war ich vollkommen überrumpelt und der Algy-Panzer zerbarst. Melissa grinste und machte einen Knicks. Ich errötete.

»Na also, seht ihr?«, sagte Iris. »Man kann mit seinen Figuren auch ohne Worte eine schöne Geschichte erzählen. Toller Einstieg, Leute. Dann mal ran an die Arbeit. Les, wen brauchen wir für die erste Szene?«

Les warf mir einen Blick zu. Mein Magen zog sich zusammen. Am liebsten wäre ich im Erdboden versunken. Ich wollte mich hinter den Vorhängen verstecken. Ich wollte ihn mit einer Harpune abschießen.

In der Anwesenheit der anderen wird er mir schon nichts tun. Vielleicht konnte ich ihm einfach aus dem Weg gehen. Dann hätte er keine Gelegenheit mich anzufassen.

»Miss Prism und Cecily befinden sich auf der Bühne«, sagte er. »Dr. Chasuble, Merriman, Jack und Algy machen sich bereit für ihren Auftritt. Alle anderen können eine kurze Pause einlegen.«

»Keine Pause. Lernt euren Text«, knurrte Wayne.

Melissa ging an Les vorbei von der Bühne ab. Um in der Gegenwart anderer Menschen zu bleiben, begleitete ich sie. Nur wir beide befanden uns auf der Seitenbühne. Impulsiv sagte ich mit leiser Stimme: »Du scheinst Les nicht besonders gut leiden zu können.«

Sie warf mir einen harten Blick zu, so wie auch Tante Augusta Algy beäugt hätte. »Wie kommst du darauf?«

»Ich kann es sehen. Ich glaube ... ich kann ihn auch nicht besonders gut leiden. Was hat er getan?«

»Er ist ein Wichser«, sagte sie mit ebenso leiser Stimme. »Er hat meiner kleinen Schwester irgendein Scheißzeug verkauft, und nachdem sie es genommen hat, wollte er sie ... Jedenfalls ist er ein Wichser.«

Ich riss die Augen auf. »Echt jetzt?«

»Ja, ohne Scheiß. Halt dich von ihm fern. Ich mein's ernst.«

»Hat er ...?« Ich konnte die Frage nicht zu Ende formulieren. Stattdessen fragte ich: »Hast du die Polizei gerufen?«

»Damit meine Schwester in Schwierigkeiten gerät?« Sie schüttelte den Kopf. »Auch wenn er so natürlich leichter davonkommt.«

»Wie kann es sein, dass er hier arbeitet, wenn er ...? Du weißt schon.«

Melissa schnaubte. »Du hast Iris doch gehört – es ist schwer, Erwachsene zu finden, die sich hier ehrenamtlich engagieren. Außerdem haben wir keine Beweise, solange meine Schwester nicht gegen ihn aussagt. Und das wird sie nicht tun.« Sie wechselte demonstrativ das Thema. »Ich hol mir was vom Getränkeautomaten, bevor ich an der Reihe bin. Willst du auch was?«

»Nein, danke.«

Sie trabte davon und ließ mich alleine und angespannt auf der Seitenbühne stehen. Was sollte ich jetzt machen? Die Richterin hatte gesagt, dass der Kontakt zu Verbrechern gegen meine Bewährungsauflagen verstieß, also könnte es mich in Schwierigkeiten bringen, in einem Stück mitzuspielen, bei dem Les die Regieassistenz übernahm. Andererseits würde ich ohne Sommerprogramm dastehen, wenn ich aus der Produktion ausstieg, und auch das würde mir Probleme bereiten. Außerdem wollte ich den Rest des Ensembles nicht im Stich lassen. Les hatte mich so oder so in der Hand.

Peter schlich sich über die Hinterbühne an mich heran. Ich gab mir Mühe, so zu tun, als hätte ich ihn nicht bemerkt, aber trotzdem konnte ich mir ein kleines Lächeln nicht verkneifen. Durch seine Anwesenheit fühlte ich mich besser, unbeschwerter. Es lag daran, dass er extra hergekommen war, um bei *mir* zu sein.

»Miss Prism, Sie sitzen an dem Tisch und warten darauf, mit dem Grammatikunterricht zu beginnen«, rief Iris aus dem Dunkeln. »Cecily, du befindest dich im hinteren Bereich der Bühne und gießt die Blumen. Les, kannst du aus dem Fundus eine Gießkanne auftreiben?«

»Weißt du was?«, raunte Peter aus dem Mundwinkel.

»Was?«

54

»Ich bin bereit für Nummer sieben.«

Ich schaute auf den Boden, um mein Lächeln zu unterdrücken, aber ohne Erfolg. Noch nie zuvor hatte jemand solche Gefühle in mir geweckt. Ich konnte ihnen immer noch nicht vollständig vertrauen. Peter richtete seinen Blick nach vorn und tat so, als würde er dem Bühnengeschehen folgen, aber dann ließ er seine grünen Augen zu mir gleiten. Auch er verheimlichte mir irgendwas, das er mir eigentlich hatte sagen wollen, bevor er sich selbst unterbrochen hatte. War es etwas Schlimmes?

Auf der Bühne sagte Meg als Cecily: »*Er hat es gewiss nicht leicht. Banalität und Oberflächlichkeit sucht man in seinen Gesprächen vergebens. Du darfst nicht vergessen, wie besorgt er ständig wegen dieses unseligen jungen Mannes ist.*«

Die Probe nahm ihren Lauf. Einige Zeit später befanden sich Joe als Dr. Chasuble und Charlene Feverfew als Miss Prism auf der Bühne. Die beiden spielten zwei ältere Personen, die schon seit Jahren heimlich ineinander verliebt waren, aber sich nicht trauten, es laut auszusprechen. Die Gießkanne sollte den Brunnen ihrer Liebe oder so etwas versinnbildlichen. Ich hatte bereits eine Szene gespielt und sah nun mit meinen Knien unterm Kinn von der Seite aus zu.

Iris, die sich immer noch mit Wayne im Zuschauerraum befand, rief: »Jack, du kommst von hinten auf die Bühne, wenn Dr. Chasuble die folgende Stelle sagt: ›*Vielleicht ist sie uns in die Schule gefolgt.*‹ Du musst so tun, als wärst du traurig darüber, dass dein erfundener Bruder Ernst gestorben ist, also musst du zwei Schauspielebenen bedienen.«

»Alles klar«, sagte Peter, der einsatzbereit unter der halb fertigen Treppe stand. Bis zur Premiere würde dort eine richtige Tür sein, aber momentan mussten wir uns die Hälfte des Bühnenbilds noch vorstellen.

Wie aus dem Nichts ließ sich Les neben mich fallen. »Hey.«

Mein kompletter Körper wurde zu Eis. Für einen winzigen Augenblick befand ich mich wieder im Park …

Wir werden uns diesen Sommer oft zu Gesicht bekommen.

… und ich wusste nicht, was ich tun sollte.

»*Das ist wahrhaftig eine Überraschung*«, sagte Miss Prism auf der Bühne.

»Was willst du?«, flüsterte ich.

Peter antwortete als Jack: »*Ich bin früher zurückgekehrt als erwartet.*«

»Ich wollte dich sehen«, säuselte Les. »Ich hab dich vermisst, du kleiner Perversling.«

»Lass mich in Ruhe«, brachte ich hervor.

»Nein. Ich habe ein Angebot für dich.«

»Ein Angebot? Was meinst du damit?«

Er zog das Smartphone, das ich an jenem Abend leuchten gesehen hatte, aus seiner Hosentasche hervor. »Ich habe ein Video davon, wie du mit Peter rummachst. Ein erwachsener Mann, der einen Minderjährigen küsst. Peter würde in große Schwierigkeiten geraten. Und du auch mit deiner Bewährung.«

Kleine schwarze Pünktchen flimmerten vor meinen Augen. Eine Flutwelle rollte ungebremst auf mich zu. »Was … was willst du?«

»Lass uns woanders hingehen, wo wir uns besser unterhalten können.« Les stand auf. »Sofort.«

Ich wusste nicht, was ich sonst tun sollte. Mein Magen füllte sich mit Säure, aber ich folgte ihm durch eine Seitentür in einen der Gänge, die sich um den Bühnenbereich zogen. Les wirkte entspannt, als wären wir einfach zwei Freunde, die sich gegenseitig ein paar Musiktipps geben wollten. Die Tür fiel ins Schloss wie bei einem Tresor.

»Hör mir gut zu«, sagte er. »Du kommst jeden Abend nach der Probe in meine Wohnung und beglückst mich wie das perverse Schwein, das du bist. Meine Adresse steht auf der Besetzungsliste. Wenn ich keinen Bock mehr auf dich habe, lösche ich das Video. Solltest du auch nur einmal nicht aufkreuzen, erfahren die Bullen von diesen intimen Momenten im Park. Und dein Dad auch. Ein Minderjähriger, der einen Erwachsenen küsst. Sie werden es lieben.«

Oh Gott. Meine Knie wurden weich und ich stützte mich an der Betonwand ab. Er würde es meiner Bewährungshelferin erzählen. Ich müsste in den Jugendknast wandern. Peter käme ins Gefängnis. Dad würde alles erfahren.

»Warum machst du das?«, platzte es aus mir heraus. »Was hast du davon?«

»Pst. Ich hab es dir doch schon gesagt.« Er stütze seine Hände links und rechts von meinem Kopf an der Wand ab, sodass ich in der Falle saß und er mir einen Kuss auf den Mund geben konnte. Mein Magen kochte und ich wollte mich am liebsten übergeben. »Du wirst mir dasselbe geben, was du auch Peter gegeben hast. Das ist nur fair. Und das hier war unser viertes Mal. Ich freue mich schon auf die Nummer fünf.« Er wich ein kleines Stück zurück. »Apropos fünf, in fünf Minuten musst du wieder auf der Bühne sein. Hals- und Beinbruch.«

Als er wieder die Tür zum Bühnenbereich öffnete, sagte Miss Prism gerade: *»Und nun werde ich dieses Trauerhaus nicht länger stören. Ich möchte Sie lediglich bitten, sich nicht allzu sehr vom Kummer zerfressen zu lassen.«*

Ich versteckte mich für den Rest der Probe hinter Algy. Er gab mir ein Gefühl von Sicherheit. Ich nahm weder Les noch Peter oder Melissa wahr. Iris und Wayne waren wie Geisterstimmen aus dem Dunkeln, die mir Anweisungen gaben, wo ich hingehen und wann ich stehen bleiben sollte. Und als die Probe zu Ende war, löste Algy sich in Luft auf und ich fand mich auf dem Parkplatz wieder, wo ich ein klappriges Fahrrad anstarrte, das an einem Laternenmast festgekettet war. Ich sollte damit zu Les nach Hause fahren, damit er … noch mehr Sachen anstellen konnte. Was würde ich in einer halben Stunde wohl gerade tun? Müsste ich starke Schmerzen erleiden?

Ein Händepaar legte sich von hinten um mich. Ich schrie auf und schnellte herum, um mich zu wehren. Die Hände ließen mich los, aber ich packte einen der Arme mit aller Gewalt, die ich aufbringen konnte. Es war Peters Arm.

»Oh, Mist – daran habe ich nicht gedacht«, sagte Peter. »Du bist nervös wegen dem, was passiert ist. Tut mir leid.«

»Ja.« Ich schnappte nach Luft. »Ja. Tut mir leid.«

»Du musst dich nicht entschuldigen, sondern ich.«

»Okay, es tut uns beiden ziemlich leid.« Ich klang angespannter, als ich wollte.

»Alles gut. Ähm, hast du Lust auf einen Spaziergang durch deine Lieblingsabkürzung? Ich kann morgen ausschlafen.«

Ich hielt Peters Arm immer noch umklammert. Natürlich wollte er durch den Park gehen. Er wollte unser siebtes Mal. Genau, wie Les auf Nummer fünf wartete. Ich hatte keine Zeit, aber was sollte ich Peter sagen? »Ich … kann nicht«, entgegnete ich einfallslos. »Ich muss … es geht nicht.«

Und dann wurde mir alles zu viel. Ich schmiss mich nach vorne, eigentlich mit der Absicht, Peter zur Seite zu stoßen und wegzulaufen, mein Fahrrad zurückzulassen und mich von der Dunkelheit verschlingen zu lassen. Aber irgendwie landete ich in seinen Armen und vergrub mein Gesicht in seiner Schulter. Peter strich mir über die Haare und es fühlte sich unfassbar gut an. Zuerst bemerkte ich gar nicht, dass ich weinte.

»Was ist los, Kevin?«, fragte er zärtlich. »Mann, ich hasse es, dich so zu sehen. Es zerreißt mir das Herz.«

Ich versuchte, die Tränen zu unterdrücken. Es fühlte sich dumm an, mich in den Armen eines anderen Jungen auszuheulen, aber nachdem ich erst einmal angefangen hatte, konnte ich nicht mehr aufhören. Ein Bild von Miss Prims bescheuerter Gießkanne schoss mir durch den Kopf.

Peter führte mich zum Bordstein am Rand des Parkplatzes und wir setzten uns nebeneinander hin. Er schlang seinen Arm um meine Schulter. Ich lehnte mich ganz ungeniert an ihn. Eine Straßenlaterne überflutete den Gehweg vor uns mit silbernem Licht, aber dort, wo wir saßen, machte die Dunkelheit uns unsichtbar.

»Du kannst es mir ruhig erzählen«, sagte er mit tröstender Stimme. »Dir wird es besser gehen, wenn du mit jemandem darüber sprichst. Liegt es an dem Angriff?«

Ich nickte, das Gesicht immer noch in seinem T-Shirt vergraben. »Mehr oder weniger.«

»Woran liegt es dann?«

Die Worte türmten sich wieder in mir auf. »Ich … ich habe gelogen.«

»Wann?«

»Als ich Iris gesagt habe, dass ich nicht weiß, wer m…mich angegriffen hat. Aber d…das stimmt nicht.« Ich schluckte. »Ich weiß, wer es war.«

»Wer?«

Ich konnte es noch immer nicht aussprechen. »Und das ist noch nicht alles. Davor hat er uns beide im Park beobachtet. Er hat uns beim K…küssen gefilmt. Und er hat gesagt, er würde das Video gegen mich verwenden und meinem Dad alles sagen, es sei denn, ich gehe zu ihm nach Hause und ... lasse zu, dass er das wieder mit mir macht.«

Peters Gesichtsausdruck blieb neutral. Das Licht der Straßenlaterne ergoss sich um uns herum und in der Ferne zirpten Grillen, die ihre ganz eigenen Probleme zu bewältigen hatten. Ein Auto fuhr leise über die Straße, angeführt von seinen Scheinwerfern.

»Wer?«, fragte er ein zweites Mal.

Ich wollte es nicht sagen, aber ich tat es trotzdem. »Es war Les.«

Peters Körper versteifte sich und ich spürte, wie er jeden Muskel anspannte. Er rührte sich nicht. Auf seinem Gesicht lag ein Schatten.

Ein Angstschauer jagte mir über den Rücken. »Peter?«

Langsam richtete er sich auf, sein Gesicht im Schatten zu einer zornigen Maske verzogen. Ich erkannte ihn kaum wieder und wich erschrocken zurück.

»Oh mein Gott«, sagte ich. »Bitte sei nicht wütend auf mich, Peter. Bitte.«

Seine Fäuste wurden kreidebleich und seine Stimme war hauchdünn wie der Tod. »Den mach ich kalt.«

Er ging entschlossenen Schrittes über den Parkplatz auf sein Auto zu, stieg ein und raste davon. Ich blieb allein auf dem Gehweg zurück.

LES

LES MADIGAN saß auf der versifften, krummen Couch, die er im hintersten Winkel des Second-Hand-Ladens ergattert hatte. Auf dem provisorischen Couchtisch, der aus einem Brett auf zwei Getränkekisten bestand, stapelte sich das schmutzige Geschirr. Aus der offenen Mikrowelle in seiner Küchenzeile zog der Geruch von verbranntem Popcorn durch die Wohnung. In der gegenüberliegenden Ecke stand sein zerwühltes Bett. Der Sommerabend drückte gegen die Gitter seiner Fenster, die geöffnet waren, um jeden leisesten Anflug einer Brise hereinzulassen.

Les tippte das Smartphone an, das auf der Kante des Getränkekistentischs lag. Für einen kurzen Moment flimmerte eine Nachricht – *M. Flackworty: Du bist fällig, Arschloch* – über den Bildschirm, bevor ein Video aufploppte. Ein verwackelter Peter streckte seine Hände nach einem ebenso verwackelten Kevin aus, und ihre Lippen berührten sich. Les erinnerte sich daran, wie er im Park jedes Detail eingefangen hatte. Er hatte die beiden auf dem Parkplatz hinter dem Theater gesehen und vermutet, dass der kleine Wichser den anderen ranlassen würde. Der Gedanke daran, wie Kevin ihn von sich weggestoßen hatte, machte ihn immer noch wütend. Les klopfte eine Zigarette auf der Tischplatte ab und zündete sie sich an. *Dieser kleine Perversling.*

Immerhin hatte es nicht lange gedauert, bis Les das bekommen hatte, was er haben wollte. Was er brauchte. Verdammt, was er *verdient* hatte. All die Arbeit, die er ins Theater steckte, ohne etwas dafür zu bekommen. Mit dem Stoff, den er an schnöselige Westseitler und ihre untervögelten Bräute vertickte, konnte er sich kaum über Wasser halten. Durch sein Ehrenamt beim Theaterprogramm kam er in Kontakt mit Jugendlichen aus der Nähe, aber das war alles rein geschäftlich. Er hatte sich auch ein bisschen Spaß verdient.

»Oh, Kevie, du kannst küssen wie ein Engel«, säuselte Les mit hoher Stimme, während das Video weiterlief. »Behalt deine Zunge schön in deinem eigenen Mund, Pete. Küssen ist was für Tunten. Außerdem habe ich ein Date mit Les in …« Les schaute auf seine Armbanduhr. »… zwei Minuten.«

Die Tür wurde erschüttert, als es dreimal laut klopfte. Eine kleine Welle der Vorfreude überkam Les, und er schloss das Video. Der kleine Wichser war zu früh da. Das würde vielleicht ein Spaß werden. Er konnte sich schön Zeit lassen und musste sich keine Gedanken darum machen, von jemandem gesehen oder gehört zu werden. Seine Hose wurde enger, als er die Tür öffnete.

»Du bist früh dran«, sagte er. »Sehr gut. Ich mag es, wenn …«

Etwas schmetterte mit voller Wucht auf Les herab. Benommen starrte er nach oben. Seine Rippen und sein Rücken taten weh und das Zimmer drehte sich im Kreis. Peter Finn türmte sich über ihn wie eine bedrohliche Maschine. Les' Eier schrumpften zusammen. Peter knallte die Tür zu.

»Du Dreckskerl!«, brüllte Peter und schlug ihm mit der Faust ins Gesicht. Durch Les' Schädel blitzte ein weißglühender Schmerz. Peter zog Les mit der einen Hand am Kragen seines T-Shirts nach oben und holte mit der anderen aus, um ihm einen weiteren Schlag zu verpassen. Angst strömte durch Les' Adern.

»Nein«, keuchte er. »Was machst du da?«

»Du weißt genau, was ich mache!« Peter schlug ihm wieder ins Gesicht. Les konnte spüren, wie seine Nase mit einem knackenden Geräusch brach. Ein Blutschwall schoss hervor. »Und du weißt auch, warum!«

»Bitte!«, winselte Les. »Hör auf!«

Peter zog Les nach oben. Seine Augen funkelten wie harte Smaragde. »Hast du etwa auf Kevin gehört, als er dich gebeten hat, aufzuhören? *Hast du aufgehört?*«

Les versuchte, rückwärts wegzukriechen und abzuhauen, aber seine Beine gehorchten nicht. Sein Kopf konnte nicht schnell genug verarbeiten, was gerade geschah. So sollte es nicht laufen. So sollte es nicht …

»Du bist so gut wie *tot*, Arschloch!« Peter hob erneut seine Faust.

ERSTER AKT, 7. SZENE

KEVIN

DIE EISENTÜR versperrte mir mit finsterem Blick den Weg. Steinmauern dehnten sich auf beiden Seiten aus. Eine endlos lange Einfahrt wand sich unter dem Tor hindurch in die Ferne. Ich sah nach, ob die Adresse wirklich stimmte. Ja, ich war hier richtig. Hm.

In eine der Säulen, die das Tor säumten, war eine Gegensprechanlage eingebaut. Etwas nervös drückte ich auf die Klingel. Beinahe augenblicklich fragte die Stimme eines Mannes: »Kann ich Ihnen behilflich sein, Sir?«

Sir? Woher hatte er gewusst, dass ich männlich bin? Ich sah mich um. Aha – Kameras über dem Tor. Dadurch wurde ich noch nervöser.

»Ähm … Ich wollte gerne Peter Finn besuchen? Mein Name ist Kevin Devereaux. Ist Peter da?«

Eine lange Pause folgte, ehe sich das Tor mit geöltem Summen aufschob. »Bitte folgen Sie der Einfahrt«, sagte die Gegensprechanlage.

Also gut. Peter und ich hatten seit gestern Abend nicht mehr miteinander gesprochen. Nachdem Peter weggefahren war, hatte ich mich direkt nach Hause begeben anstatt zu Les' Wohnung. Dad war heute wieder arbeiten – juhu – und ich wurde im Laufe des Tages immer unruhiger. Und ich dachte mir, wenn Peter auf der Besetzungsliste meine Adresse nachsehen konnte, dann konnte ich dasselbe doch auch mit seiner machen. Und wenn er einfach so bei mir vorbeischauen konnte, dann konnte ich ihm auch einen unangekündigten Besuch abstatten. Außerdem hatte ich meine Gründe, ihn zu besuchen – zwei, um genau zu sein.

Mein Fahrrad klapperte die gewundene Einfahrt entlang und ich fragte mich, wie viele Kameras mich wohl im Blick hatten. Ein sattgrüner Rasen, der mit schattigen Bäumen, bunten Blumengärten und hier und da mit Brunnen übersät war, erstreckte sich in alle Richtungen. Eine Horde geschnittener Heckentiere – Giraffe, Löwe, Zebra, Antilope – verharrte in einer grünen Stampede. Hier triefte das Geld aus allen Poren. Ich musste mich zusammenreißen, um meine Kinnlade nicht hängen zu lassen. Peter hatte zwar erwähnt, dass er mehr oder weniger reich war, aber ich konnte ja nicht ahnen, dass er mit Dagobert Duck in einer Liga spielte.

Die Sonne schien heiß herab, und ich schwitze sowohl von der langen Anreise als auch vor Aufregung. Die Einfahrt schlängelte sich an einer vierstöckigen weißen Villa mit großen Eingangsstufen und gewaltigen Säulen vorbei. Das Gebäude starrte auf mich herab wie ein Elefant, der eine Mücke verächtlich mustert. Ich schluckte und sah mich automatisch nach etwas um, woran ich mein Fahrrad festketten konnte. Dann schlug ich mir gegen die Stirn. Ostseitler-Paranoia traf auf Westseitler-Luxus. Auch wenn dieser Ort so weit jenseits der Westseite lag, dass er die Schwerkraft krümmte.

Ich ließ mein jämmerliches kleines Fahrrad an den Stufen der Treppe liegen und stieg auf zu den Säulen. Dabei kam ich mir sehr mickrig und schäbig vor. Vielleicht sollte ich doch lieber die Hintertür nehmen. Darüber musste ich schnauben. Hintertür? Es gab wahrscheinlich hundert Hintertüren, und welche davon führte zu Peter? Ich gab mir einen Ruck, erklomm den marmornen Berg und näherte mich einer großen Tür, die in den Schatten der Säulen getaucht war. Mein Herz raste. Ich wollte keinen Fehler begehen und als dummer Ostseitler abgestempelt werden, aber sollte ich etwa klingeln? Ich hatte bereits mit dem Typen über die Gegensprechanlage geredet, also kam Klingeln mir etwas übertrieben vor. Und was, wenn ein Butler mir die Tür öffnen würde? Ich hatte keine Visitenkarte, die ich ihm hinhalten konnte, so wie es die reichen Leute im Fernsehen immer machten. Andererseits …

Die Tür schwang auf, als ich mich näherte. Zu meiner Erleichterung stand Peter vor mir. Seine grasgrünen Augen leuchteten so hell wie sein strahlendes Grinsen. Er trug ein gelbes Poloshirt, dunkle Shorts und Sandalen, die wahrscheinlich mehr gekostet hatten als der Truck meines Dads.

»Kevin«, sagte er, etwas zu laut, und streckte mir die Hand entgegen. »Dennis hat mir gesagt, dass du am Tor stehst. Komm rein.«

»Äh … hi.« Ich gab ihm die Hand und Peter zog mich nach drinnen. Kühle Luft umwehte uns und das Sonnenlicht wurde gedrosselt, als hätte jemand einen Wasserhahn zugedreht. Die Eingangshalle war groß und voller Echo. Glänzende Hartholzböden und hohe, luftige Decken, weiße Wände, Nischen und Treppen, hohe Fenster mit bunten Scheiben – eine Kirche, die einen Wolkenkratzer geheiratet hatte. Ich sah keine anderen Leute.

»Es ist schön, dich zu sehen«, sagte Peter mit freudiger Stimme. »Wirklich schön.«

Ich stand immer noch in der Tür und neigte den Kopf. Warum verhielt er sich so merkwürdig? »Ja. Ich wollte vorbeischauen. Na ja, wegen gestern Abend und so. Ich dachte, wir könnten …«

»Lass uns in mein Zimmer gehen«, unterbrach mich Peter und klang dabei immer noch eine Spur zu euphorisch. »Wir können uns oben unterhalten.«

Er führte mich durch einen Bereich des Hauses die Treppe nach oben. Ich erhaschte weitere Blicke auf teure Seidenteppiche, Museumsstatuen und ein Zimmer, das sogar noch mehr Bücher enthielt als Dad je gelesen hatte, bevor wir ein Zimmer erreichten, in das meines zehnmal hineingepasst hätte. Ungläubig blinzelte ich den Kamin an, den gewaltigen Fernseher, die Stapel mit Videospielen, die Wohnzimmereinrichtung, das Bett, das groß genug für fünf Personen war, und die Glastür, die auf eine private Terrasse mit Whirlpool führte.

61

»Meine Bleibe«, sagte Peter mit einer gespielt überschwänglichen Geste. »Nimm Platz, wo du willst. Und versprich mir, meinen Eltern nicht zu verraten, dass ich einen Jungen mit in mein Zimmer genommen habe. Haha.«

Das einzige, was ich hervorbringen konnte, war ein leises »Wow«.

»Magst du einen Snack oder etwas zu trinken?« Peter zückte sein Handy. »Ich kann der Küche schreiben, dass sie uns was raufschicken sollen. Gar kein Problem.«

»Ich erhole mich immer noch von dem Schock. Das hier ist dein *Zimmer*?«

»Hey, ist doch nur ein Haus«, sagte Peter mit Unbehagen. »Keine große Sache.«

»Nur ein Haus? Nur ein Haus? Das ist, als würde man sagen, die Titanic war nur ein Boot.« Ich lachte kurz auf. »Bist du etwa mit der Familie Morse verwandt oder so?«

Peter blickte verlegen zur Seite. Er fuhr sich mit der Hand durch die Haare. Plötzlich wurde mir bewusst, dass die Hinweisfee in den letzten zwanzig Minuten mit einem gigantischen Zaunpfahl gewunken hatte. »Ach du Scheiße«, sagte ich entsetzt. »Du bist ein Morse? Ein Morse von Morse Plastic?«

»Erwischt.«

»Aber ... dein Nachname ist Finn.« Ich taumelte – nicht ganz untheatralisch – zum Bett und setzte mich hin. Erst später kam mir in den Sinn, dass das Sofa vielleicht die bessere Wahl gewesen wäre, aber wer zum Teufel hat schon ein Sofa in seinem Schlafzimmer?

»Finn ist mein zweiter Vorname. Ich wurde nach meinem Großvater Peter benannt, und als ich noch jünger war, nannten mich alle Peter Finn, um uns besser auseinanderzuhalten. Meine Familie nennt mich immer noch so, obwohl Grandpa schon vor ein paar Jahren gestorben ist.« Er zuckte mit den Schultern. »Ich verwende Finn als Nachnamen, wenn ich meine Herkunft nicht an die große Glocke hängen will.«

Ich starrte ihn von der Bettkante aus an und versuchte, das alles zu verstehen. Es war so, als würde man erfahren, dass sein Lieblingsstofftier ein einzigartiges Sammlerstück war oder dass das Fahrrad, dass man bei einer Polizeiversteigerung ergattert hatte und normalerweise immer im Regen stehen ließ, eigentlich ein eigens angefertigtes Rennradmodell aus Holland war. Peter sah immer noch weg, so als würde ihn etwas auf der Terrasse faszinieren.

»Warum hast du es mir nicht gesagt?«, fragte ich schließlich.

Nach einer langen Pause entgegnete er: »Ich hatte Angst.«

Auf der *Liste an Gründen, warum mein Freund mir verschweigt, dass er ein Milliardär in der Größenordnung von Bruce Wayne ist* kam diese konkrete Erklärung irgendwo nach dem Punkt: »Ich gebe mein gesamtes Vermögen für eine geschlechtsangleichende Operation aus, also hatte ich es nicht für erwähnenswert gehalten.«

»Angst?«, hakte ich nach.

Er seufzte. »Als Morse kann man sich nie sicher sein, ob die Leute einen um seiner selbst willen mögen oder weil man ein Morse ist. Ein Morse mit Geld.«

»Geld«, wiederholte ich. Aus Peters Mund klang das Wort so banal.

»Ich wollte das noch für mich behalten, bis ich dich besser kennenlerne.« Sonnenlicht fiel schräg durchs Fenster und verfing sich in Peters dunklen Haaren. »Ich wollte dich nicht abschrecken oder etwas an deinen ... an den Gefühlen ändern, von denen ich *hoffte*, dass du sie für mich hegst.«

»Oh.« Auf eine seltsame Weise ergab das Sinn ... irgendwie. Aber trotzdem war es nicht leicht zu verstehen. Alleine mit dem Geld, das die Sachen in Peters Zimmer wert waren, könnten Dad und ich monatelang über die Runden kommen. Wenn ich so viel Geld hätte, wäre es mir so was von scheißegal, was andere Leute von mir dachten. Sie könnten mir nichts anhaben.

»Also,« sagte Peter mit sanfter Stimme, »jetzt kennst du mein schmutziges kleines Geheimnis. Ist alles ... gut zwischen uns?«

Ich hatte noch nie gesehen, dass jemand mit solch breiten Schultern so sehr wie ein verängstigter Hundewelpe aussah. Er hatte wirklich panische Angst davor, dass ich mehr Interesse an seinem Geld haben würde als an ihm. Und ich hatte mir schon Sorgen gemacht, dass er mich hassen würde, weil ich in einem Trailer lebte. Plötzlich kam mir das alles so lächerlich vor.

Ich brach in schallendes Gelächter aus. »Du willst mich doch verarschen. Ob zwischen uns alles gut ist? Ich wusste, dass du etwas vor mir verbirgst, aber ich hatte schon Angst, es wäre ... keine Ahnung ... eine alkoholkranke Großmutter oder ein schräger Fußfetisch.« Ich ließ mich mit dem Rücken aufs Bett fallen. »Das ist eine Erleichterung.«

Peter setzte sich neben mich und war immer noch etwas skeptisch. »Wirklich?«

»Und wie. Ich habe mich in Peter Finn verliebt und nicht in Peter Bonzenkind.« Ich richtete mich wieder auf und zog meine abgetragenen Schuhe aus, damit ich ihm meine Zehen entgegenstrecken konnte. »Es sei denn, du stehst auf diese kleinen Racker hier. Dann würde ich sofort den Abflug machen.«

»Du Arsch«, sagte er lachend. »Na gut. Du hast recht. Das war dumm von mir.«

»Ja. Aber ich war auch dumm, weil ich dachte, du würdest abhauen, wenn du *mein* Haus siehst. Wir sind beide gleich dumm.«

Das ließ er unkommentiert stehen. »Also, was führt dich her? Ich meine, ich freue mich ja, dass du da bist, Kev, aber ...«

»Zwei Gründe. Erstens ...« Ich beugte mich zu ihm und gab ihm einen langen Kuss. Das Zimmer um uns herum verschwand und er füllte meine gesamte Welt aus. Es war unglaublich, das tun zu können, ohne Angst zu haben, dass uns jemand sieht. Nach dem Kuss drückte ich meine Stirn an seine und berührte seine Haare. »Du hast doch gesagt, dass du dich schon auf Nummer sieben freust.« Meine Stimme war in eine rauchige Lage gesunken, die ich überhaupt nicht von mir kannte. Meine Hände zitterten leicht, und ja – in meinem Schritt wurde es langsam eng und hart. »Also war das Nummer sieben.«

Ehe ich mich's versah, lagen wir beide auf dem Bett und hatten die Arme umeinander geschlungen. Ich hätte nie gedacht, dass ich mich einmal so behütet und so aufgeregt zugleich fühlen könnte. Meine Hände wanderten über Peters Rücken und an seinen Seiten entlang, der Spur der festen Muskeln unter seinem T-Shirt folgend. Er erkundete meinen Oberkörper mit seinen Händen und berührte mein Gesicht. Ich hätte den Rest meines Lebens von diesem Gefühl zehren können.

Peters Hand bewegte sich weiter nach unten – meinen Bauch hinab und immer tiefer. Ich erstarrte wie die grüne Heckengazelle in seinem Vorgarten. Ein Teil von mir sehnte sich danach, dass er weitermachte, aber gleichzeitig hatte ich Angst. Sollte ich ihn auf dieselbe Weise berühren? Gott, ich wollte es so sehr. Zögernd fuhr ich über seinen durchtrainierten Bauch, aber die Erinnerung an den Schmerz drängte sich in meinen Kopf, und mein Herz fing an zu rasen. Ich wusste nicht, ob das von der Angst oder der Aufregung kam, und mir wurde etwas schlecht. Mein Schritt tat weh. Ich wollte Peters Hände auf meinem Körper spüren, und gleichzeitig wollte ich davonlaufen und mich vor ihnen verstecken. Meine Wangen glühten und mein Bauch war kalt. Dann hörte Peter auf und zog seine Hand zurück. Erleichterung und Enttäuschung mischten sich auf seltsame Weise in mir. Er streckte sich auf dem Bett aus und ich drehte mich zu ihm, den Kopf auf einer Hand abgestützt. Mein Herz wurde langsamer.

»War das Nummer acht?«, fragte ich.

»Oh ja«, antwortete er.

Stille machte sich zwischen uns breit, und in mir stauten sich noch mehr Worte. Es war ähnlich wie die Situation mit dem Sex – ich wollte es und gleichzeitig auch nicht. Aber dies war der Grund, warum ich überhaupt hergekommen war, und ich musste einfach mit ihm darüber sprechen.

»Peter«, sagte ich schließlich. »Was ist gestern Abend passiert, nachdem du das Theater verlassen hast? Du warst ziemlich wütend.«

Er setzte sich auf und legte die Hände in den Schoß. Die Sorge zeichnete Falten in sein Gesicht, was mich wiederum besorgte.

»Ich weiß nicht, ob ich es dir erzählen sollte«, sagte er.

Immer, wenn eine Person so etwas sagte, erzählt sie etwas, das man nicht gerne hören wollte. Ich wappnete mich. »Warum nicht? Ich habe dir doch auch erzählt, was *mir* widerfahren ist. Das ist der zweite Grund, aus dem ich hergekommen bin – ich wollte nachsehen, ob bei dir alles in Ordnung ist.«

»Bei mir ist alles okay.« Er verschränkte die Hände. »Ehrlich, ich bin …«

»Ach du Scheiße!« Ich zog ihm die Hände aus dem Schoß und erhaschte zum ersten Mal einen längeren Blick auf sie. Sie waren viel größer als meine Hände, und seine Knöchel waren grün und blau. Ein halb verheilter Schnitt zog

sich durch die Rückseite seines linken Mittelfingers. »Deine Hände. Hast du …
Hat Les …?«

»Ja.« Peter zog seine Hände wieder an sich. Wir saßen nebeneinander auf
dem Bett und unsere Ellbogen ruhten in identischer Haltung auf unseren Knien.
»Ich habe ihn windelweich geprügelt.«

»Wow.« Es war das zweite Mal, dass ich das in seinem Zimmer gesagt hatte.
»Das hast du gemacht wegen … der Sache, die er mir angetan hat?«

Peters Kinn zitterte und er schaute zur Seite. »Ich konnte nicht zulassen, dass
dieser Dreckskerl ungestraft davonkommt. Er wird dich nicht mehr belästigen.«

»Was ist mit dem Video?«

»Hab mir sein Handy geschnappt und es gelöscht. In der Verfassung, in der
er war, konnte Les mich nicht aufhalten.«

»Hm.«

Wir saßen noch eine Weile schweigend da. Peter wich meinem Blick aus. Er
wirkte, als würde er krampfhaft versuchen, nicht an die Decke zu gehen. Ich wollte
ihn berühren, aber ich fühlte mich … seltsam. Die Hände, die kurz zuvor mein
Gesicht berührt und über meine Haut gefahren waren, hatten gestern Abend auf
Les Madigan eingeschlagen und ihn schwer verletzt. Les hatte geplant, sich erneut
an mir zu vergreifen, aber Peter hatte dem Dämon an meiner Stelle einen Besuch
abgestattet.

»Ich … danke …«, sagte ich mit leiser Stimme.

Ein Seufzen drang aus seinen Zehenspitzen. Er wirkte entnervt, als wäre er
in letzter Sekunde einem heranfahrenden Bus ausgewichen. »Okay.«

»Peter?«, sagte ich. »Peter Finn? Was ist los?«

»Ich war nervös. Scheiße, ich hatte eine Riesenangst.«

»Wovor?«

Erneut atmete er tief aus und schien wieder die Kontrolle über sich zu
erlangen. »Ich dachte, du würdest mich hassen, wenn du davon erfährst. Nach
der Sache, die mit diesem Robbie passiert ist … dachte ich, du würdest jemanden
hassen, der so wütend werden kann.«

»Oh.«

Ich dachte darüber nach. Ich dachte darüber nach, wie Peter Les' grinsendes
Gesicht einschlug, wie Les um Gnade winselte und Peter immer wieder ausholte.
Dann dachte ich an Robbie. Man konnte die beiden nicht miteinander vergleichen.
Vielleicht hatte ich das verdient, was Les mir angetan hatte, aber dennoch war ich
deswegen wütend auf ihn, und das Bild davon, wie Peter ihn auseinandernahm, rief
nichts als Genugtuung in mir hervor.

»Ich bin nicht sauer«, sagte ich. »Vielleicht sollte ich das sein, aber ich bin
es nicht. Wenn du Les wehgetan hast … gut so. Vielleicht ist es falsch, aber so
empfinde ich.« Zärtlich nahm ich seine verletzte Hand. »Also … ist zwischen *uns*
alles gut. Verdammt, zwischen uns ist alles super. Danke, Peter Finn. Danke, dass
du den Typen zusammengeschlagen hast, der mich …« Ich hatte das V-Wort bisher

erst einmal laut ausgesprochen und festgestellt, dass ich es kein zweites Mal in den Mund nehmen wollte.»… verletzt hat.«

»Okay. Okay.« Er umarmte mich fest mit einem Arm.»Sieh uns nur an. Zwei kleine Emo-Jungs. Na los. Ich geb dir eine Hausführung und wir können vor der Probe noch was zusammen essen.«

Wie sich herausstellte, waren Peters Eltern nicht zu Hause, also hatten wir beinahe sturmfrei. Abgesehen vom »Personal«, wie Peter es nannte.

»Ihr habt also Bedienstete?«, fragte ich, als wir die gigantische Treppe nach unten in den ersten Stock gingen. »Wohnen sie auch hier?«

»Manche schon«, erklärte Peter. »Aber die meisten von ihnen leben in der Stadt.«

»Helfen sie dir dabei, dich anzukleiden und so?«, fragte ich.

»Nein«, schnaubte er. »Es sei denn, ich muss mich für einen sehr komplizierten Anlass vorbereiten.«

»Ich helfe dir gerne dabei, dich anzuziehen«, bot ich mit einem breiten Grinsen an. »Oder dich auszuziehen. Könnte lustig werden.«

In der Mitte der Treppe blieb er stehen. »Hör auf«, flüsterte er.

Ich hielt auch inne. »Womit?«

»Also, meine Familie ist sehr konservativ. Sie spendet Mill… sehr viel Geld an politische Kandidaten im rechten Spektrum und sie weiß nichts davon, dass ich auf Typen stehe. Alles klar? Und wenn die Medien davon Wind bekommen, würde der gesamte Morse-Clan komplett ausflippen. Sie würden mich enterben, oder noch schlimmer, meinen Treuhandfonds auflösen. Alles, was du in Anwesenheit des Personals sagst, wird an meine Eltern herangetragen, also solltest du lieber vorsichtig sein. Nach außen hin sind wir einfach gute Freunde, und mehr nicht.«

Das tat weh, auch wenn ich es verstehen konnte. Schließlich wusste auch Dad nicht von mir Bescheid. Was hätte ich also für ein Recht, darüber zu urteilen?

»Verstanden, Sir«, sagte ich und salutierte.

Er verdrehte die Augen. »Hier lang. Die Kunstgalerie könnte dir gefallen.«

»Kunstgalerie?«

Jap. Sie hatten eine Kunstgalerie. Peter zeigte mir Gemälde und Skulpturen von Schöpfern, die niemand sonst zu Gesicht bekam, auch wenn mir keiner der Namen etwas sagte. Dann gingen wir eine Runde in dem riesigen Schwimmbecken schwimmen, das zur Hälfte innen und zur Hälfte im Freien lag und sogar über eine Rutsche verfügte – auch, wenn ich Peter in seiner Badehose mehr Aufmerksamkeit schenkte als dem Wasser. Wir ritten auf waschechten Pferden (obwohl eigentlich nur Peter ritt, während ich mich am Sattel meines Pferdes festklammerte und versuchte, dass meine Zähne nicht ausgeschlagen wurden). Und dann spielten wir Videospiele in seinem Zimmer (auch wenn Peter die ganze Zeit schummelte, indem er mein Genick streichelte und mich ablenkte, wodurch ich jede Runde verlor … und es war mir dermaßen egal). Und dann übten wir für *Bunbury* (obwohl Peter mir eigentlich nur dabei zusehen wollte, wie ich Algys lange Monologe aufsage). Und dann aßen wir in dem förmlichen Speisezimmer zu Abend (auch wenn wir nur zu zweit an einem Tisch saßen, an den zwanzig Leute gepasst hätten, und das »Personal« leckere selbst gemachte Würstchen-Salami-Pizza und gebratene Chicken-Finger auf weißem Porzellangeschirr mit Kristallverzierung servierte, und Peter hinterher zugab, dass er der Küche den Auftrag gegeben hatte, das so zu machen, um mich zu beeindrucken, und wow – er wollte *mich* beeindrucken).

Anschließend schrieb dieser Dennis uns eine Nachricht, um Bescheid zu sagen, dass er Peters Mustang vorgefahren hatte, also gingen wir nach unten, um uns auf den Weg zur Probe zu machen. Ich fragte mich, wie es sich wohl anfühlte, umringt von unsichtbaren Personen aufzuwachsen, die alles für einen taten, und sich nie Gedanken darüber machen zu müssen, ob einem der Strom abgedreht wird oder man im Winter frieren muss oder Löcher in den Schuhen hat. Es wäre ein großer Rückschritt, danach wieder in die mobile Bibliothek zurückzukehren. Der Zornestiger in mir grummelte vor sich hin. Ich konnte nicht einmal jemandem davon erzählen, dass ich mit Peter zusammen war. Selbst wenn ich es könnte, würden sich wahrscheinlich alle denken, dass ich nur hinter seinem Geld her war. Oder seinem Plastik.

»Was ist da drin?«, fragte ich, eher um mich selbst abzulenken als aus aufrichtiger Neugier, als wir an einer Tür vorbeikamen. Peter erstarrte und zog mich dann schnellen Schrittes an dem Zimmer vorbei ans Ende des Flurs. Ich war davon vollkommen überrumpelt und musste mich beeilen, um mit ihm Schritt zu halten. »Habe ich etwas Falsches gesagt?«

»Nein«, entgegnete er abrupt. »Es ist nur ... Das ist das Zimmer meiner Schwester. Ihr Name ist Emily.«

»Du hast eine Schwester?« Auch das überrumpelte mich. »Du hast deine Schwester nie erwähnt. Ist sie zu Hause?«

Er war beinahe am Laufen. »Nein. Na los. Ich glaube, Dennis hat dein Fahrrad in den Kofferraum gelegt.«

Seine Stimme hatte einen abwimmelnden Ton, der mich beunruhigte, aber ich hielt die Klappe. Auch auf der Fahrt zur Probe redeten wir nicht viel miteinander. Was war los? Ich wollte ihn fragen, aber der strenge Blick auf Peters Gesicht jagte mir ein wenig Angst ein, also schwieg ich. Vielleicht hatte er kein gutes Verhältnis zu seiner Schwester. So oder so ging es mich nichts an.

Wir kamen rechtzeitig im Theater an und hatten noch genug Zeit für Iris' 18:50-Uhr-Regel. Als wir eintraten, befanden sich alle, die heute auf dem Probenplan standen, bereits auf der Bühne – Thad, Joe, Meg und Melissa. Und natürlich Iris und Wayne. Besorgt schaute ich mich nach Les um und erinnerte mich daran, dass er wahrscheinlich nicht kommen würde. Oder etwa doch? Vielleicht würde er als Regieassistent zurücktreten. Das wäre eine Riesenerleichterung.

Alle drehten sich zu uns um, als wir durch die Seitentür kamen, und plötzlich wurde ich nervös. Irgendwas stimmte hier nicht. Wussten die anderen, was passiert war? Ich merkte, dass auch Peter etwas spürte, und er strich mir über den Arm.

Eine Frau, die mir nicht bekannt vorkam, unterhielt sich mit Iris. Sie hatte braune Haare, die um ihren Kopf zu einer Flechtfrisur zusammengebunden waren, und eine schlanke, sportliche Statur. Ihre weiße Bluse und ihr eleganter blauer Blazer standen im Kontrast zu unseren Jogginghosen, Pullis und T-Shirts. Die Frau bemerkte, dass alle zu Peter und mir schauten, und auch sie drehte sich in unsere Richtung. In diesem Moment begriff ich es – sie war von der Polizei. Mit der Zeit erkennt man so etwas ziemlich schnell. Die Angst brachte meine Magensäure zum Kochen und ließ meine Hände eiskalt werden. Ich hatte sicher irgendwie gegen meine Bewährungsauflagen verstoßen, und sie würde mich festnehmen.

»Was ist los?«, fragte Peter.

»Das ist Valerie Malloy«, sagte Iris zu uns. »Sie ist von der Kriminalpolizei.«

Mein Atem wurde nun immer schneller und mein Magen verkrampfte sich. Ich sollte lieber abhauen und mich irgendwo verstecken.

»Ich habe leider schlechte Neuigkeiten«, fuhr Iris fort. »Gestern Abend …«

»Vielen Dank, Ms. Kaylo, von hier an übernehme ich«, unterbrach Detective Malloy sie. Sie befand sich genau vor uns. Alle anderen starrten uns mit unverfrorener Neugier an. Ich stand da wie angewurzelt. »Peter Finn Morse und Kevin Devereaux?«

»Ja«, bestätigte Peter. Ich nickte.

»Mr. Devereaux, Sie sind noch minderjährig, weshalb ich Sie nur in Anwesenheit eines Elternteils oder Erziehungsberechtigten verhören darf. Ich werde mich später mit Ihnen unterhalten, wenn ich veranlassen kann, dass auch Ihr Vater dabei ist. Mr. Morse, Sie sind neunzehn und damit nach dem Gesetz volljährig, also kann ich auch hier mit Ihnen sprechen.«

»Aber was ist denn überhaupt passiert?«, platzte es aus mir heraus.

»Gestern Abend um 22:45 Uhr erhielt die Polizei einen anonymen Hinweis. Am Tatort fanden die Beamten Les Madigan. Er war schwer zusammengeschlagen worden. Sein Gesicht war übersät von Prellungen und er hatte ein paar Zähne verloren.«

Oh, Mist. Der Fokus meiner Angst verlagerte sich zu meiner Seite. Les hatte Anzeige erstattet. Nun war Peter plötzlich derjenige, der ins Gefängnis gehen musste. Schuld mischte sich mit Angst und drohte, sie zu überwältigen. Peter hatte das für mich getan. Ich hatte es zu verantworten.

»Ich verstehe«, sagte Peter.

»Mr. Madigan ist tot«, fügte Detective Malloy hinzu.

Die Worte durchbohrten mich wie die Hörner eines Stiers. Meine Knie wurden weich und der Boden schwankte unter meinen Füßen. Tot? Les war *tot*? Aber Peter hatte ihn doch nur …

»Wie haben Sie sich die Verletzungen an Ihren Händen zugezogen, Mr. Morse?«, fragte Detective Malloy.

Peter vergrub seine Hände in den Hosentaschen. »Darüber sollte ich wohl besser nicht reden.«

»Ein Zeuge, der im selben Gebäude wohnt, hat gesehen, wie ein Auto den Tatort in etwas zur selben Zeit verlassen hat, zu der Les vermutlich umgebracht wurde«, fuhr Detective Malloy erbarmungslos fort. »Der Zeuge hat das Nummernschild nicht erkannt, aber die Beschreibung des Fahrers passt zu Ihnen, und die des Autos stimmt mit Ihrem blauen Mustang überein, Mr. Morse. Haben Sie dafür eine Erklärung?«

Peters Gesicht war steinhart. »Nein.«

»Dann lassen Sie mir keine Wahl.« Sie drehte Peter um und zog ein Paar Handschellen hervor. »Peter Morse, ich verhafte Sie wegen Mordes an Les Madigan.«

ZWEITER AKT, 1. SZENE

KEVIN

PETER SAH mich kein einziges Mal an, als Detective Malloy ihn abführte, und mir wurde schwarz vor Augen. Alle waren aufgebracht über die Nachricht, dass Les tot war und Peter festgenommen wurde, also ließ Iris die Probe ausfallen. Ich war auch nicht gerade in guter Form. Ein Bild von Robbie, der zusammengekauert und verletzt auf dem Boden lag, vermischte sich in meinem Kopf mit der Vorstellung, wie Peter Les zu Tode prügelte, mit denselben Händen, die mich berührt hatten. Ich rannte aus dem Theater hinaus und schaffte es auf meinem Fahrrad bis zum Golfplatz, ehe ich mich am Straßenrand übergeben musste. Das war meine zweite Kotzattacke innerhalb von zwei Tagen. Verdammt.

Es war eine lange unheimliche Heimfahrt unter den aufziehenden Abendschatten. Säure brannte in meiner Kehle und ich brauchte dringend ein Glas kaltes Wasser. Peter hatte Les umgebracht. Meinetwegen. Der Typ, der mich angegriffen hatte, war tot. Es erschien mir surreal. Er hatte mich angegriffen, und jetzt war er nicht mehr da, aus dem Leben gerissen von einem Jungen, der mich achtmal geküsst hatte. Ich wusste nicht, wie ich damit umgehen sollte. Les hatte mir eine Riesenangst eingejagt, aber gleichzeitig hasste ich ihn auch. Durfte ich erleichtert darüber sein, dass er tot war? Ich hatte kein Problem damit, als ich noch dachte, Peter hätte ihn nur zusammengeschlagen. Scheiße, es hatte sich sogar toll angefühlt. Aber tot? Keine Ahnung.

Und was würde nun mit Peter passieren? Er hatte jemanden *umgebracht*. Die Angst bildete einen Knoten in meiner Brust. Peter war stark und kraftvoll, aber ich erinnerte mich an das furchtbare Geräusch meines Baseballschlägers, als ich Robbie damit geschlagen hatte – das feuchte Knacken von Holz, das Knochen bricht, und der Schmerzensschrei, der darauf folgte. Und ich erinnerte mich daran, wie wütend ich gewesen war, als Hank sagte, Robbie hatte mich für schwul gehalten. Ich war bereit, Robbie umzubringen, und ich konnte nicht verstehen, warum. Zumindest damals noch nicht. Aus diesem Grund fühlte ich mich wie ein winziger Käfer, als ich vor der Richterin stand, und war bereit, in den Jugendknast zu gehen, wo man *mich* schlagen und verletzen würde, so wie ich es mit Robbie getan hatte – weil ich es verdiente.

All diese Gedanken vermischten sich in meinem Inneren, jagten mir Angst ein und machten mich wütend. Wie konnte Peter mir so etwas antun? Wie konnte er uns so etwas antun? Was passierte gerade mit Peter? Nahm man seine Fingerabdrücke und fotografierte ihn? Wurde er in diesem kleinen Raum auf der

Polizeiwache verhört? Ich hatte dort schon einmal gesessen, mit Handschellen aus Stahl um meinen Handgelenken. Und Dad auch.

Ich bog in die Six Mile Road ein und sauste an den müden alten Häusern vorbei. Dad. Das war nicht das erste Mal, dass jemand, der mir ... nahestand, wegen Mordes verhaftet wurde. Dasselbe war auch schon mit Dad passiert, damals, als ich noch klein war und wir mit Mom in einem richtigen Haus wohnten, weil Dad einen guten Job als Bauarbeiter bei Morse Plastic hatte. Ich war ungefähr vier Jahre alt, aber ich konnte mich noch gut an den Tag erinnern. Ich saß am Küchentisch und malte ein Bild mit Wachsmalstiften, und die Wände waren gelb gestrichen. Draußen schien die Sonne und ich überlegte, ob ich vor dem Haus auf Dad warten sollte. Er war spät dran. Viel zu spät. Und ich hatte Hunger.

Dann passierten ein paar andere Sachen – ich kann mich nicht mehr an alles erinnern – und Mom redete mit mir. Sie wirkte sehr aufgebracht.

»Dein Dad ist im Gefängnis«, sagte sie mit tonloser Stimme. »Er hat einen Mann umgebracht.«

Ich wusste nicht, wie ich damit umgehen sollte, also fing ich an zu weinen. Mom war keine große Hilfe. Sie hing die ganze Zeit am Telefon. Ich hatte Angst und wusste nicht, wie es weitergehen würde. Danach schien ich sehr oft Angst zu haben. Wie war es möglich, dass mein Dad jemanden umgebracht hatte? Ich wusste, dass Dad wütend werden konnte, und manchmal brüllte er herum. Einmal hatte er mit der Faust gegen die Wand geschlagen und ein Loch hinterlassen, und das war ziemlich beängstigend, aber am nächsten Tag reparierte er es und man konnte von dem Vorfall nichts mehr sehen.

Im Nachhinein erfuhr ich, dass Dad auf der Arbeit in einen Streit geraten war. Beide Männer befanden sich weit oben auf dem Gebäude, an dem sie arbeiteten. Der andere Typ verpasste Dad einen Hieb, Dad schlug zurück und der andere Typ stolperte nach hinten. Er fiel über die Kante und starb. Einige der anderen Arbeiter sagten, dass Dad ihn definitiv nicht vom Gebäude geschubst hatte und dass der andere Typ mit dem Streit angefangen hatte, aber das Gericht gab Dad dennoch die Teilschuld. Der Richter verurteilte ihn zu acht Jahren Haft wegen Totschlags.

Dad verlor seinen Job, als er verhaftet wurde. Moms Job als Büroangestellte bei Morse war nicht sonderlich gut bezahlt, also verloren wir das Haus und mussten in eine winzige Wohnung ziehen. Ich schlief auf dem Sofa und bekam nie Besuch von Freunden, weil ich allen verheimlichen wollte, dass ich kein Bett hatte und Dad im Gefängnis saß. Zu diesem Zeitpunkt hörte ich auf, Angst zu haben. Ich war es leid, und stattdessen verbrachte ich sehr viel Zeit damit, wütend zu sein. Ich war wütend darüber, dass Dad im Gefängnis gelandet war, und ich war wütend darüber, dass wir unser Haus verloren hatten, und ich war wütend darüber, dass Mom mich nicht häufiger mit zu ihm nahm, und ich war wütend darüber, dass ich ihn besuchen gehen musste. Wütend zu sein war einfacher, als ängstlich zu sein. Mom schien es schwerzufallen, ein Kind großzuziehen, das permanent wütend war, da sie nicht besonders viel mit mir redete, und so war ich ziemlich viel allein unterwegs, machte, was ich wollte, und geriet in Schwierigkeiten. Drei- oder viermal erhielt ich einen Schulverweis, aber Mom schrie mich nie an. Es schien ihr egal zu sein.

Die Gefängnisse in Michigan sind viel zu überfüllt, und Dad war ein vorbildlicher Häftling, der die meiste Zeit mit Lesen verbrachte – eine neu entdeckte Gewohnheit –, also kam er bereits nach fünf Jahren frei und nicht erst nach acht. Damals war ich neun Jahre alt und hatte mir angewöhnt, Dad einmal im Monat zu besuchen. Er wurde eine Woche nach meinem neunten Geburtstag aus dem Gefängnis entlassen und ich dachte, dass wir gemeinsam feiern und vielleicht sogar Burger essen gehen würden. Aber Mom machte einfach nur ein paar Dosen Rindereintopf auf, so wie jeden Donnerstag. Es fühlte sich seltsam an, mit Dad an dem kleinen Tisch zu sitzen, wo ich es doch gewohnt war, ihn umringt von Aufsehern und anderen Häftlingen mit deren Familien im Besuchsraum zu sehen. Mom und Dad redeten nicht viel miteinander. Dad versuchte, sich mit mir zu unterhalten, aber ich wusste nicht, was ich sagen sollte, also behielt ich den Blick auf meine Schüssel gerichtet und aß vor mich hin.

Zwei Tage später war Mom weg. Einfach gegangen. Ich weiß bis heute nicht, wo sie sich aufhält oder was passiert ist. Es lag bestimmt daran, dass ich ein unerträgliches Kind war. Wer würde schon gerne bei mir bleiben wollen?

Dad konnte keine Arbeit finden. Als Bauarbeiter musste man eine anerkannte Lizenz haben, und verurteilte Straftäter hatten keinen Anspruch auf Arbeitnehmerschutz. In Michigan erhält man außerdem keine Sozialhilfe, es sei denn, man ist blind oder sitzt im Rollstuhl. Dad erhielt wegen mir etwas Geld – dadurch fühlte ich mich richtig gut –, aber es reichte nicht, um in der Wohnung zu bleiben. Einer der Typen, die er im Gefängnis kennengelernt hatte, besaß einen Trailer auf der Ostseite am Stadtrand, und er sagte, Dad und ich könnten dort einziehen, solange wir die Vermögenssteuer bezahlten und alles in Schuss hielten. Also machten wir das. Dad verdiente sich hier und da etwas Schwarzgeld, das ausreichte, um die Nebenkosten zu decken und sich hin und wieder eine Pizza zu gönnen. Ich wusste nicht, was passieren würde, wenn Dads Freund aus dem Gefängnis entlassen wurde. Ich versuchte, nicht daran zu denken.

Nun hatten also sowohl mein Dad als auch mein Freund ein Menschenleben auf dem Gewissen. Zog ich diesen Scheiß etwa magisch an? Irgendetwas stimmte doch nicht mit mir.

Ein fremdes Auto stand neben Dads Truck in der Einfahrt. Ich ließ mein Fahrrad zu Boden fallen. Und jetzt?

Als ich eintrat, sah ich Dad zusammen mit Detective Malloy im Wohnzimmer stehen. Mir lief ein Schauer über den Rücken. Sie drehten sich beide zu mir um.

»Da bist du ja.« Dads Stimme klang angespannt und mir fiel wieder ein, dass er die Polizei hasste, auch wenn er meistens eher Angst vor ihr hatte. »Das ist …«

»Wir kennen uns bereits«, sagte Malloy. »Kevin, ich muss mit dir sprechen, und dein Vater ist damit einverstanden.«

Ich fühlte mich, als müsste ich mich übergeben. »Worüber?«

»Komm schon, Kev.« Dad seufzte. »Über diesen Jungen, Peter, der neulich hier zu Besuch war.«

Malloy klappte einen Notizblock auf, genau wie im Fernsehen – und so wie der Polizist, der mich beim ersten Mal festgenommen hatte. »In welchem Verhältnis stehst du zu Peter Morse?«

»Wie bitte? Was?« Dad fiel ihr ins Wort, bevor ich antworten konnte. »Er ist ein Scheiß-*Morse*?«

»Allerdings.« Malloys Gesicht war ausdruckslos.

»Ach du Scheiße.« Dad ließ sich auf die Couch sinken. »Was zum Teufel hat er dann im Kulturzentrum verloren?«

Ich hatte Dad noch nie so stark fluchen gehört. Beinahe vergaß ich dadurch, was überhaupt los war. Trotz des Ventilators auf der Fensterbank wurde es im Trailer immer wärmer, und ich wollte mich in dem Wald aus Büchern verstecken.

»Dein Verhältnis zu Peter Morse?«, hakte Malloy nach.

»Muss ich mit Ihnen reden?« Meine Stimme wurde zittrig. »Ich möchte das nicht.«

»Du musst nicht«, erwiderte Malloy. »Aber ich kann gerne deine Bewährungshelferin fragen, was sie davon hält, dass du nicht kooperieren willst.«

Ein stechender Schmerz jagte durch meinen Körper. »Sie wissen, dass ich auf Bewährung bin.«

»Ich weiß alles über dich, Kleiner. Ich habe Bilder davon gesehen, was du zusammen mit deinen Freunden diesem Jungen angetan hast. Jetzt bist du in eine andere Schlägerei verwickelt, eine, die diesmal sogar tödlich ausgegangen ist, und du weigerst dich, meine Fragen zu beantworten. Das wirkt ziemlich verdächtig, wenn du mich fragst.«

Meine Gedärme verflüssigten sich und meine Knie wurden zu Gummi. Die Wände rückten immer näher. Es gab keinen Ausweg. Sie würde alles erfahren.

Malloy fuhr fort: »Vielleicht sollten wir dieses Gespräch auf dem Revier weiterführen ...«

»Hey, hey, hey.« Dad hielt die Hände hoch. »Das ist nicht notwendig. Kevin wird Ihnen alles erzählen, was Sie wissen möchten. Nicht wahr?«

Und dann stellte ich mir Peter in einer Gefängniszelle vor. Peter, der an meiner statt Les besucht hatte. Peter, der mich verteidigt hatte.

Der für mich getötet hatte.

Ich wusste nicht, wie es mir damit gehen sollte, aber ich wusste, dass ich in Peters Schuld stand. Immerhin konnte ich für ihn stark sein, so, wie er stark für mich gewesen war. Ich richtete mich gerade auf.

»Peter und ich sind befreundet«, sagte ich. »Wir spielen beide im Theaterstück mit. Na und?«

»Nicht in diesem Ton«, mahnte Dad.

Malloy kritzelte in ihrem Notizblock herum. »Er kam dich hier vor ein paar Tagen besuchen, und du warst heute bei ihm zu Hause.«

»Stimmt das?«, fragte Dad.

Ich setzte zur Antwort an, bleib dann aber doch still. Als ich das erste Mal vor Gericht war, hatte mein Pflichtverteidiger mich gewarnt, dass es dumm war, das Erste zu sagen, was mir in den Kopf kam. Er hatte mir geraten, jedes Mal langsam bis fünf zu zählen, bevor ich eine Frage beantwortete. Also fing ich an zu zählen – *einundzwanzig, zweiundzwanzig …*

Als ich bei fünfundzwanzig angekommen war, wurde mir etwas bewusst. »Sie haben mir gar keine Frage gestellt.«

»Warum warst du bei Peter zu Hause?«

Einundzwanzig, zweiundzwanzig … Sie suchte nach Beweisen dafür, dass Peter Les umgebracht hatte, und sie wollte herausfinden, ob ich etwas damit zu tun hatte. Aber zwischen mir und Les bestand keinerlei Verbindung, zumindest keine, von der irgendjemand wusste. Niemand hatte gesehen, was er mir angetan hatte, und Peter hatte das Video von Les' Handy gelöscht.

Aber hatte er das wirklich gemacht? Ich war nicht dabei gewesen. Und was wäre, wenn die Polizei Les' Handy in Peters Haus finden und das Video mit einem speziellen Computerprogramm wiederherstellen würde? Im Fernsehen zogen sie immer solche Nummern ab. Ich bekam wieder Angst.

… fünfundzwanzig.

Aber die Polizei wusste überhaupt nicht, dass sie nach Les' Handy suchen musste, und schon gar nicht in Peters Haus.

»Wir haben uns zum Proben getroffen«, erklärte ich. »Er ist der Hauptdarsteller, und ich spiele auch eine große Rolle. Mit sehr viel Text.«

»Und ihr habt nur euren Text gelernt?«

Einundzwanzig, zweiundzwanzig … In meinem Kopf küsste Peter mich auf seinem Bett und fuhr mir mit seinen Händen über den Körper. »Das war keine richtige Frage.«

»Habt ihr noch etwas anderes gemacht, außer euren Text zu lernen?«

Einundzwanzig, zweiundzwanzig … »Wir haben ein paar Videospiele gespielt und waren schwimmen«, ergänzte ich. »Wir würden schneller vorankommen, wenn Sie mich einfach das fragen, was Sie wissen wollen.«

»Hat er mit dir über Les Madigan gesprochen?«

Einundzwanzig, zweiundzwanzig … Mir fiel keine gute Antwort auf diese Frage ein. Ich musste lügen, sonst würde Peter in ernste Schwierigkeiten geraten. Die Lüge machte das Rennen. »Nein.«

»In welchem Verhältnis standest du zu Les Madigan?«

Alle Fünf-Sekunden-Pausen flogen aus dem Fenster. Mein Herz klopfte immer schneller und ich spürte, wie mir das Blut aus dem Gesicht wich. »In welchem … Verhältnis?«

Malloys Gesicht war hart wie ein Stein. »Ja. Wie gut kanntet ihr euch?«

»Er ist ... war ... der Regieassistent der Produktion. Wir haben ein paar Kennenlernspiele gespielt. Ich kannte ihn nicht besonders gut.«

»Wir werden uns diesen Sommer oft zu Gesicht bekommen. Und ich werde sehr viel von dir sehen.«

Les' letzte Worte nach dem Angriff brannten sich in mein Gedächtnis ein. Ich war blass und zitterte, und zu allem Übel merkte ich, dass meine Nervosität auch Malloy nicht verborgen blieb. Keine Fünf-Sekunden-Pause der Welt könnte mich retten. Peter würde ins Gefängnis wandern, weil ich mich nicht zusammenreißen konnte. Dann packte mich die Inspiration. Ich taumelte zur Couch und ließ mich neben Dad fallen. »Er ist wirklich tot, oder? Oh, mein Gott – er ist wirklich tot.«

»Geht es dir gut, Kev?« Dad wandte sich mir zu.

Ich legte meinen Kopf in die Hände. »Er ist *tot*. Erst gestern habe ich ihn noch gesehen, und jetzt ist er *tot*.«

»Sie jagen ihm Angst ein, Detective«, sagte Dad, allerdings nicht besonders überzeugend. Er hatte ebenso viel Angst vor Malloy wie ich. In diesem Moment hasste ich ihn. Ich wollte, dass er mich in Schutz nahm, Malloy anbrüllte und vor die Tür setzte. Aber er saß einfach nur da und führte sich so auf, als hätte sie größere Eier als er. Die Wut färbte meine Finger weiß, doch sie nahm mir auch die Angst davor, Malloy anzulügen.

»Ich habe nur noch ein paar Fragen«, sagte Malloy. »Wo warst du gestern Abend zwischen 22 Uhr und Mitternacht?«

Einundzwanzig, zweiundzwanzig ... »Das war direkt nach der Probe, oder?«

»Sag du's mir.«

»Nach der Probe bin ich mit dem Fahrrad nach Hause gefahren und direkt ins Bett gegangen.«

»Kann das jemand bestätigen?«

»Er kam um viertel vor elf nach Hause«, warf Dad ein. »Mit dem Fahrrad braucht er vom Kulturzentrum aus normalerweise eine Dreiviertelstunde.«

»Warum holen Sie ihn nicht ab?«

Dad blickte nach unten auf seine Hände. »Wir können uns den Sprit nicht leisten.«

»Bist du danach noch woandershin gegangen?« Malloy ließ nicht locker.

Ich schüttelte den Kopf. Diesmal hatte ich nicht bis fünf gezählt.

»Kann das außer deinem Dad noch jemand bestätigen?«

Der Zornestiger in mir erwachte brüllend zum Leben und verschlang jede Sekunde, die ich eigentlich hätte zählen sollen. »Glauben Sie etwa, *ich* habe es getan? Nach allem, was ich mit Robbie durchgemacht habe? Sie glauben, nach all den Scheißalbträumen und der Kotzerei und der Riesenangst davor, im Knast zu landen, würde ich das *wieder* abziehen? Sie haben sie doch nicht mehr alle!«

»Sie sollten jetzt wohl besser gehen.« Dad richtete sich auf und stand zwischen mir und Malloy. »Wir sind hier fertig.«

Malloy überreichte ihm unbeeindruckt eine Karte. »Wenn jemandem von Ihnen etwas einfällt, was Sie vergessen haben, rufen Sie mich an, egal zu welcher Tages- oder Nachtzeit.« Und damit ging sie.

Dad bewegte sich erst wieder, als das Geräusch ihres Autos in der Ferne verklungen war. Dann stieß er einen langen, tiefen Seufzer aus. »Scheiße.«

Ich sagte gar nichts. Auf einmal war ich sehr erschöpft – aber immer noch ängstlich und wütend.

Wir saßen eine lange Zeit schweigend auf der Couch. Dann ging Dad in die Küche und kam mit einer Flasche Whisky, von der ich nicht einmal wusste, dass wir sie besaßen, und zwei Gläsern zurück.

Zwei?

Ohne ein Wort zu sagen, schenkte er einen großen Schluck in das erste Glas und ein paar Tropfen in das zweite. Er überlegte kurz, schenkte ein wenig mehr nach und reichte es mir. »Hier.«

Ich starrte auf das Glas hinab. Der Dunst des Alkohols roch so, als würde er jeden Moment Feuer fangen. »Aber ...«

»Gönn dir einen Drink mit deinem Alten. Du kannst es schon vertragen. Aber nur so viel.« Er kippte sein halbes Glas hinunter und kniff die Augen zusammen.

Okay, klar. Das würde ich nicht ablehnen. Hank und der Rest der Bande hatten sich mehr als einmal besoffen, und manchmal hatte ich das auch getan, aber damals hatte es sich um billiges Bier mit Freunden gehandelt. Das hier war Whisky mit meinem Vater. Ich kam mir seltsam erwachsen vor, als ich das Glas so runterkippte, wie Dad es mir vorgemacht hatte. Es schmeckte grauenhaft und fühlte sich an, als würde ich geschmolzene Lava schlucken. Ich hustete stark und Dad klopfte mir mit der Hand auf den Rücken.

»Gut. Wenn du alt genug bist, lernst du, wie man das unterdrückt, aber im Moment ist das noch in Ordnung.«

Mich erfüllte die gleiche Wärme wie in Peters Swimmingpool und ich spürte, wie sich meine Muskeln entspannten. Die Angst verflog. »Danke, Dad.«

Er nahm noch einen Schluck. »Du hast also Albträume? Davon hast du mir nie erzählt.«

»Oh.« Ich fühlte mich ertappt und nickte. »Ja.«

»Von Robbie?«

Einundzwanzig, zweiund... Moment. »Fast jede Nacht.«

»Deswegen steht sein Bild neben deinem Bett«, schlussfolgerte Dad. »Um die Albträume fernzuhalten.«

»Ja, so in der Art.«

Es folgte eine lange Pause. Wir starrten beide geradeaus ins Nichts. Für einen Moment schien die Zeit einen Sprung zu machen. Wir saßen auf derselben Couch, aber wir waren viel älter. Ich sah aus wie Dad, und er glich einem Großvater, und wir hielten die gleichen Gläser, deren Böden mit Whisky bedeckt waren. Dann flackerte es erneut und alles war wieder normal.

»Ich habe sie auch«, sagte Dad leise.

»Was?«

»Albträume. Früher war es jede Nacht, aber mittlerweile nur noch zwei-, dreimal die Woche.«

Ich blinzelte ihn an und fragte mich, ob ich noch einen Drink vertragen würde. Das Zimmer verschwamm an den Rändern. »Von … diesem Typen?«

»Sein Name war Mark. Mark Brown.« Dad hob sein Glas hoch und starrte es an. Ich bewegte mich nicht. Er redete niemals darüber und ich hatte Angst, ich würde ihn verschrecken wie ein scheues Reh. »Wir befanden uns im vierten Stock des Gebäudes, das wir gerade bauten, und in der Mittagspause gerieten wir in einen dämlichen Streit. Er schubste mich, und ich schubste ihn zurück, und dann versuchte er, mich mit der Faust zu schlagen, also wich ich aus und boxte ihn fest, ohne überhaupt darüber nachzudenken. Mein dummes Temperament. Unmittelbar nachdem ich ihn getroffen hatte, wusste ich, dass ich einen Fehler begangen hatte. Er taumelte nach hinten, als wäre er betrunken, und stolperte über einen Setzhammer. Ich versuchte, ihn zu greifen, das schwöre ich, und meine Finger streiften die Vorderseite seines T-Shirts, aber er war schon über die Kante gefallen. Das Letzte, was ich sah, war der Schrecken in seinen Augen. Ich hörte ihn schreien, bis er unten aufkam.«

Dad schenkte sich Whisky nach. »Die Albträume verändern sich. Manchmal stürzt Mark hinunter und ich kann ihn nicht erreichen. Manchmal befinde ich mich im freien Fall und Mark lacht mich aus. Manchmal bist du es, der fällt. Aber der Schrei klingt immer gleich. Im Gefängnis erwachte ich fast jede Nacht mit seinem Echo in meinen Ohren. Ich weiß, wie es sich anfühlt. Man geht mit Bauchschmerzen ins Bett und wacht schweißgebadet auf.«

»Ja«, sagte ich.

»Hör zu, Kev«, fuhr Dad fort. »Was ich Mark angetan habe, war furchtbar. Aber ich habe mich verändert. Ich werde nicht mehr so schnell wütend. Ich lese viel. Ich versuche, etwas Besseres mit meinem Leben anzustellen. Und auch du bist ein anderer Mensch als der, der Robbie angegriffen hat. Du schleichst dich nachts nicht mehr raus, in den Wochen vor den Ferien hast du dich mehr auf die Schule konzentriert, und jetzt spielst in dem Theaterstück mit. Du hast an dir gearbeitet. Diese Qualen hast du nicht verdient.«

»Lassen die Träume nach, wenn man darüber redet?« Ich schwenkte das Glas in meiner Hand. »Oder soll ich einfach noch mehr davon trinken?«

Dad schwieg einen Augenblick, dann brachte er die Whiskyflasche in die Küche und stellte sie zurück in den Schrank. »Diesen Pfad sollte man nicht einschlagen, mein Sohn.«

Das Zimmer drehte sich ein wenig und meine Zunge war locker geworden. Ich hörte mich selbst sagen: »Peter hat in seinem Haus eine ganze Bar.«

»Ach ja. Was das betrifft.« Dad setzte sich wieder hin. »Was läuft da zwischen euch beiden?«

»Wie meinst du das?«

»Du bist nicht wegen dieses toten Jungen so ausgeflippt, sondern wegen Peter. Oder wegen etwas, das mit ihm zu tun hat. Liegt es nur daran, dass er jemanden umgebracht hat? Oder steht ihr beiden euch näher, als du der Ermittlerin gesagt hast?«

Mein Mund war trocken und rau. Die Worte stauten sich in meiner Kehle, aber auf keinen Fall würde ich auch nur eines davon aussprechen. Nicht vor Dad. Stattdessen sagte ich: »Peter und ich haben nur rumgechillt. Sein Haus ist der Hammer.«

»Kevin ...«

»Und Peter ist mein Freund, Dad. Ich bin schwul.«

Die Worte purzelten aus meinem Mund heraus wie Bleigewichte und landeten zwischen uns auf der Couch. Ich starrte nach vorn und konnte nicht einmal ansatzweise glauben, dass ich das gerade wirklich gesagt hatte. Es war einfach so aus mir herausgesprudelt. Dad saß da wie versteinert. Sein Mund stand halb offen und sein Gesicht wurde rot. Die Stille machte die Luft heiß und stickig. Mein Herz begann wieder zu rasen, und ich konnte ihm nicht in die Augen sehen. Meine Hände zitterten. Er würde die Nerven verlieren. Die furchtbare Stille nahm kein Ende. Ein seltsamer Gedanke ging mir durch den Kopf: Wenn Dad mich rauswarf, würde er mich dann wenigstens mein Fahrrad behalten lassen?

»Scheiße. Fuck.« Ohne ein weiteres Wort leerte Dad sein Whiskyglas bis auf den letzten Tropfen und knallte es wieder auf den Tisch. Ich zuckte zusammen. Dann zog er mich an sich heran und umklammerte mich so fest, dass ich den Alkohol und Schweiß riechen konnte. »Scheiße. Fuck. Kevin. Alles okay. Scheiße, ich hab dich lieb, es ist alles okay.«

Es war die Reaktion, die ich am wenigsten von ihm erwartet hätte. Ein riesiger Kloß löste sich in meinem Hals und ich fing schon wieder an zu weinen. Mist. Wie oft würde mir das noch passieren? Ich fühle mich erleichtert und unbekümmert, sicher geborgen in den Armen meines Dads wie ein kleines Kind. Nun wusste er es, und es war ihm egal. Oder es war ihm nicht egal, aber es bedeutete auch nichts Schlimmes. Oder ... keine Ahnung, was ich denken sollte. Es war einfach alles ... gut. Ausnahmsweise mal. Und es brachte mich zum Heulen wie ein Erstklässler.

Aber gleichzeitig hatte ich ein schlechtes Gewissen. Peter saß im Gefängnis und ich bekam Wohlfühlumarmungen von meinem Dad. Trotzdem wollte ich nicht, dass dieses Gefühl aufhörte. Dad machte es nichts aus, dass ich schwul war. Eine Last, die ich jahrelang mit mir rumgeschleppt hatte, war mir endlich von den Schultern gefallen. Ich wollte vor Freude in die Luft springen. Warum hatte ich es ihm nicht schon früher erzählt?

»Okay«, flüsterte mir Dad ins Ohr. »Okay. Zwischen uns ist alles gut. Alles wird gut. Du bist mein Sohn, okay?«

Ich zog mich ein wenig zurück, wieder in der Erwachsenenwelt angekommen, und rieb mir die Augen. »Okay.«

Wir holten beide tief Luft und stießen gleichzeitig einen schweren Seufzer aus. Das brachte uns zum Lachen. Wir schüttelten uns auf der durchgesessenen alten Couch. Es war albern und nicht einmal besonders lustig, aber je mehr wir versuchten, mit dem Lachen aufzuhören, desto unmöglicher wurde es. Ich lachte, bis mir der Bauch wehtat und ich nach Luft schnappen musste. Dad auch. Das war ein schönes Gefühl.

Schließlich sagte er: » Peter ist also dein Freund.«

»Mhm.« Ich setzte mich aufrecht hin und verspürte den seltsamen Drang, nach meinem Whiskyglas zu greifen. Hm. »Wir haben angefangen, uns zu treffen, als die Proben losgingen.«

»Milliardärssohn. Hätte dich schlimmer treffen können.«

Das brachte mich erneut zum Lachen.

Dad sagte: »Du weißt schon, dass ich sehr viele Fragen habe, oder?«

Ich grinste. »Na klar.«

»Aber weil das noch eine Weile dauern könnte«, fuhr er fort, während er aufstand, »schau ich mal nach, ob wir zum Whisky noch ein bisschen Pizza übrig haben.«

ZWEITER AKT, 2. SZENE

KEVIN

Iris rief mich an, um Bescheid zu sagen, dass die Probe morgen Abend immer noch stand und dass sie nachmittags eine zusätzliche Probe einberufen wollte. Ihre Frage, ob ich da sein konnte, bejahte ich. Sie erkundigte sich, wie es mir ging, und ich sagte, es wäre alles in Ordnung. Das war nicht einmal gelogen. Ich hatte panische Angst um Peter, aber gleichzeitig freute ich mich riesig über Dads Reaktion auf mein Outing, also glich sich das aus. Iris klang so, als wollte sie noch mehr sagen. Ich verabschiedete mich rasch und legte auf.

Die Nacht presste sich gegen die Fensterscheiben, und die drückende Sommerluft lag schwer auf meiner Haut. Der Ventilator konnte kaum etwas bewirken. Ich ging unruhig im Trailer auf und ab wie ein Löwe, weil ich nicht wusste, was mit Peter los war. Die Sorge trieb mich hin und her, hin und her. Peter müsste lebenslänglich ins Gefängnis. Ich könnte ihn nie mehr wiedersehen. Die Polizei würde von unserer Beziehung erfahren.

Mich beschäftigten noch weitere Gedanken – Gedanken, die ich nicht richtig benennen konnte. Es war furchtbar. Ein Wesen mit gefletschten Zähnen würde jeden Moment aus dem Gebüsch springen, aber ich konnte nicht erkennen, was es war. Einen kurzen Augenblick überlegte ich ernsthaft, bei Peters Familie anzurufen, aber was sollte ich sagen? »Hi, ich bin der feste Freund Ihres Sohnes und der Grund dafür, dass er diesen Les zusammengeschlagen hat. Vielleicht hat er ihn wegen mir sogar umgebracht. Jedenfalls wollte ich fragen, ob er immer noch hinter Gittern ist?« Ganz sicher nicht.

Dad blickte endlich von dem Buch auf, das er am Lesen war. »Ich würde dir ja noch mehr Whisky anbieten, aber ich glaube, du hast deine Jahresration schon überschritten.«

»Tut mir leid«, nuschelte ich und lehnte mich gegen die Haustür. »Ich kann nicht still sitzen.«

Er legte das aufgeschlagene Buch mit den Seiten nach unten ab. Wir hatten uns bereits miteinander über vieles unterhalten. Ja, ich wusste schon lange, dass ich schwul bin, und nein, ich hatte nie Interesse an Mädchen, und ja, ich hatte mich ziemlich heftig in Peter verliebt, und nein, wir hatten bisher noch keinen Sex, und Mann, warum musst du so neugierig sein, auch wenn du mein Dad bist?

»Kannst du nicht still sitzen wegen dem ganzen Schwulendings oder wegen der Sache mit der Polizei? Oder weil dieser Junge gestorben ist?«, fragte Dad. »Oder ist es ein riesiges Kuddelmuddel?«

»Ich weiß nicht, was gerade mit Peter passiert«, platzte es aus mir heraus.

Dad schaute auf seine Armbanduhr. »Wenn du es genau wissen willst, wird er wahrscheinlich gerade entlassen.«

Das brachte mich zum Stillstehen. »Entlassen?«

»Pass auf, Großer.« Dad beugte sich nach vorn und stützte die Ellbogen auf den Knien ab. »Ich habe im Bau viele Typen kennengelernt, und sie waren alle bitterarm, so wie wir. Es spielte keine Rolle, ob sie schuldig waren oder nicht. Sie saßen alle hinter Gittern, weil sie arme Schlucker waren, die sich nur einen Pflichtverteidiger leisten konnten. Die Reichen kommen alle schon mit einem Freifahrtschein aus dem Gefängnis zur Welt. Und ich wette mit dir, dass die Morse-Familie einen Anwalt hat, der auf Hochtouren arbeitet und einen ganzen Stapel dieser Freifahrtscheine ausspielen kann. Dein Peter wird höchstens ein paar Stunden sitzen.«

Ich dachte darüber nach. Es kam mir so ungerecht vor. Dad war damals blitzschnell im Gefängnis gelandet, weil er nur einen Pflichtverteidiger zur Seite hatte, während Peter …

Nein. Dad kam ins Gefängnis, weil er Mark Brown von einem Gebäude gestoßen hatte, und ich war auf Bewährung, weil ich Robbie Hunter fast zu Tode geprügelt hatte. Und Peter …

»Was, wenn er es getan hat?« Meine Lippen hatten die Worte geformt, bevor ich sie aufhalten konnte. »Was, wenn er … diesen Typen umgebracht hat?«

Ein Moment verstrich. Dad seufzte so, wie er es immer tat, bevor er etwas sagte, was ich nicht gerne hören würde, und mein Kiefer spannte sich an.

»Das kannst du besser beurteilen als ich, Großer«, sagte Dad. »Ich habe ihn nur einmal getroffen. Aber ich muss ganz ehrlich sein … Er ist ein Morse, und nach meiner Erfahrung tun die Reichen das, was sie wollen, und scheißen dabei auf den Rest. Hätte er denn einen Grund gehabt, diesen Les zu töten?«

Peters Stimme hallte in meinem Kopf wider. *Den mach ich kalt.*

»Ich kann nicht klar denken«, entgegnete ich abrupt. »Ich muss kurz an die frische Luft.«

Die Tür fiel hinter mir zu und die Dunkelheit umschloss mich mit ihrem warmen Atem. Ich schnappte mir mein Fahrrad und fuhr die sternenklare Straße entlang. Der Asphalt streckte sich vor mir aus, lang und bleich. Meine Kette ratterte sacht vor sich hin und die Reifen summten über den Straßenbelag. Es war so viel los, und ich konnte meine Gedanken nicht ordnen. Ich versuchte, meinen Kopf zu leeren und die Sorgen entgleiten zu lassen wie die silberne Straße unter meinen Reifen.

Was war wohl mit Les' Leiche passiert? Ich versuchte mir vorzustellen, wie sie in einer dieser Stahlschubladen irgendwo in einer Leichenhalle lag, zugedeckt mit einem Laken. Oder war sie nackt? In Fernsehserien legten sie immer ein Laken über Leichen, aber ich hatte mal gelesen, dass sie in richtigen Leichenschauhäusern nackt waren, damit der Gerichtsmediziner oder der Leichenbeschauer oder wer auch immer einen Blick darauf werfen konnte. Mein Magen zog sich zusammen. Was, wenn sie Proben von Les' Haut nehmen und meine DNA finden würden? Ich hörte auf zu strampeln und mein Fahrrad rauschte geräuschlos einige Meter weiter, während ich versuchte, mich zusammenzureißen. Das war unmöglich. Sie konnten meine DNA gar nicht auf seinem Körper finden, weil seine eigene DNA die Probe überdecken würde, oder? Und das auch nur für den Fall, dass sie überhaupt danach suchten und dass Les sich nach seinem Angriff auf mich nicht mehr geduscht hatte. Scheiße, hoffentlich hatte er das.

Die Häuser starrten mich mit dunklen Augen an, während ich an ihnen vorübersegelte, und meine Gedanken kehrten zu Peter zurück. Seine Haare waren schwarz wie die Nacht, und seine Arme so stark wie der Asphalt, und er streifte mit seinen großen Händen über mein Gesicht ... und wenn das so weiterging, würde ich bald noch Gedichte über ihn schreiben oder so einen Scheiß.

Und das wollte ich auch. Ich sehnte mich danach, ihm lange Liebesbriefe zu schreiben und sie in seinem Zimmer zu verstecken, sodass er sie auf seinem Kopfkissen finden würde. Und ich dachte darüber nach, wie schön es wäre, ihm Blumen zu schicken – machten Jungs so etwas für andere Jungs? – und ich wollte so gerne auf der Bühne stehen und hinausposaunen, dass wir ein Paar waren.

Gleichzeitig hatte ich Angst. Was, wenn seine schwarzen Haare eigentlich ein Charaktermerkmal waren, so wie bei dem Bösewicht in einem Kinderfilm? Was, wenn seine starken Arme ihn so fest geschlagen hatten, dass er nun in dieser Stahlschublade lag? Was, wenn seine großen Hände Les' Schädel zertrümmert hatten? Vielleicht war ich ja in einen Mörder verliebt.

Der zarte Sommerwind wehte mir durchs Haar. Und was, wenn Peter Les tatsächlich umgebracht hätte? Les hatte ... Er hatte mich vergewaltigt. Wenn irgendjemand den Tod verdient hatte, dann Les Madigan. Aber Mörder waren *schlechte* Menschen. Tief in ihrem Inneren war etwas falsch mit ihnen. Das wusste ich, weil ich selbst fast zu einem geworden wäre. Ich erinnerte mich an die tosende Wut, die mich ergriffen hatte, als ich Robbie Hunter mit einem Baseballschläger getroffen hatte, und ich erinnerte mich daran, wie furchtbar und befriedigend es geklungen hatte, als das Holz seine Knochen brach. Das Geräusch riss mich nachts immer noch aus dem Schlaf, wenn Eis meine Brust hinunterlief und Robbies Bild mich vom Nachttisch aus anstarrte. Wie hatte ich so etwas Entsetzliches tun können? Wäre die Polizei nicht aufgekreuzt, wäre ich selbst zum Mörder geworden. Ich verabscheute die Polizei, aber sie hatte mich davon abgehalten, zum schlimmsten Monster überhaupt zu werden.

Mein Dad war ein Monster. Ich war ein Monster. Ich kam aus einer Familie von Monstern. Niemals würde ich jemanden nahe genug an mich heranlassen, dass er sehen könnte, was für ein schlimmer Mensch ich war.

Aber Peter hatte es gesehen. Und wie sich herausstellte, war Peter genauso ein Monster wie ich.

Mit einem Unterschied.

Ich hatte einen Unschuldigen verletzt. Im Gegensatz dazu hatte Peter Les getötet, nachdem dieser mich verletzt hatte. Er hatte es aus Liebe zu mir getan. Ich war ein Monster. Peter war ein Monsterjäger.

War das Liebe – die Bereitschaft, jemanden zu töten? Liebe und Mord zerrten mich in zwei unterschiedliche Richtungen, bis meine Sehnen rissen. Ich wusste nicht, ob ich wollte, dass jemand für mich tötete, selbst wenn es dabei um Les Madigan ging. Ich wollte nicht, dass er am Leben war, aber ich hatte auch nicht gewollt, dass er durch Peters Hand stirbt.

Ich musste mit Peter reden, aber auch er jagte mir Angst ein. Wenn Peter Les umgebracht hatte, würde er dasselbe auch jemandem antun, der ihn selbst wütend machte? Meinem Dad? Mir? Peter war ein Milliardär. Er konnte tun und lassen, was er wollte. Er könnte mein Zuhause, mein Zeug, meinen Dad – sogar mich – hundertfach kaufen, ohne auch nur mit der Wimper zu zucken. Machte sich so jemand wie er überhaupt etwas aus anderen Menschen? Hatte er Les deshalb umgebracht? Weil Les in seinen Augen bedeutungslos war?

Mein Kiefer spannte sich an, während ich in die Pedale trat. Les war wie die Spucke in einem Klumpen Kaugummi an meiner Schuhsohle. Ich *hasste* Les. Sein Tod klang wie Musik in meinen Ohren. Aber ich wollte nicht, dass Peter derjenige war, der ihn umgebracht hatte, und ich wollte nicht, dass er deswegen ins Gefängnis gehen musste. All diese Gedanken vermischten sich in meinem Inneren zu einer brennenden Suppe. Ich musste mit jemandem sprechen – kreischen, schreien, brüllen – aber ich hatte niemanden zum Reden. Dad hatte gerade erst erfahren, dass ich schwul bin, und dass mein Freund wegen Mordes verhaftet wurde. Wie sollte ich ihm beibringen, dass ich …? Dass der Typ, den Peter umgebracht hatte, mich …?

Mein Magen zog sich zusammen und die Übelkeit zwang mich dazu, am Straßenrand anzuhalten und tief Luft zu holen. *Ich werde mich nicht übergeben, ich werde mich nicht übergeben, ich werde mich nicht übergeben.*

Ich musste mich nicht übergeben. Aber ich war kurz davor.

Es war merkwürdig. Manchmal konnte ich an das Wort … das V-Wort … denken, und manchmal nicht.

Das lange Gras am Bach raschelte. Ich ließ mein Fahrrad fallen und sprang mit einem Aufschrei zurück. Für einen Moment war ich wieder im Park und Les fuhr mit seinen festen, schwitzigen Händen über mich. Sein Gewicht drückte mich nach unten, und sein Atem drang in mein Ohr. Ich zitterte am ganzen Körper und meine Lunge wurde trocken. Mein Herz hämmerte laut in meinen Ohren. Ich war alleine im Dunkeln.

Dann war das Gefühl wieder vergangen. Das Gras bewegte sich und ein Waschbär tapste gemächlich auf die Straße. Er erblickte mich und blieb stehen. Ich schaute ihn an und er starrte zurück.

»Verzieh dich!«, rief ich ihm zu.

Der Waschbär sprang ins Gras zurück. Ich stand für einen langen Moment mit meiner toten Lunge und meinem rasenden Herz auf der Straße, bis ich schließlich wieder auf mein Fahrrad stieg und mich auf den Weg nach Hause machte.

ICH SCHLIEF mich richtig aus. Als ich aufwachte, war Dad schon weg. Er hatte mir auf dem Küchentisch einen Zettel hinterlassen, auf dem stand, dass er immer noch auf der Baustelle zu tun hatte – juhu! – und nicht wusste, wann er nach Hause kommen würde, aber dass er mich lieb hatte und hoffte, dass ich alleine zurechtkam, und ans Ende der Nachricht hatte er einen Smiley gemalt. Es war schon lange her, dass er eine Botschaft auf dem Küchentisch mit einem Smiley abgeschlossen hatte. *Hm.*

Das Telefon klingelte. Ich sprang auf und stieß mir den Zeh an einem Bücherstapel. Die Bücher fielen in alle Richtungen, als wären sie auf der Flucht. Ich brachte mein Herz unter Kontrolle und wollte nach dem Hörer greifen, zog aber sofort wieder meine Hand zurück. Als Anrufer stand Peter Finn Morse auf dem Bildschirm. *Scheiße.*

Das Telefon klingelte erneut, und ich wurde zu Stein. Was zum Teufel sollte ich machen? *Mist. Okay, okay, okay.* Ich holte tief Luft durch und griff nach dem Hörer. Aber ich konnte nicht abheben. Stattdessen rannte ich nach draußen, ließ mich auf die Verandatreppe sinken, hielt mir die Ohren zu und zählte bis fünfzig. Als ich die Finger wieder von den Ohren nahm, war das Telefon verstummt. Im Morgenschatten der Nadelbäume war es bereits warm. Ich ging zurück nach drinnen. Kein Licht, das eine hinterlassene Nachricht auf dem Anrufbeantworter signalisierte. Wir waren die letzte Familie der Welt, die sich noch mit einem analogen Anrufbeantworter herumschlagen musste und keine Online-Mailbox hatte. Immerhin konnten wir dankbar sein, dass wir überhaupt einen Festnetzanschluss besaßen. Menschen, die von Sozialhilfe lebten, bekamen vom Staat kostenlos Telefone zur Verfügung gestellt, um nach Jobs suchen zu können, aber Dad war ein vorbestrafter Verbrecher, und Ex-Häftlinge erhalten nicht besonders viel staatliche Unterstützung.

Ich war immer noch durcheinander. Einerseits freute ich mich, dass Peter mich angerufen hatte. Er hatte sicher alle Hände voll zu tun, und trotzdem wollte er sich bei mir melden. Ich bedeutete ihm etwas. *Wow.* Ich hatte einem … einem Jungen wie ihm zuvor noch nie etwas bedeutet. Andererseits war er ein Mörder. Vielleicht. Ich wusste immer noch nicht, wie ich darüber denken sollte.

Um auf andere Gedanken zu kommen, machte ich mir eine Schüssel Cornflakes und setzte mich mit meinem *Bunbury*-Textbuch an den Küchentisch. Meine Zeilen waren alle mit neongelbem Textmarker hervorgehoben. Ich starrte sie an und versuchte, mir den Text einzuprägen. Ich hatte mal gehört, wenn man etwas auswendig lernen will, sollte man am besten hinten anfangen und sich rückwärts bis zum Anfang durcharbeiten. Auf diese Weise würde es mit jedem Durchlauf einfacher und nicht schwerer werden. Viele meiner Szenen fanden gemeinsam mit Peter – Jack – statt, aber das versuchte ich auszublenden.

ALGERNON: Wo hast du seit letztem Dienstag gesteckt?
JACK: Auf dem Land.
ALGERNON: Was in aller Welt treibst du dort?
JACK: In der Stadt amüsiert man sich selbst, auf dem Land muss man die anderen amüsieren. Es ist überaus langweilig.
ALGERNON: Und wer sind diese Leute, die du amüsierst?

Draußen knirschte der Kies. Ich sprang auf und schob die krummen Stahllamellen der Jalousie einen Spalt nach oben. Ein blauer Camaro bog in die Einfahrt ein. Mein Herz machte einen Sprung und ein metallischer Geschmack legte sich auf meine Zunge. Das musste Peter sein. Er durfte nicht herkommen. Nicht jetzt. Aber er hatte es trotzdem getan. Was sollte ich machen?

Peter stieg aus dem Wagen aus. Sein Mustang war vermutlich von der Polizei beschlagnahmt worden, aber für einen Morse stellte das noch lange kein Hindernis dar. Er hatte sein Gesicht zu einem leidenden Ausdruck verzogen, als würden seine Schuhe drücken oder sein Gürtel wäre zu eng. Ich wollte nach draußen rennen, ihm um den Hals fallen und ihm versichern, dass alles gut wird. Ich wollte seine Arme um meinen Körper spüren. Und ich wollte, dass er wieder ging, damit ich in Ruhe meine Gedanken ordnen konnte. Vorsichtig und geräuschlos schob ich den Türriegel zu.

Er holte tief Luft, als würde er all seinen Mut zusammennehmen, und macht einen Schritt auf die Verandatreppe zu.

Wie aufgescheucht ergriff ich die Flucht. Ich lief ins Badezimmer, sprang in die Wanne und zog den Duschvorhang zu. Mein Herz pochte wieder so schnell, dass ich alles nur noch verschwommen sah, und meine Hände zitterten vor Anspannung. Ich hielt mir die Ohren zu, um ihn nicht klopfen zu hören.

»Hallo?«, drang seine Stimme von draußen herein und ich merkte, wie nervös er war. Er klopfte noch fester. »Kevin? Hallo?«

Ich kauerte mich in der Badewanne zusammen und fragte mich, ob Peter mich atmen hören konnte. Oder ob er einfach gehen würde. Aber gleichzeitig hoffte ich, dass er zu mir hereinkommen würde. Warum hatte ich nur für dieses dumme Theaterstück vorgesprochen? Anders wäre das alles nie passiert.

Peter rüttelte an der Klinke zur Haustür und versuchte, sie zu öffnen. Fast hätte ich meine Zunge verschluckt. Meine Zehen waren so stark zusammengeballt, dass sie fast meine Socken zerrissen. Durch die dünnen Wände des Trailers konnte ich ihn seufzen hören.

»Kev? Ich weiß, dass du da bist. Ganz sicher. Ich muss mit dir reden. Mit irgendjemandem. Bitte?«

Der Schmerz in seiner Stimme tat mir ihm Magen weh. Woher wusste er, dass ich zu Hause war? Mein Fahrrad. Hatte ich es an der Treppe zur Veranda abgestellt? Ich konnte mich nicht mehr erinnern. Aber der Truck war weg. Ich hätte ja genauso gut mit Dad mitgefahren sein können. *Mist.* Peter wusste nicht einmal, dass ich Dad von uns erzählt hatte. Gab es überhaupt noch ein *uns*?

»Kev?« Erneut langes Schweigen. Meine Beine taten davon weh, dass ich so lange zusammengekauert war, aber ich traute mich nicht, auch nur eine Bewegung zu machen, falls er mich hören würde. »Okay. Dann sehen wir uns wohl auf der Probe.«

Die Probe. Er würde zur Probe kommen. Ich hatte mich so sehr darauf konzentriert, meinen Text auswendig zu lernen und dabei nicht an Peter zu denken, dass ich es ganz vergessen hatte. Natürlich würde er zur Probe kommen. Oder vielleicht auch nicht. Vielleicht würde Iris seine Rolle umbesetzen. Der Gedanke daran ließ mir das Blut in den Adern gefrieren. Ich wollte Algy nicht mehr spielen, wenn jemand anderes den Part von Jack übernehmen würde.

Das Auto fuhr knirschend davon. Ich zählte bis hundert, bevor ich aus der Wanne aufstand und einen Blick durch die Lamellen der Jalousie warf. Die Einfahrt war leer. Warum fühlte auch ich mich so leer?

DIE NACHMITTAGSPROBE fing um 13 Uhr an. Ich fuhr mit dem Fahrrad und war froh, dass es heute bewölkt war, auch wenn der Sommer sich immer noch deutlich bemerkbar machte. Je näher ich dem Theater kam, desto mehr zog sich mein Magen zusammen. Iris sagte immer gerne, dass »pünktlich« zu spät war und »zu früh« pünktlich, also sollten wir nicht erst ankommen, wenn die Probe schon anfing. Wir sollten so früh da sein, dass wir rechtzeitig zum Probenbeginn auf der Bühne bereitstanden. Aber je mehr ich mich dem Kulturzentrum näherte, desto langsamer wurde ich. Ich traf erst um 13:01 Uhr ein, was bedeutete, dass ich zu spät war – eine der Verwarnungen, von denen Iris am ersten Tag gesprochen hatte. *Mist.*

Ich rannte durch das kühle Halbdunkel der Hinterbühne und sah alle in einem Kreis auf der Bühne stehen. Iris und ihr Bruder (oder Zwillingsbruder?) Wayne waren auch dort.

Genau wie Peter. Er stand am Rand und hatte seine Hände in den Hosentaschen vergraben. Zwar hatte er mich hereinkommen sehen, aber er rührte sich nicht und schwieg. Ich fragte mich, warum, und dann fiel es mir wieder ein – niemand wusste, dass wir ein Paar waren. Falls wir überhaupt noch zusammen waren.

Ein paar Schritte von Peter entfernt stand ein älterer Mann mit weißen Haaren und Brille, der einen blauen Anzug mit einem strahlend weißen Hemd trug. Ich hatte keine Ahnung, wer er war.

Alle drehten sich zu mir um, als ich den Kreis betrat. Ich schluckte und winkte Iris kurz zu.

»Tut mir leid«, murmelte ich.

Iris schob sich die Brille auf die Stirn und sagte: »Ich war gerade dabei zu sagen, dass Les' Tod für uns alle ein großer Schock war. Es ist sehr schwer, damit umzugehen, und mit so etwas rechnet man einfach nicht, auch nicht im Erwachsenenalter. Viele von euch haben Fragen, aber bevor wir weitermachen, möchte Peter ein paar Worte sagen.«

»Ich weiß, dass alle ziemlich mitgenommen von der Sache sind, die gestern passiert ist«, sagte Peter, und der Klang seiner Stimme ließ meine Knie weich werden. »Ihr wart dabei, als ich festgenommen wurde, und ich möchte euch alle wissen lassen, dass ich es nicht getan habe. Ich habe Les nicht umgebracht. Mein Anwalt, Mr. Dean« – er deutete auf den älteren Mann – »hat mir geraten, dass ich sonst nichts sagen soll, aber ich möchte nicht, dass alle mich für einen Mörder halten. Die Polizei hat ein paar Indizienbeweise in der Hand, wegen denen ich festgenommen wurde, aber ich habe niemanden umgebracht.«

»Du hast deinen Anwalt mit zur Probe gebracht?«, fragte Krista Benson, die im Stück die Rolle der Gwendolen spielte.

Der Anwalt räusperte sich. »Ich bin Jeffrey Dean und gehörte zum Verteidigerteam von Mr. Morse. Wir hielten es für ratsam, Mr. Morse rund um die Uhr einen Anwalt zur Seite zu stellen. Nur für den Fall, dass es zu Zwischenfällen kommt.«

Niemand von uns wusste, wie wir darauf reagieren sollten – wer zum Teufel wird bitte auf Schritt und Tritt von einem Anwalt begleitet? –, also ignorierten wir es einfach.

»Du bist also wirklich ein Morse?«, fragte Meg.

Peter nahm seine Hände aus den Hosentaschen. »Ja. Aber können wir bitte so tun, als wäre ich keiner? Wenn ich hier bin, möchte ich einfach nur Peter, der Schauspieler sein und nicht Peter Morse.«

»Du hattest doch gesagt, dein Nachname wäre Finn«, warf Melissa ein.

»Das ist mein zweiter Vorname«, sagte er, genau wie in dem Gespräch, das er mit mir geführt hatte. »Ich verwende ihn, wenn ich nicht den Eindruck erwecken möchte, dass ich von den Beziehungen meiner Familie profitiere.«

»Glaubst du etwa, dass deine Familie dich da rausholen kann?«, fragte Thad. Er war zwei Jahre jünger als ich, das Nesthäkchen unserer Produktion. Thad starrte Peter ziemlich unerschütterlich an und ich wusste nicht, wieso. »Du hast so viele Anwälte, weil du reich bist, oder?«

»Thad«, mahnte Iris.

»Nein, schon gut.« Peter fuhr sich mit der Hand durch die Haare, so wie ich es gerne mochte. »Ja, meine Familie ist reich, und wir haben ein Team aus Anwälten auf den Fall angesetzt. Sie haben mich heute Morgen gegen Kaution rausgeholt.«

Ich schwankte leicht zur Seite. »Du hast die Nacht im Gefängnis verbracht?«, platzte es aus mir heraus. Das war das genaue Gegenteil von dem, was Dad zu mir gesagt hatte.

»Ja.« Peter warf Mr. Dean einen Blick zu, und dieser nickte. »Sie konnten erst heute Morgen eine Kautionsanhörung veranlassen, ganz egal, wie viel Druck meine Familie aufs Gericht ausübte.« Er seufzte und wich meinem Blick aus. »Ich habe Les wirklich nicht getötet.«

»Die Polizei stützt sich lediglich auf Indizien«, fügte Mr. Dean hinzu.

»Das hat Peter schon gesagt«, warf Meg ein.

»Wie ist er gestorben?«, wollte Melissa wissen.

Peter zuckte unbehaglich mit den Schultern und Mr. Dean ergriff das Wort. »Laut Polizeibericht hatte Mr. Madigan Prellungen am Hals. Wahrscheinlich wurde er erwürgt. Es gibt keine eindeutigen Beweise, dass Mr. Morse dafür verantwortlich ist.«

Ein Raunen ging durchs Ensemble. Ich stellte mir vor, wie Les' Gesicht erst rot und dann blau wurde, während ihm jemand mit seinen starken Händen die Luft abschnürte.

»Was bedeutet das für die Produktion?«, fragte Joe. Sein Gesichtsausdruck war unmöglich zu deuten.

Iris hielt eine Hand hoch. »Ich habe das mit Wayne und mit Pete … mit Mr. Dean besprochen. Peter steht unter Verdacht, aber ihm wurde nichts nachgewiesen. In unserem Rechtssystem gilt die Unschuldsvermutung, also gehen ich davon aus, dass Peter es nicht getan hat. Ich habe beschlossen, die Rolle nicht umzubesetzen.«

Die restlichen Ensemblemitglieder fingen an zu tuscheln. Ich stand da wie angewurzelt. Das waren tolle Neuigkeiten. Auch Iris glaubte nicht daran, dass er es getan hatte. Und das bedeutete, dass Peter und ich immer noch gemeinsam in dem Stück auf der Bühne stehen würden.

Ja. Es bedeutete, dass wir immer noch gemeinsam auf der Bühne stehen würden.

»Lasst uns proben!«, rief Iris schallend. »Peter, Charlene und Joe, bitte auf die Bühne. Der Rest von euch hilft Wayne hinter der Bühne dabei, die Kulissen anzustreichen.«

Wayne führte uns in die Kulissenwerkstatt hinter der Bühne und gab uns die Aufgabe, Leinwände zu bemalen, die wie riesige Gemälde auf große Holzrahmen gespannt waren. Wenn sie fertig wären, würden sie aussehen wie Holz, Steinmauern oder was auch immer man wollte – zumindest aus der Entfernung. Aus nächster Nähe wirkten sie total unecht. Wayne, der zwischen den Leinwänden und Farbeimern umherpolterte wie ein Gabelstapler mit Vollbart, erteilte uns Anweisungen und schritt ein, wenn wir etwas falsch machten. Ich verlor mich ganz darin, eine Mauer zu bemalen – ich schaltete mein Gehirn aus, während mein Körper ohne mich weitermachte. Plötzlich bemerkte ich, dass die anderen sich unterhielten.

»Schon irgendwie komisch, dass Peter noch Teil der Produktion ist.« Das kam von Meg. Sie saß in der Hocke über eine Leinwand gebeugt, die sie mit einem Farbroller grau anpinselte. »Ich meine, er ist doch steinreich, oder? Ob er sich den Richter wohl erkauft hat?«

»Und wenn schon.« Raymond Nestorovich füllte seine Farbwanne nach. Er spielte Merriman, einen anderen Butler, der ungefähr fünf Sätze zu sagen hatte. »Les Madigan war ein Arschloch. Wenn jemand aus meinem Bekanntenkreis es verdient hatte zu sterben, dann er.«

»Warum?«, wollte Meg wissen.

Einen Moment lang wirkte es so, als würde Thad etwas sagen wollen, aber dann presste er die Lippen zusammen, und Raymond raunte: »Frag Melissa.«

»Nein, jetzt mal ernsthaft – erzähl's mir«, bat Meg.

Mittlerweile tat ich kaum noch so, als würde ich malen. Ich hörte mit voller Aufmerksamkeit zu. Selbst meine Haare sperrten die Lauscher auf.

»Er dealte mit Drogen«, sagte Raymond und warf Melissa einen Blick zu. »Ich habe gehört, dass er etwas Stoff an Melissas Schwester vertickt hat, und als sie high war, wollte er sie vergewaltigen. Melissa hat ihn aufgehalten.«

»Hab ihm in die Eier getreten«, fügte Melissa nickend hinzu.

»*Ich bin früher zurückgekehrt als erwartet, Dr. Chasuble. Ich hoffe, es geht Ihnen gut?*«, erklang Peters Stimme als Jack von der Bühne.

Jetzt, wo ich den Hundeblick, den Thad Meg zuwarf, aus nächster Nähe sah, fiel es mir wie Schuppen von den Augen. Thad stand auf Meg. Scheiße. Er war zwei Jahre jünger als sie. Nie im Leben hatte er bei ihr eine Chance. Aber ich wusste, wie es ihm ging. Peter war drei Jahre älter als ich. Ich hatte einfach nur Glück gehabt.

Joe fragte als Dr. Chasuble: »*Ihr Bruder Ernst ist tot?*«

»*Mausetot*«, erwiderte Jack.

»*Das dürfte ihm eine Lektion erteilen!*«, warf Charlene als Miss Prism ein. »*Hoffentlich lernt er etwas daraus.*«

Ich rang wieder nach Atem – all die Sachen, die Les gesagt hatte. Peter war über achtzehn, und ich war noch minderjährig. Die Polizei konnte mich nicht einmal verhören, ohne dass mein Dad anwesend war. In was für Schwierigkeiten würde ich erst geraten, wenn sie von unserer Beziehung Wind bekamen? Dad hatte nichts dazu gesagt, aber ich hatte ihm gerade erst gestanden, dass ich schwul bin, und wahrscheinlich dachte er gar nicht darüber nach. Scheiße, nicht mal ich selbst hatte bisher richtig darüber nachgedacht. Sogar jetzt, wo Les tot war, könnte ich deswegen noch in Schwierigkeiten geraten.

Ich stellte fest, dass ich mit einer trockenen Walze malte, also tauchte ich den Roller wieder in die Farbe. Ich hatte all das bereits von Melissa gehört, aber mir war nicht klar, dass Thad und Raymond auch Bescheid wussten. Was ging hier noch vor sich?

»Les ist – war – ein richtig widerlicher Typ«, sagte Thad. »Selbst für den Fall – den unwahrscheinlichen Fall –, dass Peter ihn umgebracht hat, sollte er dafür nicht ins Gefängnis müssen.«

»Der arme Ernst!«, schluchzte Jack. *»Er hatte viele Macken, aber das ist ein äußerst tragischer Verlust.«*

»In der Tat. Waren Sie in seinen letzten Stunden bei ihm?«, fragte Dr. Chasuble.

»*Nein*«, entgegnete Jack.

Ich musste mir über vieles klar werden. Wenn ich nicht der Einzige war, der Les gehasst hatte, rechtfertigte das dann die Tatsache, dass Peter ihn umgebracht hatte? Blindwütig rollte ich meine Walze vor und zurück. Ich hatte mich bereits darauf festgelegt, dass Peter es getan hatte, obwohl er es weiterhin abstritt. Aber das *musste* er ja sagen, oder? Ich hatte mich damals nur schuldig bekannt, weil die Polizei mich auf frischer Tat ertappt hatte und mir keine andere Wahl geblieben war.

Miss Prism bemerkte: *»Wie man sich bettet, so liegt man.«*

»Ich habe gehört, dass die Polizei sein Handy nicht finden kann«, sagte Meg. »Sie suchen danach, weil es Hinweise enthalten könnte.«

»Sein Handy?«, fragte Thad mit so leiser Stimme, dass ich ihn kaum verstehen konnte, obwohl ich genau hinhörte. »Von wem hast du das denn gehört?«

»Mein Onkel ist Polizist und ich habe mitbekommen, wie er darüber geredet hat«, erklärte Meg ihm. »Sie werden auch seine Telefondaten überprüfen.«

»Könnte das ihnen neue Erkenntnisse bringen?«, fragte Raymond. »Zum Beispiel, ob er mit seinem Mörder gechattet hat?«

Sie schüttelte den Kopf. »Der Mobilfunkanbieter speichert keine Chatverläufe oder Mailbox-Nachrichten. Aber sie können sehen, mit wem er telefoniert oder geschrieben hat.«

»Dann steckt die Hälfte von uns in Schwierigkeiten«, sagte Thad. »Er hat uns allen zum Probenstart den Zeitplan geschickt.«

Außer mir, weil ich kein Handy besaß. Eigentlich sollte ich darüber erleichtert sein, aber aus irgendeinem Grund machten mich diese Neuigkeiten nur noch nervöser.

Nach einer Weile rief Iris mich auf die Bühne, um eine Szene mit Peter als Jack zu proben – dieselbe Szene, die wir auch bei unserem Vorsprechen aufgeführt hatten. Als ich die Bühne mit meinem Textbuch betrat, stand Peter am anderen Ende des zerlumpten Sofas, das wir verwendeten, bis die richtigen Requisiten bereit waren, und es wirkte so, als wären alle Scheinwerfer nur auf ihn gerichtet. Seine Augen waren grüner als alle Blätter im Wald zusammen. Ich erinnerte mich daran, wie wir erst gestern Nachmittag zusammen auf seinem Bett gelegen hatten und ich ihn geküsst hatte, während meine Hände unter sein T-Shirt gefahren waren. Unsere Blicke trafen sich kurz, bevor er wegschaute und sich, sexy wie ein Rockstar, mit der Hand durch die schwarzen Haare fuhr. Meine

Schuhe verschmolzen mit dem Boden und ich hatte das Gefühl, mein Textbuch würde jeden Moment in Flammen aufgehen.

»Wir sind diese Szene schon einmal durchgegangen, aber ich bin noch nicht zufrieden damit, also möchte ich etwas ändern«, erklärte Iris. »Algy, wenn du hereinkommst, bemerkst du, dass Jack aufgebracht ist, also gehst du bei deinem Satz direkt zu ihm rüber.«

Oje. Ich ging vorsichtig auf Peter – Jack zu. »*Ist denn nicht alles reibungslos gelaufen, alter Knabe? Hat ...«*

»Nein«, unterbrach Iris mich. »Du musst schneller bei ihm sein. Geh direkt vor und klopf ihm auf die Schulter, wenn du angekommen bist. Noch mal von vorne.«

Peter warf mir einen Blick zu, in dem die ganze Welt lag, und mein Herz war kurz davor, zu zerspringen. Ich betrat die Bühne erneut und ging auf die vordere Bühnenkante zu. »*Ist denn nicht alles reibungslos gelaufen, alter Knabe? Hat Gwendolen dir etwa eine Abfuhr erteilt?«*

Ich erreichte Jack, der aus einem Fenster blickte – oder aus einer Stelle, an der später mal ein Fenster sein würde – und berührte zaghaft seine Schulter. Er trug nur ein dünnes T-Shirt, und seine Muskeln fühlten sich unter meiner Handfläche warm und angespannt an. Ein Adrenalinstoß jagte durch meinen Körper. Der seltsame Kupfergeschmack legte sich wieder auf meine Zunge und einen Moment lang lag ich wieder mit Peter auf seinem Bett. Ich konnte kurz nicht sprechen. Peter warf mir mit seinen grünen Augen einen Seitenblick zu und ich schluckte. Um mich abzulenken, schaute ich in mein Textbuch, obwohl ich den Text in- und auswendig konnte.

»*Das hat sie so an sich«*, sagte ich. »*Ständig verteilt sie Körbe. Ich finde, das ist eine ganz abscheuliche Eigenschaft.«*

»*Ach«*, entgegnete Peter als Jack, und das Vibrato in seiner Stimme bebte wie Donner durch meinen Arm mitten in meine Brust – und noch tiefer. »*Mit Gwendolen ist alles in bester Ordnung. Wenn es nach ihr geht, sind wir verlobt.«*

»Halt«, unterbrach Iris uns erneut. »Das gleiche Problem hatten wir vorhin schon. *Bunbury* ist wahrscheinlich die allererste Bromance der englischen Literatur, aber die Briten waren damals etwas distanzierter eingestellt. Algy, du hast deinen besten Freund zwar richtig gern, aber nimm deine Hand von seiner Schulter. Und heb dir die rauchige Stimme für deine Liebesszenen mit Cecily auf.«

Mist. Ich wurde rot und trat einen Schritt zurück. »Tut mir leid.«

»Proben sind schließlich zum Rumexperimentieren da«, entgegnete Iris. »Versuch etwas anderes. Und bitte.«

Ich holte tief Luft. Algy war nicht in Jack verliebt. Algy war nicht ich. Algy kam aus einer reichen Familie, in der sein größtes Problem war, ob er Lachs zu Mittag essen sollte oder nicht. Was gerade übrigens nach einer extrem verlockenden Option klang. Ich konnte Peter vergessen, den beschissenen Trailer und auch Les. Ich beschwor den Algy-Panzer herauf und schlüpfte in ihn hinein.

Meine Haltung wurde kerzengerade, ich hielt den Kopf hoch und ein schelmisches Halblächeln legte sich auf mein Gesicht – zwar nicht vollkommen spöttisch, aber es könnte jeden Moment zu einem Todesblick umschwenken. Algy hatte schon viele Schicksalsschläge durchgemacht und manchmal setzte er Sarkasmus ein, um seine richtigen Gefühle zu überspielen. Das war der Ansatz, den ich wählte.

»Ist denn nicht alles reibungslos gelaufen, alter Knabe?«, fragte ich mit bissigem Mitgefühl und klopfte Jack auf die Schulter. » Hat Gwendolen dir etwa eine Abfuhr erteilt? Das hat sie so an sich. Ständig verteilt sie Körbe. Ich finde, das ist eine ganz abscheuliche Eigenschaft.«

»Perfekt!«, rief Iris. »Weiter so.«

Ein überraschter Ausdruck huschte über Peters oder vielmehr Jacks Gesicht, aber er fing sich schnell wieder. »Ach, mit Gwendolen ist alles in bester Ordnung. Wenn es nach ihr geht, sind wir verlobt. Ihre Mutter ist geradezu unausstehlich. Eine solche Gorgone ist mir noch nie untergekommen.« Er legte eine Pause ein, und ich runzelte die Stirn. Gwens Mutter – Lady Bracknell – war meine Tante. »Ich bitte um Verzeihung, Algy. Ich sollte wohl nicht in deiner Gegenwart so über deine Tante sprechen.«

Ich schnaubte verächtlich. »Ich finde es toll, wenn man meine Verwandten beschimpft. Verwandte sind lediglich eine öde Sippe von Menschen, die nicht die geringste Ahnung davon haben, wie sie zu leben haben, und schon gar nicht den leisesten Instinkt dafür, wann sie den Löffel abgeben sollten.« Den letzten Teil des Satzes kostete ich voll aus.

Diesmal fackelte Jack nicht lange. »Ach, das ist doch der reinste Unsinn!«

»Mitnichten!« Der Zornestiger in meinem Inneren – meinem richtigen Inneren – ging auf und ab. Jack kehrte sich wieder dem nicht vorhandenen Fenster zu, obwohl das nicht in den Regieanweisungen stand. »Nun ja, da werde ich nicht widersprechen. Du streitest dich immer so gerne über alle Dinge.«

»Genau dafür wurden die Dinge ja überhaupt erfunden.« Ich versuchte immer noch, ihn zu einem Streit zu provozieren.

»Also wirklich, falls ich auch einmal dieser Auffassung sein sollte, würde ich mir die Kugel geben«, murmelte Jack und legte dann eine Pause ein. Ich wollte mich weiter mit ihm streiten, aber das Textbuch sah an der Stelle keine Sätze für mich vor, also musste ich den Rand halten. Es ärgerte mich ohne Ende und ich fragte mich kurz, ob ich es war, der einen Streit entfachen wollte, oder Algy. »Du glaubst doch nicht, dass Gwendolen in hundertfünfzig Jahren einmal so werden könnte wie ihre Mutter, oder, Algy?«

Ich versteckte mich für den Rest der Probe hinter Algy und Iris sagte mir anschließend, ich sei der beste Algy, den sie je gesehen habe, noch besser als irgendein Schauspieler, den sie in New York in der Rolle erlebt hatte. Es war schön, das zu hören.

»Holt euch etwas zu essen, und um 19 Uhr treffen wir uns auf der Bühne zur Abendprobe«, sagte sie, während alle schon in Aufbruchsstimmung waren. »Denkt daran, zu früh ist pünktlich ...«

»... und pünktlich ist zu spät!«, riefen wir ihr zurück, und sie scheuchte uns mit einer Handbewegung nach draußen. Ich ließ Algy los, und plötzlich war da nur noch ich, mit meinen gewöhnlichen braunen Haaren und den beschissenen Tennisschuhen.

Peter holte mich hinter den Kulissen ein, aber zugegebenermaßen hatte ich mich auch nicht gerade beeilt. Mr. Dean war uns dicht auf den Fersen, aber Peter hielt eine Hand hoch, während alle anderen zur Hintertür hinausströmten und uns in dem kühlen, schummrigen Flur zurückließen.

»Lassen Sie mir verdammt noch mal ein bisschen Freiraum«, wies Peter ihn an. »Kevin ist weder ein Polizist noch ein Reporter.«

Mr. Dean blieb außer Hörweite stehen, hatte uns jedoch weiterhin im Blick.

»Können wir kurz miteinander reden?«, bat mich Peter mit leiser Stimme. »Bitte?«

Ich fuhr mit der Zunge über die Innenseite meiner Wangen. »Was?« Das Wort klang schroffer, als ich eigentlich beabsichtigt hatte.

Peter streckte seinen Arm aus, um meine Schulter berühren, ließ dann aber doch wieder seine Hand senken. »Bist du wütend auf mich?«

Ich zuckte mit den Schultern. Aus irgendeinem Grund fiel es mir schwer zu reden. In Peters Augen lag ein smaragdgrüner Schmerz. Er roch von nahem so gut und ich wollte, dass er mich festhielt – allerdings nicht in Mr. Deans Gegenwart. Also zuckte ich einfach mit den Schultern.

»Kevin, ich habe es nicht getan.« Er sah sich um wie ein scheues Reh. »Ich habe Les nicht umgebracht. Ja, ich habe ihn zusammengeschlagen, aber als ich seine Wohnung verlassen habe, war er noch quicklebendig. Er war nicht einmal bewusstlos.«

»Du hast doch gesagt ...«

»Ich weiß, was ich gesagt habe«, fiel Peter mir ins Wort. »Da hat die Wut aus mir gesprochen. Ich würde niemals jemanden umbringen.«

»Ach ja?«

Peter fuhr sich mit der Zunge über die Lippen. »Ich möchte nicht hier darüber reden. Kannst du mit zu mir nach Hause kommen? Bitte?«

»Aber ich ...«

Nun berührte er meinen Arm und es war ihm egal, was Mr. Dean alles mitbekam. »Kev, bitte. Ich brauche dich.«

Ich konnte nicht Ja sagen, aber ein Nein kam mir auch nicht über die Lippen. Nicht, solange seine warme Hand auf meinem Arm lag. Stattdessen nickte ich. Peter atmete erleichtert auf und führte mich nach draußen zu seinem Auto. Mr. Dean blieb dicht hinter uns.

ZWEITER AKT, 3. SZENE

KEVIN

MR. DEAN folgte uns in einem separaten Auto. Auf der Fahrt zu seinem riesigen Haus redeten Peter und ich nicht viel miteinander. Vor dem Tor säumte eine Reihe von Autos und Vans mit Logos von Fernsehsendern die Straße. Personen, die Mikrofone und große Kameras festhielten, standen in der Gegend herum und wirkten gelangweilt, bis sie Peters Auto erblickten. Dann brach ein regelrechter Ansturm auf uns aus. Fluchend betätigte Peter einen Knopf. Das Tor glitt auf und er steuerte darauf zu, ohne zu bremsen.

»Wirst du sie erwischen?«

»Sie werden schon zur Seite gehen«, entgegnete Peter. »Duck dich und verdeck dein Gesicht, falls du nicht in den Nachrichten landen willst.«

Ich tauchte auf den Boden ab. Hände klopften verzweifelt gegen die getönten Scheiben, aber dann mussten wir den Mob hinter uns gelassen haben. Ich richtete mich auf wie ein Präriehund, der nach Gefahr Ausschau hält.

»Was zur Hölle?«, entfuhr es mir.

»Ich hab nicht dran gedacht, den Hintereingang zu nehmen«, sagte Peter. »Sie liegen hier schon seit der Festnahme auf der Lauer. Gierige Blutsauger. Sprich niemals mit einem Reporter, Kev. Sie drehen dir das Wort im Mund herum, um dich schlecht dastehen zu lassen, und sie machen nie einen Rückzieher.«

»Warum?«

»Schlechte Nachrichten erzielen eine höhere Einschaltquote als gute Nachrichten und Entschuldigungen.«

Mr. Deans Wagen folgte uns, und wir schweiften durch die lange, grüne Einfahrt zum riesigen Morse-Anwesen. Peter parkte den Camaro schräg vor den Stufen zur Haustür, und ein Mann in Schwarz kam aus einem Seiteneingang herausgesprintet, um ihn wegzustellen. Mit gesenktem Blick schlurfte Peter die Treppe herauf. Ich folgte ihm verunsichert.

Ein weiterer Mann in Schwarz riss von innen die Haustür auf, bevor wir sie überhaupt berühren konnten. Peter sah nicht einmal hin. Ich nickte dem Mann zu, aber er blieb steif wie ein Kerzenständer und ich errötete. Der Zornestiger grummelte. War ich es nicht wert, beachtet zu werden?

Mr. Dean folgte uns ins Haus. »Sie hätten …«

»Den Hintereingang nehmen sollen, ich weiß«, beendete Peter den Satz. »Hier drinnen brauche ich Sie nicht. Gehen Sie einen Bericht über den heutigen Tag schreiben oder so.«

Mr. Dean nickte und zückte sein Handy. »Larry? Ja, bringen Sie mich auf den neuesten Stand.« Und damit ging er davon.

Das Haus fühlte sich plötzlich anders an. Ich hatte zuvor nicht viel vom »Personal« mitbekommen, aber nun huschten Männer und Frauen in schwarz-weißer Kleidung mit ernsten Mienen durch die Flure. Eine angespannte Stimmung lag in der Luft. Peter ignorierte sie alle, bis eine Frau mit weißer Schürze auf ihn zugelaufen kam.

»Kann ich etwas für Sie tun, Mr. Peter?«, fragte sie.

»Nein, Vicky. Ich brauche nichts ... Moment.« Peter wandte sich mir zu. »Hast du Hunger? Ich bin hungrig.«

Er wollte etwas aus der Küche bestellen. Normalerweise sollte man aus Höflichkeit dankend ablehnen, wenn man Essen angeboten bekommt, aber Peter hatte gesagt, dass er hungrig war, und außerdem würde ich sicher kein kostenloses Essen von der Küchenbrigade eines Milliardärs abschlagen.

»Ich bin am Verhungern«, raunte ich.

»Lassen Sie bitte ein paar Sandwiches und Softdrinks in mein Zimmer liefern«, sagte er. »Und bringen Sie mir ein leeres Handy aus dem Hausvorrat.«

Vicky schwirrte davon.

»Wolltest du der Küche keine Nachricht senden?«, fragte ich, als wir die Treppe hochgingen.

»Sie hat gefragt, ich hab geantwortet.«

Peter und ich gingen direkt in sein Zimmer. Es war genauso gigantisch, wie ich es in Erinnerung hatte. Sobald die Tür hinter uns ins Schloss gefallen war, ließ Peter sich aufs Bett sinken.

»Scheiße«, sagte er.

Vorsichtig nahm ich neben ihm Platz und versuchte, meinen Ärger über den Mann an der Tür zu überspielen. »Da unten sehen alle ziemlich fertig aus. Liegt das an dir?«

»Ja. Sie versuchen, beschäftigt auszusehen, weil Mom einen Wutanfall schiebt.« Er rollte sich auf den Rücken. »Meine gesamte Familie geht an die Decke. Ich kann ihnen keinen Vorwurf machen.«

»Da hast du wohl recht«, stimmte ich ihm zu.

Ein langer Moment dehnte sich zwischen uns aus wie ein rissiges Gummiband. Ich hatte keine Ahnung, was ich als Nächstes sagen sollte.

Schließlich brach er das Schweigen. »Kev. Ich habe es auf keinen Fall getan. Das musst du mir glauben.«

Ich hielt es nicht länger aus – nicht, wenn er neben mir saß und dabei so verängstigt aussah und so attraktiv und ... einfach wie Peter eben. Ich griff nach seiner Hand. »Erzähl mir, was passiert ist.«

»Ich hab es dir doch schon erzählt.«

»Dann erzähl's mir noch mal«, entgegnete ich. »Und diesmal ausführlicher.«

Er machte eine Pause, bevor er nickte. »Aber du darfst das niemals weitererzählen«, sagte er in einem fast schon väterlichen Tonfall. »Ich darf eigentlich mit niemandem außer meinem Anwalt darüber reden. Sonst könnte ich in große rechtliche Schwierigkeiten geraten.«

»Obwohl du es mir schon einmal berichtet hast.«

»Das war … vor alledem.« Peters grüne Augen waren finster und ernst. »Aber ich werde dir trotzdem alles erzählen, wenn du mir versprichst, dass du es für dich behältst.«

Aus irgendeinem Grund ging es mir dadurch schon etwas besser. Er brachte sich selbst in Gefahr, indem er mit mir sprach, und wer würde unter solchen Umständen schon lügen? Ich legte meine linke Hand aufs Herz und hielt die rechte Hand nach oben.

»Sei mal ernst, Kev.«

»Ich *bin* ernst.«

Er erzählte mir alles. Er erzählte mir von der Fahrt zu Les' heruntergekommener Wohnung und davon, wie er an die Tür hämmerte, wie er Les zu Boden schlug, von dem überraschten und verängstigten Ausdruck aus Les' Gesicht. Als Peter die Stelle erreichte, an der er Les grün und blau schlug, raste mein Herz wie verrückt.

»Les lag winselnd am Boden«, sagte er abschließend. »Ich glaube, dass er sich die Nase gebrochen hat, weil sie ziemlich heftig blutete, aber er war definitiv noch am Leben, Kev. Ich weiß, dass ich gesagt habe, ich würde ihn kaltmachen, aber nachdem ich ihn ein paarmal geschlagen hatte, stellte ich fest, dass ich das nicht mehr wollte. Nicht wirklich.«

Peter schluckte, und ich griff wieder nach seiner Hand. Nach seiner riesigen, verletzten Hand, die so viel größer war als meine. »Okay«, sagte ich. »Und dann?«

»Dann hab ich mir sein Handy geschnappt und bin abgehauen. Es war entsperrt, also konnte ich das Sicherheitssystem deaktivieren. Ich musste das Video löschen, von dem er gesprochen hatte, aber ich wollte nicht in der Nähe seiner Wohnung bleiben. Als ich zu Hause war, habe ich das Video gesucht und beseitigt. Das ist alles.« Peter wischte sich über die Augen. »Aber irgendjemand muss mich wohl mit meinem Auto gesehen haben, da Detective Malloy mich am nächsten Tag festgenommen hat. Ich will so einen Mist nie wieder durchmachen müssen.«

»Was hast du mit dem Handy gemacht?« Eigentlich hatte ich etwas anderes sagen wollen. Die Worte waren einfach so aus mir herausgesprudelt.

Peter zeigte auf seinen Schreibtisch. »Es liegt in der Schublade.«

»Hast du der Polizei davon erzählt?«

»Ach du Scheiße. Auf gar keinen Fall. Nicht einmal Mr. Dean oder meine anderen Anwälte wissen davon. Es ist im Flugzeugmodus und ich habe es komplett ausgeschaltet, damit es nicht geortet werden kann. Ich habe vor, es in den Fluss zu werfen.«

»Warum hast du das noch nicht getan?«

»Ich hatte bisher noch keine Gelegenheit. Als ich zu Hause war, habe ich fast eine Stunde lang nach dem Video gesucht. Ich wollte einfach verhindern, dass es an die Öffentlichkeit gelangt.«

Weil Peter schon volljährig war und ich erst sechzehn. Scheiße, wir mussten richtig aufpassen. Das kam mir so ungerecht vor. Es war nur ein Unterschied von drei Jahren. Aber der Gedanke daran, dass die Polizei mich einbuchten würde, wie Les es angedroht hatte, ließ meinen Magen verkrampfen.

»Ich wollte Les auf der Probe sein Handy zurückgeben«, fuhr Peter fort. »Aber ich hatte vergessen, es mitzunehmen. Zum Glück! Ich wäre ganz schön am Arsch gewesen, wenn Malloy es bei meiner Festnahme gefunden hätte. Seitdem hatte ich noch keine Gelegenheit, das Handy unbemerkt aus dem Haus zu schmuggeln.«

»Zeig mal her«, forderte ich.

Peter musterte mich, bevor er zu seinem Schreibtisch ging und es hervorholte. Es handelte sich um ein gewöhnliches Smartphone, auch wenn sich ein Spinnennetz aus Rissen über den Bildschirm zog.

»Schalt es nicht an«, warnte Peter. »Wenn das GPS aktiviert wird, kann die Polizei es leichter finden. Es ist zwar immer noch im Flugzeugmodus, aber wir wollen ja kein Risiko eingehen.«

»Okay.« Ich drehte es um. Die dunklen Spinnweben zersplitterten mein Spiegelbild in tausend Stücke. »Bist du dir sicher, dass das Video beseitigt wurde?«

»Auf jeden Fall«, beteuerte Peter.

Ich seufzte und gestattete mir, ein wenig Erleichterung zu empfinden. »Es ist schlimm genug, dass du unter Mordverdacht stehst. Ich will nicht, dass du auch noch für einen Kuss mit einem Minderjährigen Probleme bekommst.«

Peter blinzelte mich verwirrt an. »Was?«

»In dem Video sieht man, wie wir uns im Park küssen«, sagte ich, wiederum irritiert von seiner Verwunderung. »Ich bin erst sechzehn und du bist neunzehn, also fällt das unter so etwas wie Unzucht mit Minderjährigen.«

Peter wandte sich mir zu. »*Darüber* machst du dir Gedanken? Über unseren Altersunterschied?«

»Ja, schon irgendwie«, sagte ich. »Du etwa nicht? Wir müssen aus allem so ein großes Geheimnis machen, und …«

»Kev …« Er packte mich an den Schultern. »Laut Gesetz gilt man in Michigan schon mit sechzehn als mündig. Wenn man dieses Alter erreicht hat, kann man machen, was man möchte – und mit wem man möchte. Es spielt keine Rolle, ob die andere Person ein Mann oder eine Frau ist, ob sie sechzehn ist oder sechzig. Ich hab eine meiner Anwältinnen gefragt und das hat sie mir so erklärt.«

»Was?« Meine Gedanken drehten sich wild im Kreis und das Handy glitt mir aus den Händen. »Wie kann das sein? Les hat doch gesagt … er hat gesagt …«

»Les hat gelogen, Kev.« Peter nahm meine Hände. »Er wollte die Kontrolle über dich erlangen, also hat er gelogen.«

Les hatte gelogen. Auch sein Tod änderte nichts an der Tatsache, dass er gelogen hatte. Seine Lüge hatte mir die Hände gebunden, hatte mich zum Schweigen gebracht. Ich konnte das gar nicht richtig verarbeiten. Eigentlich müsste mir vor Erleichterung ein riesengroßer Stein vom Herzen fallen. Stattdessen empfand ich eine alles verzehrende Angst. Ich konnte den Gedanken einfach nicht abschütteln, dass Peter und ich etwas Verbotenes getan hatten. Etwas Falsches. Les hatte mir eine Last auf die Schultern gelegt, die meinen Körper so sehr gekrümmt hatte, dass ich nicht mehr wusste, wie ich mich wieder aufrichten konnte.

»Wenn wir gar nichts Illegales getan haben«, sagte ich unter der unsichtbaren Bürde, »warum wolltest *du* das Video dann unbedingt in die Hände bekommen?«

»Machst du Witze, Kev? Das Thema hatten wir doch schon mal. Meine Familie weiß nichts von mir – und von uns. Auch wenn die Ehe für alle mittlerweile legal ist, heißt meine Familie sie noch lange nicht gut. Mein Vater verwendet dauernd den Begriff ›Schwuchtel‹ und meine Mutter sagt nichts dagegen. Bei Morse ist es üblich, dass homosexuelle Angestellte gefeuert werden.«

»*Das* ist aber illegal!«

»Nicht in unserem Bundesstaat. Wir haben zwar die Ehe für alle, aber man kann immer noch dafür gefeuert werden, dass man schwul oder lesbisch ist. Bei Morse gilt das Sprichwort: ›Sonntags vorm Altar, montags auf der Straße.‹ In dieser Hinsicht ist das Gesetz echt bescheuert. Und meine Eltern auch.« Peter sah zur Seite. »Das Video könnte mich in den Ruin treiben.«

»Wie … wie können wir dann … du weißt schon …« Plötzlich kehrten all meine Zweifel zurück. »… zusammen sein? Wenn deine Familie Menschen wie uns verabscheut?«

»An meinem einundzwanzigsten Geburtstag geht der Treuhandfonds, den mein Großvater mir hinterlassen hat, vollständig an mich über«, sagte er. »Das Geld reicht aus, um ein anständiges Leben zu führen, selbst wenn meine Eltern mich rausschmeißen. Bis dahin müssen wir so tun, als wären wir nur befreundet.«

»Bis du einundzwanzig bist?«, rief ich. »Das sind noch zwei ganze Jahre!«

»Ich weiß«, entgegnete er. »Ich warte schon mein ganzes Leben lang darauf, endlich einundzwanzig zu werden.«

Er beugte sich zu mir und küsste mich. Der Kuss war warm und nervös zugleich. Zaghaft umklammerten meine Arme seinen Körper. Sein Kuss schien über meine gesamte Haut zu rauschen und brachte meine Haare zum Kitzeln. Peter zog mit seiner Zunge eine feine Spur über meine Lippen.

»Nummer neun«, hauchte er mit verführerischer Stimme.

Ich sagte gar nichts. Ich war sprachlos.

»Ist alles … okay zwischen uns?«, fragte Peter schließlich.

Ich musste lange überlegen. Vor dem ängstlichen Blick in Peters Gesicht wäre ich am liebsten davongelaufen. »Das ... wünsche ich mir.«

»Aber du bist dir nicht sicher.« Peter wich vor mir zurück. »Alles klar. Schon gut.«

»Peter Finn!«, rief ich. »Hör auf!«

Er blinzelte mich an. »Womit?«

»Das ist ein gewaltiger Haufen Scheiße, mit dem du mich da konfrontierst«, erklärte ich. »Das macht mir Angst, okay? Ich habe keine Ahnung, was mit mir los ist oder wie es weitergeht oder mit wem ich darüber reden kann. Du kannst nicht von mir erwarten, dass ich all diese Probleme auf einmal in den Griff bekomme.«

»Da hast du wohl recht.« Ich merkte, dass er damit nicht einverstanden war, aber was sollte ich sonst machen? »Eins musst du mir aber erklären«, forderte er abrupt.

Mein Atmen stockte leicht. »Na klar.«

»Warum nennst du mich Peter Finn?«

»Nenne ich dich so?« Ich musste kurz darüber nachdenken. »Keine Ahnung. Du meintest mal, dass deine Familie dich so nennt. Irgendwie ist das wohl dein wahres Ich. Nicht Peter Morse oder Peter, der Schauspieler. Peter Finn. Also habe ich mir das angewöhnt.« Noch eine Pause. »Soll ich damit aufhören?«

Peter berührte meine Hand. »Es gefällt mir.«

»Okay.« Aus irgendeinem Grund schämte ich mich, also versuchte ich die Stimmung aufzulockern. »Vielleicht sollten wir uns auch einen Kosenamen für mich überlegen.«

»Hmm.« Peter runzelte die Stirn. »Kevkev?«

»Nein.«

Peter streichelte meinen Handrücken auf eine Art, die mir sehr gut gefiel. »Zuckerbäckchen?«

»Auf gar keinen Fall.«

Er führte meine Finger an seine Lippen. »Mr. Big?«

»Alter!«

Ein Klopfen an der Tür ersparte uns eine Fortsetzung des Gesprächs. Peter fuhr leicht zusammen und ließ meine Hand los, ehe er von mir zurückwich und sich die Kleidung glatt strich. Es passierte schnell und ganz automatisch. Mir gefiel es nicht, beiseitegeschoben zu werden wie eine leere Chipstüte. Der Zornestiger brodelte und ich presste den Kiefer zusammen. Aber was wäre die Alternative gewesen? Das Personal hereinspazieren lassen, während ich auf Peters Schoß saß und ihm durch die Haare fuhr? Ich hielt es kaum schon aus, in meinem eigenen Kopf über Peter nachzudenken – von den Gedanken anderer Personen ganz zu schweigen. Bei mir zu Hause hätte ich ihn auch zur Seite geschoben. Dad wusste zwar von unserer Beziehung, aber ich glaube, er könnte nicht gut damit umgehen, wenn Peter und ich uns vor ihm küssen würden. Es wäre zu seltsam. Wie konnte ich es Peter also übel nehmen, dass er mich von sich gedrückt hatte?

99

Es war so ein Durcheinander. Ich dachte immer, wenn man erwachsen wird, könnte man besser mit Problemen umgehen, aber je älter ich wurde, desto weniger wusste ich Bescheid.

Peter rief »Herein!« und ich stopfte Les' Handy mit dem zersprungenen Bildschirm in meine Hosentasche. Sie würden es nicht zu Gesicht bekommen. Scheiß auf Les. Scheiß auf sie.

Vicky und zwei andere Frauen kamen mit schwer beladenen Essenstabletts herein. Ich roch Schinken, Roastbeef, Senf und Käse, und mir lief das Wasser im Mund zusammen. Okay, jetzt war ich nicht mehr ganz so wütend. Das Tablett der zweiten Frau enthielt Schüsseln voller Essiggurken und salziger Oliven und selbst gemachter Nachos mit Zwiebelsoße. Auf dem Tablett der dritten Frau stand eine Karaffe mit einem Softdrink, die bestimmt schwer zu balancieren war. Ich fragte mich, warum sie überhaupt ein Tablett verwendete, und erinnerte mich dann an Iris' Anweisung auf der Probe, dass Lane – Jacks Butler – alles auf einem Tablett tragen sollte. Hm. Die Damen stellten das Buffet auf einem Tisch in Peters Sitzecke ab, während ich mit einem unbehaglichen Gefühl wartete. Sollte ich etwas zu ihnen sagen? Ein Gespräch mit ihnen anfangen? Peter tat so, als wären sie gar nicht da, aber mit mir unterhielt er sich auch nicht – so wie im Restaurant, wenn am Tisch keiner mehr redet, während die Bedienung die Gläser auffüllt. Ich orientierte mich an seinem Schweigen.

Als sie fertig waren, legte Vicky ein glänzendes schwarzes Smartphone auf Peters Nachttisch ab. Les' Handy wog schwer in meiner Hosentasche. »Bitte schön, Sir. Darf es sonst noch etwas sein?«

»Danke, Vicky. Das wäre dann alles.«

Die Damen verließen das Zimmer, und Peter hob das Handy auf. Es war brandneu und der Bildschirm war immer noch mit der Schutzfolie des Herstellers überzogen.

»Was bedeutet das, ein Handy aus dem Hausvorrat?«, fragte ich, obwohl meine geballte Aufmerksamkeit dem Essen am anderen Ende des Zimmers galt.

»Dad hat sie eingerichtet. Diese Handys werden von meiner Familie und dem Hauspersonal verwendet. Wir haben sogar unsere eigene App. Damit kann ich Essen aus der Küche bestellen, meinen Wagen vorfahren lassen oder den Stallburschen Bescheid geben, dass sie mein Pferd satteln sollen, aber meistens geht es schneller, jemandem einfach direkt eine Nachricht zu schreiben.« Er grinste. »Dad steht eben auf Technik, deshalb hat er die App entwickelt. Auf jeden Fall … ist das hier für dich.«

Er reichte mir das Handy. Fassungslos blickte ich es an. »Ich komm nicht mit.«

»Ich schenke es dir, du Depp«, erklärte Peter. »Es gehört jetzt dir.«

»Mir? Peter Finn, das kann ich nicht annehmen.«

Ich versuchte, es ihm zurückzugeben, aber er verschränkte die Arme.

»Hey, das verletzt meine Gefühle«, sagte er. »Ich möchte, dass du es hast.«

Plötzlich fiel mir das Atmen schwer. Die Sandwiches waren weit entfernt und längst vergessen. »Es ist viel zu teuer. Das ist die neueste Edition.«

»Pass auf, Kev.« Peter griff nach meinen Händen, in denen ich das Handy festhielt. »Sieh es einfach als egoistische Geste von mir. Ich hatte es satt, meinen Freund nicht rund um die Uhr erreichen zu können. Und jetzt geht es.«

»Aber es ist zu teuer.«

»Das ist relativ«, entgegnete Peter. »Würdest du mir ein Geschenk im Wert von zehn Cent geben, wäre das etwa zu teuer?«

»Nein«, raunte ich, obwohl ich nicht einmal zehn Cent bei mir hatte.

»Also gut. Für mich hat das hier zehn Cent gekostet. Im Ernst, Kev – hast du mich mal richtig angesehen? Nimm einfach das Scheißhandy und bedank dich.«

»Ähm ... klar.« Ich hielt es weiter fest. »Danke. Aber nur, weil ich es jetzt habe, heißt das nicht, dass ich jedes Mal rangehe, wenn du mich anrufst.«

»Nein.« Peter schenkte mir ein kleines Lächeln, das in meinem Kopf ein Feuerwerk entfachte. »Aber ich kann dir eine Nachricht hinterlassen. Und dich beschützen.«

»Beschützen?«

»Wenn Les dich mit einem Handy gesehen hätte, dann wäre er vielleicht nicht auf dich losgegangen.«

»Hmm.« Ich deutete auf die Tabletts. »Wollen wir so langsam mal was essen?«

Wir lehnten uns auf seinem Sofa aneinander, während wir mein neues Handy ausprobierten und die dicksten, geschmackvollsten Sandwiches aßen, die ich je in meinem Leben gekostet hatte. Seine warme Haut fühlte sich an meinem Körper so gut an, so perfekt. Ich lag in seinem Schoß und wollte nie mehr irgendwo anders sein. Peter schob mir aus Spaß eine Olive in den Mund. Seine Fingerspitzen streiften meine Lippen und erzeugten eine elektrische Welle, die meinen ganzen Körper bis zu den Sohlen zum Kribbeln brachte – auch den Bereich zwischen meinen Beinen.

Peter fragte mit leiser, nachdrücklicher Stimme: »Kann ich dir damit zur Hand gehen?«

Ich blickte nach unten und errötete. Es war mir sehr peinlich, dass es Peter aufgefallen war, aber gleichzeitig fühlte es sich auch ... befreiend an. Er hatte es gesehen und fand es toll.

Dann fing mein Herz an zu rasen und mein Mund wurde trocken. Für eine halbe Millisekunde lag ich in Les' Schoß und es war Les, der mich in seinen Armen hielt – anstelle des Jungen, der ihn getötet hatte.

Der ihn *nicht* getötet hatte.

Ich setzte mich aufrecht hin und steckte mein neues Handy in die Hosentasche, als wäre alles in Ordnung. Meine Fingerspitzen berührten die Stelle, an der ich hart war, und ich erzitterte. »Ähm ... vielleicht später. Ist noch was zu trinken da?«

Ich merkte, wie Peter seine Enttäuschung zu verbergen versuchte. »Klar. Wie wär's mit ...«

Von irgendwo außerhalb des Zimmers erklang ein Schrei. Es war ein langes, schrilles Wimmern, das sich anfühlte wie kratzende Fingernägel auf einer Schiefertafel. Peter sprang auf und hatte die Augen weit aufgerissen.

»Was ist los?«, fragte ich. »Wer war das?«

Noch ein Schrei. »Scheiße«, fluchte Peter und stürmte aus dem Zimmer.

Er ließ die Tür offen stehen. Ohne zu zögern lief ich ihm durch den langen Flur hinterher. Er rannte um die Kurve und ich war ihm dicht auf den Fersen. Zwei Bedienstete, ein Mann und eine Frau, rangen mit einem Mädchen in meinem Alter. Sie hatte schwarze Haare, so wie Peter, aber ihr Körper war etwas kräftiger, und sie hatte einen gigantischen Wutanfall. Strampelnd fauchte sie die beiden Personen an, die ihre Arme festhielten. Ihr Gesicht war knallrot und Speichel floss aus ihren Mundwinkeln. Sie schrie ein drittes Mal. Alle Härchen auf meinem Arm richteten sich auf. Ich wusste nicht, was ich tun sollte. Die beiden Personen, die mit ihr kämpften, erinnerten mich an die Polizei und daran, wie ich in Handschellen gelegt wurde, aber sie waren keine Polizisten. Ich konnte nicht einschätzen, ob sie ihr wehtaten. Ich wollte helfen, aber wusste nicht, was ich tun konnte.

Das Mädchen riss einen Arm aus dem Griff der Frau und schlug dem Mann ins Gesicht. Er taumelte zurück und hielt sich die Nase. Blut spritzte auf den Boden. Ohne ein Anzeichen von Angst lief Peter auf das Mädchen zu.

»Em«, sagte er. »Emily! Ich bin's. Beruhig dich. Es ist alles gut.« Er nahm sie in den Arm. Die Frau ließ Emily los und sah nach dem Mann, dessen Nase immer noch blutete. »Em, es ist alles in Ordnung.«

»Peter Finn!« Emilys tränenüberströmtes Gesicht beruhigte sich. »Peter Finn! Sie haben mir Mittwochsschuhe gegeben!«

»Es ist alles gut«, sagte Peter besänftigend. »Wir besorgen dir Donnerstagsschuhe. Können wir wieder in dein Zimmer gehen? Die Regeln besagen, dass du zurück in dein Zimmer musst.« Er wandte sich der Frau zu. »Sind Mom oder Dad da?«

»Mr. Morse ist in der Zentrale«, sagte sie. »Mrs. Morse ist gerade auf dem Weg hierher. Soll ich jemanden von ihnen anrufen?«

»Nein. Sorgen Sie nur dafür, dass Mom es erfährt, wenn sie eintrifft. Besorgen Sie etwas Eis für Allens Nase.« Er hatte einen Arm um Emilys Schulter gelegt und führte sie den Flur entlang.

Ich folgte unsicher. Emily, so erinnerte ich mich, war der Name seiner Schwester, über die er nicht sprechen wollte. War das der Grund? Was hatte sie? Peter redete ununterbrochen auf Emily ein, während er sie durch die offene Tür in ein Schlafzimmer lenkte.

Der Raum war genauso groß wie Peters Zimmer, aber während Peters Zimmer wie eine Junggesellenwohnung eingerichtet war, verfügte dieser Raum nur über ein einfaches Bett, einen schlichten Schreibtisch, einen gewöhnlichen

Flachbildfernseher und eine biedere Couch. Aber die beiden Regalwände waren vom Fußboden bis zur Decke mit diesen Schwarz-weiß-Comics aus Japan gefüllt, die man von hinten nach vorne liest – Mangas. Die Wände waren übersät mit Zeichnungen von Mangafiguren, einige in Farbe, aber die meisten schwarz-weiß. Sie sahen gut aus, als würden sie von den Künstlern persönlich stammen. Die meisten Bilder zeigten Mädchen in kurzen Röcken mit langen Zöpfen und Samuraischwertern, oder Jungen in Rüstung, die Blitze aus ihren Händen schossen. Ich kannte mich nichts besonders gut mit Mangas aus, also sahen die Zeichnungen für mich alle gleich aus.

Durch die offene Kleiderschranktür konnte ich einen Blick auf ein Fach voller Tennisschuhe erhaschen. Auf dem Boden vor dem Schrank lagen noch weitere Schuhe verteilt. Emily trug an ihren Füßen nur ein Paar rosa Socken.

Peter half Emily aufs Bett und sie ließ sich theatralisch auf den Rücken fallen. Ich musste daran denken, wie Peter wenige Minuten zuvor in seinem eigenen Zimmer das Gleiche getan hatte. »Warum hast du deine Schuhe ausgezogen, Em?«, fragte er. »Es ist mitten am Tag.«

»Sie haben mir nicht gefallen«, erklärte sie. »Sie haben meine Zehen eingedrückt.«

Ihre Stimme klang nach Singsang. Die Worte waren zwar alle vorhanden, aber sie sprach sie anders aus als die meisten Menschen. Sie betonte die falschen Stellen, aber ich konnte nicht genau benennen, was nicht stimmte. Außerdem sah sie beim Sprechen nicht Peter an, sondern blickte in die Ferne.

»Und was ist passiert, als Kelly deine Schuhe wieder anziehen wollte?«, fragte Peter.

Emily hielt sich die Ohren zu und wälzte sich auf dem Bett hin und her. »Mittwochsschuhe! Mittwochsschuhe!«

»Em, es ist alles okay.« Peter berührte ihren Arm ganz sacht mit der Fingerspitze. »Wir bringen dir deine Donnerstagsschuhe, und dann ist wieder alles in Ordnung.«

Er huschte zum Kleiderschrank und sortiere die verstreuten Schuhe nach genauester Ordnung auf dem Fach. Dabei achtete er darauf, die Schnürsenkel nicht zur Seite hängen zu lassen. Anschließend wählte er ein Paar helllila Tennisschuhe aus und brachte sie Emily.

»Hier«, sagte er triumphierend. »Lila Schuhe, weil Donnerstag ein lila Tag ist. Komm, wir ziehen sie an.«

Emily setzte sich aufrecht hin und ließ zu, dass Peter ihr in die Schuhe half. Seine Bewegungen waren leicht und zärtlich. Keiner der beiden schenkte mir auch nur die geringste Beachtung. Ich stand vor der Tür wie eine unscheinbare Maus.

»Ich glaube, es ist Zeit für ein Bild«, schlug Peter vor. »Was möchtest du zeichnen?«

Emily ging auf Zehenspitzen zu einem Zeichentisch herüber. Sie schlug ihren Skizzenblock auf, öffnete eine Schachtel mit Buntstiften und machte sich an die Arbeit. Nun schien Peter mich zum ersten Mal wieder wahrzunehmen.

»Hey«, sagte er. »Das ist meine Schwester Emily.«

Ich wusste nicht, ob ich ihr Hallo sagen sollte – sie war über ihre Zeichnung gebeugt und ignorierte uns –, also nickte ich ihr einfach zu.

»Sie ist Autistin«, fuhr Peter fort. »Sie kann nicht … Also, es gibt viele Dinge, die sie aus der Fassung bringen, deshalb bleibt sie die meiste Zeit hier drinnen. Sie liebt es zu zeichnen.«

»Sie hat Talent«, bemerkte ich.

Emily zerknüllte ihre Zeichnung und warf sie über die Schulter. Der Knäuel hüpfte über den Boden und landete vor meinen Füßen. Ich hob ihn auf, ohne nachzudenken. Emily spitzte ihren Stift und fing mit einem neuen Blatt Papier an.

»Ist bei ihr wieder alles in Ordnung?«, fragte ich.

»Es wird gleich besser«, entgegnete Peter. »Komm, wir gehen wieder in mein Zimmer.« Er erhob vorsichtig seine Stimme. »Bis später, Em.«

Emily zeichnete weiter. Wir gingen, und Peter zog die Tür hinter uns zu. Keiner von uns sprach ein Wort, bis wir wieder in Peters Zimmer angelangt waren.

Peter nahm einen Videospiel-Controller in die Hand und schaltete seine Konsole an. *Rage VII* öffnete sich. Ich legte das zusammengeknüllte Blatt beiseite und griff nach dem anderen Controller. Innerhalb weniger Sekunden stürzten sich unsere Hubschrauber ins Gefecht.

»Jetzt weißt du also Bescheid«, sagte Peter schließlich.

»Worüber?« Ich feuerte ihn mit meiner Waffe ab.

»Warum ich nicht einfach der Stadt den Rücken zukehre und woanders zur Schule gehe.« Peter wich dem Geschoss aus und machte sein Maschinengewehr bereit. »Hast du dich das nie gefragt?«

Das hatte ich tatsächlich nicht. Aber jetzt, wo Peter es erwähnte, stellte ich mir schon die Frage, warum er hierblieb. Er könnte überall, wo er wollte, zur Schule gehen, sogar im Ausland. Dort müsste er sich keine Gedanken darüber machen, was passieren würde, wenn seine Eltern erfuhren, dass er schwul ist, und mit einundzwanzig könnte er dann sowieso machen, was auch immer er wollte. Stattdessen besuchte er das College um die Ecke. Ich war davon ausgegangen, dass er gerne hier in der Villa wohnen bleiben wollte, weil … nun ja, weil es eben eine Villa war.

»Ähm … nein, hab ich nicht«, gab ich zu. »Aber ich verstehe nicht, was es mit Emily zu tun hat, dass du hierbleibst.«

»Einige Menschen auf dem autistischen Spektrum haben manchmal Anfälle und Wutausbrüche«, erklärte Peter. »Niemand weiß genau, warum. Das verhält sich bei jeder Person anders. Emily zum Beispiel hat einen streng geregelten Tagesablauf, und wenn er von irgendetwas auch nur ganz leicht durcheinandergebracht wird, verliert sie die Fassung. Manchmal wird sie auch durch schlechtes Wetter unruhig. Mit Gewitter kann sie besonders schwer umgehen, weil der Lärm in ihren Ohren wehtut und sie nie genau weiß, wann der nächste Donnerschlag kommt. Auch wenn mit dem Essen etwas nicht stimmt, ist sie jedes Mal aufgebracht – oder wenn ihre Pflegerin Socken in der falschen Farbe zurechtlegt, so wie vorhin. Donnerstags stehen lila Schuhe auf dem Programm. Der Pflegerin muss ein Fehler unterlaufen sein, aber Emily entgeht das nie.«

»Und was hat das mit dir zu tun?« Mein Hubschrauber nahm Schaden und verlor die Hälfte seiner Punkte, und ich feuerte auf Peter zurück, aber ich war nicht ganz bei der Sache.

»Wenn sie komplett an die Decke geht, so wie eben, bin ich der Einzige, der sie beruhigen kann. So war das schon, als wir noch Kinder waren. Wir wissen nicht, woran es liegt. Es ist einfach so. Von allen aus der Familie mag sie mich am liebsten, und Menschen auf dem autistischen Spektrum verstellen sich in dieser Hinsicht nicht. Mit Mom kommt sie meistens klar, aber Dad kann sie kaum ertragen, obwohl beide sie lieben. Sie schreit und tritt wild um sich, bis sie erschöpft ist, wenn ich nicht in der Nähe bin. Deswegen lebe ich immer noch hier.«

»Wow«, sagte ich. »Das ist … echt heftig. Wirst du für immer hierbleiben?«

Der Controller vibrierte in Peters Händen, und ich jagte seinen Hubschrauber ohne große Anstrengung in die Luft. Peters Stimme wurde so leise, dass mir das Herz in die Hose rutschte. »Ich weiß nicht. Im Moment habe ich so viele andere Sorgen. Aber …«

»Was?«, fragte ich.

»Ach, keine Ahnung«, sagte er in derselben leisen Stimme. »Ich sitze fest. Ich muss das studieren, was meine Eltern wollen. Ich kann wegen Emily nie lange weg sein. Jetzt steht noch dieser Mordverdacht im Raum. Ich werde es nie hier raus schaffen, und wenn, dann nur, um ins Gefängnis zu gehen.«

Wie war es möglich, dass ich so viel Mitleid für einen Milliardär empfand, vor allem als jemand, der selbst in einem schäbigen Trailer auf der Ostseite lebte? Aber Peters Schmerz war auch mein Scherz. Ich zog seinen Kopf auf meine Schulter. Er zögerte kurz, dann legte er seine Arme um meinen Körper und klammerte sich fest an mich. Ich fühlte mich seltsam erwachsen, als ich ihm mit den Händen durch die Haare fuhr und ihm einen Kuss auf die Stirn gab.

»Nummer zehn«, sagte ich.

Genau in diesem Moment flog die Tür auf und eine Frau im Hosenanzug stürmte herein.

ZWEITER AKT, 4. SZENE

KEVIN

»PETER FINN.« Die Frau kam ins Zimmer gestiefelt. »Was ist mit ...«

Sie hielt inne und musterte mich von oben bis unten. Ich blickte zu ihr hinauf, meine Arme wie versteinert um Peter geschlungen. Peters Muskeln waren an meinem Körper fixiert. Er atmete schnell in mein T-Shirt hinein wie ein kleiner Vogel.

»Mom«, flüsterte er.

»Oh Gott«, sagte ich.

»Herrje.« Mrs. Morse knallte die Tür zu. Das Geräusch riss uns aus unserer Umarmung und wir wichen auseinander. Mein Herz trommelte gegen meinen Brustkorb, als wäre er ein Eisenkäfig. *Scheiße, Scheiße, Scheiße.* Ich wusste nicht, was ich tun sollte, oder wie. In diesem Moment sehnte ich mir Dad herbei.

»Was ... zum Teufel ... geht hier vor sich?« Mrs. Morse brauste wie eine Furie in die Wohnzimmerecke. Jedes ihrer Worte schlug ein wie ein Blitz. Sie trug einen dunkelblauen Geschäftsanzug, und mit ihrem Dutt sah sie aus wie eine strenge Lehrerin. »Wer bist du? Was hast du hier zu suchen?«

Ich brauchte einen Moment, um zu begreifen, dass sie mit mir sprach und nicht mit Peter. Ich kroch auf die Füße und mein Herz raste immer noch, als Mrs. Morse sich vor mir auftürmte wie eine Lawine. Peter stand langsam auf. Die Angst ließ mich innerlich zusammenschrumpfen. Irgendjemand musste von außen übernehmen. Ohne nachzudenken, hüllte ich mich in meinen Algy-Panzer. Algy war es gewohnt, mit wütenden Verwandten umzugehen. Er wüsste, was zu tun wäre. Ich stellte mich aufrecht hin, setzte ein leichtes Lächeln auf und streckte die Hand aus.

»Guten Tag, Mrs. Morse«, sagte ich mit Algys Selbstbewusstsein. »Ich bin Kevin Devereaux. Peter Finn und ich spielen gemeinsam in dem Theaterstück mit. Es freut mich, Sie kennenzulernen.«

Mrs. Morse ignorierte meine Hand. Ich zuckte mit den Schultern und machte eine kleine Handgeste, so wie auch Algy es getan hätte.

»Danach habe ich nicht gefragt.« Mrs. Morses Stimme war messerscharf und ihre Augen durchbohrten mich mit dem gleichen Grün wie die von Peter. Zumindest versuchten sie das. Der Algy-Panzer verhärtete sich.

»Oh doch«, entgegnete ich munter. »Sie haben mich gefragt, wer ich bin, und ich habe mich gerade vorgestellt.«

»Nimm mich ja nicht auf den Arm«, zischte sie. »Was habe ich da eben gesehen?«

So leicht würde ich ihr nicht in die Falle tappen. »Peter Finn war aufgebracht über den Vorfall mit Emily gerade eben. Das Personal hat Ihnen sicher schon alles erzählt.«

Mrs. Morses Augen wanderten zu Peter herüber. Ihr Mund war schmal und blass. »Peter Finn, was macht dieser ... Junge hier?«

»Sein Name ist Kevin, Mom«, sagte Peter mit leiser Stimme. »Genau wie er selbst es dir gerade auf deine Frage hin gesagt hat.«

»Ich habe euch beide zusammen auf dem Boden gesehen«, sagte sie. »Ineinander verschlungen wie zwei ... Ich kann es nicht einmal laut aussprechen.«

»Hier hat niemand niemanden verschlungen«, warf ich in meiner Algy-Stimme ein. »So viel steht fest.«

Sie nahm mich erneut in Augenschein und musterte meine abgetragenen Klamotten, die verknoteten Schnürsenkel und den unsauberen Haarschnitt. Dabei war sie sichtlich bemüht, die Kontrolle zurückzuerlangen. »Als wäre dieses *Problemchen* mit der Polizei nicht schon schlimm genug, hast du jetzt auch noch einen Ostseitler aus der Gosse aufgegabelt, Peter Finn. Wie sehr willst du diese Familie eigentlich noch zerstören?«

»Mom«, erwiderte Peter. »Das ist nicht ...«

Für mich hatte es jedoch das Fass zum Überlaufen gebracht. Der Tiger in mir begann zu brüllen und plötzlich fühlte ich mich riesengroß. Die Gitter meiner Angst brachen auf und der Algy-Panzer zersprang in tausend Stücke. Die Worte schossen aus meinem Mund wie Hornissen. »Ich dachte, die Reichen hätten gute Manieren. Vielleicht können Sie sich ja welche von Ihrem Sohn erkaufen.«

»Wie viel zahlst du ihm, Peter Finn?« Ihre Stimme klang tief und bedrohlich wie eine Pistole.

»Die Hälfte von dem, was Ihr Ehemann Ihnen zahlt«, blaffte ich.

Sie gab mir eine Ohrfeige. Das Klatschen hallte durch den Raum und mein Gesicht fing an zu brennen. Durch den Schock war ich einen Moment lang wie versteinert. Die Wut staute sich in mir auf und mein Arm begann zu zucken. Diese Schlampe konnte sich auf was gefasst machen. Dann erinnerte ich mich an Robbie und trat einen Schritt zurück. Das würde ich nicht noch einmal machen.

»Mom!« Peter stellte sich zwischen uns. »Was zur Hölle machst du da?«

Ihre Wangen glühten rot und einen kurzen Augenblick wirkte sie verunsichert, als fürchtete sie, zu weit gegangen zu sein. »Ich verstehe nicht ...«

»Ich bin schwul, Mom!«, rief Peter. »Kevin ist mein Freund, und er hat mich geküsst, als du hereingekommen bist.«

Ihre Gesichtszüge verhärteten sich wieder. »So ein Gespräch werde ich nicht in diesem Haus führen. Das bist doch nicht du. Das wirst du nicht sein. Es ist schlimm genug, dass Emily so ist, wie sie ist, auch ohne dass du noch eins draufsetzt. Du bist ein *Morse*, und du hast eine Verantwortung gegenüber dieser Familie.«

Peter ignorierte sie, auch wenn ich merkte, dass es ihn Überwindung kostete. Er schwankte leicht hin und her, so wie ein Baum, der kurz vorm Umfallen war. »Du hast die Wahrheit gesehen, Mom. Und du *kennst* sie schon seit Jahren. Weißt du noch, wie du mich mit Gary Heyes erwischt hast?«

»Damals wusstest du es eben noch nicht besser.« Mrs. Morses Stimme war kalt wie Eis. »Und Gary kann von Glück reden, dass wir ihn nur gefeuert haben. Dein Vater wollte Anzeige erstatten.«

»Man kann niemanden für einen einvernehmlichen Kuss anzeigen, Mom«, fiel Peter ihr ins Wort. Seine Stimme bebte, doch er sprach weiter. »Aber Kevin könnte *dich* anzeigen wegen Körperverletzung.«

»Mit welchem Anwalt?«, schnaubte sie verächtlich. »Dieser Versager kann sich ja nicht mal eine gebrauchte Zigarette leisten!«

Der Tiger fletschte die Zähne und die Wut durchströmte meinen Körper. Meine Wange brannte immer noch von der Ohrfeige. Nicht einmal Dad hatte je seine Hand gegen mich erhoben, und diese Frau, diese Fremde, hatte mir einfach so ins Gesicht geschlagen. Die Empörung drängte die Worte aus mir heraus. »Wow«, sagte ich. »Jegliche Ähnlichkeit zwischen Ihnen und einem menschlichen Wesen ist reiner Zufall.«

»Kev.« Peter legte eine Hand auf meine Schulter, wodurch das glühende Gesicht seiner Mutter schlagartig kreidebleich wurde.

»Jetzt mal im Ernst«, sagte ich mit einer aufgesetzten Fröhlichkeit, die stark nach Algy klang. »Ihr hat doch jemand ins Gehirn geschissen.«

Ihre Hand holte erneut aus. Ich hob mein Kinn.

»Nur zu – schlagen Sie mich noch mal. Ich kann das Geld echt gut gebrauchen.«

Mit blassem Gesicht senkte sie die Hand. »Ja.« Nun sprach sie in einem giftigen Flüstern, das selbst einer Schlange Angst eingejagt hätte. »Das sieht man.«

»Mom«, lenkte Peter ein. »Du hast gerade gesagt, dass ich ein Morse bin. Und pochst du nicht immer darauf, dass einem Morse Respekt gebührt?«

»Selbst, wenn er unverdient ist?«

Ich schaute zwischen ihnen hin und her. Dieser Auseinandersetzung konnte ich nicht mehr folgen, und ich war mir nicht einmal sicher, ob ich das überhaupt wollte.

»Du *bist* ein Morse, Peter Finn«, sagte sie, sichtlich bemüht, die Ruhe zu bewahren. »Du *wirst* zu einem Morse – einem richtigen Morse. Du wirst heiraten, und du wirst die Firma übernehmen, und du wirst mit diesen pubertären Experimenten aufhören, bevor diese Familie Schaden nimmt. Bevor *du* noch Schaden nimmst.«

Peter schluckte und sagte dann mit fester Stimme: »Trotzdem werde ich immer ein schwuler Morse sein.«

»Ich bin deine Mutter!«, brach es aus ihr heraus. »Du redest nicht in diesem Ton mit mir.«

»Dann rede ich eben gar nicht mit dir. Komm, lass uns gehen, Kev.« Peter schritt auf die Tür zu. Ich warf seiner Mutter einen steinharten Blick zu und folgte ihm.

Peter sprach auf dem gesamten Weg bis zur Haustür kein einziges Wort, aber ich bemerkte, wie steif sein Gang war. Ich wurde immer unsicherer. Wollte er einfach nur spazieren gehen oder ließ er das Haus endgültig hinter sich?

Einer der Bediensteten wartete an der Tür auf uns und ich fragte mich, wie viel das Personal wohl mitbekommen hatte. Die Textnachrichten wurden hier wahrscheinlich im rasanten Lästertempo hin und her geschossen. »Soll ich Mr. Dean für Sie anrufen, Sir?«

»Auf gar keinen Fall«, sagte Peter und stürmte nach draußen.

Fast wäre er dabei mit einem Mann zusammengestoßen. Er sah aus wie eine ältere Version von Peter– die gleichen breiten Schultern, die gleiche Größe und das gleiche nachtschwarze Haar. Allerdings wuchsen ihm an den Schläfen schon silbrige Haare, und er hatte einen sorgfältig gepflegten Strubbelbart. Außerdem waren seine Augen nicht grün, sondern blau. Der Anzug mit Krawatte, den er trug, hatte wahrscheinlich mehr gekostet, als mein Dad in seinem gesamten Leben verdient hatte. Peters Vater – der Mitinhaber von Morse Plastic. So würde auch Peter in diesem Alter einmal aussehen. Immer noch attraktiv. Verdammt.

»Peter Finn«, sagte Mr. Morse. »Ich habe die Nachricht wegen Emily erhalten. Ist alles …«

»Ich habe Mom vorhin gesagt, dass ich schwul bin, und das hier ist mein Freund Kevin«, sagte Peter. »Du wirst dir von Mom sicher einiges anhören müssen.«

Wir ließen ihn in der Tür stehen. Peters Auto war nirgends zu sehen, aber Mr. Morses Wagen – ein schnittiger schwarzer Benz mit getönten Scheiben – stand am Fuß der Treppe, und der Chauffeur stieg gerade ein.

»Ich übernehme.« Peter riss ihm die Schlüssel aus der Hand. »Rein mit dir, Kevin.«

Ich stieg ein. Peter fuhr die Einfahrt entlang. Im Rückspiegel blickte sein Vater uns nach.

»ÄHM … WO fahren wir hin?«, fragte ich. Wir hatten das Morse-Anwesen durch ein Tor auf der Hinterseite verlassen, das aussah, als wäre es für Lieferanten gedacht und nicht von Reportern belagert, und nun fuhren wir durch Ringdale. Die Augustsonne durchflutete das Auto wie flüssiges Gold, aber aus der Klimaanlage strömte eiskalte Luft. Peters Gesicht sah aus, als wäre es aus einem Gletscher geschnitzt worden. Uns war abwechselnd heiß und kalt.

»Keine Ahnung«, entgegnete Peter und bog in eine Einkaufsstraße. »Wollen wir Eis essen gehen? Ich hab Lust auf Eis.«

»Okay.«

»Im Handschuhfach müssten noch eine Baseball-Cap und eine Sonnenbrille liegen. Kannst du sie mir geben?«

Ich tat, was er sagte. Mit verdeckten Augen und Haaren kaufte Peter uns bei *Jim 'n' Joes* zwei große Salted-Caramel-Eisbecher und wir setzten uns im Außenbereich an einen Schattenplatz unter einem Sonnenschirm. Die schwere Luft legte sich drückend um uns. Auf dem Gehweg gingen Menschen an uns vorbei, die nichts davon ahnten, dass die beiden Jungs an dem Gusseisentisch ein … nun ja, ein Paar waren. Ich stocherte ein bisschen in meinem Eis herum und schob den Becher in die Sonne. Wenn die Kugeln leicht geschmolzen waren, schmeckten sie noch besser. Obwohl ich Peters Vorschlag zugestimmt hatte, war ich nicht gerade in der Stimmung für Eis, aber ich kam sonst nie in den Genuss eines solchen Desserts, und das wollte ich mir nicht entgehen lassen, nur weil ich schlecht gelaunt war. Auch Peter rührte seinen Eisbecher nicht an. Die Schlagsahne rutschte bereits von der Spitze und tropfte auf den Tisch.

»Fuck«, sagte er schließlich.

»Jap«, pflichtete ich ihm bei.

»Scheiße.«

»Mist.«

»Kacke.«

»Verdammt.«

»Titten.«

Ich blickte auf. »Titten?«

»Mir ist sonst nichts mehr eingefallen.« Ein Lächeln überzog Peters Gesicht. Es wurde zu einem breiten Grinsen, bevor er losprustete. Er wippte in seinem Stuhl vor und zurück und schlug mit der Hand auf die Tischfläche. Ein Klecks Sahne tropfte durch die Löcher des Tischgitters, und seine Kirsche rollte davon.

Seine Kirsche. Das gab mir den Rest, und auch ich brach in Gelächter aus. Wir saßen auf den unbequemen Metallstühlen und hielten uns vor Lachen die Hände vors Gesicht, während unsere Eisbecher zu Brei schmolzen und die Passanten uns im Vorbeigehen ansahen.

»Oh mein Gott.« Peter wischte sich mit den Handballen durch die tränenden Augen. »Ich kann nicht glauben, dass ich das wirklich getan habe. Meine Eltern wissen Bescheid. Ich bin richtig am Arsch, Kev.«

»Aber es fühlt sich auch gut an, oder?«, fragte ich, während ich nach Atem rang. »Es ist schön, dass du dich nicht mehr vor ihnen verstecken musst.«

»Woher willst du das wissen?«, fragte er erstaunt.

Oh. Stimmt ja. Wir hatten noch gar keine Gelegenheit, darüber zu sprechen. »Ich habe es meinem Dad gestern gesagt. Er hat mich abgefüllt, und irgendwie ist es mir einfach rausgerutscht.«

»Abgefüllt?«, wiederholte Peter. »Nicht dein Ernst.«

»Doch. Nachdem die Polizei bei uns war.«

Das Lächeln verschwand aus seinem Gesicht. »Die Polizei?« Ich erzählte ihm von Detective Malloys Besuch und davon, wie Dad sie fortgeschickt hatte. »Ich habe ihr nichts gesagt, außer dass wir zusammen in dem Theaterstück mitspielen und bei dir zu Hause unseren Text gelernt haben«, erzählte ich abschließend. »Sie hat es mir abgekauft. Aber danach haben wir richtig Schiss bekommen, und Dad hat mir ein bisschen Whisky angeboten. Er hat beschissen geschmeckt, aber er hat mich so sehr beruhigt, dass ich ihm von uns beiden erzählt habe.«

»Wie hat er reagiert?« Peter lehnte sich zu mir vor, als wollte er es unbedingt wissen.

»Er hat mich in den Arm genommen und gesagt, dass alles okay ist.«

»Wow.« Peters Eisbecher war zu einer Karamellpfütze geschmolzen. »Ich wünschte, ich hätte deinen Dad. Meiner denkt wahrscheinlich gerade darüber nach, wie er mich für immer aus der Familie verstoßen kann.«

»Mein Dad ist nicht perfekt.« Ich schaufelte etwas von dem geschmolzenen Eis auf und ließ es über meine Zunge gleiten. Salz und Karamell. Zwar etwas zu flüssig für meinen Geschmack, aber immer noch lecker. »Auch wenn er mich nie geschlagen hat.«

Peter zuckte zusammen. »Das tut mir so leid. Ich habe noch nie mitbekommen, wie Mom so etwas getan hat. Das sieht ihr überhaupt nicht ähnlich.«

»Und wie ist sie sonst so drauf?«

»Sie ist ...« Er versank kurz in seinen Gedanken. »Sie hat meinen Dad geheiratet, als Morse Plastic gerade eine schwierige Zeit durchmachte. Mom stammt aus dem alten Geldadel – und zwar steinalt. Ihr Reichtum geht noch auf die Zeit vor Shakespeare zurück. Ihre Familie hat Morse Plastic vor dem Ruin bewahrt und sie setzt alles daran, das Überleben der Firma zu sichern – genau wie Dad.«

»Glaubst du, sie würden dich dauerhaft enterben?«

»Ach, keine Ahnung. So einfach geht das nicht. Es gibt ja auch noch Emily, und sie hätten zu große Angst davor, dass ich mich an die Medien wende, wenn sie mich rauswerfen.«

»Würdest du das denn machen?«, fragte ich. »Also die Presse informieren?«

»Keine Ahnung.« Er stach in seinem Eisbecher herum. »Die Morses sind schließlich nicht die Kennedys oder die Hiltons. Wir leben nicht im Rampenlicht. Aber ein Familienstreit, ausgelöst durch die Homosexualität des Morse-Erben? Das würde sofort Wellen schlagen. Der Ruf der Firma würde darunter leiden, und das wollen meine Eltern verhindern. Es geht immer nur um die Firma.«

»Ich bin ein Niemand«, sagte ich. »Also wäre es ohnehin jedem egal, dass ich schwul bin, außer vielleicht in der Schule, aber da bin ich sowieso schon ein Versager, der ...«

Peter packte meine Schulter. »Du verstehst das nicht, Kevin. Wenn das auffliegt, dann wird sich die Presse sehr wohl dafür interessieren, weil du nämlich *mein* Freund bist. Sie werden alles über dich in Erfahrung bringen wollen. Warum du auf Bewährung bist, weswegen dein Dad im Gefängnis saß, wo du wohnst, was für Noten du in der Schule bekommst. Sie werden wissen wollen, wie wir uns kennengelernt haben, warum wir ein Paar sind, und sie werden sich das Maul darüber zerreißen, ob es in Ordnung ist, dass ich mit einem Sechzehnjährigen zusammen bin. Und sie werden wissen wollen, ob du etwas mit Les zu tun hattest.«

Ich erschauderte. Die Vorstellung davon, wie ein Bild von mir hinter einem Nachrichtensprecher eingeblendet wird, mit dem Schriftzug *Vergewaltigt* über meinem Gesicht, schoss mir durch den Kopf. Mir wurde schwindlig und das Einzige, was ich hervorbrachte, war: »Du hattest doch gesagt, dass es legal wäre, wenn wir beide …«

»Das ist es auch«, fiel Peter mir ins Wort. »Aber vielen Leuten wird das Gesetz egal sein. Sie werden ihr eigenes Urteil über dich fällen, und über uns beide. Und sie werden es dich wissen lassen. Ich habe schon wegen Les Hassnachrichten erhalten.«

»Echt jetzt?«, fragte ich erstaunt. »Wie denn? Es ist doch erst gestern passiert.«

»Die Leute posten Beiträge auf den Social-Media-Seiten des Unternehmens. Ich habe nicht viel davon gelesen.« Peter ließ mich los und sank wieder auf seinem Stuhl nieder. »Meine Anwälte gehen alle Beiträge durch in der Hoffnung, Hinweise auf den richtigen Täter zu finden. Viele Kommentare gehen in die Richtung: ›Du bist ein reicher Schnösel, der glaubt, er könnte sich von seinen Problemen freikaufen.‹«

Schuldbewusst blickte ich auf meinen Eisbecher herab. Genau das hatten auch Dad und ich gestern zueinander gesagt … und ein kleiner Teil von mir fragte sich immer noch, ob es stimmte. Ich sah mich ängstlich um. »Machst du dir keine Sorgen, dass wir von Reportern erkannt werden könnten?«

»Nee. Kappe, Sonnenbrille.« Peter zeigte mit dem Finger auf sein Gesicht. »Außerdem rechnen sie hier nicht mit mir. Und ich bin ja auch kein Filmstar oder so. Genauso wenig würden die meisten Bill Gates oder Sam Walton auf der Straße erkennen.«

»Wer ist Sam Walton?«

»Eben, das meine ich ja. Er ist der Typ, dem Walmart gehört. Die Reporter glauben, dass ich zu Hause bin. Eine Eisdiele in der Einkaufsstraße haben sie gar nicht auf dem Schirm. Außerdem habe ich größere Sorgen als ein paar dahergelaufene Reporter.«

Ich schüttelte den Kopf. Peter lebte in einer vollkommen anderen Welt als ich. Mir würde es gar nicht in den Sinn kommen, eine Kappe und eine Sonnenbrille als Tarnung in meinem Auto aufzubewahren. Es würde mir ja noch nicht mal in den Sinn kommen, überhaupt ein eigenes Auto zu besitzen.

»Jetzt hast du eine Sorge weniger«, sagte ich. »Wenigstens musst du dir keine Gedanken mehr darüber machen, dass deine Eltern von uns Wind bekommen.«

»Stimmt«, sagte Peter lachend.

Ich brauchte einen kurzen Moment, um meinen Mut für den nächsten Schritt zusammenzunehmen, aber dann traute ich mich. Ich holte tief Luft und rückte mit meiner Hand über den Tisch in seine Richtung. Das Eisengitter streifte meine Fingerspitzen. »Wie findest du das?«

Ich nahm seine Hand. Einfach so, im Schatten und Sonnenlicht einer öffentlichen Einkaufsstraße.

Peter wollte seine Hand wegziehen, aber ich griff fester zu. »Lass nicht los«, flüsterte ich. »Halt einfach fest.«

Ein kurzer Moment verstrich. Ich versuchte, Peters Augen zu lesen, aber sie waren hinter den Gläsern der Sonnenbrille verborgen. Dann drückte Peter zu und hielt meine Hand fest. Mit seiner anderen Hand aß er seinen Eisbecher weiter. Ich schluckte und tat es ihm gleich. Die Menschen gingen auf dem Gehweg an uns vorbei und ich zuckte zusammen, weil ich mit einer blöden Bemerkung oder noch Schlimmerem rechnete.

Nichts passierte. Die meisten ignorierten uns einfach. Peter hielt weiterhin meine Hand fest, und ich hielt seine. Ein paar Leute schauten kurz zu uns herüber und gingen geradeaus weiter, als wäre nichts gewesen. Hier gab es nichts Auffälliges zu sehen. Nichts, was sie etwas anging. Es war großartig und furchteinflößend zugleich. Ich fühlte mich, als könnte ich davonschweben, mit Peter in den strahlenden Himmel aufsteigen, wie zwei schwerelose Federn aus Luft und Sonnenlicht.

Und so saßen wir dort, Hand in Hand, aßen kalte Eisbecher an einem heißen Sommertag, versteckten uns direkt vor der Nase der Reporter, fürchteten uns vor der Zukunft und erfreuten uns an der Gegenwart – ein armer reicher Junge und ein reicher armer Junge. Peter und ich. Ich und Peter. Ich wollte nicht, dass es jemals wieder aufhörte.

Aber das tat es. Unsere Löffel erreichten den Boden unserer Pappbecher, und Peter warf zum ersten Mal einen Blick auf sein Handy. Plötzlich erinnerte ich mich wieder daran, dass ich immer noch Les' Handy in meiner Hosentasche hatte. Nach allem, was mit Emily und Peters Mom vorgefallen war, hatte ich schon wieder ganz vergessen, dass ich es mir geschnappt hatte – und dass Peter noch gar nichts davon wusste. Gerade schien nicht der richtige Zeitpunkt, um etwas dazu zu sagen. Nach diesem perfekten Moment wollte ich nicht schon wieder den Mord erwähnen. Das würde uns beide nur belasten. Außerdem war der Plan sowieso gewesen, das Handy loszuwerden, was Peter bisher noch nicht geschafft hatte, weil er unter ständiger Beobachtung stand. Aber mich überwachte niemand. Ich würde später noch genug Gelegenheiten haben, es wegzuwerfen, und ich könnte Peter damit überraschen, dass ich es schon für ihn erledigt hatte.

»Wir haben noch ein paar Stunden bis zur Abendprobe«, stellte Peter fest. »Ich weiß nicht, was wir bis dahin machen sollen.«

»Lass uns zu mir nach Hause gehen«, schlug ich vor. »Mein Dad ist auf der Arbeit und wir wären ungestört.«

Laut ausgesprochen klang das ein wenig anders, als ich es beabsichtigt hatte, aber nun hingen die Worte zwischen uns. Wir könnten tatsächlich ungestört sein. Peter nickte, und wir stiegen in sein Auto.

ZWEITER AKT, 5. SZENE

KEVIN

DER TRAILER verströmte heiße Luft und den Geruch von Papier. Ich errötete, als Peter hinter mir die Tür durchquerte. Mein Zuhause war heiß, stickig und peinlich, vor allem nach Peters Märchenschloss, und plötzlich wollte ich nicht, dass er hier war und der Anblick ihn erneut daran erinnerte, was für Versager hier lebten. Aber er war schon drinnen und tat so, als würde ich nicht in einem Drecksloch wohnen.

»Mir gefallen die vielen Bücher«, sagte er. »Sie erinnern mich an Emilys Zimmer.«

»Das freut mich«, murmelte ich. »Möchtest du etwas trinken?«

»Nein, danke.« Mit den Händen in den Hosentaschen studierte er die Buchrücken in Dads heruntergekommenen Regalen. »Wow. John le Carré. Ian Fleming. Alice Walker. Hal Borland. Echt krass.« Er zog ein dünnes Buch hervor und blätterte es durch. »*Fünf Freunde*. Diese Bücher kenne ich noch aus der Grundschule. Ich konnte damals keinen einzigen Fall lösen, aber ich hab mich immer angestrengt.«

Ich schaltete den Ventilator an und versuchte das Fenster weiter zu öffnen. Das Zimmer kühlte sich ein wenig ab. »Ja, Dad liest alles. Er hat sich das angewöhnt, als er in … als er fort war, und er hat nach seiner Rückkehr damit weitergemacht.«

»Hm.« Peter stellte das Buch zurück. »Also.«

»Also …«, stimmte ich ihm zu und berührte sein Gesicht. Es fühlte sich schön an, das zu tun. Mein Freund. Er war mein Freund. Ich kehrte immer wieder zu diesem Gedanken zurück wie ein Welpe, der ständig auf dasselbe Leckerli stößt. »Wie geht es dir gerade?«

»War ein ganz schöner verrückter Tag«, sagte er mit einem leichten Lachen.

»Deine Eltern wussten also gar nicht, dass du schwul bist?«, fragte ich.

»Sie wussten es schon, aber sie wollten es sich nicht eingestehen und weigerten sich, darüber zu reden. Haben deine Eltern es schon vermutet, bevor es ihnen erzählt hast?«

»Ich glaube nicht«, antwortete ich. »Aber meine Mom ist vor ungefähr vier Jahren abgehauen und mein Dad war … nicht da … also kannten sie mich nicht besonders gut.«

»Warum ist deine Mom weggegangen?«, fragte Peter.

»Das wüsste ich auch gern.« Ich ließ mich auf die Couch sinken und Peter nahm neben mir Platz. Er trug eine kurze Hose, und sein warmes Knie streifte meines. Ich erinnerte mich daran, wie wir das letzte Mal hier gesessen und miteinander gerangelt und rumgemacht hatten. Das war eine Erinnerung, die ich für immer bewahren würde, um mich in einsamen Winternächten daran zu wärmen. »Einerseits würde ich sie gerne fragen, andererseits will ich es gar nicht wissen. Für den Fall, dass es … na ja … etwas mit mir zu tun hatte.«

Peter streichelte meine Haare auf eine Weise, die mir besonders gut gefiel. Jedes Mal, wenn er mich berührte, musste ich leicht erzittern. »Du bist ein netter Kerl, Kev. Es hatte nichts mit dir zu tun. Es lag an ihr. Erwachsene sind manchmal richtig dumm.«

Seltsamerweise wollte ich meine Mutter in Schutz nehmen. Nicht sie war dumm, sondern ich. Aber sie war nicht hier. In den meisten Erinnerungen, die ich an sie hatte, war sie entweder auf mich oder auf Dad wütend. Wieso sollte ich sie dann vermissen und mir etwas daraus machen, wie sie über mich dachte? Und trotzdem tat ich es. Aus irgendeinem Grund erinnerte ich mich in diesem Moment daran, wie ich im Wohnzimmer ihrer kleinen Mietwohnung gesessen hatte, nachdem Dad fortgeschickt worden war. In meinem Schoß befand sich eine Schüssel mit Dosenravioli aus der Mikrowelle. Die Schüssel war grün und an der Kante war ein kleiner Splitter abgebrochen. Ich aß fast jeden Tag aus dieser Schüssel. Ich schaute Zeichentrickserien, während Mom in der Küche mit jemandem telefonierte. Grauer Regen prasselte gegen die Fensterscheiben, aber mit meiner Schüssel, meinen Serien und meiner Mom im Nebenzimmer fühlte ich mich sicher und geborgen.

Und jetzt war sie nicht mehr da. Sie wusste nicht, dass ich schwul bin, und sie würde es nie erfahren. Scheiß auf sie.

»Also«, sagte ich, mein Bein immer noch an seines gedrückt. »Du hast vorhin das Thema gewechselt. Wussten deine Eltern wirklich nicht, dass du schwul bist? Es klang schon so, als wüsste deine Mom Bescheid.«

Seine Miene verfinsterte sich. »Mom und Dad taten so, als würden sie nichts ahnen, und hofften, es geht von alleine wieder weg. Schließlich bist du nicht mein erster Freund.«

Ich setzte mich aufrecht hin. »Das hast du schon mal erwähnt. Dieser ältere Typ. Und er war euer Gärtner?«

»Ja. Gary.« Peter fuhr sich verlegen durch die Haare. »Wir haben uns nur ein paarmal getroffen und uns geküsst. Wahrscheinlich hätten wir noch viel weiter gehen können. Das hatte ich mir gewünscht. Aber meine Mom hat uns erwischt. Am nächsten Tag war er fort. Mom wollte nicht darüber reden, und ich traute mich nicht, es anzusprechen.« Er entrang sich ein kurzes, unangenehmes Lachen. »Über so etwas redet man wohl eher nicht mit seinem aktuellen Freund. Du hattest davor auch schon andere Beziehungen, oder?«

»Nein.« Dieses Gespräch wurde immer seltsamer. Mein Brustkorb schnürte sich wieder zusammen. Peter hatte vor mir schon andere Jungs geküsst. Das war mir schon vorher klar gewesen, aber ich hatte bisher noch nicht richtig darüber nachgedacht. Es fiel mir leichter, so zu tun, als hätte es niemand anderen vor mir gegeben, obwohl er es bei dem Kennenlernspiel am ersten Probentag bereits erzählt hatte.

Vielleicht ging es Peters Eltern ähnlich wie mir gerade.

Die Vorstellung, dass ich etwas mit Peters Mom gemeinsam hatte – dieser blöden Kuh, die mir eine Ohrfeige verpasst hatte –, ließ mich am ganzen Körper erschauern. Ich war das genaue Gegenteil von ihr.

»Du willst mich doch verarschen.« Peter wandte sich auf der Couch in meine Richtung. »Du hattest echt noch nie einen Freund?«

Ich hoffte, er würde nicht weiter darauf herumreiten. »Nein.«

»Alter.« Er strich mir mit dem Fingerrücken über die Wange und ließ mich erneut erzittern. Das gefiel mir. Oh Gott, ich war vollkommen durch den Wind. »Du bist der tollste Junge, dem ich je begegnet bin, und du hattest noch nie einen Freund.«

Dadurch ging es mir besser – bis ich die blauen Flecke an seinen Knöcheln sah. Es waren dieselben Hände, die auch auf Les' Gesicht eingeschlagen hatten. Die Erinnerung an Haut, die gegen Knochen schmettert, hallte in meinem Kopf wider, und für einen kurzen Moment erhob ich meine eigenen Fäuste gegen Robbie und blickte in sein verängstigtes Gesicht. Mir wurde abwechselnd heiß und kalt. Ich versuchte, die Erinnerungen zu verdrängen, doch sie drückten mich nieder und vermischten sich dabei mit dem Bild von Peter hinter Gittern. Die Last trieb mich tiefer in die Couch und ich fühlte mich schwer wie Blei. Ich versank, stürzte, fiel bis zum Mittelpunkt der Erde.

»Ist alles okay?«, fragte Peter. Seine Stimme drang aus weiter Ferne zu mir.

»Klar doch«, antwortete ich, gefolgt von einer langen Pause. Meine Zunge fühlte sich schwer an und ich wollte noch einen Schluck Whisky. Und dann wurde ich plötzlich richtig sauer. Wutentbrannt schmetterte ich meine Faust aufs Sofakissen. »Scheiße. *Nichts* ist okay!«

Peter zuckte leicht zusammen, aber er rührte sich nicht vom Fleck. Ich sah ihn nicht an. Mein Kiefer spannte sich an und ich trat mit voller Wucht gegen einen der Bücherstapel auf dem Boden. Die Bücher fielen in alle Richtungen wie aufgescheuchte Schmetterlinge. Der Tiger brüllte aus Leibeskräften.

»Ich habe so eine Scheißangst, Peter Finn!«, rief ich. »Die ganze Zeit habe ich Angst. Ich fürchte mich zu Tode. Hast du denn keine Angst davor, ins Gefängnis zu gehen?«

Peter schloss die Augen. »Jede Sekunde. Ich kann nicht aufhören, daran zu denken. Selbst wenn ich auf der Bühne stehe und so tue, als wäre ich Jack, kann ich den Gedanken nicht abschalten. Also schrei mich nicht an. Ich habe so schon genug Angst.«

Diese Worte verpassten mir einen Stich, und die Wut ebbte ab. Zumindest größtenteils. Ein Stück Kohle glühte noch immer in meinem Inneren, aber so tief, dass Peter sich daran nicht verbrennen würde. Ich wollte Peter nicht verbrennen.

»Tut mir leid«, sagte ich. »Ich bin einfach ... Glaubst du, dass du im Gefängnis landen wirst? Schließlich bist du reich, Peter Finn. Kannst du nicht einfach ... den Richter bestechen oder so? Dafür sorgen, dass er die Anklage fallen lässt?«

Peter lachte auf. »Alle rechnen damit. Und ich habe auch schon darüber nachgedacht. Meine Eltern haben mit den Anwälten darüber gesprochen. Und wenn du das hier wiederholst, werde ich abstreiten, es je gesagt zu haben, ganz egal, was du mir bedeutest. Aber: Wir können uns von dieser Sache nicht freikaufen. Und zwar, *weil* wir so reich sind.«

»Das musst du mir jetzt aber erklären«, entgegnete ich verwirrt.

»Also, pass auf«, sagte Peter. »Wenn wir mittelreich wären, würde es niemanden interessieren, wie die Gerichtsverhandlung ausgeht. Aber weil wir die Morse-Familie sind, erwarten alle, dass wir versuchen, uns meine Unschuld zu erkaufen, weswegen zig Menschen jeden Schritt dieses Verfahrens genauestens unter die Lupe nehmen werden. Wenn ich vor Gericht stehe, können wir es uns nicht einmal erlauben, den Hausmeister zu bestechen, geschweige denn den Richter.«

»Würdest du es denn tun, wenn du könntest?«

»Aber so was von.« Peter verschränkte die Arme. »Einfach mit einem Batzen Geld meine Sorgen verpuffen lassen. Du etwa nicht?«

Es klang immer mehr so, als hätte Peter es tatsächlich getan und vergaß, zu lügen. »Ich habe hier keinen Batzen Geld rumliegen, den ich einfach so verschießen kann.«

»Das ist so unfair.« Peter stützte das Kinn auf die Knie. Die durchgesessene Couch ächzte unter seinem Gewicht. »Nach dem, was er dir angetan hat, hatte er es verdient zu sterben, und jetzt, wo er tot ist, muss ich ins Gefängnis, obwohl ich es nicht getan habe. So kommt Les mit einem weiteren Verbrechen davon.«

Oder auch nicht. Gott. Wenn das so weiterging, würde ich mich noch zu Tode sorgen – in Anbetracht der Umstände sicher nicht die taktvollste Formulierung.

Seufzend zückte Peter sein Handy und sah nach, ob es etwas Neues gab. »Nichts.«

»Von deinen Eltern?«, fragte ich.

»Ja. Mom hat es Dad mittlerweile bestimmt schon erzählt, aber sie haben mir nicht geschrieben und auch nicht versucht, mich anzurufen.«

»Was glaubst du, wie sauer sie sind?«

Peter lachte wieder schallend auf. »Dad wirft wahrscheinlich Möbel um sich. Mom läuft im Kreis, wedelt mit den Armen und versucht, sich einen Plan einfallen zu lassen. Mom besteht immer darauf, einen Plan zu haben.«

»Was für einen Plan?«

»Keine Ahnung. Ich bin ja gerade nicht dort.« Er richtete sich auf und in seinen Augen funkelte eine Spur von Unsicherheit. »Was, wenn sie mich wirklich für immer rauswerfen?«

»Das wäre richtig beschissen«, sagte ich langsam. »Glaubst du, das würden sie tun?«

Peter legte den Kopf in die Hände. »Mom war immerhin wütend genug, um dir eine zu scheuern. Sie ist zu allem imstande.«

Es brach mir das Herz, ihn so zu sehen, und ich litt mit ihm, obwohl seine Mom mir eine Ohrfeige gegeben hatte. In der kurzen Zeit, die ich ihn kannte, war Peter immer der Starke gewesen – groß und unantastbar –, aber jetzt saß er klein und verängstigt da, ratlos, wie es weitergehen sollte.

»Hey.« Ich legte meinen Arm um ihn. »Ich bin bei dir, Peter Finn. Ich weiß, das ist nicht viel. Ach, eigentlich ist es gar nichts. Aber wir halten zusammen. Stimmt's?«

Peters Kopf richtete sich auf. »Du bist viel mehr als nichts, Kev. Gott, ich weiß nicht, was ich ohne dich machen würde.« Er beugte sich vor und gab mir einen Kuss, der mir den Atem raubte. Würde sich das jemals ändern? Hoffentlich nicht. »Nummer elf.«

»Wenn deine Mom einen Plan hat, dann sollten wir uns auch einen überlegen«, sagte ich schließlich. »Hast du Geld?«

»Ja, ein bisschen was.«

»Wie viel?«, fragte ich, halb aus pragmatischen Gründen und halb aus Neugier.

Er sah aufrichtig verblüfft aus. »Keine Ahnung.«

»Wie kommst du an das Geld ran?«, hakte ich nach. »Können deine Eltern dir den Zugang versperren?«

»Oh. Ich kann nicht … Lass mich nachdenken.« Er holte sein Handy hervor. »Ich habe eine EC-Karte für das Familienkonto, wenn ich mal etwas brauche, aber ich habe auch ein eigenes Konto. Ich seh mal kurz nach.«

Das war offensichtlich etwas, worüber er vorher noch nie nachgedacht hatte. Es war schon seltsam – ich besaß nie mehr als einen Dollar auf einmal, aber Peter hatte so viel, dass er sich nie Gedanken darüber machen musste. Wie konnte man nur den Überblick über seinen eigenen Besitz verlieren?

Peter tippte fluchend auf seinem Bildschirm herum. »Sie haben mich aus dem Familienkonto rausgeschmissen«, sagte er. »Und meine Kreditkarte wurde gesperrt. Jetzt komme ich überhaupt nicht mehr an das Geld meiner Familie ran.«

Plötzlich wurde mir etwas kalt. »Aber dein Handy haben sie nicht lahmgelegt«, bemerkte ich.

»Noch nicht«, bestätigte er. »Funktioniert deins noch?«

Ich griff in meine Hosentasche und streifte dabei versehentlich Les' Handy. Es fühlte sich an wie ein Bienenstich. Einen kurzen Moment überlegte ich, ob ich es hervorholen und Peter zeigen sollte – jetzt, wo Dad nicht da war, konnten wir damit tun, was wir wollten –, aber meine Finger bewegten sich wie ferngesteuert auf das Handy zu, das Peter mir gegeben hatte. Ich hatte gerade keine Lust, über Les' Handy zu sprechen. Peter könnte wieder sauer werden – und diesmal auf mich – und damit wollte ich mich gerade nicht herumschlagen. Es wäre leichter, das Handy einfach zu entsorgen und ihm hinterher davon zu erzählen. In meinen Händen war es gerade besser aufgehoben als in seinen für den Fall, dass die Polizei mit einem Durchsuchungsbefehl vor seiner Haustür aufschlagen würde, so viel stand fest.

Ich holte mein neues Handy aus der Hosentasche und sendete Peter ein Herz-Emoji. Das Symbol ploppte mit einem heiteren *Ping* auf seinem Bildschirm auf.

»Funktioniert immer noch«, stellte ich fest.

»Wahrscheinlich haben sie noch nicht bemerkt, dass ich es dir gegeben habe«, sagte er. Seine Gesichtszüge verhärteten sich und ich war erleichtert, dass ich Les' Handy für mich behalten hatte. Den Stress konnte er gerade nicht gebrauchen. »Warte mal.«

Ich beugte mich zu ihm herüber und versuchte, einen Blick zu erhaschen. Mein Magen zog sich zusammen. »Stimmt etwas nicht?«

Er runzelte die Stirn, während seine Daumen über den Bildschirm glitten. Im selben Moment zog ich Les' Handy aus meiner Hosentasche und schob es unter die Couch.

»Ich versuch's gerade mit meinem eigenen Bankkonto«, sagte Peter. »Es läuft nur auf meinen Namen und ich bin schon erwachsen, also … aha! Ich kann mich immer noch anmelden. Sie haben keine Möglichkeit gefunden, es zu sperren.«

»Wie viel ist auf dem Konto?«

»Nicht viel«, antwortete Peter und verzog das Gesicht.

»Und wie viel ist ›nicht viel‹?«

»Ach, ein paar Hundert«, erwiderte er. »Einschließlich der Anleihen und Einlagenzertifikate, die ich zum achtzehnten Geburtstag bekommen habe.«

Ich konnte nicht anders. Ich brach in Gelächter aus.

Peter warf mir einen Blick zu. »Warum lachst du?«

»Ach, ein paar Hundert«, äffte ich ihn nach. »Sehr witzig.«

»Okay, schon gut.« Peter errötete leicht. »Aber du weißt, was ich meine.«

»Ich kann dir beibringen, wie du damit überlebst, bis du fünfundzwanzig bist«, versprach ich ihm. »Für ein paar Hunderttausend bekommst du drei oder vier von diesen Trailern und jede Menge Tütensuppen.«

»Solange ich mir hin und wieder einen Cheeseburger genehmigen kann und Internetzugang habe, um Schwulenpornos gucken zu können.«

Eine kurze Stille machte sich zwischen uns breit, bevor ich schließlich sagte: »Äh … was machen wir jetzt?«

Peter schaute wieder auf sein Handy. »Wir haben noch eine Stunde bis zur Abendprobe. Wann kommt dein Dad nach Hause?«

»Keine Ahnung. Er muss gerade eine Rigipsplatte anbringen oder so, und sie zahlen ihn stundenweise, also hoffe ich, dass er bis Sonnenuntergang beschäftigt ist.«

»Hey, wenn ihr gerade ein bisschen knapp bei Kasse seid, habe ich noch ein paar Hundert ...«, setzte Peter an.

»Nein.« Ich hielt die Hände hoch. »Es fällt mit schon schwer genug, das Handy anzunehmen, okay? Und du hast den Eisbecher bezahlt. Ich muss ... Ich kann kein Geld von dir annehmen. Das würde sich komisch anfühlen. Als wäre ich ein Stricher oder so. Das hat deine Mom auch gesagt.«

Peter sah kurz so aus, als wollte er widersprechen, aber dann zuckte er mit dem Schultern. »Na gut. Aber kann ich dir etwas geben, das kostenlos ist?«

»Was denn?«

Ich hätte es ahnen müssen. Peter küsste mich. Der Kuss dauerte ewig und Peter konnte gar nicht genug von mir bekommen. In dem stickigen Trailer rieb meine schwitzende Haut an seine, aber es war mir egal. Ich ließ zu, dass ich mit ihm eins wurde, und blendete die Welt mit ihren Problemen für einen kurzen Moment aus. Mir wurde ganz warm ums Herz, und in diesem Augenblick wusste ich, dass ich an seiner Seite für immer glücklich werden könnte, und zwar nur an seiner Seite. Peter legte seinen Arm um meinen Rücken. Sein Gesicht war etwas kratzig und sein Atem fühlte sich in meinem Gesicht warm an. Ich seufzte auf, versunken in ihm, versunken in uns beiden. So sollte das Leben immer sein.

»Nummer zwölf«, flüsterte er.

»Ja«, stimmte ich zu.

Mit seiner anderen Hand fuhr Peter über meinen Oberkörper. Die Berührung löste ein unbeschreibliches Gefühl in mir aus. Er gab mir noch einen Kuss und ließ seine Hand gleichzeitig tiefer gleiten, über meine Rippen und meinen Bauch. Meine Nerven standen in Flammen. Am liebsten hätte ich aus voller Kehle geschrien. Ich wollte, dass er weitermachte, mich berührte und mich packte und ...

Und dann war es Les, der nach mir langte und mich zu Boden warf. Seine Stimme drang in mein Ohr, während der Schmerz mich durchbohrte. Die Angst riss mich entzwei. Mein Herz blieb stehen und für einen schrecklichen Moment bekam ich keine Luft. Ich stieß Peter fest zur Seite.

»Halt«, rief ich. »Hör auf.«

Peter wich zurück. Die Couch quietschte erneut und ließ eine kleine Staubwolke aufwirbeln. Der Ventilator surrte auf der Fensterbank pausenlos vor sich hin. »Es ist Les, oder?«

»Jedes verdammte Mal«, sagte ich. Die Wut in meinem Inneren verschlang die Angst mit einem Happen. »Jedes Mal, wenn du und ich ... wenn wir etwas zusammen machen, taucht er auf wie ein Springteufel. Ich kann ihn nicht vergessen. Was, wenn das für den Rest meines Lebens so weitergeht? Ich kann niemals ... Ich werde nicht ...« Ich wollte alles um mich herum kurz und klein schlagen, bis nichts mehr übrig blieb. Meine Hände zitterten.

»Ich weiß nicht, was ich tun soll«, sagte Peter. »Vielleicht solltest du mal mit einem Therapeuten sprechen oder so.«

»Mit einem Fremden? Darüber?« Bei der Vorstellung fing mein Gesicht an zu glühen. »Du hast sie doch nicht mehr alle.«

Peter zuckte mit den Schultern. »Ich habe jede Woche eine Sitzung mit meiner Seelenklempnerin … meiner Betreuerin.«

»Echt?« Ich setzte mich aufrecht hin.

»Ja. Sie kommt zu mir nach Hause und wir unterhalten uns.«

Ich blinzelte. »Worüber?«

»Über alles Mögliche. Hauptsächlich über Emily und meine Eltern.«

»Und geht es in diesen Sitzungen auch um mich?«

»Sie war nicht mehr bei mir, seit wir uns kennen, also hat sich das bisher nicht ergeben. Vielleicht könntest du auch zu ihr gehen.«

»Von welchem Geld?«, lachte ich höhnisch. »Das kostet ungefähr eine Milliarde Dollar pro Stunde, und wir sind nicht versichert. Dad ist vorbestraft und wir bekommen keine Unterstützung vom Staat.« Ich deutete auf ihn. »Und biete mir ja nicht an, die Kosten zu übernehmen.«

Peter hielt die Hände hoch. »Das käme mir nie in den Sinn.« Er ließ seine Arme wieder sinken und rückte seine Hose zurecht. Bei diesem Anblick regte sich auch in meinem Schritt etwas, und selbst dieses kleine bisschen ließ Les wieder an den Rand meines Bewusstseins dringen. Ich biss mir auf die Fingerknöchel, um ihn zu vertreiben.

»Hey, sieh mich an«, sagte Peter, und ich gehorchte. »Ich bin nicht Les. Ich werde dich niemals dazu auffordern, etwas zu tun, was du nicht möchtest. Alles, was wir machen, passiert nur mit deiner Zustimmung.«

»Wirklich?«, fragte ich und schämte mich fast dafür, wie sehr seine Worte mich rührten. Die Wut schrumpfte zu einem winzigen Kohlestück zusammen. »Was hältst du davon, wenn wir am helllichten Tag auf dem Golfplatz nackt baden gehen?«

»Ich hol schnell mein Handtuch.«

Ich lehnte mich näher zu ihm. »Was hältst du davon, wenn wir uns die Nippel piercen lassen und den Schmuck wie Propeller aufdrehen und vier- oder fünfmal rotieren lassen, und der Erste, der schreit, muss nackt durch das Brennnesselfeld hinterm Trailer laufen?«

»Im Piercingstudio in der Franklin Street kann man auch ohne Termin vorbeischauen.«

Ich kam ihm noch näher, nah genug, um die Hitze zwischen uns zu spüren und seine Haut zu riechen. Zaghaft berührte ich den harten Muskel an seinem Bein. So etwas Schönes hatte ich noch nie mit meiner Hand berührt. Peter atmete ein, ohne sich vom Fleck zu rühren. Er saß da wie eine Statue. Tat ich das wirklich? Und was genau tat ich hier überhaupt?

»Was hältst du davon, wenn wir uns mit geschmolzenem Käse einreiben und durch die Kiefernadeln im Vorgarten wälzen?«

»Meine Familie besitzt Aktien von einer Käsedipmarke«, entgegnete Peter. Seine Stimme klang etwas heiser, aber er hatte sich immer noch nicht bewegt.

Ich ließ meine Hand über seinen Oberschenkel und unter den Stoff seiner kurzen Hose gleiten, aber ich hielt inne, als ich den vertrauten Kupfergeschmack in meinem Mund wahrnahm. Peter saß da wie ein Gott aus Marmor, und ich konnte die warme Haut und die feinen Härchen an seinem Bein spüren. Wie konnte ein einziger Mensch so heiß sein, ohne wie ein Vulkan auszubrechen? Vielleicht war das nicht gerade die beste Metapher, aber in meiner aktuellen Situation fiel mir nichts Besseres ein.

Mit meiner anderen Hand berührte ich erneut sein Gesicht – seine Ohren, seine Wange, sein Kinn, seine Lippen. Er schloss die Augen und stieß einen schaudernden Seufzer aus. Ein leichtes Zittern – das hatte ich herbeigeführt. Trotzdem bewegte er sich nicht. Ich spürte eine Regung in meinem Schritt, aber ich wollte nicht, dass er mich anfasste – nicht, solange Les im Hintergrund lauerte. In diesem Moment wollte ich einfach Peter berühren und erkunden, wie sich ein anderer Junge anfühlte.

Ich ließ meine Hand weiter über seinen Oberschenkel gleiten. Er trug Boxershorts und ich musste mich entscheiden, ob ich über dem Stoff bleiben oder das volle Programm durchziehen sollte. Peters atmete weiterhin kontrolliert ein und aus.

Ich bekam Panik und beschloss, oberhalb der Unterwäsche zu bleiben. Mit der anderen Hand fuhr ich durch Peters dunkle Haare, die sich unter meiner Haut weich anfühlten. Tat ich das gerade wirklich?

Meine tiefere Hand drang weiter vor und Peter rang nach Luft, obwohl ich ihn nur durch seine Unterhose hindurch berührte. Er war hart, und ich auch. Mein Herz flatterte in meiner Brust wie ein gefangener Vogel. Ich berührte tatsächlich einen anderen Jungen! Mehr oder weniger.

»Oh Gott«, raunte Peter.

»Ist das so okay?«, fragte ich. Er bewegte sich immer noch nicht, im Gegensatz zu meiner Hand. Bei mir selbst hatte ich das schon tausendmal gemacht, aber nie bei jemand anderen, dessen Haut ich riechen und dem ich durchs Haar fahren konnte.

»Das ist sehr gut.« Peters Stimme klang rauchig. »Ich …«

Er stöhnte auf und ich zog meine Hand weg. Plötzlich überkam mich die Angst. Für den Bruchteil einer Sekunde flimmerte Les vor mir auf. Dann war ich wieder bei Peter. Er zitterte und atmete schwer, und meine Hand war feucht. Ich zog sie weg.

»Ist alles okay?«, fragte ich wie ein Idiot.

»Oh ja.« Dann lachte er und beugte sich zu mir, um mir einen Kuss zu geben. »Alles bestens. Nummer dreizehn. Oder vierzehn? Ich habe den Überblick verloren.«

»Ich möchte gar nicht mehr weiterzählen«, sagte ich. »Ich möchte, dass die Zahl bis zur Unendlichkeit steigt.«

»Bis zur Unendlichkeit«, stimmte er mir zu. »Ich glaube, so ist das mit der Liebe. Es geht immer weiter.«

»Ist das also die Bedeutung von Liebe?«, fragte ich.

»Ach, keine Ahnung«, entgegnete Peter. »Ich war davor noch nie verliebt. Ich kenne dich erst seit ein paar Tagen.«

»Was sind schon ein paar Tage im Vergleich zur Unendlichkeit?«

»Im Vergleich zur Unendlichkeit besteht jeder Zeitraum nur aus ein paar Tagen«, antwortete Peter. Er legte seinen Arm um mich. Mein Ohr presste gegen Peters Oberkörper und ich konnte seinen Herzschlag hören. Zunächst klang er schnell, aber dann wurde er immer langsamer. Wir redeten über Gott und die Welt. Bei ihn fühlte ich mich geborgen.

»Du hast das getan«, sagte Peter. »Das warst alles du. Wie fühlst du dich?«

»Ein bisschen komisch«, gab ich zu. »Ich habe so etwas davor noch nie gemacht. Außer ... du weißt schon. Les sagte, er würde immer mein erstes Mal für sich beanspruchen.«

Kleiner Perversling.

»Les hat gelogen«, sagte Peter mit Nachdruck. »Er zählt nicht. Das hier aber schon.« Er beugte sich zu mir herunter und gab mir noch einen Kuss. »Bis zur Unendlichkeit.«

»Okay«, entgegnete ich mit leiser Stimme. »Bis zur Unendlichkeit.« Aber ich glaubte nicht wirklich daran.

ZWEITER AKT, 6. SZENE

KEVIN

WÄHREND DER ersten Hälfte der Probe standen Peter als Jack und Melissa als Lady Bracknell auf der Bühne. Wayne bat den Rest von uns, die Kulissen anzumalen, bis Iris uns brauchen würde. Joe und Thad bauten eine Treppe aus hellem Holz. Ihre Hämmer knallten so laut wie Kanonenschüsse und ich dachte schon, dass Iris sie bitten würde, aufzuhören, aber sie sagte, das wäre eine gute Konzentrationsübung.

Bum, bum, bum.

»Auf der Bühne wird es auch während der Vorstellung nicht ruhig sein«, sagte sie. »Das Publikum wird lachen oder vielleicht sogar applaudieren. Vielleicht wird hinter den Kulissen ein Requisit umfallen. Über euch konnte eine Glühbirne durchbrennen. Womöglich stolpert jemand und fällt hin. Man weiß nie, welche Ablenkungen im Theater lauern können«, erklärte sie.

Bum, bum, bum.

Peter und Melissa – Verzeihung, Jack und Lady Bracknell – stürzten sich unter Iris' wachsamem Blick auf ihre Szene. Die Hämmer pochten. Der Rest von uns malte mit Pinseln und Farbrollern. Aber Peter – Jack – forderte in meinem Augenwinkel immer wieder meine Aufmerksamkeit. Er war einfach so attraktiv. Und sexy. Und er war mein Freund. Ich wollte es so gerne allen erzählen.

Doch dann müsste ich ihnen auch erzählen, dass ich mit einem mutmaßlichen Mörder zusammen war. Der für mich getötet hatte. Und dessen mächtige Milliardärseltern mich hassten. Verdammt.

»Pass auf, was du machst, Kumpel«, sagte Wayne hinter mir. »Die Farbe muss gleichmäßig aufgetragen werden.«

Ich zuckte zusammen und ließ den Farbroller auf die feuchte Leinwand fallen. Wayne ging neben mir in die Hocke und hob ihn wieder auf. Seine Finger waren von Farbklecksen übersät und seine kräftigen Oberarme ragten unter den Ärmeln hervor.

»Tut mir leid«, sagte er. »Ich hätte daran denken müssen, dass du noch ein bisschen neben der Spur stehst.«

Bum, bum, bum.

»Wie meinst du das?«, fragte ich.

»Iris hat mir erzählt, dass du im Park überfallen wurdest. Ich kann dir nicht verübeln, dass du nach so einem Vorfall nervös bist.« Er tauchte die Walze in die

125

Farbwanne und fuhr mit dem Roller über die Leinwand. »Schön gleichmäßig verteilen, damit alle Stellen gut bedeckt sind.«

Ich nahm den Roller wieder entgegnen. »Sie hat dir davon erzählt?«

Er zuckte mit den Schultern. »War es ein Geheimnis?«

»Also ... nicht unbedingt«, entgegnete ich langsam. »Ich möchte einfach nicht so gerne darüber reden.«

»Klar, schon gut.« Wayne nahm sich einen eigenen Farbroller und machte sich neben mir an die Arbeit. »Muss ganz schön beängstigend gewesen sein. Ich wäre an deiner Stelle ziemlich sauer auf den Typen, der es getan hat.«

»Ja«, stimmte ich zu, ohne zu wissen, worauf er hinauswollte. Ich hoffte, dass er nicht nach Einzelheiten fragen würde.

»Und jetzt steht Peter unter Verdacht, Les umgebracht zu haben«, fuhr er fort. »Das muss alles ganz schön schwer für dich sein.«

»Die Szene machen wir noch mal«, rief Iris aus dem Zuschauerraum. »Lady Bracknell, komm bei dem letzten Satz einen Schritt weiter nach vorne und dreh dich zur Seite.«

Bum, bum, bum.

Ich war kurz wie versteinert. Mein Herz machte einen Ruck und ich konnte nicht anders, als Peter einen flüchtigen Blick zuzuwerfen. Als ich weiter malte, war meine Brust wie zugeschnürt. »Schwer für mich?«, wiederholte ich. »Warum sollte es schwer für mich sein? Klar, wir haben viele gemeinsame Szenen und so, aber ...«

»Aber zwischen euch läuft doch was, oder?«, unterbrach mich Wayne leise genug, dass es niemand außer mir hören konnte. »Hab ich recht?«

»Ich war stets der Auffassung, dass ein heiratswilliger Mann entweder alles oder nichts wissen sollte«, sagte Lady Bracknell. »Welcher Fraktion gehören Sie an?«

Ich hielt inne und mein Herz schlug mir bis zum Hals. »Zwischen uns läuft überhaupt nichts.«

»Ich weiß nichts, Lady Bracknell«, erklärte Jack.

»Tut mir leid. Mein Fehler.«

Wayne tauchte seine Walze wieder in die Farbe. Das leise Geräusch, das entstand, als sie über die Leinwand glitt, löste einen Juckreiz bei mir aus. Ich wollte meinen Roller fallen lassen und abhauen, aber das hätte den Eindruck erweckt, dass ich etwas zu verbergen hatte, also malte ich weiter, ohne Wayne eines Blickes zu würdigen. Wayne mit seinem schaufelförmigen Vollbart. Warum würde er so etwas sagen? Hatte er uns zusammen gesehen, so wie Les? Würde er mich auch zu etwas zwingen? Ich schnappte nach Luft.

Bum, bum, bum.

»Kleiner«, sagte Wayne ruhig. »Keine Panik. Es ist alles gut. Ich bin so wie du.«

»*Ach*«, beklagte Lady Bracknell. »*Heutzutage ist das keine Garantie mehr für einen ehrbaren Charakter.*«

Ich drehte meinen Kopf zu ihm. Plötzlich schien alles am seidenen Faden zu hängen. »Was meinst du damit, dass du so bist wie ich?«

Er zuckte erneut mit den Schultern. »Ich habe auch einen Freund.«

»Du bist schwul?« Die Worte platzten aus mir heraus, bevor ich sie aufhalten konnte.

»Ja.« Ein Grinsen spaltete seinen Bart, aber er hielt die Stimme gesenkt. »Es gibt viel mehr von uns, als du vielleicht denkst, selbst in dieser Stadt. Schaust du denn gar kein Fernsehen?«

»Ich kann nicht … Mein Dad hat gar keinen … Bei uns zu Hause wird viel gelesen«, druckste ich.

»*Mr. Worthing, ich muss gestehen, dass Ihr Geständnis mich aus der Fassung bringt*«, sagte Lady Bracknell.

»Coole Sache.« Wayne sah sich eindringlich nach den anderen um, die nur wenige Schritte entfernt die Leinwände bemalten und miteinander ins Gespräch vertieft waren, und er legte seinen Farbroller ab. »Ich muss mal an die frische Luft. Kommst du mit? Dann können wir uns ein bisschen ungestörter unterhalten.«

»An die frische Luft?« Ich folgte seinem Blick zu den anderen. Hier könnte jemand viel leichter mitbekommen, worüber wir sprachen. »Oh. Ja, na klar.«

Wir streiften durch das Labyrinth aus Gängen und Räumen hinter der Bühne – Garderoben, der Requisitenfundus und der Aufenthaltsraum. Der Flur war kühl und spärlich beleuchtet, die Hälfte der Lichter waren ausgeschaltet.

Wayne wartete, bis wir außer Hörweite waren, bevor er sagte: »Ich hab mir schon gedacht, dass da was zwischen dir und Peter läuft. Als ich sah, wir ihr beide euch anschaut, hat mein Schwulenradar direkt Alarm geschlagen.«

»Aha, dein Schwulenradar«, wiederholte ich.

Er lachte.

»Mit der Zeit entwickelt man einen Instinkt dafür, Leute wie uns besser zu erkennen. Ich habe dafür mittlerweile ein sehr gutes Gespür.«

Ich bekam ein komisches Gefühl. War das hier gerade eine Anmache? Ich musste wieder an Les denken …

Bum, bum, bum.

… und wich zurück.

»Alles okay, Kumpel?« Waynes Gesichtsausdruck veränderte sich. »Oh, hey – ich hab dich nicht hierher geführt, um … Scheiße, du bist halb so alt wie ich, auch, wenn ich keinen Freund hätte. Ich dachte mir einfach nur, vielleicht würdest du ja gerne mal mit jemandem reden, der das alles schon durchgemacht hat.«

Ich errötete. »Schon gut. Ich hab mir keine Gedanken gemacht.« Ich wechselte schnell das Thema. »Du hast also einen Freund?« Es war seltsam, einen anderen Typen danach zu fragen.

»Er heißt Jack«, erklärte Wayne, ohne dabei ins Stocken zu geraten oder rot zu werden. »In ein paar Wochen haben wir unseren ersten Jahrestag.«

»Ihr seid verheiratet?« Ja, ich weiß, dass es für Männer wie mich legal ist zu heiraten, und dass es an vielen Orten überhaupt keine große Sache ist. In Ringdale aber schon. Angeblich hatte sich hier ein Standesbeamter geweigert, gleichgeschlechtliche Paare zu trauen, obwohl sie laut Gesetz heiraten dürfen, und niemand hatte dagegen Klage eingereicht. Bei uns passierte so etwas nicht.

»Er ist mein Freund und nicht mein Ehemann«, erklärte Wayne. »Wir drücken uns die ganze Zeit vor dem Hochzeitsthema. Vielleicht heiraten wir eines Tages, vielleicht auch nicht.«

Ich stellte mir vor, wie ich zusammen mit Peter in einem Smoking vorm Altar stand und »Ja, ich will«, sagte, während mein Vater in ein Taschentuch weinte. Ein seltsames Bild. Am Computer in der Bibliothek hatte ich mir Fotos und Videos von Hochzeiten zwischen Männern angeschaut, aber sie wirkten auf mich immer wie Figuren aus einem Märchen – vor langer Zeit in einem weit entfernten Land. Es hatte nichts mit mir zu tun.

Wenn ich so darüber nachdachte, würde ein Smoking Peter sehr gut stehen. *Bum, bum, bum.*

»Wo habt ihr euch kennengelernt?«, wollte ich wissen, und plötzlich sprudelten noch weitere Fragen aus mir heraus. »Woher wusstest du, dass er auch schwul ist? Hattest du Angst? Wie bittet man jemanden um ein Date? Und wann hast du überhaupt selbst gemerkt, dass du schwul bist?«

Wayne lehnte sich gegen die Wand. »Okay, mal sehen. Wir haben uns online über eine Datingplattform kennengelernt, also konnte ich mir sicher sein, dass er auch schwul ist. Und *er* hat mich um ein Date gebeten. Bei unserem ersten Treffen war ich ganz schön aufgeregt. Aber so ist das ja immer bei einem ersten Date, nicht wahr? Als ich dann vor ihm stand – wow. Er war so hübsch! Und lustig. Und intelligent. Mit einer engen …« Er lachte. »War jedenfalls sehr schön.«

»Und was noch?«, fragte ich. Es war das erste Mal, dass ich mit jemand anderem als Peter darüber sprach, und es machte einen großen Unterschied. Es war so, als würde ich mich mit einem großen Bruder austauschen, der schon viel mehr Erfahrung mit Mädels hatte. Oder eben mit Jungs.

»Wir haben uns sehr viel unterhalten. Zuerst sind wir zusammen Kaffee trinken gegangen, dann folgte ein richtiges Abendessen, und schließlich waren wir gemeinsam feiern. Und seitdem sind wir ein Paar.«

»Hast du ein Foto von ihm?«

»Na klar.« Er holte sein Handy hervor und scrollte durch seine Galerie, bis er bei dem Porträtfoto eines jungen Mannes mit roten Haaren landete, die oben etwas länger und an den Seiten kurz rasiert waren. Er hatte strahlend grüne Augen, Sommersprossen und ein langes Kinn. Aus seinem Tanktop ragte ein blaues Sonnensymbol hervor, das er sich auf die Brust tätowiert hatte. Er sah irgendwie gut aus.

»Ich stehe auf Rothaarige«, sagte Wayne.

»Weiß deine Familie Bescheid?«, fragte ich.

»Ja, schon«, antwortete er. »Zumindest die meisten.«

»Wie war ihre Reaktion? Hast du es ihnen erzählt oder haben sie es auf anderem Weg erfahren?«

»Iris wusste es schon, als wir noch zur Schule gingen, aber ich habe es meinen Eltern erst viel später erzählt. Meine Mom kam damit klar, aber mein Dad ist vollkommen ausgetickt. Deswegen habe ich auch gewartet, bis ich ausgezogen war. Er hat sich irgendwie damit abgefunden, aber wir haben nicht mehr viel Kontakt. Ich glaube, wenn Jack und ich einmal heiraten, wird er wahrscheinlich nicht kommen.« Wayne sah traurig aus. »Na ja, sein Verlust.«

»Ich habe es meinem Dad gestern erzählt«, sagte ich.

»Wirklich? Glückwunsch! Du bist echt mutig. Natürlich trauen sich heute allgemein viel mehr Jugendliche, es ihren Eltern zu erzählen. Wie hat er reagiert?«

Es war eine Erleichterung, darüber zu reden. Ich merkte jetzt erst, wie viel ich die ganze Zeit in mich hineingefressen hatte. »Er kommt gut damit klar. Das hätte ich nicht erwartet. Er hat Peter schon kennengelernt und kann ihn gut leiden. Auch das hat mich überrascht.«

»Wie hast du Peter kennengelernt? Hier bei den Proben?«

»Ja, genau.« Ich gab ihm eine Zusammenfassung. Sie enthielt sogar Details, die ich nicht einmal Dad erzählt hatte.

»Also ist Peter dein erster Freund.« Wayne atmete theatralisch aus. »Sein erstes Mal vergisst man nie.«

In meinem Kopf drückte Les mir wieder einen Kuss auf die Schläfe, und ich schaute weg.

Wayne fasste die Situation falsch auf. »Das muss alles ziemlich schwer für dich sein: dass dich jemand angegriffen hat, dass Peter unter Mordverdacht steht und dass du dir gerade über deine Sexualität klar wirst, oder?«

»Irgendwie schon«, entgegnete ich.

Bum, bum, bum.

»Hey, pass auf«, sagte Wayne. »Du hast erwähnt, dass du zu Hause kein Internet hast, und in Ringdale gibt es keine richtige Schwulenszene. Dadurch kann man sich ganz schön einsam fühlen. Ich weiß, wie das ist. Ich bin ja auch hier aufgewachsen. Morgen findet in Detroit ein Pride-Festival statt, und Jake und ich wollen einen Tagesausflug dorthin machen. Hättest du Lust, mitzukommen? Dann kannst du die Community mal hautnah erleben.«

Ich war perplex. Ich, auf einem Pride-Festival? Und dann auch noch in Detroit. Verdutzt fragte ich: »Was ist mit der Zusatzprobe morgen Mittag?«

»Da kommen keine Szenen mit dir vor«, antwortete Wayne. »Du bist erst abends wieder dran. Aber Peter muss den ganzen Tag auf der Bühne stehen, also kann er uns nicht begleiten.«

»Das könnte er sowieso nicht«, sagte ich. »Nicht, wenn die Reporter mit ihren Kameras dort sind. Aber ich bin mir noch unsicher.«

»Du denkst wahrscheinlich, dass nur Dragqueens und Tänzer in Lederoutfits dort sind«, sagte Wayne und musste erneut lächeln. »Es ist eher wie ein Straßenfest mit Buden und Musik und richtig vielen Leuten aus der LGBT-Community. Du lernst bestimmt coole Leute kennen – Leute, die genauso sind wie du.«

»Oh.« Ich wusste nicht, was ich sagen sollte. Es war ein großzügiges Angebot und es wäre unhöflich gewesen, nein zu sagen. Aber es fühlte sich komisch an.

»Du kannst ja mal drüber nachdenken und deinen Dad fragen«, sagte Wayne. » Hast du ein Handy?«

»Ich hab gerade eins bekommen.« Ich gab ihm meine Nummer und er schickte mir eine Testnachricht.

»Fühl dich nicht unter Druck gesetzt.« Wes hielt die Hände hoch. »Ja oder nein, ist beides cool. Wenn du dich dazu entscheidest, mitzukommen, kann dein Dad mich gerne anrufen, und dann holen Jake und ich dich morgen um sieben ab.«

»So früh schon?«, krächzte ich.

»Wir haben eine lange Fahrt vor uns.« Wayne klopfte mir auf die Schulter. »Sag einfach Bescheid.«

»Algy auf die Bühne!«, rief Iris.

»Dein Einsatz, Kumpel.«

Bum, bum, bum.

ICH LIEBTE das Theater. Ich liebte die Bühne. Ich liebte die Scheinwerfer über mir. Ich liebte den Geruch von frischer Farbe und Holz. Ich liebte es sogar, von der Regisseurin angeschrien zu werden – und Iris nahm uns ganz schön hart ran.

»Achte auf deinen Akzent!«

»Bleib in deiner Rolle, selbst wenn etwas schiefläuft!«

»Deinen Worten zufolge bist du zwar ein britischer Snob, aber deine Körpersprache schreit nach amerikanischem Teenager. Richte dich auf! Eine kerzengerade Haltung ist alles!«

»Wenn ich ›linker Bühnenrand‹ sage, dann meine ich von *dir* aus gesehen links. Und die hintere Bühnenseite ist in dieser Richtung – weg von mir. Mach's noch mal.«

Peter und ich bahnten uns tänzelnd unseren Weg durch die Worte von Oscar Wilde. Ich konnte meinen Blick nicht von ihm lösen, selbst wenn ich ihn gar nicht anschauen sollte, weswegen Iris mich mehrmals anschnauzte. Wayne stand mit verschränkten Armen auf der Seitenbühne und erhob drohend den Finger. Ich errötete und konzentrierte mich noch stärker. Mein Algy-Panzer zog sich enger zusammen. Einen Moment lang verschwanden der verkratzte schwarze Boden, die blendenden Scheinwerfer und die pochenden Geräusche der Hämmer, und ich befand mich im Rosengarten eines reichen Anwesens mit großen Fenstern. Peter trug einen langen, schwarzen Mantel.

»*Dieses Bunbury-Gehabe, wie du es nennst, ging diesmal ganz schön in die Hose*«, sagte er und stampfte davon.

»Sehr gut«, rief eine Stimme aus dem Dunkeln.

Der Moment verflog und ich war wieder ich selbst, in meinem Algy-Panzer. Mir fiel die Kinnlade herunter. Das war der Wahnsinn. Ich hatte ja keine Ahnung, dass Theater so etwas bewirken konnte.

»Dein Text, Algy«, sagte Iris von ihrem Stammplatz aus.

Bloß nicht aus der Rolle fallen, egal, was passiert. Ich erhielt Algy aufrecht und kramte in meinem Gedächtnis nach dem Text.

»*Ich halte es für einen großen Erfolg*«, sagte ich laut vor mich hin. »*Ich bin in Cecily verliebt, und sie bedeutet mir die Welt.*«

»Auftritt: Cecily!«

Meg kam mit einer Gießkanne auf die Bühne und tat so, als würde sie die nicht vorhandenen Blumen bewässern. Sie war klein und hübsch, und ich kannte sie kaum. Dann fiel mir wieder ein, dass ich sie laut Textbuch am Ende der Szene küssen musste. Ich schaute zu Peter herüber. Er sah uns vom Bühnenrand aus zu, aber wahrscheinlich würde Wayne ihm jeden Moment einen Farbroller in die Hand drücken.

»Nicht aus der Rolle fallen, Algy«, mahnte Iris.

Verdammt.

»Denk daran, Cecily: Du bist in Algy verliebt, aber du hältst ihn für jemand anderen«, fuhr Iris fort.

»Ja, für Ernst«, bestätigte Meg. »Ich weiß.«

Peter sah weg.

»Okay«, sagte Iris. »In den Regieanweisungen steht nichts darüber, wie diese Szene gespielt werden soll, also versuchen wir es mal so: Ihr seid zwei junge Menschen, die frisch verliebt sind. Ihr hattet noch nicht einmal euren ersten Kuss, aber ihr ertragt es nicht, voneinander getrennt zu sein. Denkt daran, dass Jack eure Beziehung gar nicht passt, also will er Algy fortschicken, und das ist für euch ein schrecklicher Moment. Aber ihr seid immer noch verrückt nacheinander. Schrecklicher Moment, verrückte Liebe. Die Worte im Textbuch vermitteln das nicht, also müsst ihr sie mit eurer Körpersprache und dem richtigen Tonfall verstärken.«

»Und dann küsst ihr euch«, rief Joe aus der Kulissenwerkstatt.

»Volltreffer«, raunte Ray.

Na toll.

Die Szene lief nicht gut. Iris wollte, dass wir ein Liebespaar spielten, aber ich wusste nicht, wie ich meiner Liebe mit Sätzen wie »*Dein Pfarrer ist gewiss bestens vertraut mit den Ritualen und Bräuchen der Kirche?*« Ausdruck verleihen sollte. Dass ich an einer Stelle anstatt »*Er hat den Sturz gut überstanden*«

versehentlich »Furz« sagte, machte die Sache auch nicht gerade besser. Alle in Hörweite kringelten sich vor Lachen und es dauerte ewig, bis Meg und ich wieder in unsere Rollen zurückfanden.

»Ich kann deine Liebe nicht raushören, Algy«, rief Iris schon zum vierten Mal. »Schau Cecily in die Augen.«

Das tat ich auch. Sie erwiderte meinen Blick und ich versuchte krampfhaft, das Lachen zu unterdrücken. Es war schon schwer genug, mir vorzustellen, dass wir uns im England des 19. Jahrhunderts befanden. Dann sollte ich – also Algy – auch noch in sie verliebt sein. Aber wenn ich das Textbuch las, wollte ich am liebsten, dass Algy mit Jack durchbrennt. Ich wette, dass Oscar Wilde es ursprünglich auch gerne so geschrieben hätte. In seiner Kurzbiografie auf der Rückseite des Buchs stand, dass er wegen Homosexualität ins Gefängnis geschickt worden war, was mich richtig wütend machte.

Jedenfalls sah ich Meg – Cecily – an. Sie trug eine kurze rosa Hose, ein rotes T-Shirt und Plastiksandalen. Thad stand auf sie. Wie sich das wohl anfühlen musste?

»Denkt jetzt einmal an die großartigste Sache in eurem Leben«, sagte Iris. »Egal, ob es sich dabei um eine Person, einen Gegenstand oder ein Hobby handelt. Wenn ihr Basketball liebt, denkt an Basketball. Wenn ihr Hundewelpen liebt, denkt an Hundewelpen.«

»Hey!«, rief Meg.

»Lasst euch einfach darauf ein«, entgegnete Iris.

»Ich weiß nicht, woran ich denken soll«, raunte ich.

»Dir wird schon was einfallen«, sagte Iris. »Wir haben eine Stunde Zeit.«

Aus dem Augenwinkel sah ich, wie Peter uns zuschaute. Scheiße. Die Antwort lag auf der Hand. Ich blickte Meg an und stellte mir vor, sie wäre Peter.

»Genau so!«, rief Iris. »Perfekt! Behalte diesen Ausdruck bei. Also, du hast nur noch zehn Sekunden, bevor deine Kutsche abfährt. Fall nicht aus der Rolle. Beug dich runter zu ihr, gib ihr einen flüchtigen Kuss und geh dann zügig auf der linken Seite ab. Los.«

Ich griff Megs Gesicht mit der Hand, die Richtung Hinterwand zeigte, legte meine andere Hand auf ihre Schulter und gab ihr einen flüchtigen Kuss. Aber in meinem Kopf küsste ich Peter. Peter, der gut aussehend und warmherzig war und wollte, dass ich glücklich werde. Megs Augen weiteten sich und sie machte ein leises Geräusch. Ich hatte genug Zeit, um zu bemerken, dass ihre Lippen weicher waren als die von Peter. Dann löste ich mich von ihren Lippen und huschte davon, wie Iris es beschrieben hatte.

Meg starrte mir einen Augenblick lang hinterher, als hätte ihr jemand eins über die Rübe gezogen. Dann bemerkte sie: *»Was für ein stürmischer Knabe er doch ist! Sein Haar ist so entzückend.«*

»Ja!«, jubelte Iris.

Und alle anderen brachen in Applaus aus.

»Wo hast du gelernt, so zu küssen?«, fragte Melissa mich hinter der Bühne.

»Puh, Kevin. Du hast sie ganz schön umgehauen.«

»Echt jetzt?« Ich warf einen Blick auf die Bühne, wo Meg als Cecily die Szene mit Jacks Freundin Gwendolen fortsetzte. »Aber sie hat nur gespielt, oder?«

»Ja, genau«, lachte Melissa. »Nur gespielt. Meg ist zwar gut, aber so gut ist sie auch wieder nicht.«

»Kevin ist talentiert.« In diesem Moment kam Peter anmarschiert und klopfte mir auf die Schulter. »Und er bringt auch in allen anderen das Beste zum Vorschein.«

»Also, woran hast du gedacht?«, fragte Melissa.

»Was meinst du?«

»Iris hat doch gesagt, du sollst an etwas denken, was du besonders gerne magst, damit du aussiehst, als wärst du in Cecily verliebt. Du hast das ganz schön glaubhaft rübergebracht. Woran hast du gedacht?«

»Oh. Ähm …« Ich sah zu Peter und er begriff sofort, was die richtige Antwort war. Er wurde rot, und ich sagte: »An einen Eisbecher. Einen riesengroßen Eisbecher.«

ZWEITER AKT, 7. SZENE

KEVIN

Die Probe endete viel früher als geplant, und Iris schmiss uns alle aus dem Theater. »Ihr braucht eine Pause. Ich will nicht, dass ihr euch überstrapaziert. Also lernt heute auch nicht mehr euren Text weiter.«

»Ensembleparty bei mir zu Hause!«, rief Meg. »Bringt Schwimmsachen mit – wir haben einen Pool.«

»Was ist mit deinen Eltern?«, fragte Krista.

»Ach, das macht ihnen nichts aus.« Meg hing bereits am Handy, um Nachrichten zu verschicken. »Solange wir keine Unordnung machen. Also, wir sehen uns dann in einer halben Stunde.«

Alle schwärmten in verschiedene Richtungen und ließen Peter und mich alleine auf den Parkplatz zurück. »Sollen wir hingehen?«, fragte ich.

»Hast du schon etwas anderes vor?« Peter schwang sich in sein Auto. »Na los.«

»Ich hab keine Schwimmsachen«, warf ich ein.

»Wir können uns welche besorgen.« Langsam verließ er den Parkplatz. Seit seiner Festnahme fuhr Peter wesentlich vorsichtiger. »Ein *bisschen* Geld habe ich immer noch übrig.«

Sofort setzte mein Sparsinn ein. »Willst du das nicht lieber aufheben?«, fragte ich. »Wir waren heute schon Eis essen.«

»Sind doch nur zwei Badehosen.« Sein Gesicht war angespannt und seine Lippen verhärteten sich. »Wir suchen uns einen billigen Laden. Ich will das gerne für uns beide machen, Kevin.«

»Peter, ich bin nicht …«

»Verdammt, lass mich das einfach machen!«, fauchte er.

Ich zuckte zusammen. »Was zur Hölle?«

»Sag einfach Ja, Kevin.« Seine Hände, die sich um das Lenkrad spannten, waren kreidebleich. »Ich kann etwas Normalität gerade gut gebrauchen, okay? Ich bin wegen Mordes angeklagt, meine Eltern haben mich rausgeschmissen und ich weiß nicht, wie es jetzt weitergeht. Also will ich gerade einfach für eine Sommerproduktion proben, zu einer Poolparty gehen und meinem Freund eine beschissene Badehose kaufen. Okay? Können wir das so machen?«

»Klar«, sagte ich leise. »Das können wir so machen.«

Er fuhr eine Zeit lang weiter und sagte schließlich: »Es tut mir leid. Ich wollte dich nicht anschreien. Ich bin einfach … Ich habe keine …« Seine Stimme klang belegt. »Ich muss mich auf den Proben immer dermaßen zusammenreißen, und jetzt platzt gerade alles aus mir heraus. Es tut mir leid.«

»Schon gut.« Ich legte die Hand auf sein Knie. »Hier draußen hinter den Kulissen geht es ziemlich hart zu. Genau wie Iris sagte.«

Er rieb sich die Augen. »Ja.«

»Also … besorgen wir uns Badehosen mit orangen Palmen oder so einem Scheiß«, schlug ich vor. »Das Letzte, was zwei schwule Typen sich kaufen würden.«

»Und was für Badehosen würden schwule Typen sich kaufen?«

»Keine Ahnung. Vielleicht irgendwas mit hübschen, kleinen Delfinen.«

Peter schnaubte. Dann kicherte er. Schließlich lachte er immer lauter, bis er mit den Händen aufs Lenkrad hämmerte und das Auto einen leichten Schlenker machte.

»Hey!«, rief ich und griff nach dem Ach-du-Scheiße-Hebel – dem Hebel, an dem man zieht, wenn man *Ach du Scheiße* ruft!

»Hübsche, kleine Delfine«, prustete Peter. »Oh mein Gott! Ich kann nicht mehr.«

»Okay.« Ich lachte mit ihm. »Das ist echt cool.«

»Egal, was passiert, uns bleiben immer die hübschen, kleinen Delfine«, sagte er mit einem Grinsen, das mich dahinschmelzen ließ.

Wir suchten in einem Billigladen, der rund um die Uhr geöffnet hatte, nach Badehosen. Es gab hier zwar keine hübschen, kleinen Delfine, dafür aber knallorange Palmen, bei denen man alleine vom Hinsehen einen Sonnenbrand bekam. Sie waren potthässlich und wir mussten sie einfach mitnehmen. Peter kaufte sich außerdem eine Zahnbürste, einen Kamm, Unterwäsche und ein paar günstige Klamotten zum Wechseln. Keiner von uns wollte den Grund ansprechen, aus dem er diese Sachen benötigte.

»Wusstest du, dass Wayne schwul ist?«, fragte ich auf der Fahrt zu Megs Haus.

»Echt jetzt? Wie hast du das erfahren?«

Ich fasste unser Gespräch kurz zusammen. Peter lauschte schweigend. »Er hat gesagt, dass morgen in der Nähe von Detroit ein Pride-Festival stattfindet, und …« Ich zögerte und war mir unsicher, wie Peter wohl reagieren würde. Dann fragte ich mich, warum ich seiner Reaktion überhaupt so eine große Bedeutung beimaß. Ich war nicht sein Eigentum. Wenn ich Lust hatte, irgendwo hinzugehen, dann könnte ich das doch einfach tun, oder? »Er hat mich eingeladen, ihn und Jake, seinen Freund, zu begleiten, damit ich einmal sehe, wie es so ist.«

»Ist das nicht ein bisschen komisch?«, fragte Peter.

»Wie meinst du das?«

»Er kennt dich kaum, aber trotzdem fragt er dich, ob du mit ihm zu so einem Schwulen-Event kommst.«

»Und mit seinem Freund«, betonte ich. »Und er hat selbst gesagt, dass er doppelt so alt ist wie ich. Er hat keine Hintergedanken.«

»Hmm.« Peter nahm eine Kurve.

Ich fummelte an meiner neuen Badehose herum. Auf dem Schild stand, dass sie irgendwo in China hergestellt worden war. »Du findest es trotzdem noch komisch, oder?«

»Ich würde echt gerne mitkommen«, sagte Peter. »Aber ich kann nicht, weil ich morgen Probe habe, und außerdem lungern auf diesen Pride-Veranstaltungen immer irgendwelche Reporter herum, so nach dem Motto: *Seht euch nur diese Tucken an.*«

»Geht es dir also darum?«

Er seufzte. »Nein. Glaube ich zumindest. Ich war noch nie bei so einem Event. Aber du solltest hingehen.«

»Wirklich?«, fragte ich stutzig. »Ich meine, du hast ja recht. Warum sollte ich nicht hingehen?«

»Eben, warum nicht. Bring mir einfach ein Andenken mit.« Er grinste erneut. »Und halt dich ja von der Kussbude fern.«

»Es gibt eine Kussbude?«

»Du bist echt niedlich, wenn du so naiv bist.« Er wuschelte mir durchs Haar und ich schmiegte meinen Kopf an seine Hand. »Aber du musst mir ein paar Fotos schicken. Wenn ich schon nicht selbst hingehen kann, kann ich wenigstens durch deine Augen daran teilhaben.«

MEGS HAUS war zwar nicht so riesig wie das von Peter, aber es war immer noch groß. Waren etwa alle reich außer mir? Ich war ein bisschen aufgeregt. Das letzte Treffen mit Freunden, zu dem ich eingeladen worden war, war das Demolieren der Briefkästen gewesen, das Hank angezettelt hatte. Ich wollte nicht schon wieder in der Nähe von Bier und anderem Stoff sein. Das erinnerte mich alles nur an Robbie.

Hinter einer großen Sichtschutzwand dröhnte Musik hervor, und am Tor hing ein handgeschriebenes Schild mit der Aufschrift *Theaterparty: Hier entlang!*, also gingen wir rein.

Es sah aus, als wären fast alle hier. Melissa unterhielt sich mit Meg und Krista, während Thad eine Cola trank und Meg aus dem Augenwinkel beobachtete. Obwohl es schon Abend war, rieb Charlene sich mit Sonnencreme ein. Joe und Ray planschten im Pool herum und ich erhaschte einen Blick auf ihre Körper. Ray war eher schmal, aber Joe sah ziemlich heiß aus. Um den Pool herrschte eine entspannte Atmosphäre. Die Sommertage in Michigan sind ziemlich lang und uns blieb noch reichlich Zeit zum Baden, bis die Sonne unterging. Ein Hauch von Chlorwasser und milder Sonnencreme lag in der Luft.

Meg winkte uns zu. »Die Umkleidekabinen sind da drüben.«

Wir zogen uns in einer kleinen Kabine um. Als Peter sich auszog, beäugte ich die Stelle, an der ich vor einer Weile Hand angelegt hatte. Ich fühlte mich beschwingt, doch gleichzeitig überkam mich ein seltsames Gefühl. Peter ertappte mich und warf mir ein stilles Grinsen zu. Dann kehrte er mir demonstrativ den Rücken zu.

»Es sei denn, du willst, dass ich zusehe«, sagte er.

Ein Teil von mir wollte es, ein anderer jedoch nicht. Ich schlüpfte schnell in meine Badehose und tippte Peter auf die Schulter. Als er sich umdrehte, gab ich ihm einen flüchtigen Kuss und sagte: »Danke.«

Vor der Umkleidekabine rief Meg uns zu sich rüber. Sie trug einen schmalen Bikini und ich musste mich zusammenreißen, nicht hinzustarren. Neben ihr stand eine Kühlbox mit Eiswürfeln und Softdrinks auf dem Boden, und auf einem Tisch unter einem Sonnenschirm lag ein riesengroßes Sandwich vom Lieferservice, das in mundgerechte Stücke geschnitten war. Ich merkte jetzt erst, wie viel Hunger ich hatte.

»Bedient euch«, sagte Meg. »In unserer Familie nehmen wir es mit der Etikette nicht so *ernst*.«

Ich nahm mir einen Sandwichhappen. »Danke. Das ist echt der Hammer, Meg. Ich liebe euer Haus.«

»Irgendwann schmeißen wir hier mal eine Riesenparty, wenn wir mehr Zeit zum Planen haben«, entgegnete sie. »Meine Eltern lieben es, Gäste zu empfangen. Ihnen ist es lieber, dass ich hier zu Hause in Schwierigkeiten gerate als irgendwo anders.«

»Das stimmt allerdings.« Eine Frau mit Megs Gesichtszügen und einem grauen Haaransatz trat aus dem Haus. Sie hielt zwei große Chipstüten in der Hand. »Ich habe so schon genug Schwierigkeiten in meinem Leben.«

Meg streckte ihrer Mutter die Zunge heraus, während diese die Tüten öffnete und auf den Tisch legte.

»Wo ist dein Anwalt?«, fragte Melissa Peter.

Peter köpfte eine Flasche. »Selbst Anwälte brauchen mal eine Auszeit.«

»Ich dachte, ohne ihn dürftest du nirgendwo hingehen«, sagte Melissa.

»Aus dem Weg!«, rief Peter. Er packte mich an den Hüften, schwang mich über seine Schulter und sprang in den Pool. Das Wasser schoss in alle Richtungen und drang mir in die Nase.

Peter ließ mich los und ich tauchte prustend wieder auf.

»Du Arschloch«, sagte ich und spritzte ihn nass.

»Hey!«, rief Joe, der sich mitten in unserem Kreuzfeuer befand. Er spritzte zurück.

Dadurch brach ein Wasserkrieg zwischen Peter, Ray, Joe und mir aus. Zuerst wollten die Mädchen nicht mitmachen, aber dann schlossen sie sich uns an und wir landeten alle im Pool, sogar Thad. Es machte extrem viel Spaß. Ich ging nicht oft schwimmen und es war toll, Zeit mit dem restlichen Ensemble zu verbringen. Alle waren gut drauf und unterhielten sich mit mir. Obwohl ich sie erst seit Kurzem kannte, hatten wir uns bereits angefreundet. Wow.

Ich lag auf dem Rücken und ließ mich ein bisschen treiben. Einen Moment lang konnte ich einfach nur Kevin Devereaux sein. Nicht Kevin, der angegriffen wurde oder Kevin, der einen Jungen zusammengeschlagen hat oder Kevin, der fast allen verheimlicht, dass er schwul ist. Einfach nur Kevin.

Kurz darauf fragte Thad Peter: »Wie läuft die Mordermittlung?«

Mein Körper spannte sich an, und mit einem Mal war die Stimmung im Keller. Um das noch zu unterstreichen, schob sich eine Wolke vor die Sonne.

»Darüber darf ich nicht reden«, sagte Peter.

»Ach, komm schon«, flehte Thad. »Wir sind doch hier unter uns. Wir erzählen's auch nicht weiter. Musst du ins Gefängnis?«

»Thad«, mahnte Melissa.

»Was denn?«, fragte Thad. »Wir müssen uns darüber unterhalten. Was ist, wenn er die Produktion verlassen muss?«

»Thad«, sagte nun auch Charlene.

»Schon gut.« Peter hievte sich auf die Kante des Pools. Wassertropfen liefen über seinen Rücken und glänzten in der Abendsonne. »Also, ich habe Les nicht umgebracht, okay? Das ist keine Lüge.«

»Warum warst du dann in Les' Wohnung?«, hakte Thad nach.

Seine Worte fühlten sich an wie ein Schlag in die Magengrube. Ich krümmte mich, bis nur noch mein Kopf aus dem Wasser ragte. »Geh nicht darauf ein, Peter. Du könntest in Schwierigkeiten geraten.«

Peter öffnete den Mund, um etwas zu sagen, und mir wurde noch mulmiger zumute. Doch dann schien er sich umzuentscheiden. »Ich darf wirklich nicht darüber reden, Leute. Ich wünschte, ich könnte es, weil ich Angst habe, dass ihr mir nicht vertraut oder mich nicht leiden könnt. Aber die Beweise der Polizei sind reine Indizien. Sie haben nichts gegen mich in der Hand – weil es überhaupt nichts zu beweisen gibt. Ich habe Les nicht umgebracht. Kommt schon. Ihr habt schon in zig Theaterstücken mit mir auf der Bühne gestanden. Ihr kennt mich doch.«

»Wir wussten nicht, dass du ein Morse bist«, warf Joe ein.

Peter entrang sich ein Lachen. »Okay, da hast du recht. Das habe ich verheimlicht, weil ich nicht den Eindruck entstehen lassen wollte, ich wurde nur besetzt, weil meine Familie das Kulturzentrum gebaut hat. Nicht einmal Iris wusste Bescheid.«

»Wie reich bist du dann also?«, wollte Thad wissen. Ich fragte mich, warum er so sehr darauf versteift war, und stellte dann fest, dass ich nicht besonders viel über Thad wusste. Er und Joe waren Brüder, sie lebten bei ihrer Mutter, und Thad stand auf Meg, aber das war auch schon alles.

»Ich will nicht nur als der Reiche angesehen werden.« Peter spritzte mit dem Fuß etwas Wasser in Thads Richtung, und die anderen mussten ein wenig lachen.

»Also habt ihr alle schon früher zusammen Theater gespielt?«, fragte ich, um das Thema zu wechseln.

»Ja, kann man so sagen«, entgegnete Melissa. Sie sah sehr hübsch aus – das blonde Pool-Häschen – und es kam mir merkwürdig vor, dass sie in dem Stück eine alte Frau spielte. »Außer Ray. Er ist neu dazugekommen.«

Ray winkte in die Runde.

»Genau wie du, Kev«, fügte Meg hinzu. »Das ist deine erste Theaterproduktion, oder? Wieso warst du davor noch nie beim Casting?«

In meinem Kopf legte ich schon eine Lüge zurecht, aber plötzlich hatte ich keine Lust mehr, ständig unehrlich zu sein. Ich war es leid, Leuten, die eigentlich meine Freunde sein sollten, Dinge zu verheimlichen. Die Wahrheit sprudelte aus mir heraus, bevor die Lüge eine Gelegenheit dazu hatte. »Ich habe einen Jungen verprügelt und meine Bewährungshelferin hat gesagt, dass ich diesen Sommer entweder einen Job oder ein Ehrenamt finden muss. Also habe ich für das Stück vorgesprochen.«

Es folgte ein Moment der Stille. »Ohne Scheiß?«, fragte Ray.

»Ohne Scheiß«, entgegnete ich.

»Warum hast du den Jungen verletzt?«, wollte Melissa wissen.

Weil ich heimlich in Hank verliebt war. Weil ich mich selbst hasste. Weil ich es immer noch nicht schaffe, das Wort schwul *in eurer Gegenwart laut auszusprechen, auch nach allem, was passiert ist.* Selbst die Wahrheit hat irgendwo ihre Grenzen.

»Weil ich mich mit ein paar ziemlich miesen Typen abgegeben habe und mich von ihnen habe mitreißen lassen«, erklärte ich. »Es war sehr dumm von mir, und ich fühle mich deswegen richtig schlecht. Aber dadurch habe ich auch euch alle« – vor allem Peter – »kennengelernt. Also hatte das wohl irgendwie auch etwas Gutes. Davor hatte ich nie richtige Freunde.«

»Und was ist mit den miesen Typen?«, fragte Thad.

Ich schnaubte. »Die konnte man echt vergessen. Das waren keine richtigen Freunde. Sie wollten sich bloß kloppen und bekiffen und Sachen kaputt hauen. Ich hab mich nur mit ihnen abgegeben, weil ich … wütend war.«

»Auf wen?«, hakte Melissa nach.

Das hier wurde zu einer richtigen Therapiesitzung. »Auf alle. Auf die ganze Welt. Ist noch was von dem Sandwich übrig? Ich hatte nur einen kleinen Happen, bevor dieses Arschloch hier mich in den Pool geworfen hat.«

»Ich bin kein Arschloch«, sagte Peter mit unbekümmerter Stimme. »Höchstens ein Arsch.«

Wir verbrachten den restlichen Abend damit, zu schwimmen, zu essen, uns miteinander zu unterhalten und Musik zu hören. Ich saß an dem Tisch unter dem Sonnenschirm, stopfte noch mehr Sandwichstücke in mich hinein und beobachtete Peter – und zugegebenermaßen auch die anderen Jungs. Thad setzte sich neben mich und nahm sich eine Handvoll Chips aus der Tüte. Seine dunklen Haare waren nass vom Schwimmen. Eine Weile lang redeten wir über nichts Ernstes.

»Und was glaubst du, wer Les getötet hat?«, schoss es plötzlich aus ihm heraus. »Also mal angenommen, dass Peter es nicht war.«

Die Frage brachte mich vollkommen aus dem Konzept. Ich war so sehr auf Peters Unschuld versteift, dass ich nie einen Gedanken daran verschwendet hatte, wer es überhaupt gewesen sein könnte. »Wahrscheinlich irgendein fremder Typ«, stammelte ich. »Ich bin nicht … Ich … kannte Les gar nicht.«

Thad knabberte geräuschvoll auf seinen Chips herum. »Wusstest du, dass er ein Drogendealer war?«

»Nein.«

»Tabletten. Gras. Crystal Meth. Er hatte alles im Angebot. Und im Kulturzentrum hat er viele Abnehmer gefunden.«

»Wen denn zum Beispiel?«

»Alle möglichen Leute.« Er warf einen Blick zum Pool, in dem ein paar Mitglieder des Ensembles immer noch herumplanschten.

»Etwa jemand aus der Produktion?«, fragte ich. »Wer? Du musst es mir verraten.«

»Er hatte ziemlich viele Probleme, oder? Vielleicht hat er ja einen seiner Kunden verärgert oder den Kerl, von dem er seinen Stoff kauft.«

»Wer hat ihn denn beliefert?«

»Keine Ahnung, Mann.«

Ich nahm einen Schluck von meinem Softdrink. »Hast du der Polizei davon erzählt?«

»Der Polizei?«, lachte er höhnisch. »Die müssen nur einen Blick auf mich werfen und schon nehmen sie mich fest.«

»Da sagst du was«, pflichtete ich ihm bei und hielt ihm die Flasche entgegen. Aber die Gedanken ließen mich nicht los.

Um kurz nach zehn warf Mrs. Kimura uns alle höflich raus. Ich ging mit Peter zu seinem Auto. Er bemerkte, dass ich immer noch ganz berauscht von der Stimmung der Party war.

»Es hat dich auch erwischt«, stellte er fest, während wir einstiegen.

»Was?«

»Das Theaterfieber«, erklärte er. »Du hattest dein erstes Vorsprechen, deine erste Probe, deinen ersten Kulissenbau und jetzt deine erste Ensembleparty. Und du liebst es.«

»Ja«, sagte ich mit einem Lächeln. »Ich würde am liebsten ewig so weitermachen.«

»Warte erst bis zu deinem ersten Auftritt vor Publikum«, entgegnete er. »Da liegt ein ganz besonderer Zauber in der Luft, wenn der Saal voller Zuschauer ist, du dein Kostüm und dein Make-up trägst, die Scheinwerfer angehen und du die Bühne betrittst. Es gibt nichts Vergleichbares.«

»Warum versuchst du es nicht? Also professionell?«

140

»Ich?« Peter prustete, während er auf die Straße bog. »Ich bin nicht gut genug. Es macht Spaß, aber vor allem baue ich gerne Sachen. Bevor das Stück überhaupt angefangen hat, habe ich Iris schon mit dem Bühnenbild geholfen. Ich möchte Architekt werden.«

»Du bist ein begabter Schauspieler«, warf ich ein.

»Nein. Ich bin einfach nur gut. Du bist derjenige, der sein Talent zum Beruf machen könnte. Wir haben es alle gesehen. Es ist schwer, den Einstieg in die Branche zu finden. Es gibt jede Menge Typen, die genauso gut aussehend und talentiert sind wie du, mit genauso großem Ehrgeiz. Aber du könntest es schaffen, Kev. Wenn du die Bühne betrittst, ziehst du alle Blicke auf dich. Die Leute hängen dir an den Lippen, ob sie es wollen oder nicht. Ich meine es ernst.«

Ich glühte vor Scham. Die Komplimente prasselten auf mich herab und ich wusste nicht, wie ich damit umgehen sollte. »Ähm …«

»Sag einfach *Danke*«, forderte Peter mit breitem Grinsen.

»Danke«, sagte ich und musste ebenfalls grinsen.

Peter bog in die gute alte Six Mile Road ein. »Ich habe mir noch gar keine Gedanken darüber gemacht, wo ich übernachten kann.«

»Ja«, sagte ich langsam. »Vielleicht ist mein Dad damit einverstanden, dass du eine Weile bei uns unterkommst. Er hat ziemlich gelassen darauf reagiert, dass ich schwul bin. Und dass du mein Freund bist.«

»So habe ich das überhaupt nicht gemeint«, entgegnete Peter. »Ich wollte gar nicht …«

»Sag einfach Ja und halt die Klappe«, fiel ich ihm ins Wort.

Peter dachte kurz nach. »Ich fahr dich erst mal nach Hause und wir können uns unterwegs überlegen, wie wir es machen.«

Dad saß auf der Couch, auf der Peter und ich wenige Stunden zuvor noch rumgemacht hatten – und unter der immer noch Les' Handy lag. Es war so viel passiert, dass ich gar keine Gelegenheit hatte, das Scheißteil zu entsorgen. Dad war barfuß und las wie immer ein Buch. Er schaute auf, als wir hereinkamen.

»Hey, ihr beiden. Ging die Probe heute länger?« Sein Tonfall klang sehr lässig, und plötzlich war ich wieder aufgeregt.

»Ein bisschen«, sagte ich, was nicht unbedingt gelogen war. Ich wollte die Party nicht erwähnen. Auch, wenn dort kein Alkohol getrunken wurde, könnte Dad wegen der Scheiße, die ich früher abgezogen habe, trotzdem misstrauisch werden, und dann würden wir uns streiten. »Kann ich mal mit dir reden?«

Dad klappte das Buch zu. »Geht es hier um euch beide? Kevin hat mir erzählt, dass ihr … zusammen seid, oder wie auch immer ihr das nennt, Peter.«

»Das stimmt, Sir«, antwortete Peter. »Ich hoffe, das ist in Ordnung.«

»Es ist kompliziert«, sagte Dad mit ernster Stimme. »Schließlich bist du ein Morse und wir … nicht.«

»*Dad*«, mahnte ich.

»Wie alt bist du?«, fragte er und ignorierte mich dabei.

»Neunzehn, Sir.«

»Etwas älter als Kevin«, entgegnete er mit messerscharfer Stimme. »Technisch gesehen ist er zwar mündig, aber trotzdem ist er noch minderjährig und ich bin sein Vater.«

»Ja, Sir«, antwortete Peter.

»Habt ihr Sex?«, fragte er unverblümt, obwohl er mich schon einmal darauf angesprochen hatte.

»*Dad*!«, rief ich erneut.

Peter ließ seine Hände in die Gesäßtaschen gleiten. »Nein, Sir.«

War das gelogen? Hatten Peter und ich schon Sex gehabt? Ich wusste nicht, ob das, was wir auf der Couch gemacht hatten, zählte. Was zählte überhaupt?

Aber Peter war noch nicht fertig. »Darf ich Sie etwas fragen, Sir?«, sagte er.

»Was denn?«

»Hätten Sie mir diese letzte Frage auch gestellt, wenn ich ein Mädchen wäre?«

Dad dachte einen Moment darüber nach. »Ich verstehe nicht, was das für eine Rolle spielt.«

»Wenn Leute sehen, wie ein Junge und ein Mädchen Händchen halten, denken sie sich einfach nur: ›Sie sind bestimmt ein Paar‹ oder ›Vielleicht sind sie verheiratet‹. Aber wenn zwei Jungs Händchen halten, dann heißt es gleich: ›Die haben Sex‹. Ist doch so, oder nicht?«

Dad musste wieder kurz überlegen. »Da hast du wohl recht.« Nach einer weiteren Denkpause fügte er hinzu: »Ist eigentlich nicht fair.«

»Ja«, seufzte Peter. »Der ganze Tag ist ziemlich unfair gelaufen.«

»Ich habe gerade erst erfahren, dass mein Sohn schwul ist, und dann bringt er gleich einen Freund mit nach Hause«, sagte Dad. »Einen Freund, der ein Milliardärssohn ist und unter Mordverdacht steht. Das muss ich erst mal sacken lassen. Wenigstens ist Kevin davon überzeugt, dass du fälschlicherweise beschuldigt wurdest. Ich vertraue seinem Urteil, und ich hege ohnehin ein Misstrauen gegenüber der Polizei, also bist du bei uns willkommen.«

Was für eine merkwürdige Situation, dass mein Dad sich mit meinem Freund unterhielt. Es war schon merkwürdig genug, dass ich überhaupt einen Freund hatte.

»Ähm ... wo wir schon beim Thema sind, Dad.« Ich ließ mich neben ihm auf die Couch sinken, während Peter auf dem einzigen Sessel Platz nahm. »Ich wollte dich ein paar Sachen fragen.«

Er setzte den strengen Blick auf, den alle Eltern auspacken, wenn sie sich für einen Streit rüsten. »Und zwar ...?«

Ich beschloss, klein anzufangen. Oder so klein es eben ging. Ich erzählte ihm von Wayne und Jake und dem Pride-Festival. Je mehr ich redete, desto stärker verflogen meine anfänglichen Bedenken und desto höher stieg meine Begeisterung. »Darf ich hingehen? Bitte? Wayne meinte, es wäre nur in Ordnung, wenn du ihn vorher anrufst.«

»Kommst du auch mit?«, fragte Dad Peter.

»Ich kann nicht«, antwortete er. »Ich muss tagsüber auf der Probe sein. Kevin nicht.« Den Teil mit den Reportern und den Kameras sparte er aus.

»Bitte?«, flehte ich.

»Kevin, das ist … ganz schön viel auf einmal«, sagte Dad langsam. »Du hast dich gestern erst geoutet, und jetzt willst du schon zu so einer Pride-Parade. Das geht alles so schnell.«

»Es gibt keine richtige Parade«, erklärte ich. »Kein Umzug mit Festwagen. Ich will mich dort nur ein bisschen umsehen.«

»Kev …«

Worte, von denen ich nicht einmal wusste, dass sie in mir schlummerten, sprudelten aus mir heraus. »Dad, mein ganzes Leben lang habe ich mich gefragt, wie es wohl ist, andere Menschen zu treffen, die so sind wie ich. Ich wusste, dass es sie – uns – irgendwo gibt, aber ich bin noch nie jemandem von ihnen begegnet. Peter ist der Erste, den ich kennengelernt habe, und das fühlt sich toll an. Da draußen wartet eine ganze … Community auf mich, und ich will sie so gerne sehen und erfahren, ob sie auch alle so sind wie ich. Wayne und Dad werden mich beaufsichtigen, also kann nichts passieren. Bitte, Dad.« Ich setzte meinen besten Hundeblick auf.

Ein langer Moment verstrich, ehe Dad seufzte. »Wie lautet Waynes Nummer?«

Ja! Ich holte mein Handy hervor. »Ich hab sie hier.«

»Was? Seit wann hast du ein Handy?«

Mist. »Oh. Ähm …«

»Ich hab es ihm gegeben«, erklärte Peter. »Als Geschenk.« Er setzte ein entwaffnendes Lächeln auf. »Solche Geschenke macht die Morse-Familie anstelle von Blumen und Pralinen.«

»Ach du Scheiße«, grummelte Dad. Er wählte Waynes Nummer und ging in die Küche, wo er ein paar Minuten mit dem Rücken zu uns gewandt redete, bevor er wieder ins Wohnzimmer kam. »Keine Chance«, sagte er trocken.

Mir rutschte das Herz in die Hose. »Was? Warum?«

»Weil du es niemals schaffen wirst, um sieben Uhr morgens aufzustehen.«

Ich hätte ihm eine verpassen können, aber stattdessen umarmte ich ihn. Er klopfte mir auf die Schulter und Peter wirkte bei dem Anblick etwas neidisch.

»Danke, Dad. Ähm … Darf ich dich noch etwas fragen?«

»Oh Gott. Schieß los.« Er ließ sich wieder auf die Couch fallen.

»Peters Eltern haben uns beim Küssen erwischt.« Ich hielt die Hände hoch. »Mehr haben wir nicht gemacht. Aber jetzt wissen sie, dass Peter schwul ist. Sie haben es nicht besonders gut aufgenommen. Im Gegensatz zu dir.«

»Sind sie ausgerastet?«, fragte Dad uns beide.

»Und wie«, antwortete ich, während Peter nickte. »Deswegen ist Peter auch hier. Nicht nur, weil er mich nach Hause bringen wollte.«

»Sie haben dich rausgeschmissen?«, fragte Dad entsetzt.

»Mehr oder weniger«, sagte Peter. »Meine Mom hat mich angeschrien und ich bin weggefahren. Dann haben sie meine Kreditkarte gesperrt. Ich habe seitdem nicht mehr mit ihnen gesprochen.«

»Also ... willst du wissen, ob Peter bei uns bleiben kann?« Dad zögerte. »Ach, Kev, ich weiß nicht, ob das geht.«

Jemand hämmerte gegen die Haustür. Dad richtete sich auf und sah auf die Uhr. Es war kurz vor elf. »Wer zum Teufel ...?«

Die Polizei?, flüsterte ich Peter zu, der schlagartig erblasste. Aber woher hätten sie wissen sollen, wo Peter sich aufhielt?

Dad schritt zur Tür und riss sie auf. Vor ihm standen Mr. und Mrs. Morse.

ZWEITER AKT, 8. SZENE

KEVIN

»Mom! Dad!«, rief Peter. »Was …? Woher wusstet ihr, wo ich bin?«

»Es gibt nicht gerade viele Devereaux' in Ringdale«, erwiderte Mrs. Morse. »Als du nach der Probe nicht nach Hause gekommen bist, haben wir die Adresse rausgesucht.«

»Außerdem ist das Auto mit GPS ausgestattet.« Mr. Morse streckte Dad eine Hand entgegen. »Ich bin Scott Morse. Das hier ist meine Frau Helen. Sie müssen Jerry Devereaux sein.«

Ich musterte Mrs. Morse angestrengt. Heute Nachmittag hatte sie mir noch eine Ohrfeige gegeben und Peter rausgeschmissen, und jetzt kam sie allen Ernstes hierher?

»Das ist korrekt«, sagte Dad. »Wie es aussieht, haben wir einiges zu besprechen. Möchten Sie reinkommen?«

Ich hoffte, sie würden draußen bleiben, aber sie folgten Dads Einladung. Mrs. Morse sah sich im Trailer um und beäugte die Bücherstapel mit eisernem Blick. Ich konnte es nicht leiden, dass sie sich ein Urteil über mein Zuhause bildete. Für wen hielt sie sich?

Dad führte die Morses zur Couch. Peter ließ sich zaghaft im Sessel nieder und ich holte aus der Küche zwei Stühle für Dad und mich. Der Ventilator ratterte auf der Fensterbank vor sich hin und versuchte, die Luft kühl zu halten, aber gegen die vielen Menschen im Trailer kam er nicht an.

»Also, Scott und Helen«, setzte mein Dad an und mir gefiel es, dass er sie beim Vornamen nannte. »Wo fangen wir an?«

»Wir sind eigentlich wegen Peter Finn hier«, sagte Mrs. Morse.

Mr. Morse räusperte sich. »Helen.«

Ihre Gesichtszüge verhärteten sich. »Und wegen Kevin.«

»Wegen mir?«, fragte ich. »Wieso?«

Sie schwieg, bis Mr. Morse die Hand auf ihren Arm legte. Dann sagte sie sehr schnell: »Der Gefühlsausbruch heute Mittag tut mir leid. Ich habe nicht richtig nachgedacht, und das war ein Fehler. Bitte nimm meine Entschuldigung an.«

Damit hatte ich nicht gerechnet. Ich war mir nicht sicher, ob sie es wirklich ernst meinte, und wahrscheinlich hatte Mr. Morse sie dazu gedrängt, aber trotzdem hatte sie es laut ausgesprochen. Ich wusste nicht, wie ich reagieren sollte.

»Richtig so, Mom«, sagte Peter, aber er war offensichtlich immer noch wütend.

»Was für ein Gefühlsausbruch?«, wollte Dad wissen.

»Offenbar sind Helen und Kevin heute bei uns zu Hause in eine Auseinandersetzung geraten«, lenkte Mr. Morse ein. »Sie hat ein paar Dinge gesagt, und auf beiden Seiten kam es zu … hitzigem Verhalten. Aber sie hat sich entschuldigt. Ich hoffe, dass die Sache damit vom Tisch ist.«

»Was habe ich denn bitte falsch gemacht?«, platze es aus mir heraus.

»Du warst in unangemessene Aktivitäten mit meinem Sohn verwickelt«, sagte Mrs. Morse angespannt.

»Inwiefern unangemessen?«, fragte Dad.

»Wir haben uns nur umarmt«, betonte ich.

»Peter ist über achtzehn«, sagte Dad. Seine Hände lagen flach auf den Oberschenkeln. »Ich weiß nicht, warum Sie beide sich da einmischen. Er kann umarmen, wen er möchte.«

»Was willst du hier, Mom?«, fragte Peter. Sein Gesicht war angespannt und ich merkte, dass er hin- und hergerissen war. Er war wütend, aber gleichzeitig hatte er Angst. Dieses Gefühl kannte ich zu gut.

»Ich – wir – möchten, dass du nach Hause kommst«, sagte Mrs. Morse.

»Du hast mich doch rausgeworfen.«

»Ich habe nichts dergleichen getan«, entgegnete Mrs. Morse. »Du bist einfach abgehauen.«

»Und ihr habt meine Karten gesperrt. Habt ihr auch versucht, mein privates Bankkonto an euch zu reißen?«

»Das ist nicht fair, Peter Finn«, mahnte Mr. Morse.

»Ich hätte das Auto als gestohlen melden können«, fuhr Mrs. Morse fort. »Und deinem Handy den Saft abdrehen.«

»Soll es mir dadurch jetzt besser gehen? Mit dem Wissen, dass du die Kontrolle über alles hast? Nachdem du meinen Freund Abschaum genannt hast? Nachdem du ihn geschlagen hast?«

»Oje«, raunte Mr. Morse.

Dad drehte den Kopf zu mir. »Wie bitte?«

Meine Lippen waren angespannt, obwohl Mrs. Morse sich vorhin bei mir entschuldigt hatte. »Sie hat mir eine Ohrfeige gegeben, Dad. Das war der sogenannte ›Gefühlsausbruch‹.«

»Du hast mich beleidigt«, feuerte sie zurück und versuchte, sich zu sammeln.

Dad beugte sich vor und in seinem Gesicht tobte ein leiser Sturm. »Wollen Sie mir damit also sagen, dass Kevin Sie beschimpft hat, woraufhin Sie ihm eine *Ohrfeige* gegeben haben? Das ist Körperverletzung.«

»Damit kennen *Sie* sich ja aus«, entgegnete Mrs. Morse.

»Was wollen Sie damit sagen?«, fragte Dad mit gesenkter Stimme.

Auf Mrs. Morses Wange zeichneten sich rote Flecke ab, wie ich sie bereits in Peters Zimmer gesehen hatte. »Unsere Leute haben Nachforschungen über Sie angestellt. Sie haben wegen Mordes im Gefängnis gesessen. Kevin steht unter

Bewährung, weil er einen Jungen verprügelt hat. Mit was für Leuten gibst du dich da ab, Peter Finn?«

Nun war auch Dads Gesicht rot. »Sie kommen einfach in mein Haus …«

»Diesen ganzen Streit gibt es doch nur, weil es euch nicht passt, dass ich schwul bin«, lenkte Peter ein. »Ihr wollt einfach nicht wahrhaben, dass euer perfekter Sohn ho-mo-se-xu-ell ist.« Er dehnte das Wort demonstrativ aus.

»Du bist nicht schwul, Peter Finn«, sagte Mr. Morse. »Du … experimentierst einfach herum. Eines Tages wirst du die richtige Frau treffen, und dann …«

»Glaubst du etwa, das hätte ich nicht versucht, Dad?« Peter redete erneut dazwischen. »Du hast doch mitbekommen, dass ich Dates mit Mädchen hatte. Das hat einfach nicht gepasst. Aber mit Kevin … ist das anders, okay? Daran könnt ihr nichts ändern, und ich will selbst überhaupt nichts daran ändern.«

»Das musst du aber«, rief Mrs. Morse. »Das ist gerade ein ziemlich schlechter Zeitpunkt für solche Spielchen. Wir müssen uns um die Gerichtsverhandlung kümmern, und wer weiß, was da noch alles auf uns zukommt. Detective Malloy ist davon überzeugt, dass du diesen Mann umgebracht hast, auch, wenn unsere eigenen Ermittlungen etwas …«

»Helen«, mahnte Mr. Morse.

Sie warf Dad und mir einen Blick zu und schloss den Mund.

»Also«, sagte Dad. »Ich weiß, dass das nicht einfach für Sie ist. Ich war echt schockiert, als Kevin die Bombe platzen gelassen hat. Aber Peter ist Ihr Sohn. Was spielt es da für eine Rolle, was andere Leute denken?«

Bei diesen Worten wurde mir plötzlich warm ums Herz.

»Und wie soll das weitergehen?«, fragte Mr. Morse.

Ich merkte, dass er mit mir sprach. »Wie soll was weitergehen?«

»Deine Beziehung mit Peter Finn«, fuhr er fort. »Wie stellt ihr euch das vor? Nur eine Liebelei? Eine feste Partnerschaft? Habt ihr vor, zu heiraten? Wollt ihr Kinder kriegen?«

Ich schwamm in einem Strudel und hatte keine Kontrolle darüber, in welche Richtung die Strömung mich schleuderte. »Ich … was?«

»Hey, die beiden kennen sich erst seit ein paar Tagen«, schaltete Dad sich ein. »Haben Sie etwas Nachsicht mit ihnen.«

»Du musst nach Hause kommen, Peter Finn«, sagte Mr. Morse. »Du musst dich wieder hinter dein BWL-Studium klemmen und dir diesen … Kram abgewöhnen.«

Peter spannte seinen Kiefer an und starrte demonstrativ in die andere Richtung. Ich wollte seine Hand nehmen, aber ich saß auf einem Pulverfass und hatte Angst, dass es mit der kleinsten Bewegung in die Luft gehen könnte.

Dann setzte Mrs. Morse ein leichtes Lächeln auf, neigte den Kopf zur Seite und beugte sich nach vorne. »Wissen Sie«, sagte sie mit honigsüßer Stimme, »wir errichten ein neues Werk in Toledo. Ein großes Projekt mit vielen Angestellten.

147

Dort könnten wir einen Vorarbeiter gut gebrauchen. Das lässt sich ganz leicht einrichten. Über Ihr Führungszeugnis können wir dabei hinwegsehen.«

Nun musste Dad blinzeln. »Wie bitte?«

»Ein gutes Gehalt. Bezahlter Urlaub im Krankheitsfall. Übernahme von Arzt- und Umzugskosten. Und ein Antrittsgeld in Höhe von 10.000 Dollar.«

Ach du Scheiße. Ich sah zu Peter hinüber. Sein Gesicht war kreidebleich.

Dad musste schlucken. Er ließ seinen Blick durch den schäbigen kleinen Trailer gleiten. Das Gehalt eines Vorarbeiters. Ein Antrittsgeld. Keine Prüfung seines Strafregisters.

»Sie würden nach Toledo ziehen, und Peter bleibt hier«, fuhr Mrs. Morse fort. »Alle sind glücklich.«

Dad stand auf. »Sie beide sollten jetzt lieber gehen. Vielen Dank für Ihren Besuch.«

»20.000 Dollar Antrittsgeld«, warf Mrs. Morse in den Raum. »30.000.«

»Das hier ist keine Auktion.« Dad hielt ihnen die Tür auf. »Auf Wiedersehen.«

Mr. und Mrs. Morse gingen mit ausdruckslosen Miene nach draußen. Peter und ich standen auch auf. Im letzten Moment sagte Mrs. Morse: »Emily hat nach dir gefragt, Peter Finn.«

Peter sah aus, als hätte ihm jemand einen Schlag in die Magengrube verpasst. Er machte einen Schritt auf die Tür zu und wollte gerade etwas sagen, aber dann nickte seine Mutter und ich nahm seine Hand. Er biss sich auf die Unterlippe und kehrte der Tür den Rücken zu. Mrs. Morse starrte ihn an, bevor sie mit Mr. Morse in die Nacht marschierte.

Dad schloss die Tür und lehnte seinen Kopf einen Moment lang gegen den Rahmen. Er wirkte sehr erschöpft. Gerade hatte er sich gegen Scott und Helen Morse, zwei der reichsten und einflussreichsten Menschen des Landes, gestellt. Und wegen mir hatte er all diese Sachen abgelehnt. *Ach du Scheiße.*

Er drehte sich um und ich fiel ihm um den Hals. »Danke, Dad.«

»Ich lasse nicht zu, dass sie uns kontrollieren«, sagte er mit heiserer Stimme. »Und ich lasse schon gar nicht zu, dass sie *dich* kontrollieren. Dafür sind Väter schließlich da, nicht wahr?«

»Vielen Dank, Sir«, sagte Peter.

»Komm her.« Dad nahm auch ihn in den Arm. »Alles wird gut.«

Ich spürte, wie Peter leicht zitterte. »Bestimmt.«

Schließlich lösten wir uns alle mit blinzelnden Augen aus der Umarmung und unterdrückten unsere Tränen.

»Damit wäre dann also beschlossen, dass Peter hierbleibt«, sagte Dad.

»Ja!«, rief ich. »Wir werden ...«

»Auf der Couch«, fuhr Dad mit Nachdruck fort. »Und vergiss nicht, dass dieser Kerl dich morgen früh um sieben wegen dem Pride-Dings abholt. Ich bin mir nicht sicher, ob ich hierfür eher die Auszeichnung für den besten Vater des Jahres verdient habe oder wieder ins Gefängnis geschickt werden sollte.«

ZWEITER AKT, 9. SZENE

KEVIN

AM NÄCHSTEN Morgen stolperte ich aus meinem Zimmer und zog mir unterwegs ein Oberteil über. Kein Mensch sollte im Sommer um sieben Uhr morgens aufstehen müssen, ganz egal, wie stolz er auf seine Sexualität ist. Peter schlief oberkörperfrei auf der Couch und hatte einen Arm über die Augen gelegt. Die Decke war um seine Hüften gewickelt. Ich ließ meinen Blick über jeden Winkel seiner glatten Haut und seiner wohlgeformten Muskeln gleiten. Ein besserer Wachmacher als Kaffee.

Mir kam eine verrückte Idee. Ich zückte mein neues Handy und posierte mit breitem Grinsen und ausgestrecktem Daumen, während der in Stein gemeißelte Peter im Hintergrund schlummerte. Mein erstes Selfie! Das erste Foto mit meinem Freund! Ich machte noch ein Bild von Peter, weil er so verdammt attraktiv aussah und ich ihn mir immer auf meinem Handy ansehen wollte, wenn mir danach war.

Apropos Handy. Les' Handy lag immer noch unter der Couch. Das hatte ich gestern Abend vollkommen vergessen. Selbst wenn ich daran gedacht hätte, wäre es nicht möglich gewesen, es wegzubringen. Vielleicht könnte ich es ja in Detroit entsorgen, weit weg von der Polizei hier in Ringdale. Oder ich könnte es nach meiner Rückkehr mit einem Hammer zertrümmern, wenn ich etwas Zeit für mich hätte.

Ich ging in die Hocke und tastete unter der Couch herum, aber in diesem Moment drehte sich Peter zur Seite. Ich wich zurück.

»Hey, Kev«, sagte er verschlafen.

»Morgen, Peter Finn.« Das war's wohl erst mal mit dem Handy. Dann würde ich es eben später holen.

Ich strich über seine schwarzen Haare, die vom Schlafen ganz zerzaust waren. So etwas hatte ich davor noch nie bei jemandem gemacht, und es fühlte sich neu und aufregend und auch ein bisschen beängstigend an, obwohl wir nicht einmal im selben Bett schliefen.

»Wie viel Uhr haben wir?«

»Kurz vor sieben. Wayne ist gleich da. Dad muss heute wieder auf die Baustelle, also steht er auch gleich auf. Ähm … Kommst du hier alleine klar? In der Küche haben wir Kaffee und Toastbrot. Und irgendwo müsste auch noch etwas Erdnussbutter sein.«

Wir konnten ihm nicht einmal etwas Anständiges zu essen anbieten. Er war es gewohnt, dass Bedienstete ihm Vorspeisen und kleine Würstchen servierten, und wir hatten gerade mal trockenes Brot und alten Kaffee auf Lager.

»Ich komm schon zurecht.« Peter gab mir einen Morgenkuss. »Bis zur Unendlichkeit. Schick mir ein paar Fotos vom Festival.«

In dem Moment knirschte draußen etwas über den Kies. Ich umarmte Peter kurz. Dabei atmete ich den Duft seiner Haut ein und berührte seine Haare und konnte mir einen Moment lang nicht vorstellen, wie ich ihn hier zurücklassen sollte. Also zwang ich mich dazu, zur Tür zu laufen. Peter winkte mir ein letztes Mal zu, während ich die Tür schloss, und dann war er weg und die Welt jenseits des Trailers kam mir ohne ihn sehr trostlos vor.

Ein sonnengelber Jeep Wrangler schlitterte in die Einfahrt und blieb unter den Nadelbäumen stehen. Wayne stieg auf der Fahrerseite aus.

»Hey, Kevin.« Er winkte mir zu. »Ich freu mich, dass dein Dad dir erlaubt hat, mitzukommen. Bist du bereit?«

Auf dem Beifahrersitz saß der rothaarige Typ, den ich schon auf Waynes Handy gesehen hatte. Er streckte mir eine große Hand entgegen. »Ich bin Jake. Mach's dir hinten bequem. Magst du McDonald's?«

»Na klar.«

»Dann bist du heute unsere magische Essensschwuppe. Ich muss Navi spielen.« Jake wedelte mit seinem Handy.

»Magische Essensschwuppe?« Ich schwang mich auf die Rückbank und sah auf dem Sitz neben mir zwei große Fast Food-Tüten und ein Tablett mit Getränken stehen. Der Jeep roch nach Kaffee, Würstchen und Toastbrot. Ich hatte seit dem Sandwich am Tag zuvor nichts mehr gegessen und merkte plötzlich, wie viel Hunger ich hatte.

Wayne fuhr aus der Einfahrt heraus und bog auf die Straße ab. Der Jeep war echt ein toller Wagen, auch wenn es hinten ein bisschen eng war. Ich schaute in die Tüten. Ein Haufen fettiger Sandwiches mit Rührei und Würstchen, knusprige Rösti, die vor Öl trieften, und künstliche Blaubeermuffins. Das perfekte Frühstück. Ich verteilte das Essen und die Kaffeebecher.

»Danke, magische Essensschwuppe«, sagte Jake mit einem Mund voll Muffin. Er warf mir eine Verpackung zu. »Zauber das mal weg.«

Ich kicherte und stopfte die Verpackung in eine der Tüten. Dass Jake mich »Schwuppe« nannte, fühlte sich überhaupt nicht nach einer Beleidigung an – es war eher so, als würde ich in einen Klub aufgenommen werden.

»Du bist also dieser schwule Junge, der beim Theaterprojekt von Waynes Schwester mitmacht«, sagte Jake und erteilte Wayne im selben Atemzug die Anweisung: »Hier links abbiegen.«

»Ja, schon.«

»Und du hast dir schon gleich einen Freund geangelt. Nicht schlecht. Ich hatte erst mit zwanzig meinen ersten Freund. Hast du ein Foto von ihm? Wayne sagt, dass er hübsch ist.«

Ich öffnete auf meinem Handy das Foto, das ich vorhin aufgenommen hatte, und reichte es weiter.

»Oha!«, rief Jake und tat, als würde er nach Luft schnappen. »Oberkörperfrei! Pass gut auf ihn auf, Schätzchen, sonst schnapp ich ihn dir noch weg.«

»Untersteh dich.« Jake schlug ihm aus Spaß auf die Schulter.

»Au! Mein zartes Fleisch!« Jake zuckte theatralisch zusammen. »Du hast doch gesagt, dass du nicht auf diese harten Nummern stehst.«

»Hey, nicht vor den Kindern«, mahnte Wayne.

»Ach, komm schon«, lachte Jake. »Wir fahren zu einem Pride-Festival mit Jungs in Lederoutfits und Dragqueens, die alles raushängen lassen, und du machst dir Gedanken über so einen kleinen Witz?«

Ich war interessiert und nervös zugleich. »Jungs in Lederoutfits?«

»Erstens: Ignorier einfach meinen Freund«, sagte Wayne, der die Augen auf die Straße gerichtet hatte. »Er ist eigentlich ganz harmlos und meint die Hälfte von dem, was er sagt, überhaupt nicht ernst.«

»Aber dafür hat es Hälfte, die ich tatsächlich ernst meine, ganz schön in sich«, warf Jake ein.

»Zweitens: Wir haben uns darüber bereits unterhalten«, fuhr Wayne fort. »Ja, es werden auch Dragqueens und Jungs in Lederoutfits dort sein, aber sie machen nur einen kleinen Teil der Menge aus. Die meisten tragen normale Straßenkleidung. Bis auf ein paar Ausnahmen.«

»Männer in engen Badehosen!«, jubelte Jake. »Gib Gas!«

»Iss einfach deinen Muffin«, entgegnete Wayne.

Die Fahrt dauerte knapp zwei Stunden. Ich döste abwechselnd auf dem Rücksitz vor mich hin und unterhielt mich mit den beiden. Jake war etwas seltsam. Im einen Moment verhielt er sich noch wie ein klischeehafter schwuler Paradiesvogel und im nächsten war er wieder ganz ernst und maskulin. Schließlich fragte ich ihn danach.

»Flamme an, Flamme aus«, erklärte er und schnippte mit den Fingern. »Viele von uns ticken so, Schätzchen.«

Von uns. Bedeutete das, dass ich mich auch so verhalten musste, um dazuzugehören?

Endlich kamen wir in Detroit an. Ich hatte mich auf zerbombte Gebäude, Schießereien und Drogenhandel in den Straßen eingestellt. Stattdessen navigierte Jake uns mit seinem Handy durch ein verworrenes Labyrinth aus Highways in eine Gegend, deren Wolkenkratzer und Plätze eher an New York erinnerten. Wir stellten das Auto in einem riesigen Parkhaus ab und liefen über ein paar Straßen durch die pralle Sonne. Aus der Ferne dröhnte Musik und vor uns waren viele Menschen unterwegs. An jeder Ecke hingen Schilder, auf denen Dinge wie *Detroit Pride*, *Pride Power* und *Feiert den Pride-Monat* standen.

»Da sind sie«, sagte Wayne. »Deine Leute.«

Ich konnte gar nicht alle Eindrücke auf einmal aufnehmen. Ringdale hatte eine überwiegend weiße Bevölkerung, und was mir an Detroit als Erstes auffiel, waren die vielen Menschen unterschiedlicher Hautfarben. Überall waren erwachsene Männer und Frauen unterwegs, nicht nur junge Männer, wie ich es mir eigentlich vorgestellt hatte. Es waren auch ein paar Kinder da, Säuglinge und Babys in Kinderwagen und kleine Kinder, die ihre Eltern an der Hand hielten – manchmal waren es zwei Mütter und manchmal zwei Väter. Ich versuchte, nicht zu sehr hinzustarren. Wie es wohl war, mit zwei Vätern aufzuwachsen? Ich wusste ja nicht einmal, wie es sich überhaupt anfühlte, zwei Elternteile zu haben.

Viele der Anwesenden waren auch hetero. Das wusste ich, weil manche von ihnen T-Shirts mit Schriftzügen wie *Straight Ally* oder *Not Queer, But Here* anhatten. Das überraschte mich.

Und Wayne hatte recht gehabt: Die meisten trugen normale Shorts, T-Shirts, Tanktops, Baseball-Caps oder Tennisschuhe. Aber einige auch nicht. Wir kamen an drei Männern vorbei, die von Kopf bis Fuß in Leder gekleidet waren, einschließlich ihrer Jacken, Stiefel und Mützen. Bei dem Wetter musste es ihnen sicher ganz schön heiß sein, aber es schien ihnen nichts auszumachen. Ein anderer Mann trug nichts als ein Netzoberteil und eine knappe Badehose, durch die man so ziemlich alles sehen konnte. Sein Körper war unglaublich. Zwei ältere Frauen in Bikinioberteilen und Pluderhosen hielten Händchen, genau wie zwei Typen, die als Cowboys verkleidet waren. An einer Ecke küssten sich zwei Männer, an einer anderen Stelle küssten sich zwei Frauen, und dazwischen liefen zwei erschöpft aussehende Männer einem lachenden kleinen Mädchen in einem rosa Kleid hinterher. Es wirkte alles so fremdartig und verboten und gleichzeitig so unbeschwert und offen ausgelebt. Mir kam es vor, als wüssten alle, dass ich hier bin, und starrten mich an. *Da ist ja der schwule Junge! Seht euch den kleinen Spinner an!* Fast rechnete ich damit, dass mich ein Cowboy im Vorbeigehen fragen würde, wie lange ich schon wusste, dass ich schwul bin.

Es gab jede Menge Essensstände mit Grillwürsten, Fleischspießen und Frühlingsrollen, und überall roch es nach leckeren Speisen. Wayne kaufte uns an einem Imbiss drei Getränkedosen mit Softdrinks und verteilte sie. Ich bedankte mich bei ihm.

»Dragqueen«, bemerkte Jake und nickte in Richtung einer großen Frau mit einer riesigen blonden Perücke und einem lila Paillettenkleid. Das war also ein Mann?

»Oh!«, rief Wayne. »Das ist ja Eutha Nasia! Sie ist superbekannt.«

Sie drehte sich um und jetzt, wo ich Bescheid wusste, konnte ich eindeutig erkennen, dass sie ein Mann war. Das war ganz schön verwirrend für mich.

»Kennst du ihn?«, fragte ich.

»Sie«, korrigierte mich Wayne. »Und ich lerne sie jetzt kennen. Eutha! Hey, Eutha!«

Mir stieg die Hitze ins Gesicht. *Oh mein Gott! Bitte komm nicht zu uns, bitte komm nicht zu uns, bitte komm nicht ...*

152

»Meine Darlings«, sagte Eutha, als sie angerauscht kam. Sie streckte die Hand aus und Wayne gab ihr einen Handkuss. Ich schrumpfte zu einer kleinen Kugel zusammen. Alle starten in unsere Richtung. Wayne stellte sich und Jake vor.

»Ich bin ein Riesenfan«, sagte Wayne. »Darf ich ein Foto machen?«

»Liebend gerne, Süßer.« Sie posierte mit Wayne, während Jake die beiden mit seinem Handy fotografierte. Als er fertig war, fragte sie: »Und wer ist dieser Prachtkerl hier?«

Sie meinte mich. Ich wäre am liebsten im Erdboden versunken.

»Das ist Kevin«, sagte Jake. »Er hat sich vor Kurzem erst geoutet und das ist sein erstes Pride-Festival.«

»Glückwunsch, Darling.« Eutha klimperte mit ihren riesigen Wimpern. »Willkommen in unserem Stamm. Wie gefällt es dir so?«

»Ich bin erst seit ein paar Minuten hier«, stammelte ich.

»Hm.« Sie hielt etwas Abstand von mir, aber ich konnte trotzdem ihr Parfüm riechen. »Es ist viel einfacher, man selbst zu sein, als sich zu verstellen, Schätzchen. Lass dir das von einer alten Queen sagen: Das Leben wird viel besser, wenn du deinen Regenbogen strahlen lässt. Küsschen, meine Darlings!«

Eutha schlenderte davon, um sich mit einer Person in Flip-Flops zu unterhalten. Auf dem Tanktop der Person stand *Don't Assume My Gender*. Ich starrte Eutha noch lange hinterher und vergaß dabei vollkommen die Getränkedose in meiner Hand.

»Ich habe Eutha Nasia getroffen und ganz vergessen, sie um ein Autogramm zu bitten«, seufzte Wayne.

»Was ist los, Kev?«, fragte Jake. »Dein Gesicht ist knallrot.«

Ich wollte nicht darüber sprechen. Sie hatten mich hierher gebracht wie einen Welpen, der in ein neues Zuhause kommt, und ich wollte ihnen nicht sagen, dass ich alles ein bisschen seltsam und verwirrend fand und am liebsten heim zu Peter wollte. Stattdessen rang ich mir ein Lächeln ab. »Es ist alles so neu. Ich weiß nicht, wie ich die vielen Eindrücke auf einmal verarbeiten soll.«

Jake klopfte mir auf die Schulter. »Keine Sorge, bald wirst auch du deine innere Queen rauslassen.«

Aber genau das war das Problem: Ich wollte nicht meine innere Queen rauslassen. Oder mit den Fingern schnippen. Oder einen auf »Flamme an, Flamme aus« machen. Wenn andere das gerne machten, war mir das recht, aber es war einfach nicht mein Ding. Genau aus diesem Grund hatte ich mich nie getraut, über mein Schwulsein zu sprechen. Zumindest nicht bis zu meiner Begegnung mit Peter. Ich hatte Angst, auch so zu werden.

Auf dem Festival gab es außerdem noch Musik. Wayne und Jake führten mich an drei Bühnen mit unterschiedlichen Interpreten vorbei. Unter ihnen war keine einzige Dragqueen. Eine Gruppe sang Countrymusik, eine andere gab Rocksongs zum Besten und ein Folksänger in einem Flanellhemd und Jeans trug zwischen seinen Liedern kleine Witze vor.

Er erzählte: »Als ich fünfzehn war, fragte mich mein Dad: ›Bist du etwa schwul, mein Sohn?‹ Ich hatte ganz schön Angst, aber dann riss ich mich zusammen und sagte ›Ja, das bin ich‹. Mein Dad antwortete: ›Eure Generation hat es so gut. Ich habe mich mein ganzes Leben lang nicht geoutet.‹«

Alle außer mir brachen in Gelächter aus.

Stände säumten die Straßen und Gehwege – große, rechteckige Zelte, wie man sie auch von Messen kennt. Es gab Infostände von Kirchen, die schwule und lesbische Mitglieder in ihre Gemeinde aufnahmen, Motorradfahrern (noch mehr Leder), schwulen Demokraten, schwulen Republikanern (»Die kann ich nicht verstehen«, sagte Wayne), kostenlosen HIV-Teststationen, Flohmärkten, Magazinen wie *Out Post Detroit*, *Flame* und *Metra* und LGBT-Buchläden. Außerdem gab es noch Verkaufsstände mit Klamotten, Autoaufklebern, Mützen, Magneten, Stickern, Kunstwerken, Skulpturen und Fotografien. Fast alles war mit einem Regenbogen versehen.

Ein Stand gehörte zu einem Radiosender aus Detroit, der Leute interviewte. Ich machte einen großen Bogen um das Zelt, aber Jake ging gezielt darauf zu, um mit dem Reporter zu sprechen. Wayne sah ihm zu.

»Er hat es mir ganz schön angetan«, raunte er.

»Wer?«, fragte ich.

»Dieser Junge«, sagte Wayne. »Ich weiß nicht, was ich ohne ihn machen würde. Er ist lustig und intelligent und zum Dahinschmelzen süß. Empfindest du Peter gegenüber auch so?«

»Ja, schon.« Es fühlte sich immer noch merkwürdig an, offen darüber zu sprechen.

»Wohnt er gerade bei dir?«, fuhr Wayne fort. »Das in der Einfahrt sah aus wie sein Auto.«

»Oh. Ja. Er hat sich mit seinen Eltern gestritten und bleibt jetzt eine Weile bei uns.«

»Ging es in dem Streit auch darum, dass er schwul ist?«

»Irgendwie schon.«

Er sah mich eindringlich an. »Ist immer noch merkwürdig, über dieses Thema zu reden, oder?«

»Ich habe bisher kaum mit anderen darüber gesprochen«, sagte ich. »Ich bin nicht … Es ist einfach irgendwie komisch.«

»Ja. Ich hab damals auch eine Weile gebraucht. Jake hingegen hat sich schon geoutet, als er noch jünger war als du jetzt. Dafür musste er auch ordentlich einstecken, aber er hat nie ein Geheimnis daraus gemacht.«

In diesem Moment kam Jake zurück und gab Wayne einen flüchtigen Kuss. »Sie übertragen gar nicht live und sammeln erst mal Beiträge für die Sendung«, erklärte er. »Vielleicht können wir sie uns ja später anhören. Das wird mein großer Durchbruch.«

154

Wayne warf mir einen nachdenklichen Blick zu, bevor er sagte: »Lasst uns da langgehen.«

Unterwegs kaufte Wayne uns an einer Bude zum Mittagessen Hotdogs und Pommes, und ich bedankte mich bei ihm. Es war mir unangenehm, dass ich kein eigenes Geld für Essen besaß und vergessen hatte, mir Sandwiches von zu Hause mitzunehmen.

»Man muss ja auch die kommende Generation ernähren«, grummelte Wayne, während wir uns einem Stand mit einer Sammlung positiver Botschaften näherten. Der Tisch war übersät von Regenbögen und Flyern. *Gay Your Way, Wie du mit deinen Eltern darüber sprichst* und *Was Jesus über Homosexualität gesagt hat.* Ich nahm den letzten Flyer und schlug ihn auf. Innen war er leer. Ich brauchte einen Moment, um die Aussage zu verstehen.

An dem Stand tummelten sich ein paar Leute. Hinter dem Tisch standen ein älterer Mann und eine ältere Frau, und in der hinteren Ecke befanden sich drei Jugendliche in meinem Alter – zwei Mädchen und ein Junge. Der Junge sah aus, als käme er aus Lateinamerika oder dem Nahen Osten, und er war sehr hübsch. Das eine Mädchen hatte kurze Haare mit lila Strähnen. Das andere Mädchen war etwas kräftiger, hatte breite Schultern und trug ein rotes Tanktop. Sie spielten Karten. In der Ecke ratterte ein Ventilator vor sich hin, der mich an zu Hause erinnerte.

Die Frau und der Mann begrüßten uns und stellten sich als Ronna und Larry vor. Sie plauderten ein bisschen mit uns und fragten, wie uns das Festival bisher gefiel, ob wir leicht einen Parkplatz gefunden hatten und solche Sachen. Der arabisch aussehende Junge bemerkte mich und winkte mir zu. Mein Magen drehte sich um und ich kam mir vor, als würde ich Peter betrügen.

»Hey«, sagte er. »Ich bin David.« Er sprach seinen Namen *Dah-veed* aus. »Das sind Sonia« – das Mädchen mit den lila Strähnen – »und Jess« – das Mädchen mit dem Tanktop.

»Hey«, sagte ich zaghaft.

»Kommst du hier aus der Gegend?«, fragte Jess hinter ihren Karten.

»Ringdale. Weiter im Norden.« Ich hielt meine rechte Hand mit ausgestrecktem Daumen hoch und zeigte auf eine Stelle etwas rechts von der Mitte. In Michigan macht man das so – man nutzt seine Hand als Karte und zeigt, wo man herkommt. Wenn man seine linke Hand zur Seite dreht, funktioniert das auch mit der oberen Halbinsel. Leute aus anderen Staaten schauen einen dabei immer an, als wäre man bekloppt.

»Du hast extra für unsere kleine Party den weiten Weg auf dich genommen?«, fragte David. »Krass.«

»Ja«, sagte ich. »Ich bin zum ersten Mal auf so einer Veranstaltung.«

Sonia blies ihren Kaugummi zu einer Blase. Er war auch lila. »Wir brauchen noch einen vierten Mitspieler. Setz dich, dann können wir richtig Euchre spielen.«

Sie fragte mich nicht, ob ich die Regeln kannte, weil in Michigan sowieso jeder wusste, wie Euchre funktioniert. Ich hatte es schon ewig nicht mehr gespielt, und David gefiel mir immer besser. Ich sah zu Wayne und Jake.

»Nur zu«, sagte Wayne. »Du musst dich nicht den ganzen Tag mit uns alten Knackern rumschlagen.«

»Was?«, warf Jake ein. »Ich dachte …«

»Wir schreiben dir dann.« Wayne drängte Jake von dem Stand weg. »Viel Spaß.«

Ich schnappte mir einen Stuhl. »Wie spielen wir?«

»Lesben gegen Schwule«, erklärte Jess und teilte die Karten aus.

Wir spielten ein paar Runden. Ich ging beim Spielen auf Nummer sicher und machte nie ein Gebot, ohne mindestens zwei Trümpfe und einen rechten Bauer zu haben – wer die Regeln nicht kennt, kann sie jederzeit nachlesen –, während David auf ein Ass und einen unbewachten Linken setzte.

»Wissen deine Eltern, dass du schwul bist?«, fragte Jess. »Also diese beiden Typen, mit denen du unterwegs bist, sind definitiv nicht deine Väter.«

Stellten alle immer als Erstes diese Frage? »Mein Dad hat es gerade erst erfahren«, antwortete ich. »Er hat ziemlich gut reagiert. Die Eltern meines Freundes sind aber vollkommen ausgerastet. Sie haben ihn quasi rausgeschmissen. Er wohnt gerade bei mir und meinem Dad.«

Sie sahen sich alle gegenseitig an, lachten und riefen: »Eiertritt!«

»Eiertritt?« Es ärgerte mich, dass sie über Peter lachten.

David und Jess klatschten sich ab. »Ja, Mann«, sagte er. »Wenn jemand von seinen Eltern rausgeschmissen wird, ist das wie ein Tritt in die Eier.«

»Selbst, wenn man keine Eier hat«, warf Sonia ein.

»Und man muss darüber lachen, um nicht zu weinen«, erklärte Jess. »Wir wurden alle schon zigmal rausgeschmissen, also lachen wir drüber. Wenn wir weinen, dann gewinnen sie.«

»Ich trete diese Wichser zurück«, sagte Sonia.

»Und hinterher lachst du«, fügte David hinzu. »Wer ist dein Freund?«

Mir ging es schon besser. Ich erzählte ihnen ein bisschen von Peter – nur auf seine Milliardärseltern und das Mordproblem ging ich nicht ein. Ich zeigte ihnen sogar sein Foto.

»Wow.« David pfiff beeindruckt. »Wenn du keinen Bock mehr auf ihn hast, darf ich ihn dann haben?«

Plötzlich drang aus meinem Mund eine hohe Stimme wie die von Eutha. »Du könntest ihn dir niemals leisten, Schätzchen.«

Eine Sekunde verstrich. Ich konnte nicht glauben, dass ich das wirklich gesagt hatte. Ich wurde schon zu Jake! Ich war so ein Idiot.

Dann krümmten sich alle drei vor Lachen und konnten sich gar nicht mehr einkriegen. Sie hielten sich die Hände vor den Bauch und schlugen mit ihren Fäusten auf den Tisch. Larry und Ronna warfen uns einen Blick zu. Die Leute, die an dem Stand vorbeigingen, starrten uns an. Ich ließ mich von dem Lachen anstecken. Jess klopfte mir auf die Schulter. Sonia verschluckte ihren Kaugummi. David ließ einen fahren.

»Schwuppenfurz!«, rief er, und das brachte uns wieder zum Lachen.

»Hey!«, sagte Larry. »Doch bitte nicht in der Öffentlichkeit, David.«

Schließlich beruhigten wir uns wieder, wandten uns erneut dem Kartenspiel zu und redeten weiter. Ich machte ein paar Fotos und Selfies mit ihnen. Sonia wollte Grafikdesign studieren, um später mal in einer Werbeagentur zu arbeiten, aber sie wusste nicht, ob sie sich das College leisten konnte. »Vielleicht zeichne ich auch einfach Comics«, sagte sie.

Jess konnte fünf Instrumente spielen und arbeitete in einer Pizzeria. »Mal im Ernst«, sagte sie, »bestellt ja niemals das Würstchenspezial.«

David lebte mit fünf Brüdern, einer Schwester, zwei Tanten und seinen Großeltern zusammen. Ihr Haus war niemals leer. Er wusste nicht mal, wie man ein Bett macht, weil seine Mutter es ihm nicht erlaubte. »Meine Familie ist sehr traditionell. Die Frauen bleiben zu Hause und die Männer gehen arbeiten. Ich denke sogar schon darüber nach, der Armee beizutreten, nur um von dort wegzukommen.«

Ich erzählte ihnen von meinem Vorsprechen und davon, dass sich das Theater für mich wie ein Zuhause anfühlte. Wir waren nicht bloß schwule und lesbische Teenager. Wir waren ganz normale Teenager, die zufällig schwul oder lesbisch waren. Es war, als würde ich mit guten Freunden zusammen im Wohnzimmer sitzen. Plötzlich kam es mir vor wie das schönste Gefühl der Welt. Als würde man Sonnenlicht trinken oder Regen träumen.

Vor dem Stand liefen vier Männer in identischen roten Polohemden vorbei und zwei Frauen mit Kinderwagen lachten über einen Witz. Von einer der Bühnen drang Musik zu uns herüber. Ich saß mit jedem hier in einem riesengroßen Wohnzimmer. All diese Menschen waren meine Freunde. Meine Community. Es war ihnen egal, ob ich die Queen raushängen ließ oder nicht, ob meine Familie mich haben wollte oder nicht, oder sogar, ob ich schwul war oder nicht. Wir alle bildeten eine Einheit. Das Gefühl strömte durch mich und gab mir Kraft. Ich wollte umherlaufen, singen, tanzen und lachen und meinen Regenbogen strahlen lassen. Niemandem war es wichtig, was ich war, aber gleichzeitig war ich allen wichtig. Es war noch schöner als die Ensembleparty.

In diesem Augenblick vibrierte mein Handy wegen einer Nachricht von Wayne. Es war Zeit, mich wieder mit ihm zu treffen. Ich wollte nicht fort, aber schließlich sollte man immer dann gehen, wenn es am schönsten ist.

Ich umarmte meine Kartenfreunde, und was spielte es schon für eine Rolle, dass meine Umarmung mit David etwas länger dauerte als mit den anderen beiden? Wir waren schließlich eine Familie.

Ein paar Minuten später traf ich mich wieder mit Wayne und Jake und fiel ihnen ganz impulsiv um den Hals. »Danke, dass ihr mich mitgenommen habt«, sagte ich.

»Du wirkst ja plötzlich ganz euphorisch«, bemerkte Wayne.

»Ja!«, antwortete ich. »Es ist ... Ich kann ... Ich bin auf einmal richtig aufgedreht. Es ist der Hammer!«

»Dich hat die Festival-Fee erwischt«, verkündete Jake und tätschelte mir den Kopf. »Tada! Jetzt bist du einer von uns.«

»Und das gerade pünktlich zur Abfahrt«, sagte Wayne mit einem Blick auf seine Uhr.

In der Menge erregte etwas meine Aufmerksamkeit. »Wartet kurz.«

Ich lief zu Eutha Nasia herüber, die lachend mit ein paar Männern zusammenstand. Unterwegs nahm ich einen Pride-Flyer von einem der Stände mit. »Hey, Eutha!«

Sie drehte sich zu mir rum. »Wenn das mal nicht der zarte Jüngling von heute Morgen ist. Was gibt's, Schätzchen?«

»Kann ich ein Autogramm haben?« Ich hielt ihr den Flyer hin. »Mein Kumpel hat vorhin vergessen zu fragen.«

»Ich fühle mich geehrt, Süßer.« Eutha unterschrieb und malte unter ihren Namen eine große Blume. »Gefällt dir das Festival?«

»Und wie.« Ich nahm den Flyer wieder entgegen. »Ich lasse meinen Regenbogen in allen Farben strahlen.«

»Wie entzückend!« Sie klimperte mit den Wimpern und diesmal grinste ich sie an. »Küsschen, Darling!«

Wayne staunte auf dem ganzen Weg zurück zum Auto über das Autogramm.

DRITTER AKT, 1. SZENE

KEVIN

ALS WAYNE und Jake mich zu Hause ablieferten, bedankte ich mich von ganzem Herzen bei ihnen, und Wayne erinnerte mich daran, dass unsere Probe in weniger als einer Stunde anfangen würde. Jake gab mir einen Kuss auf die Wange, bevor der Jeep davonbrauste.

Dads Truck war nicht da, aber Peters Auto stand immer noch in der Einfahrt und mein Herz machte bei dem Anblick einen Rückwärtssalto.

Jemand hatte den Rasen gemäht. Das war normalerweise meine Aufgabe.

Der Trailer war innen komplett aufgeräumt worden – der Boden war gewischt, der Teppich abgesaugt, die Bücherregale entstaubt und die Fensterscheiben geputzt. Dad und ich hielten auch sonst immer alles in guter Ordnung, aber so blitzblank war es selten gewesen. Peter stand in der Küche und packte ein paar Einkaufstüten aus. Ich gab ihm einen Begrüßungskuss und fühlte mich wie ein Ehemann, der gerade von seinem Bürojob nach Hause kam. Es war ein richtiger »Schatz, ich bin wieder da«-Moment.

»Ich hab deine Nachrichten bekommen«, sagte Peter. »Wie war's?«

»Am Anfang war es komisch, aber dann wurde es richtig toll.« Ich warf einen Blick in die Tüten. Sie waren voller Lebensmittel, viel mehr, als wir sonst immer auf Vorrat hatten. »Das wäre echt nicht nötig gewesen.«

»Irgendwas musste ich ja machen«, erklärte er. »Dein Dad ist heute Morgen kurz nach dir weg, also musste ich mir eine Beschäftigung suchen.«

Ich nickte. Eigentlich sollten Leute, die woanders zu Gast waren, nicht für Essenseinkäufe zahlen, aber zu einem vollen Kühlschrank, sauberen Fenstern und einem gemähten Rasen würde ich sicher nicht Nein sagen.

»Also dann … danke«, druckste ich verlegen.

»Ich muss ja für meinen Mann sorgen.« Er räumte ein Glas mit Erdnussbutter in den Schrank. »Hast du noch mehr Bilder?«

Wir setzten uns auf die Couch und ich zeigte ihm die Fotos, die ich von meinen Euchre-Freunden gemacht hatte.

»Er ist hübsch«, sagte Peter, als er David sah.

»Hey!«, rief ich, obwohl ich denselben Gedanken hatte. Und dann fragte ich mich, ob Les auch so über mich gedacht hatte, und plötzlich fühlte ich mich unwohl und mein Regenbogen verblasste schlagartig wieder.

Peter ahnte nicht, was mir durch den Kopf ging, und er lachte schnaufend. »Nur, weil wir zusammen sind, heißt das nicht, dass andere Typen uns nicht ins Auge fallen. Aber du bist der Einzige, den ich küssen will.« Das tat er auch, und wie aus dem Nichts hatte ich wieder Les' Bild vor Augen. »Bis zur Unendlichkeit!«

Es war eine Hundertachtziggradwende. Plötzlich wollte ich Peter nicht bei mir haben. In mir tobte ein ganzer Schwarm Bienen. Sie trieben mich in alle Richtungen und würden überall nichts als Schmerz hinterlassen. Ich wollte allein sein. Ich wollte schreien und brüllen und um mich schlagen. Solange Peter da war, konnte ich das nicht tun.

»Was ist los?«, fragte er. »Ist das wegen meiner Bemerkung über David? Ich hab das nicht so ...«

»Nein.« Ich schüttelte den Kopf. »Ich hatte einen langen Tag und die Rückfahrt war echt anstrengend. Ich geh mal in mein Zimmer.«

Nachdem ich die Tür geschlossen hatte, ließ ich mich aufs Bett fallen und betrachtete das Bild von Robbie auf meinem Nachttisch. Empfand er mir gegenüber genauso wie ich, wenn ich an Les dachte? Das machte es noch schlimmer. Dunkelheit machte sich in mir breit und ich kam mir wertlos und kaputt vor. Ich vergrub mein Gesicht im Kissen und schrie mir die Seele aus dem Leib. Erst, als meine Stimme kratzig wurde und meine Augen sich anfühlten wie Sandpapier, hörte ich wieder auf.

Und dann war Peter plötzlich bei mir. Er schlang seine Arme um mich, aber ich stieß ihn weg. »Hör auf.« Ich richtete mich auf. »Ich bin es nicht wert. Ich bin überhaupt nichts wert.«

»Du bedeutest mir die Welt«, sagte Peter mit ruhiger Stimme.

Ich saß einfach nur regungslos da und kam mir vor wie der größte Idiot auf Erden, aber Peter blieb bei mir, bis es an der Zeit war, zur Probe aufzubrechen.

Am Abend bekam ich bei der Probe nichts auf die Reihe. Ich brachte meinen Text durcheinander. Ich verpasste meine Einsätze. Ich verkackte meinen Akzent. Der Bienenschwarm summte immer noch zornig in meinem Inneren und ich konnte mich nicht konzentrieren. Iris wirkte unzufrieden, was die Sache noch schlimmer machte. Ich war ein miserabler Schauspieler und hätte die Rolle niemals bekommen dürfen.

Als ich schließlich zum dritten Mal in Folge die gleiche Bewegung von der linken zur rechten Seite vergeigte, platzte mir der Kragen. »Ich gehe!«, knurrte ich und stürmte von der Bühne in den Aufenthaltsraum. Der Getränkeautomat blickte mich finster an und erinnerte mich daran, dass ich mir nicht mal eine Scheißcola leisten konnte. Ich trat gegen die Maschine und tat mir am Fuß weh.

»Pass auf, sonst geht noch was kaputt.« Wayne lehnte sich gegen den Türrahmen.

»Ja, zum Beispiel mein beschissenes Leben«, sagte ich, ohne mich zu ihm umzudrehen. Warum konnte er nicht einfach weggehen? Warum konnten alle mich nicht einfach in Ruhe lassen?

»Als ich noch jünger war, etwas jünger als du jetzt, habe ich richtig dumme Sachen angestellt«, sagte Wayne. »Ich war die ganze Zeit sauer und habe die Leute um mich herum verletzt. Meine Eltern. Iris. Meinen besten Freund. Ich war nicht auf sie wütend, auch wenn ich mich so verhalten habe. Ich war wütend, weil ich mit mir selbst so unzufrieden war.«

»Glaubst du etwa, dass es hier darum geht?«, fauchte ich. »Dass du mir einfach eine nette Geschichte von dir erzählen kannst, als du in meinem Alter warst, und dann öffne ich mich dir und erzähle, was mit mir nicht stimmt?«

Wayne zuckte mit den Schultern. »Es ist deine Entscheidung, ob du mit mir darüber reden möchtest. Aber dir wird es besser gehen, wenn du …«

»Ich wurde vergewaltigt, okay?«, brüllte ich ihn an. »Les Madigan hat mich im Park nicht nur angegriffen. Er hat mich vergewaltigt. Er hat einen kleinen Perversling aus mir gemacht, und dann ist er gestorben.«

Wayne schloss die Tür und setzte sich mit gefalteten Händen auf das abgenutzte Sofa.

»Das tut mir so leid«, sagte er mit ruhiger Stimme. »Was er dir angetan hat, ist furchtbar. Niemand sollte so etwas durchmachen müssen. Es tut mir so unendlich leid.«

Ich hatte mit Schock gerechnet. Mit Entsetzen. Oder mit Abscheu. Ich wusste nicht, wie ich auf eine Entschuldigung reagieren sollte.

»Es war nicht deine Schuld«, sagte ich nach einer kurzen Pause.

»Ich denke auch nicht, dass ich daran schuld war«, entgegnete er. »Genauso wenig denke ich, dass du daran schuld warst. Es tut mir leid, dass dir das passiert ist, weil es ein Verbrechen gegen dich war und ich mir wünschte, es wäre nicht geschehen.«

Ich nahm am anderen Ende des Sofas Platz. Meine Nase lief und ich schniefte laut. Wayne saß einfach nur da. Schließlich fragte er: »Hast du noch jemandem davon erzählt?«

»Peter«, sagte ich.

»Glaubt die Polizei deshalb, dass er Les umgebracht hat?«

»Nein.« Ich wischte mir mit dem Handrücken über die Nase. »Sie wissen nicht, was mir passiert ist. Und du darfst ihnen nichts erzählen.«

»Das mache ich auch nicht.« Wayne schob einen Dollar in den Getränkeautomaten, holte eine Dose heraus und reichte sie mir. »Hast *du* schon darüber nachgedacht, es der Polizei zu erzählen?«

»Ich kann nicht mit ihnen darüber sprechen«, entgegnete ich. Die Dose fühlte sich kalt an. »Sie werden erfahren, dass ich mit Peter zusammen bin, und dann denken sie erst recht, dass Peter Les umgebracht hat, obwohl er es nicht war. Und was spielt es überhaupt für eine Rolle? Les ist tot. Er kann eh nicht mehr ins Gefängnis gehen. Und …«

Wayne hielt kurz inne, bevor er nachhakte. »Und?«

»Und dafür müsste ich erzählen, was mir passiert ist«, flüsterte ich. »Alle würden davon erfahren.«

»Du hast nichts Falsches oder Schändliches getan«, entgegnete Wayne. »Sondern Les. Du konntest nichts dafür. Les trägt die Schuld. Aber es ist deine Entscheidung, was du tust.«

»Ich weiß überhaupt nicht, was ich machen soll«, sagte ich hilflos. »Es ist so dumm. Ich bin so dumm.«

»Les wollte, dass du dich dumm und hilflos fühlst«, sagte Wayne. Leuten wie ihm gibt das einen richtigen Kick. Aber er ist tot, und er hat nur so viel Macht, wie du ihm gewährst. Wenn du dein Leben in Angst und Wut verbringst, dann hat er gewonnen.« Er machte eine Pause. »Kennst du das Parks-Gemeindezentrum eine Straße weiter, neben der Polizeiwache?«

»Ja«, sagte ich misstrauisch.

»Dort gibt es Therapeuten, deren Preise sich danach richten, wie viel man zahlen kann. Du könntest ein kostenloses Gespräch vereinbaren. Und es ist streng vertraulich. Dann muss niemand davon erfahren.«

»Ein Therapeut wird mir nicht helfen.«

»Du wärst ganz schön überrascht«, entgegnete Wayne. »Es ist definitiv besser, als dauernd schlecht drauf zu sein und seine Schauspielszenen zu vermasseln. Ich merke, dass das Theater dir viel bedeutet, aber was hinter den Kulissen passiert, wirkt sich auch auf deine Leistung auf der Bühne aus. Davor gibt es kein Entkommen.«

»Ich möchte einfach nur ein bisschen allein sein«, sagte ich. »Danke für das Getränk. Und erzähl's bitte keinem.«

Er stand auf. »Falls du doch mal jemanden zum Reden brauchst, hast du ja meine Nummer. Ich werde dich bei den anderen entschuldigen und heute Abend als Algy einspringen.«

Nachdem er gegangen war, trank ich meinen Softdrink aus und starrte ins Nichts, bis Peter hereinkam und sagte, dass die Probe zu Ende war. Er wirkte besorgt. In diesem Moment war es mir egal. Wir fuhren schweigend nach Hause.

Am nächsten Morgen musste Dad wieder zur Arbeit, was an sich gut war, aber der Trailer wirkte ohne ihn besonders leer. Peter sagte, er würde sich irgendwo eine Wohnung suchen. »Ich kann nicht für immer auf deiner Couch schlafen«, meinte er. Da konnte ich ihm nicht widersprechen. Er fragte mich, ob ich ihn begleiten wollte, aber ich hatte keine Lust. Stattdessen schaute ich mir den ganzen Tag lang Videos auf meinem Handy an und fühlte mich etwas benebelt.

Plötzlich fiel mir Les' Handy wieder ein. Ein leichter Schock überkam mich. Peter hatte das ganze Haus aufgeräumt. Hatte er es gefunden? Oder Dad? Beunruhigt machte ich mich auf die Suche. Peter musste beim Saugen den Bereich unter der Couch ausgespart haben, denn das Handy lag immer noch dort. Der zerbrochene Bildschirm erzeugte einen dunklen Spiegel, der mein Gesicht in hundert Stücke zersplitterte. Es waren Stücke von Les, und ich war einer der Letzten, der ihn lebendig gesehen hatte.

Mir kam ein weiterer Gedanke: Peter hatte gesagt, dass er das Video von uns beiden gelöscht hatte, aber besaß Les noch mehr Material von mir? Fotos? Andere Videos? Hatte er über seine Tat gesprochen? Oder Selfies aufgenommen, während er …

Ich konnte das Handy nicht entsorgen, ohne Gewissheit zu haben. Die Polizei überwachte das GPS des Handys bestimmt nicht rund um die Uhr, oder? Außerdem hatte Peter erzählt, dass er den Flugmodus aktiviert hatte, also könnte sowieso niemand das Gerät orten. Ich drückte auf die Power-Taste.

Das Handy erwachte zum Leben. Ein kleiner Düsenflieger in der Ecke bestätigte mir, dass es sich immer noch im Flugzeugmodus befand, wodurch ich mich etwas sicherer fühlte. Ich öffnete die Galerie und scrollte durch die Fotos. Er hatte nicht viele Bilder. Ein paar Schnappschüsse von irgendeiner Katze, warum auch immer. Noch ein paar Aufnahmen einer ziemlich chaotischen Wohnung – wahrscheinlich Les' Zuhause. Aber keine Fotos von mir, und überhaupt keine Videos.

Ich stieß einen langen, zittrigen Seufzer aus. Ich wusste nicht, was genau ich mir erhofft hatte, aber ich war nicht fündig geworden. Juhu?

Dann schaute ich mir seine Nachrichten an. Ein kalter Schauer überkam mich.

Du Wichser.

Ich hasse dich.

Stirb, du Mistkerl.

Alle Nachrichten stammten von unterschiedlichen Absendern. Sie waren nicht mit Namen versehen, nur mit Telefonnummern.

Ich schaltete das Handy aus. Und jetzt? Eigentlich hatte ich vorgehabt, das Handy zu entsorgen, aber … was, wenn die Nachrichten Hinweise waren? Oder sogar handfeste Beweise lieferten? Mein Mund wurde trocken. Wenn ich das Handy an die Polizei übergeben wollte, bräuchte ich eine Erklärung dafür, wie es in meinen Besitz gekommen war. Ich könnte in Schwierigkeiten geraten – und ich stand immer noch unter Bewährung. Sicher würde ich im Jugendknast landen. Was sollte ich nur tun?

Ich zog Kreise durch das kleine Wohnzimmer. Womöglich waren die Nachrichten gar keine Hinweise. Vielleicht handelte es sich einfach nur um Hassbotschaften. Oder um einen Scherz. Bekam nicht jeder mal solche Nachrichten? Wenn ich das Handy an die Polizei übergeben würde, könnte ich vollkommen umsonst im Jugendknast landen.

Peter hatte immer noch seine Anwälte. Seine Familie würde nicht zulassen, dass er wegen Mordes verurteilt wird, selbst wenn sie immer noch sauer auf ihn waren. Allerdings folgte sein Anwalt ihm überhaupt nicht mehr. Warum musste ich nur diese ganze Scheiße ausbaden? Ich wusste nicht, wie ich mich entscheiden sollte. Plötzlich sehnte ich mich nach meiner Mom, obwohl ich sie schon seit Jahren nicht mehr gesehen hatte.

Ich schob das Handy unter meine Matratze. Ich würde mir später irgendwas einfallen lassen, wenn ich mehr Zeit zum Nachdenken gehabt hatte.

Drei Tage vergingen. Die Stimmung in unserem kleinen Trailer wurde immer angespannter. Dads Job, bei dem er schwarzarbeitete, endete viel früher als erwartet. Weitere Aufträge blieben aus, was mitten in der Bausaison etwas ungewöhnlich war, aber was sollte man da schon machen? Also blieb er die ganze Zeit zu Hause.

Peter hatte Schwierigkeiten, eine Wohnung zu finden – in Ringdale gab es kaum etwas zu mieten, weil Morse Plastic fast das komplette Angebot für seine Zeitarbeiter blockierte. Welch eine Ironie. Und manche Hausbesitzer wollten ohnehin nicht an ihn vermieten – Mordverdächtige waren nicht erlaubt. Peter versuchte, sich nicht zu beschweren, aber ich merkte, dass es ihn bedrückte. Also hielten wir drei uns viel im Trailer auf. Ich fragte Dad, ob Peter mit in mein Zimmer ziehen könnte, statt auf der Couch zu schlafen, aber er starrte mich nur an.

»Was glaubst du, wie meine Antwort lauten würde, wenn Peter deine Freundin wäre?«, fragte er.

Dem konnte ich nichts entgegensetzen.

Die Proben waren ätzend. Ich hatte immer noch Schwierigkeiten, mich zu konzentrieren, auch wenn es zu keinen großen Wutausbrüchen mehr kam. Wayne behielt das, was ich ihm erzählt hatte, für sich, aber ich merkte, dass er immer noch viel darüber nachdachte, also ging ich ihm aus dem Weg. Auch der Rest des Ensembles stand etwas neben der Spur. Melissa hatte ihren Akzent komplett verloren. Meg kicherte jedes Mal, wenn sie mich küssen sollte. Thad verpasste zwei Proben – es hatte irgendwas mit seiner Mom zu tun – und Wayne musste für ihn einspringen. Iris war unzufrieden. Nur Peter schien unbesorgt zu sein.

»In zwei Wochen ist Premiere«, beschwerte ich mich auf dem Heimweg von einer ziemlich frustrierenden Abendprobe. »Das schaffen wir nie, Peter Finn.«

»Doch«, entgegnete er.

»Wie willst du das wissen?«, fragte ich. »Woher kommt diese Weisheit?«

»So läuft es bei jeder einzelnen Theaterproduktion«, erklärte Peter, als wir in meine Straße einbogen. Seine Scheinwerfer durchbohrten die Nacht, und Mücken prallten gegen die Windschutzscheibe. »Irgendwann in der Hälfte gibt es immer einen Punkt, an dem alles in die Hose geht. Und dann, ungefähr eine Woche vor der Premiere, fügen sich plötzlich alle Teile zusammen und es macht klick.«

»Klick?«

Er schnippte mit den Fingern. »Klick – und die Produktion steht. Glaubst du, dass Jack und Algy aufeinander stehen?«

»Pfff. Und wie.« Ich schaute auf meinem Handy nach, ob jemand mir geschrieben hatte. Langsam wurde das zur Gewohnheit. »Na ja, den Frauen ist es eigentlich nur wichtig, ob Jack und Algy Geld haben und ob sie wirklich Ernst heißen. Jack und Algy unterhalten sich miteinander über alles Mögliche. Sie lachen miteinander, streiten sich und vertragen sich hinterher wieder, so wie … wie …«

»So wie wir?«, ergänzte Peter mit einem Lächeln, das so schön war, dass ich es am liebsten für immer in Bernstein eingefangen hätte.

Am nächsten Tag hatten Peter und ich keine Probe, also begab er sich wieder auf Wohnungssuche. Ein paar Stunden später kehrte er zurück – ohne Erfolg. Dad hatte immer noch keine neue Arbeit gefunden, weshalb wir den Rest des Tages damit verbrachten, im Trailer Karten zu spielen. Peter bot uns an, dass er uns einen Fernseher kaufen könnte, aber Dad erlaubte es ihm nicht.

»Ein Handy für Kevin lasse ich mir ja noch gefallen«, sagte er, »aber ein Fernseher geht zu weit. Und außerdem solltest du dein Geld sparen, junger Mann.«

Kurz vor dem Abendessen bog ein fremdes Auto in die Einfahrt ein. Mein Körper spannte sich an. Es wurde auch nicht besser, als Mr. Dean, der Anwalt, ausstieg. Peter und ich tauschten Blicke aus und ich merkte, wie auch er in Panik geriet.

»Und jetzt?«, stammelte Dad. Er riss die Tür auf und rief: »Das hier wird wahrscheinlich kein angenehmer Besuch, also bringen wir ihn so schnell wie möglich hinter uns.«

Mr. Dean entgegnete: »Zuerst muss ich mich mit Mr. Morse unterhalten.«

»Ja?« Peter stellte sich neben Dad vor die Tür, sodass ich auf Zehenspitzen stehen musste, um über ihre Köpfe schauen zu können.

»Die Voruntersuchung findet am 8. Juli um 9 Uhr im Gerichtsgebäude statt«, sagte Mr. Dean, der immer noch draußen vor der Tür stand. »Der Staatsanwalt wird dem Richter seine bis dahin gesammelten Beweise darlegen. Wir versuchen, sie zu entkräften und die Klage abzuweisen. Dem wird der Richter nicht zustimmen. Die Staatsanwaltschaft wird veranlassen, dass Ihre Kaution aufgehoben wird, mit der Begründung, dass Sie eine Bedrohung für die Gesellschaft darstellen und darüber hinaus eine Fluchtgefahr besteht. Auch dem wird der Richter nicht zustimmen. Und dann gehen wir alle nach Hause.«

»Also sind Sie immer noch mein Anwalt«, sagte Peter langsam.

»Ihre Eltern haben mich bisher nicht entlassen.«

»Wird es einen Prozess geben?«, fragte Peter.

»Das hoffen wir nicht«, entgegnete Mr. Dean. »Er würde nicht gut verlaufen. Die Staatsanwaltschaft wird Sie als reichen, verzogenen Bengel darstellen, der mit einem Mord davongekommen ist. Die Geschworenen hassen verzogene Bengel.«

»Peter ist nicht verzogen«, warf ich hitzig ein.

»Das werden die Geschworenen anders sehen«, erwiderte Mr. Dean. »Unsere größte Hoffnung besteht darin, dass wir bis zum Prozess Beweise finden, die Ihre Unschuld belegen. Halten Sie sich bis dahin einfach nur von der Presse fern, vor allem, was Ihre persönlichen Beziehungen betrifft. Dies ist eine zutiefst konservative Stadt, und wenn die Staatsanwaltschaft aus dem *verzogenen Bengel* einen *verzogenen schwulen Bengel* macht, dann ist es aus mit Ihnen.«

»Ich habe es nicht getan«, sagte Peter mit zusammengebissenen Zähnen.

»Vor Gericht wird das keine Rolle spielen«, entgegnete Mr. Dean. »Dort zählt einzig und allein, was die Geschworenen von Ihnen halten.« Daraufhin überreichte er Dad einen prallen Umschlag. »Mr. Devereaux, ich bin in erster Linie hier, um Scott und Helen Morse zu vertreten. Den beiden ist es zur Kenntnis gelangt, dass Sie diesen Trailer und das dazugehörige Grundstück nicht besitzen. Außerdem zahlen Sie keine Miete.«

Dad zögerte. »Das stimmt. Wir hüten das Zuhause eines Freundes.«

»Das wusste ich gar nicht«, flüsterte Peter mir ins Ohr. Ich nahm seine Hand.

»Dieser … Freund von Ihnen ist ein gewisser Daniel Treckman, der zurzeit wegen Körperverletzung und bewaffnetem Raubüberfall in Jackson im Staatsgefängnis von Michigan sitzt.«

Ein Schauer überkam mich. Wie viel wussten die Morses noch?

»Und wenn schon?«, sagte Dad.

»Mr. und Mrs. Morse haben Mr. Treckman ein großzügiges Angebot für den Kauf des Grundstücks und des Trailers mitsamt seines Inhalts unterbreitet. Er hat heute Morgen zugestimmt.«

Der Schauer wurde immer kälter. Ich bekam kaum noch Luft. Peters Hand fühlte sich in meiner an wie ein Geist. Mr. Deans restliche Worte umströmten mich wie ein eisiger Wasserstrudel.

»Sie und Ihr Sohn können das Gelände entweder innerhalb von achtundvierzig Stunden räumen oder den Mietvertrag in diesem Umschlag unterzeichnen und somit zustimmen, jeden Monat die Mietkosten in Höhe von 1.000 Dollar zu tragen.«

»Ein Riese pro Monat?«, rief Dad stutzig aus. »Für dieses Drecksloch? Sie wollen mich doch verarschen!«

»Oder …«, fuhr Mr. Dean fort.

Peter trat einen Schritt nach vorne. »Oder ich kann nach Hause gehen und den braven Heterojungen spielen, hab ich recht?«

»In dem Mietvertrag gibt es eine Klausel, die besagt, dass die Miete erlassen wird, wenn Peter Finn Morse das Gelände verlässt und sich einverstanden erklärt, fortan mindestens einhundert Meter Abstand zum jungen Mr. Devereaux zu halten«, erklärte Mr. Dean.

Dad setzte an: »Sie können sich Ihren Mieterlass in den A…«

»Mr. Devereaux, dürfte ich Sie daran erinnern, dass Sie gegen diverse Vorschriften des Gesundheitsministeriums verstoßen, wenn Sie Ihrem Sohn kein angemessenes Zuhause bieten. Sollte das Jugendamt von diesem Problem erfahren – und ich soll Ihnen von den Morses ausrichten, dass sie das Jugendamt definitiv davon unterrichten werden –, wird Ihnen das Sorgerecht entzogen und Ihr Sohn wird in einem Pflegeheim untergebracht.«

Ich spürte einen Stich im Herzen. Die Luft um mich herum stand still und ich taumelte rückwärts ins Wohnzimmer. Blut dröhnte in meinen Ohren. Sie wollten

166

mich von Dad wegbringen. Sie wollten uns rausschmeißen. Dad wäre obdachlos und ich würde bei Fremden leben.

»Kann ich deshalb keine Arbeit finden?« Dads Stimme war rau wie Sandpapier. »Haben die beiden meinen Ruf in der Stadt derart in den Dreck gezogen?«

»Dazu kann ich mich nicht äußern«, entgegnete Mr. Dean.

Peters Gesicht war bleich. »Gehen Sie, Mr. Dean.«

»Mrs. Morse hat mich außerdem gebeten zu wiederholen, dass die bereits erwähnte Stelle als Vorarbeiter in Toledo immer noch verfügbar ist«, fügte Mr. Dean hinzu. »Sie haben achtundvierzig Stunden Zeit, sich zu entscheiden.«

Er stieg in sein Auto und fuhr davon.

»Oh Mann.« Dad ließ den Umschlag auf den Tisch fallen und sank in die Couch. »Oh Mann.«

Peter hing bereits an seinem Handy. »Dad? Was soll der Scheiß? Glaubst du etwa, ich komme nach Hause, wenn du Kevins Leben auf den Kopf stellst?« Stille. »Lüg mich nicht an, Dad. Wenn Kevin und sein Dad dir wirklich etwas bedeuten würden, dann würdest du ihm hier einen Job anbieten und nicht in Toledo.« Stille. »Nein. Ich werde ihr Haus sofort verlassen. Ich schlafe in einem Hotel, bis ich eine ... was?« Stille. »Dann pendle ich eben von Vine City aus. Nicht einmal du kannst jede einzelne Wohnung in Michigan mieten. Und wenn du Mr. Devereaux jemals irgendetwas zum Thema Miete sagst, gehe ich an die Medien und werde alles auspacken. Ich erzähle ihnen, dass du mich rausgeschmissen und mein Geld gestohlen hast.« Stille. »Das kannst du gerne machen, Dad, aber wie du immer so schön sagst: ›Wer sich beschwert, hat schon verloren.‹« Diesmal folgte eine längere Stille. »Dann geh eben mit dem Unternehmen an die Börse, Dad. Darüber werde ich mich jetzt nicht mit dir unterhalten. Lass einfach Kevin und seinen Dad in Ruhe.« Er legte auf.

»Oh Mann«, sagte Dad erneut von der Couch aus.

»Ich glaube, ich habe zumindest erreicht, dass ihr nicht rausgeworfen werdet«, sagte Peter langsam. »Aber ich muss gehen. Ich suche mir irgendwo ein Zimmer, bis ich eine eigene Wohnung finde.«

»Peter Finn«, entgegnete ich. »Du musst nicht ...«

»Doch«, unterbrach mich Dad. »Leider schon.«

Überrascht drehte ich mich zu ihm um. »Was?«

»Ich kann dich nicht verlieren, Kevin.« Dad wich meinem Blick aus. »Weißt du, wie oft ich schon darauf gewartet habe, dass das Jugendamt bei uns anklopft? Jedes Mal, wenn ich nicht genug Essen auf den Tisch stellen kann, mache ich mir Sorgen, dass sie kommen und dich mitnehmen. Jedes Mal, wenn ich diesen Antrag auf kostenloses Mittagessen für die Schule ausfülle, mache ich mir Sorgen. Jedes Mal, wenn du mit Knoten in deinen kaputten Schnürsenkeln einen Fuß vor die Tür setzt, mache ich mir Sorgen. Ich bin ein Verbrecher auf Bewährung. Weißt du, wie einfach es für sie wäre, mir das Sorgerecht zu entziehen? Vor allem, wenn die allmächtigen Morses es ihnen vorschreiben?«

Seine Worte waren wie ein Schlag in die Magengrube. Ich ließ mich mit zugeschnürter Kehle auf den Sessel fallen und hatte plötzlich keine Kraft mehr, mich zu streiten. »Und was ist mit *Bunbury*? Ich muss wegen meiner Bewährungsauflage in der Produktion bleiben. Und du spielst die Hauptrolle, Peter Finn. Du kannst jetzt nicht so einfach aussteigen.«

Er kniete sich neben den Sessel und legte seine Arme um mich. »Ich steige nicht aus.«

»Mr. Dean hat gesagt, dass du hundert Meter Abstand zu mir halten musst …«

»Eine Sache, die ich durch die ständige Anwesenheit von Anwälten gelernt habe, ist, dass alles verhandelbar ist«, sagte Peter. »Einschließlich des Namens, der unten im Vertrag steht. Unterschreiben Sie den Mietvertrag nicht, Mr. Devereaux. Als Hüter dieses Hauses haben Sie tatsächlich auch Ihre Rechte.«

»Solange, bis ich den Trailer verlasse«, warf Dad ein. »Dann können deine Eltern hereinschneien und das Schloss austauschen.«

»Ich werde nach Hause gehen und mit ihnen reden«, sagte Peter. »Ich muss ohnehin nach meiner Schwester sehen. Sie dürfen den Vertrag nicht unterzeichnen und auch nicht ausziehen. Wenn es hart auf hart kommt, übernehme ich die Miete.«

»Peter, das kann ich nicht …«, setzte Dad an.

»Doch, das können Sie«, widersprach Peter. »Das ist meine Schuld und ich kann Ihnen helfen. Es sei denn, Sie haben irgendwo im Hinterhof einen Haufen Gold vergraben.«

»Schön wär's.«

»Sie werden dir immer wieder den Boden unter den Füßen wegziehen, wenn du nicht auf sie hörst, Peter Finn«, sagte ich. »Sie nehmen dir dein Auto weg …«

»Dann kauf ich mir ein neues.«

»Und dein Handy.«

»Handys kosten nicht viel.«

»Und deinen Anwalt«, fügte ich hinzu. »Was passiert, wenn sie dir deinen Rechtsbeistand entziehen?«

Das stellte ihn ruhig. Er musste lange überlegen. »Das würden sie nicht machen«, sagte er schließlich. »Glaube ich zumindest. Es würde den Morse-Namen in den Dreck ziehen und der Firma schaden, wenn ich ins Gefängnis gehe. Also, ich muss dann los. Wir sehen uns morgen auf der Probe. Schreib mir.«

Er packte seine Sachen und ging. Dabei hinterließ er eine gähnende Dunkelheit.

»Ich sag's ja echt nur ungern«, raunte Dad, nachdem das Auto weggefahren war, »aber der Kleine ist ganz schön verwöhnt.«

Das machte mich wütend, und ich fuhr ihn an. »Wie meinst du das?«

»Seine Eltern haben ihn rausgeschmissen, aber er kann immer noch damit rechnen, genug Geld und einen Anwalt zu haben«, erklärte Dad. »Für ihn ist das nur ein kleiner Rückschlag. Ganz schön lästig, sich um ein Hotelzimmer und ein neues Handy kümmern zu müssen. Und was ist mit uns? Wir landen auf der Straße. Unsere Familie wird auseinandergerissen.«

Meine Augen brannten vor Wut. »Wegen Mordes angeklagt zu werden ist nicht nur einfach ein kleiner Rückschlag.«

»Wenn seine Eltern wütend auf ihn sind, dann lassen sie es an uns aus und nicht an ihm, Kevin. Den Morses ist es egal, wem sie Schaden zufügen, und Peter ist ein Morse. Auch er fügt uns Schaden zu. Vielleicht nicht mit Absicht, aber trotzdem tut er es.«

»Er ist weggegangen, Dad. Um mich zu beschützen. Uns beide.«

»Ich weiß. Aber er hat nicht gesagt, dass er dich fortan nicht mehr sehen wird. Wenn er dich wirklich beschützen wollte, dann würde er …«

»Hör auf!« Ich stürmte in mein Zimmer, schlug die Tür zu und warf mich aufs Bett. Ich würde nicht weinen.

Robbie starrte mir aus seinem Bilderrahmen entgegen. Ich ballte die Faust, um das Scheißteil kaputt zu schlagen, aber dann hielt ich mich zurück. Behutsam drehte ich mich auf die andere Seite zur Wand. Peter war fort. Vielleicht würde ich ihn nie wiedersehen. Wenn ich Peter nicht mehr hätte, warum hatte ich dann überhaupt Leuten erzählt, dass ich schwul bin? Der ganze Schmerz war vollkommen umsonst.

Was für ein Riesenchaos. Peter steckte immer noch in Schwierigkeiten mit der Polizei, und seine Eltern waren hinter Dad und mir her. Ich stand immer noch unter Bewährung, und Les hatte … mich …

Verdammt. Wayne gegenüber hatte ich das Wort laut aussprechen können, aber in meinen Gedanken wollte ich es nicht ausbuchstabieren. Meine Augen brannten immer noch. Ich war so ein Versager. Ein Häufchen Elend. Niemand würde etwas mit mir zu tun haben wollen. Das war der eigentliche Grund, aus dem Peter mich verlassen hatte – er konnte es nicht ertragen, mit jemandem zusammen zu sein, der so erbärmlich war.

Dad ließ mich in Ruhe, und als ich mich am nächsten Morgen aus dem Bett schleifte, roch es im Wohnzimmer nach abgestandenem Whisky. Ich warf einen Blick in den Mülleimer in der Küche. Die leere Flasche lag ganz unten. Als er mir vor ein paar Tagen etwas davon angeboten hatte, war sie noch zur Hälfte gefüllt gewesen. Scheiße.

Ich fühlte mich noch schlechter und ging auf Zehenspitzen in Dads Zimmer. Es war extrem heiß, aber er schnarchte tief und fest in seinem Bett vor sich hin. Auch hier roch es stark nach Whisky, aber der Gestank vermischte sich mit einem unangenehmen Schweißgeruch. Die Schuld wog schwer auf meinen Schultern, und die Wut von gestern Abend löste sich in Luft auf. Es lag an mir. Ich hatte ihn dazu getrieben, sich so zu betrinken. Hatte Dad immer noch Albträume von dem Mann, den er geschlagen hatte, bevor er vom Dach gefallen war? Daran hatte ich noch gar nicht gedacht. Er hatte Angst, mich zu verlieren, und ich ...

Ich wüsste nicht, wie ich damit umgehen sollte, wenn ich ihn verlieren würde. Gestern Abend war ich so aufgebracht, weil Peter gegangen war und darüber, was Dad gesagt hatte, dass ich kaum daran gedacht hatte, von ihm getrennt zu werden. Der Gedanke raubte mir den Atem. Ich hatte bereits Mom verloren, und Dad ... Dad hatte mir immer geholfen, auch dann, wenn ich gemein zu ihm war. Und er hatte mich nach meinem Outing umarmt, während Peters Mom ihren Sohn aus dem Haus gejagt hatte. Er hatte mich zum Pride-Festival gehen lassen, während Peters Eltern ihn dazu gezwungen hatten, im Verborgenen zu leben. Und er hatte Peter bei uns bleiben lassen und sich meinetwegen gegen Detective Malloy gestellt. Peter hatte zwar seine Anwälte, aber ich hatte Dad. Wer von uns war besser dran?

Ich sah Dad beim Schlafen zu. Wann hatte ich Dad überhaupt zum letzten Mal gesagt, dass ich ihn lieb hatte? Ich konnte mich nicht mehr erinnern. Was für ein Spinner ich doch war. Ich war wütend auf Dad gewesen, weil er mich verlassen hatte, aber damals wusste ich noch nichts von seinen Albträumen und seiner Angst, mich zu verlieren.

Les hatte mir wehgetan, und ich hatte versucht, es für mich zu behalten, aber wie war das jetzt noch möglich? Les fügte nun auch Dad Schaden zu. Und Peter. Er fügte allen Schaden zu.

Vielleicht konnte ich dem ein Ende bereiten. Wenn ich doch nur mutig genug wäre.

Les lachte mich in meinem Kopf aus. *Du kleiner Perversling. Darauf stehst du doch. Du liebst es. Du wirst es niemals verraten.*

Dad drehte sich im Schlaf um. Ich schlich mich in mein eigenes Zimmer zurück, wo ich ruhelos herumtigerte. *Du wirst es niemals verraten.* Ich hatte es bereits Peter erzählt. Und Wayne. Was machte eine weitere Person da noch für einen Unterschied?

Ich holte Les' Handy unter meiner Matratze hervor und rief die Nachrichten wieder auf.

Du Wichser.

Ich hasse dich.

Stirb, du Mistkerl.

Diese Nachrichten könnten die Polizei zu anderen Personen führen, zu dem richtigen Mörder, und ich behielt sie zurück, weil ich Angst hatte zu erzählen, was Les mir angetan hatte.

Nun ja. Indem ich Peter davon erzählt hatte, hatte ich diesen Stein, der so viel Verwüstung angerichtet hatte, überhaupt erst ins Rollen gebracht. Hätte ich nur die Klappe gehalten, wäre Peter niemals zu Les nach Hause gegangen und hätte ihn nicht zusammengeschlagen. Niemand hätte ihn oder sein Auto gesehen, und die Polizei hätte an seinen Händen keine blauen Flecke gefunden. Darüber zu sprechen endete jedes Mal im Chaos. Nur ein Feigling würde diesen Ausweg wählen.

Du hast es auch Wayne erzählt, flüsterte eine andere Stimme in meinem Kopf. Aber er war so wie ich. Er würde es nicht ausplaudern. Und ich hatte gar nicht geplant, es ihm zu erzählen. Es war einfach so passiert. Jetzt würde ich es einer Person erzählen müssen, die mich nicht leiden konnte.

Ich fing an zu schwitzen und mein Magen zog sich zusammen. Oh Gott, ich musste mich übergeben. Ich rannte ins Bad und beugte mich über die Toilette. Während ich tief ein- und ausatmete, versuchte ich, den Impuls zu unterdrücken.

Du kleiner Perversling.

Schließlich beruhigte sich mein Magen wieder. Ich spritzte mir etwas kaltes Wasser ins Gesicht und starrte in den Spiegel. Mein Spiegelbild war blass.

Du wirst es niemals verraten.

Nein. Nein, das würde ich nicht tun. Ich könnte es nicht ertragen, allen gegenüberzutreten, nachdem sie erfahren hatten, wie versaut ich war.

Aber dann dachte ich wieder an Dad. Wie sehr ihm das alles zu schaffen machte. Was würde mit uns passieren, wenn das so weiterging? Dad war für mich tapfer gewesen, und jetzt musste ich für ihn tapfer sein. Das musste ich einfach tun.

Ich stampfte in die Küche und schrieb ihm einen Zettel. *Bin mit meinem Fahrrad unterwegs.* Dann schwang ich mich mit Les' Handy, das schwer in meiner Hosentasche wog, auf meinen Sattel und radelte los.

DRITTER AKT, 2. SZENE

KEVIN

DIE KLIMAANLAGE im Eingangsbereich der Ringdale-Polizeiwache war voll aufgedreht, und der Marmorboden entzog meinen Knochen die gesamte Wärme, während sich die Automatiktür hinter mir mit einem rauschenden Geräusch schloss. Meine Zähne klapperten, aber das kam nicht von der kühlen Temperatur. Der Sergeant auf der anderen Seite der Panzerglasscheibe musterte mich. Ich erkannte ihn nicht und war mir unsicher, ob das ein gutes oder schlechtes Zeichen war.

»Kann ich dir helfen?«, fragte der Sergeant.

»Ähm … vielleicht.« Es kostete mich große Anstrengung, die Worte auszusprechen. »Ist Detective Malloy da? Ich muss mit ihr sprechen. Es geht um einen Fall.«

»Wie ist dein Name?«

Ich beantwortete seine Frage. Er nahm den Telefonhörer in die Hand und bat mich, Platz zu nehmen, wie beim Zahnarzt im Wartezimmer. Ich setzte mich auf eine Plastikbank und starrte auf die Knoten in meinen Schnürsenkeln. Würde Detective Malloy darauf achten und sie als Argument verwenden, um mich von Dad wegzuholen? Eher würde ich davonlaufen. Ich würde …

»Kevin?«

Detective Malloy stand in einer offenen Tür. Ich schluckte, nickte und stand auf. In meiner Brust spürte ich ein wildes Pochen, aber ich hatte schließlich auch viel auf dem Herzen. Ich musste aufs Klo.

»Komm mit nach hinten«, sagte sie.

Ich folgte ihr in einen Bereich, in dem ein paar Schreibtische und Computer standen. Hier war ich auch im Frühjahr bei meiner Festnahme hingebracht worden, nachdem ich Robbie zusammengeschlagen hatte. Beide Male wäre ich am liebsten auf mein Fahrrad gestiegen und bis zu den Rocky Mountains gerast. Letztes Mal hatten mich die Handschellen davon abgehalten. Dieses Mal blieb ich wegen etwas, das noch stärker war als Stahl.

Der große Raum hatte sich nicht verändert. Die meisten Schreibtische waren mit Männern und Frauen besetzt, die vor sich hin tippten. Einige von ihnen hatten eine Uniform an. Auf manchen Stühlen saßen Leute, die nicht zur Polizei gehörten. Die meisten davon trugen Handschellen. Ich versuchte, sie nicht anzusehen, aber beim Gedanken an die Handschellen wurde mir schlecht. Überall klingelten Telefone, Finger ratterten über Tastaturen und Stimmen unterhielten sich miteinander. Der

Geruch von abgestandenem Kaffee und verbranntem Mikrowellen-Popcorn lag in der Luft, und die grellen Deckenleuchten warfen ihr blendendes Licht auf uns.

»Nimm Platz«, sagte Malloy, als wir an einem Schreibtisch angekommen waren, der vermutlich ihr gehörte. »Magst du etwas trinken? Wasser? Eine Limo?«

Ich schüttelte den Kopf und nahm Platz, während sie sich auf einen quietschenden Stuhl vor ihrem Computer setzte. Sie trug einen dunkelblauen Blazer über einem knallroten T-Shirt, und ihre Haare waren wie schon bei unserer letzten Begegnung zu einem straffen Zopf gebunden. Mein Herz schlug schneller. Es war dieselbe Ermittlerin, die Peter festgenommen und mich verhört hatte. Sie konnte mich nicht leiden. Sie hielt mich für Abschaum. Ich *war* Abschaum.

»Der Sergeant sagte, du wolltest mit mir über einen Fall sprechen«, sagte sie erwartungsvoll. »Geht es um Les Madigan?«

Ich nickte, doch ich konnte keinen Laut von mir geben. Ich war wie eine Maus in einem Raum voll lauernder Katzen.

»Dann schieß mal los«, fuhr sie fort. »Was hast du mir zu sagen?«

Ich setzte an, hielt dann jedoch inne. Die Angst hatte mich fest im Griff und raubte mir die Worte. Ich konnte weder an Peter noch an Dad denken, nur daran, schleunigst hier rauszukommen.

Kleiner Perversling.

Detective Malloy schien dies zu bemerken. Sie sagte: »Wenn dir jemand Angst macht, können wir an einen ungestörteren Ort gehen, Kevin. Wir können dich beschützen. Das ist unser Job.«

»Vor dieser Sache können Sie mich nicht beschützen«, erwiderte ich mit leiser Stimme. »Es ist schon passiert.«

»Was ist passiert, Kevin? Hat dich jemand verletzt?« Ihre Stimme war voller Mitgefühl, und das gab mir den Rest. Meine Augen füllten sich mit Tränen. Ich wollte hier nicht weinen … und auch sonst nirgendwo. Stattdessen zückte ich das Handy aus meiner Hosentasche und legte es vor ihr auf den Tisch.

»Hier«, sagte ich.

Sie fasste es nicht an. »Was ist das?«

»Das ist Les Madigans Handy.«

Detective Malloy öffnete eine Schublade, holte ein Paar Latexhandschuhe hervor und griff nach dem Handy. »Wo hast du das her? Schon gut, Kevin. Ich werde dich nicht verhaften. Du kannst es mir ruhig sagen.«

Ich blickte wieder auf meine verknoteten Schnürsenkel herab und rang nach Worten.

Kleiner Perversling.

Aber ich musste Dad helfen.

»Ein paar Tage, bevor Les umgebracht wurde …« Ich beugte mich nach vorne und meine Worte waren so langsam wie Treibsand. »… war ich abends nach der Theaterprobe gerade auf dem Heimweg und legte im Park in der Nähe vom Golfplatz einen Stopp ein. Aber Les war auch da. Er war mir gefolgt. Er packte

173

mich und dann ... dann ...« Warme Tränen strömten aus meinen Augen und tropften direkt auf meine Scheißschnürsenkel. Ich schnappte nach Luft. »Dann hat er mich ...«

»Kevin«, sagte Malloy. »Hat Les Madigan dich vergewaltigt?«

Ich starrte auf meine feuchten Schuhe.

Du wirst es niemals verraten.

Für Dad.

»Ja«, flüsterte ich.

Eine kurze Pause. Dann sagte Detective Malloy, genau wie Wayne: »Das tut mir so leid.«

Ich fuhr mir mit dem Handrücken durch die Augen, und ein rosa Taschentuch erschien in meinem Sichtfeld. Ich blickte auf. Malloy hielt es mir entgegen. Ich nahm es und putzte mir die Nase.

»Es war mutig von dir, hierherzukommen und mir das zu erzählen«, sagte Malloy. »Sehr mutig. Du kannst wirklich stolz auf deine Tapferkeit sein.«

Ich schüttelte einfach nur den Kopf. Mir ging es schon etwas besser. Ich hatte einer fremden Person davon erzählt und hatte es überlebt. Aber ich wusste immer noch nicht, wie es jetzt weitergehen würde.

»Hast du sonst noch mit jemandem darüber gesprochen, Kevin?«, fuhr Malloy fort.

»Nein«, antwortete ich. »Also, doch. Eigentlich schon.«

»Und mit wem?« Ihre Stimme war ruhig und sanft, als würde sie mit einem scheuen Häschen reden, das jeden Moment davon hoppeln könnte.

»Gestern habe ich es Wayne erzählt. Er ist der neue Regieassistent unserer Theaterproduktion. Und ich habe es Peter Finn erzählt.«

»Peter Morse«, sagte Malloy.

Ich atmete zittrig ein. »Ja.«

»War das, bevor oder nachdem Les umgebracht wurde?«

»Kurz davor. Er war ziemlich wütend und ist zu Les' Wohnung gegangen. Deswegen hat diese Frau ihn auch dort gesehen.«

Malloy nickte. »Hat Peter Les zusammengeschlagen?«

Ich hatte eine Riesenangst, aber diese Frage wollte ich nicht beantworten. »Ich war nicht dabei, also kann ich mich dazu nicht äußern.«

»Warum war Peter so wütend, nachdem du es ihm erzählt hast?«, hakte Malloy nach. »Ich dachte, ihr beiden würdet euch kaum kennen.«

»Wir kannten uns auch kaum«, stammelte ich. »Zumindest damals, aber jetzt ... jetzt sind wir ...«

»Ist Peter dein fester Freund?«, fragte Malloy.

Scheiße. »Sie dürfen es niemandem sagen«, platzte es aus mir heraus. »Seine Familie ...«

»Sie wissen nichts davon.«

»Sie wissen es schon. Aber … es passt ihnen nicht, und sie gehen ziemlich schlecht damit um.«

»Ich verstehe.« Sie schrieb etwas in ihr Notizbuch. »Wo hast du das Handy her, Kevin?«

An dieser Stelle log ich. Ich wollte Peter nicht in noch größere Schwierigkeiten bringen, als er ohnehin schon war. »Les hat es fallen gelassen, als er mich angegriffen hat. Ich habe es gefunden und mitgenommen.«

»Warum?«

Ich zuckte mit den Schultern, aber mein Herz raste immer schneller. »Ich weiß nicht. Irgendwie war ich wütend auf ihn.«

»Verständlich.« Sie ließ das Handy in einen Beweisbeutel aus Plastik fallen, verschloss in und schrieb etwas auf die Außenseite.

»Stecke ich jetzt in Schwierigkeiten?« Ich konnte die Frage nicht für mich behalten.

»Nein, Kevin«, sagte sie beruhigend. »Keine Schwierigkeiten. Du hast definitiv das Richtige getan.«

In diesem Moment fiel mir ein riesiger Stein vom Herzen und die Anspannung löste sich ein wenig. Ich fühlte mich schlaff.

Malloy fügte hinzu: »Aber warum hast du beschlossen, es ausgerechnet jetzt vorbeizubringen?«

»Ich hatte es die ganze Zeit bei mir, aber ich konnte mich nicht dazu überwinden, es anzufassen«, erklärte ich. »Dann habe ich die Nachrichten darauf gelesen und dachte mir, vielleicht können sie ja helfen.«

»Nachrichten?«

»Manche Leute waren anscheinend sauer auf ihn und haben ihm Hassbotschaften geschickt. Ich dachte mir, vielleicht könnten sie bei der Suche nach weiteren Verdächtigen helfen.«

»Waren die Nachrichten mit Namen versehen?«

Ich schüttelte den Kopf. Sie glaubte immer noch, dass Peter der Mörder war. So sollte das eigentlich nicht laufen. »Es werden nur Telefonnummern angezeigt. Aber die können Sie zurückverfolgen, oder?« Ich wurde immer verzweifelter. »Peter F… Peter hat Les nicht umgebracht. Er hat es nicht getan.«

»Und woher weißt du das, Kevin?«, fragte sie mit ruhiger Stimme.

»Peter würde so etwas nicht machen.« Plötzlich konnte ich gar nicht mehr aufhören zu reden. »Am Tag nach Les' Tod war ich bei Peter zu Hause, und ich habe seine Hände berührt. Sie waren so groß – viel größer als meine, daran kann ich mich noch genau erinnern – und sie hatten blaue Flecke, was Ihnen ja auch schon aufgefallen ist, aber das bedeutet nicht, dass Peter ihn umgebracht hat. Es ist kein Beweis.«

»Kevin, wir können nicht …« Malloy versteifte sich und einen kurzen Augenblick lang dachte ich, ich würde doch in Schwierigkeiten stecken. »Oh mein

175

Gott.« Sie schnappte sich ihr Notizbuch und blätterte darin herum. »Oh mein Gott. Sag das noch mal.«

»Das bedeutet nicht, dass Peter ihn umgebracht hat?«, wiederholte ich fragend.

»Nein, das davor. Mit seinen Händen.«

»Ähm ... Ich habe seine Hände berührt, und sie waren viel größer als meine.« Worauf wollte sie hinaus?

»Oh mein Gott«, sagte sie zum dritten Mal und konnte kaum still sitzen. »Kevin, wo ist Peter gerade? Weißt du das?«

»Nein. Er sagte, er müsste sich ein Hotelzimmer suchen, aber er wollte auch nach seiner Schwester sehen, also könnte er gerade zu Hause sein«, sagte ich.

»Ich werde ihn finden. Kevin. Das ist uns eine große Hilfe.«

Ich war verwirrt. »Was? Inwiefern? Wissen Sie jetzt, dass Peter unschuldig ist?«

»Ich muss noch mehr Nachforschungen anstellen«, sagte sie und brachte sich wieder unter Kontrolle. »Hör mir jetzt gut zu. Hast du deinem Vater erzählt, was Les dir angetan hat?«

Ich erschauderte. »Nein. Werden Sie es ihm sagen?«

»Nicht, wenn du damit nicht einverstanden bist. Wenn du möchtest, kann ich es ihm sagen. Und wenn nicht, dann behalte ich es für mich.«

Eine weitere Erleichterung. Aber ich schüttelte den Kopf. »Ich weiß es nicht.«

Sie wühlte in ihrer Schublade herum und reichte mir eine Visitenkarte. »Normalerweise würde ich dich fragen, ob du Anzeige gegen Les erstatten willst. Diese Frage hat sich jetzt erledigt. Aber hier stehen die Kontaktdaten einer Therapeutin, die im Gemeindezentrum um die Ecke arbeitet. Sie berät Leute wie dich, die Opfer sexueller Gewalt wurden. Die Sitzungen kostet nichts, wenn du sie dir nicht leisten kannst. Wir können sie jetzt gemeinsam anrufen, falls du damit einverstanden bist. Möchtest du das?«

Ich zuckte mit den Schultern. »Ich komm schon zurecht.«

»Die Entscheidung liegt bei dir, Kevin.« Malloy hielt kurz inne. »Ich weiß, wie schwer das ist. Ich habe es selbst schon einmal durchgemacht.«

»Echt?« Ich war mir nicht sicher, was sie meinte.

»Als ich noch zur Polizeischule ging«, sagte sie in sachlichem Ton. »Kein Grund, ins Detail zu gehen, aber ein Typ, den ich kannte, hat mich in eine schlechte Situation gebracht und mich dann vergewaltigt. Ich war zu verängstigt und aufgebracht, um etwas zu sagen, und er ist einfach davongekommen.«

Krass. Ich musterte sie sorgfältig. Sie war eine starke Kriminalbeamtin, und sie hatte das mit sich machen lassen?

Ja. So, wie ich das, was Les mir angetan hatte, mit mir hatte »machen lassen«. Scheiße.

»Was ist passiert?«, fragte ich.

»Es dauerte sehr lange, bis ich bereit war, mit jemandem darüber zu reden«, antwortete sie. »Ich verbrachte viel Zeit damit, wütend und traurig zu sein. Meine Leistungen ließen nach. Fast wäre ich von der Polizeischule geflogen. Schließlich habe ich mich an eine Therapeutin gewandt, und sie hat mir geholfen. Ich hatte mir eingeredet, dass es meine Schuld gewesen war, und ich hatte mich so dafür geschämt. Es dauerte eine Weile, bis ich begriff, dass es nicht meine Schuld gewesen war und ich kein schlechter Mensch war nur deshalb, was irgendein Arschloch mir angetan hatte.«

Damit entlockte sie mir ein Lächeln. Ich schaute mir die Karte in meiner Hand an. Sie verwies auf dieselbe Anlaufstelle, die auch Wayne mir empfohlen hatte.

»Ich muss los.« Malloy stand auf. »Kommst du fürs Erste zurecht?«

»Ja.« Ich steckte die Karte in meine Hosentasche.

Malloy sagte, ich sollte sie jederzeit anrufen, wenn ich noch mehr zu erzählen hätte. Dann begleitete sie mich nach draußen ins Sonnenlicht, strich mir über den Arm und ging. Ein paar Sekunden später sah ich, wie sie in einem Zivilauto wegfuhr.

ICH RIEF die Therapeutin nicht an. Stattdessen versuchte ich, Peter zu erreichen. Er ging nicht ans Telefon und ich machte mir Sorgen, die auf meinem Heimweg nur noch weiter zunahmen. Was, wenn ich einen Fehler begangen hatte? Ich spielte das Gespräch mit Detective Malloy noch einmal in meinem Kopf durch, und ich stellte mit Schaudern fest, dass ich ihr mehr oder weniger erzählt hatte, dass Les von Peter zusammengeschlagen worden war, obwohl ich es nicht selbst mitangesehen hatte. Hatte ich damit noch mehr Beweise geliefert, die ihn belasteten? Sie hatte nicht gesagt, dass Peter aus dem Schneider war. Ich bekam kaum noch Luft und musste mein Fahrrad anhalten, um mich zu beruhigen. Was, wenn ich Peter gerade ins Gefängnis geschickt hatte?

Als ich zu Hause ankam, war Dad nicht da. Er hatte auf dem Zettel unter meiner Nachricht eine eigene hinterlassen, in der stand, dass er in Vine City nach Arbeit suchen würde. Eine Botschaft zwischen den Zeilen – falls die Morses ihm was antun würden, wüsste ich, wo er war. Der dicke Umschlag, den Mr. Dean mitgebracht hatte, lag geöffnet auf dem Küchentisch, und überall waren Blätter verteilt. Ich verschaffte mir einen Überblick. Der Mietvertrag. Das Jobangebot. Sie lagen auf dem Tisch wie Brennnesseln. Ich durfte nicht darüber nachdenken.

Ich versuchte Peter wieder zu erreichen. Nichts. Ich schrieb ihm eine Nachricht. Keine Antwort.

Erst verging eine Stunde, dann waren es zwei. Ich machte mir Mittagessen. Peter hatte haufenweise Dosenravioli gekauft, wohl eher als Scherz, aber sie erinnerten mich an ihn. Vielleicht sollte ich bei ihm zu Hause anrufen. Ja, genau, als ob seine Eltern mit mir reden würden. Aber vielleicht ja einer der Hausangestellten.

177

Die Schale mit den Ravioli wurde kalt und ich schob sie von mir weg. Ich war doch nicht so hungrig, wie ich gedacht hatte.

Ich holte das Textbuch hervor, um meine Einsätze durchzugehen, aber die Worte purzelten ständig aus meinem Kopf. Schließlich schlug ich das Buch doch wieder zu, ging nach draußen und schwang mich aufs Fahrrad, nur, um etwas zu tun zu haben.

Ein paar große, fluffige Wolken zogen auf und spendeten etwas Schatten, und auch die Hitze hatte leicht nachgelassen. Die Luft roch nach trockenem Gras und warmem Asphalt. Ich fuhr an baufälligen Häusern und überwucherten Feldern vorbei. Nur wenige Autos trieben sich auf diesen verlassenen Straßen herum. Meine Beine waren etwas wund von der Fahrt zur Polizeiwache, und ich verzog das Gesicht. Ich hatte mich daran gewöhnt, von Peter zur Probe gefahren zu werden, und ich war nicht mehr wirklich in Form. Wie schaffte es Peter, so gut auszusehen, wenn er mit dem Auto überallhin fuhr? Er hatte nie erwähnt, ob er Sport machte. Vielleicht war er auch einer dieser Glückspilze, die mit einem Traumkörper gesegnet waren, ohne etwas dafür zu tun. Ich hingegen fuhr jede Woche Hunderte Kilometer mit dem Fahrrad und sah trotzdem aus wie ein Strichmännchen. Aber ich war gerne mit dem Rad unterwegs. Selbst wenn ich irgendwann mal ein eigenes Auto hätte, käme mein Fahrrad weiterhin oft zum Einsatz, vor allem im Sommer.

Ein grüner SUV steuerte auf mich zu. Er schwankte in seiner Fahrbahn hin und her und geriet über die Straßenmarkierung. Ich fuhr vorsichtig. Viele Autofahrer achteten nicht auf Fahrradfahrer oder alles andere, was nicht mindestens vier Räder hatte. Vielleicht war dieser Depp gerade am Handy oder brüllte seine Kinder auf der Rückbank an oder holte sich einen runter. Ich fuhr zur Seite aufs Gras, das meine Reifen ausbremste. Der SUV kam näher und lenkte dann wieder in seine eigene Spur, kurz bevor er mich erreichte. Er fuhr ohne Probleme an mir vorbei.

Sollte ich die Frau auf der Visitenkarte anrufen? Ich war mir immer noch unsicher. Der Gedanke daran, auf einem Sofa zu sitzen und eine Stunde lang über Les zu reden, versetzte meinen Magen in Aufruhr. Von meinem Gespräch mit Detective Malloy war ich vollkommen ausgelaugt, und dabei hatten wir uns nur wenige Minuten unterhalten. Was würde eine Sitzung mit einer Therapeutin erst mit mir anrichten? Nein. Auf gar keinen Fall.

Als ich fast wieder zu Hause war, lief mir eine Schweißperle über die warme Stirn. Die Luft wurde immer drückender und die Wolken zogen sich zusammen. Wahrscheinlich braute sich ein Gewitter zusammen.

Warum hatte Peter sich nicht bei mir gemeldet? Und warum war Malloy so aufgeregt gewesen, als ich Peters Hände erwähnt hatte? Ich fragte mich, ob Peter eine Wohnung gefunden hatte, und plötzlich wurde ich wütend. Warum hatte er mir überhaupt ein Handy gegeben, wenn er es nicht benutzte?

Vielleicht sollte ich ihm wieder schreiben. Ich griff in meine Hosentasche, aber sie war leer. Mein Handy lag noch auf dem Küchentisch. Verdammt! Was, wenn er mich angerufen hatte, als ich unterwegs war? Ich trat in die Pedale.

Hinter mir wurde ein Motorgeräusch immer lauter, und ich warf einen Blick über die Schulter. Der grüne SUV kam wieder auf mich zu. Was zum Teufel? Er fuhr zwar nicht mehr in Schlangenlinien, aber trotzdem machte er mich nervös. Meine Einfahrt war nur wenige Meter entfernt, also strampelte ich drauflos.

Der SUV beschleunigte rasch. Seine Scheinwerfer starrten mich an wie Augen aus Silber, und die zischenden Reifen verschlangen den Asphalt. Ich konnte nicht sehen, wer am Steuer saß. Mein Herz pochte. Ich versuchte mir einzureden, dass das nichts zu bedeuten hatte – vielleicht war vorhin jemand einfach nur schnell einkaufen gefahren und kam jetzt zurück. Aber es wirkte definitiv so, als würde der Wagen direkt auf mich zusteuern. Eine leise Stimme in meinem Kopf rief, ich sollte in den Graben fahren. Aber wie würde es auf den Fahrer wirken, wenn irgendein fremder Junge vor ihm mit seinem Fahrrad von der Straße saust? Ich trat in die Pedale, so fest ich nur konnte.

Der Wagen war nicht mehr weit entfernt – höchstens zehn Meter. Ich konnte hören, wie der Gang gewechselt wurde. Die Einfahrt lag dicht vor mir. Ich raste um die Kurve auf unser Grundstück und mein Fahrrad rutschte fast unter mir weg. Der SUV fuhr an der Einfahrt vorbei, heiter wie ein Raddampfer auf dem Mississippi. Er verschwand hinter den Nadelbäumen, die unser Grundstück umrahmten. Ich blieb einen Moment stehen und wartete darauf, dass mein Herz sich beruhigte. Verdammt, würde ich mir jetzt etwa für den Rest meines Lebens bei jeder Kleinigkeit in die Hose machen?

Ich lehnte mein Fahrrad gegen den Trailer und wollte gerade reingehen, um auf mein Handy zu schauen, als der Kies in der Einfahrt knirschte. Ich drehte mich um, nervös und erleichtert zugleich. Dad war zu Hause, und vielleicht hatte er Neuigkeiten.

Stattdessen kam der gewaltige grüne SUV angefahren. Ein kalter Schauer lief mir über den Rücken. Ich ging rückwärts auf die Stufen zur Veranda zu und warf einen Blick zu den Bäumen. Ich könnte einfach drauflos rennen. Der Wagen würde nicht zwischen den Baumstämmen hindurch passen. Ich könnte …

Die Fahrertür ging auf. Sie hing in der Luft wie ein loser Zahn, und der Bereich dahinter klaffte finster und bedrohlich auseinander. Etwas regte sich im Inneren, und für einen entsetzlichen Moment glaubte ich, Les Madigan würde heraus torkeln und mich mit einem verstörenden, breiten Lächeln anblicken. *Haha! Ich bin gar nicht tot. Komm her, du Wichser, und zeig mir, wie sehr du dich freust, mich zu sehen.*

Thad Creeker kam aus dem Wagen gesprungen. All die Anspannung fiel mit einem Mal von mir ab und ich fühlte mich wieder sicher. Es war einfach nur Thad, der auf Meg stand. Nicht irgendein Spinner. Und auch nicht Les. Ich atmete erleichtert auf.

»Hey, Thad«, sagte ich.

Thad hob grüßend die Hand, aber er schwieg. Das war seltsam. Wir hatten ein paar gemeinsame Szenen im Stück, aber wir waren keine guten

179

Freunde, obwohl wir uns auf der Poolparty ein bisschen unterhalten hatten. Er hatte mir Fragen zu dem Mordfall gestellt und erzählt, dass Les mit Drogen gehandelt hatte.

Vielleicht hätte ich das Detective Malloy erzählen sollen. Ich hatte es vollkommen vergessen.

Thad schritt auf die Veranda zu. Unter seinem wuschigen sandfarbenen Haar sah sein Gesicht blass und angespannt aus. Gab es ein Problem auf der Probe? Mit Peter? Ein stechender Schmerz zog durch meinen Körper.

»Ist irgendwas?«, fragte ich ihn.

»Oh, gut«, sagte Thad. »Ich bin am richtigen Haus.«

»Falls du mich suchst, dann ja.« Ich fuhr mir übers Gesicht. »Warst du das, der vorhin an mir vorbeigefahren ist, als ich mit dem Fahrrad unterwegs war? Du hast mir einen ganz schönen Schrecken eingejagt.«

»Tut mir leid. Ich habe dein Haus gesucht, aber es ist schwer, dem Navi zu folgen, und ich hab dich mit deinem Fahrrad gesehen und konnte nicht schnell genug wenden.«

»Okay.« Trotzdem merkwürdig. Mir kam ein Gedanke. »Ich wusste gar nicht, dass du schon alt genug bist, um Auto zu fahren.«

Thad schaute auf den SUV. »Ich habe eine Genehmigung. Meine Mom lässt mich fahren. Manchmal muss ich das, wenn sie … Na ja, manchmal muss ich halt. Hast du kurz Zeit?«

»Äh, klar. Was gibt's?« Ich wollte unbedingt einen Blick auf mein Handy werfen, aber er wirkte besorgt.

»Du hast bestimmt schon mitbekommen, was vorhin mit Peter passiert ist.«

Noch ein kalter Schauer. Meine Knie wurden weich und ich musste mich am Treppengeländer abstützen. »Nein. Ich habe versucht, ihn anzurufen, aber er …«

Thad erreichte die Stufen. »Die Polizei hat die Anklage gegen ihn fallen gelassen.«

Die Worte rauschten so schnell an mir vorbei, dass ich sie zuerst gar nicht verstand. Ich starrte Thad einen Moment lang an, und meine Finger, die das Geländer umklammerten, wurden weiß. »Was?«, brachte ich hervor.

»Ja. Sie haben die Anklage fallen gelassen. Er wurde freigesprochen.«

»Oh mein Gott.« Ich stieß beide Fäuste in die Luft, während mich eine Welle purer Freude überkam. Ich hätte in die Wolken springen und die Sterne vom Himmel pflücken können. »Ja! Ja! Alter, wie krass!« Dann fiel mir wieder ein, dass ich Peter nach außen hin gar nicht so nahe stehen sollte, also riss ich mich zusammen. Trotzdem wich das breite Grinsen nicht von meinem Gesicht.

»Das ist ja der Hammer«, sagte ich. »Wie kam es dazu?«

Thad verzog weiterhin keine Miene. »Es lag wohl an seinen Händen. Diese Polizistin hat festgestellt, dass die Würgespuren an Peters Hals kleiner waren als Peters Hände, also konnte er es nicht getan haben.«

Ich habe seine Hände berührt, und sie waren viel größer als meine.

180

Oh, wow. Deshalb war Malloy so aufgeregt gewesen. Es hatte nichts mit dem Handy zu tun gehabt, sondern damit, was ich gesagt hatte. Ich hatte ihr das gegeben, was sie gebraucht hatte, um zu begreifen, dass Peter es nicht getan haben konnte. Ja! Ich wollte am liebsten jemanden umarmen, aber Thad war wohl nicht die beste Wahl. Wo zum Teufel war Peter? Warum hatte er mich nicht angerufen?

»Ja, also, die Polizistin hat noch ein bisschen weiter ermittelt«, sagte Thad. »Auf Les' Handy sind ein paar Nachrichten aufgetaucht, und die Polizei hat sich die Drogen, die er verkauft hat, genauer angesehen.«

Und plötzlich erinnerte ich mich wieder an unser Gespräch am Pool. Ich erschauerte. Das Interesse, das Thad an dem Mordfall gezeigt hatte. Die Tatsache, dass er ständig nachgehakt hatte, wer sonst noch der Mörder sein könnte, wenn Peter unschuldig war. Ich schaute auf Thads Hände. Sie waren kleiner als meine. Ein elektrischer Schock durchzuckte mich.

»Du warst es«, sagte ich. »Du hast ihn umgebracht.«

»Les hat Drogen an meine Mom verkauft«, entgegnete Thad in einer entsetzlichen, ausdruckslosen Stimme. »Wenn er nicht gewesen wäre, dann wäre sie clean geworden. Aber sie wird in ihrem eigenen Erbrochenen ohnmächtig und ich mache es sauber, weil ich es nicht ertrage, sie so zu sehen, und ich bekomme mit, dass sie Dinge vergisst. Sie vergisst sogar mich. Man wollte uns unser Haus wegnehmen, weil sie auf der Arbeit so oft gefehlt hatte, und das alles nur wegen diesem Wichser, der ihr den Stoff verkauft hat.«

»Oh Mann, Thad, das tut mir so leid«, sagte ich.

»In letzter Zeit ist sie clean, weil sie keinen neuen Dealer finden kann«, fuhr er fort. »Aber sie ist auf der Suche. Immer auf der Suche.«

»Wie hast du es getan?«, fragte ich. Die Worte sprudelten einfach so aus mir heraus.

»Ich habe einfach nur das zu Ende gebracht, womit Peter angefangen hat.« Thad starrte die unterste Stufe der Treppe an, als wollte er sie in Flammen setzen. »Ich bin zu ihm gegangen, um … ich weiß es selbst nicht so genau. Und als ich ihn fand, lag er auf dem Boden seiner Bruchbude. Zwei seiner Zähne waren ausgeschlagen, sein Gesicht war voller Blut und er war nur halb bei Bewusstsein. Verdammt. Als ich reinkam, schaute er zu mir rauf und flüsterte: ›Hilf mir.‹ Ist das zu fassen? *Hilf mir.* In diesem Moment überkam mich die Wut. Dieser Dreckskerl brachte meine Mutter ins Grab, und er sagte ernsthaft: ›Hilf mir.‹ Also packte ich seinen Hals und erwürgte ihn. Er konnte sich nicht einmal wehren.«

»Oh mein Gott«, flüsterte ich.

»Danach hatte ich eine Riesenangst, dass die Polizei mich holen kommt. Ich wäre beinahe umgekippt, als diese Polizistin auf der Probe aufgetaucht ist, aber dann hat sie Peter festgenommen. Ich war in Sicherheit.«

»Auf Peters Kosten«, platzte es aus mir heraus.

»Ich dachte mir: Er ist eh reich, er kann sich irgendwie freikaufen. Scheiße, Mann – Peter, der Sonnyboy. Nichts kann ihm was anhaben. Er durfte sogar weiter mit uns proben.«

»Thad …«, setzte ich an.

»Aber dann ging alles nach hinten los, als Malloy merkte, dass Peters Hände zu groß für die Würgespuren waren. Und sie gelangte an Les' Handy und fand heraus, dass ich ihm Nachrichten geschrieben hatte. Und eine der Nachbarinnen, die letztes Mal nicht da gewesen war, erzählte heute, dass sie gesehen hatte, wie ich in Les' Wohnung gegangen war. Sie dachte, ich würde Stoff kaufen. Kannst du dir das vorstellen? Und das alles nur wegen dir.«

Ich erstarrte. »Wegen mir?«

»Du hast ihr doch Les' Handy gegeben, oder etwa nicht?«

»Doch.«

»Hab ich mir gedacht. Ich konnte es nicht in Les' Wohnung finden, was bedeutet, dass Peter es mitgenommen haben muss. Aber Peter würde es nicht einfach so in seinem Haus liegen lassen, also habe ich vermutet, dass er es dir anvertraut hat und du es der Polizei übergeben hast.«

Er hatte zwar recht, aber er kannte die Gründe nicht, und ich würde sie ihm nicht nennen. »Was willst du, Thad? Du bist mit dem Auto deiner Mutter gefahren, und hast noch nicht mal deinen Führerschein. Die Polizei sucht nach dir.«

Sein Gesicht nahm einen harten Ausdruck an. »Ich scheiß auf die Polizei. Und ich scheiß auf dich, Kevin.«

Ich trat einen Schritt zurück. »Was habe ich getan?«

»Du hast mein Leben zerstört, du Wichser!« Er ballte seine Hände zu Fäusten, und ich musste an Hank denken, wenn er wütend war. »Hättest du einfach die Klappe gehalten, wäre das alles nie passiert! Es war alles gut, bis du es kaputt gemacht hast!«

Ich tastete automatisch meine Hosentasche ab, aber mein Handy lag immer noch auf dem Küchentisch. Verdammt. Meine Nerven lagen blank. »Hey, Thad, ich will gar nicht …«

»Halt die Klappe!«, schrie er. Tränen liefen seine Wange herunter. »Ich werde dich zum Schweigen bringen!«

Er rannte zurück zu dem großen SUV und schwang sich ans Steuer. Der Motor erwachte brüllend zum Leben. Ich lief wieder in den Trailer, schloss die Tür zu und lehnte mich dagegen. Mein Herz hämmerte wie verrückt. Ach du Scheiße. Was zur Hölle ging hier vor sich? Mein Handy lag in Sichtweite auf dem Küchentisch, nur wenige Schritte entfernt. Ich wollte es gerade holen, als der Motor des SUVs plötzlich laut wie Donner brummte. Ich sah durch die kleinen Fenster der Haustür, wie sich etwas bewegte, und stürzte mich bäuchlings ins Wohnzimmer.

Ein donnerndes Krachen schallte durch den Trailer. Die Spitze des SUVs schoss durch die Wand und zerstörte die Haustür. Der Trailer ächzte und erbebte. Der Teppich brannte sich in meine Ellbogen, und ich umklammerte meinen Kopf mit den Armen. Glas zersprang. Bücher, Holz und Plastik flogen in alle Richtungen. Der SUV fauchte wie ein Ungeheuer. Thad trat erneut aufs Gas, und der SUV bohrte sich tiefer ins Innere. Die Decke über mir begann zu bröckeln. Dads Bücherregale stürzten ein. Blut und Angst pochte in meinen Ohren, und stechende Auspuffgase füllten meine Nase. Ich kroch auf die Füße. Der Trailer hatte eine Hintertür, aber wir benutzten sie nie, weil sie klemmte.

Das Getriebe heulte erneut auf. Thad legte den Rückwärtsgang ein und der SUV fuhr aus dem Trailer heraus. Dabei riss er die Hausverkleidung mit sich. Der Trailer neigte sich zur Seite und löste sich von den Betonsteinen, auf denen er stand. Alles sank einen halben Meter nach unten. Wasser schoss aus dem Waschbecken in der Küche und die Rohre brachen auf. Ich atmete den üblen Geruch von Gas ein. Essensvorräte und Geschirr polterten aus den Schränken. Das Loch in der Wand stürzte weiter ein und das Dach sackte nach unten. Zwischen dem Schutt sah ich mein Handy auf dem Küchentisch liegen. Thad war immer noch dabei, rückwärts zu fahren.

Ich taumelte durch die Trümmer. Kaltes Wasser spritzte auf mich herab. Thad legte wieder den Vorwärtsgang ein. Ich ging erneut in Deckung – gerade noch rechtzeitig, bevor der SUV knapp einen Meter von mir entfernt ein zweites Mal in den Trailer raste. Der Boden bebte und die Wände ächzten. Ich wurde wieder auf den Boden geworfen. Oh Gott, oh Gott, oh Gott, oh Gott. Wo blieb Dad? Und wo war Peter?

Thad hupte laut. Das Geräusch dröhnte durch das Wrack des einzigen Zuhauses, das ich hatte, und Heizungswasser sickerte süß und giftig durch den Boden. Durch die Autoscheibe sah ich sein Gesicht, eine Maske von verzerrter Wut. Mein Handy war nur wenige Zentimeter entfernt. Ich rollte mich zur Seite, und ein stechender Schmerz fuhr durch meinen Arm. Glasscherben. Blut quoll hervor und lief über meinen Ellbogen – so viel Blut. Bei dem Anblick wurde mir schwindlig.

Der Motor grölte erneut, und die Reifen des SUVs fraßen sich in den dünnen Boden. Ich griff nach dem Handy. Durch das Blut waren meine Finger ganz rutschig, aber ich schaffte es, den Notruf zu wählen.

Thad legte zum dritten Mal den Rückwärtsgang ein. Der SUV riss wieder einen Teil des Trailers mit sich, und ich verlor erneut das Gleichgewicht. Noch mehr Schmerzen schossen durch meinen Arm, und ich ließ das Handy fallen.

»Notrufzentrale, wie kann ich Ihnen helfen?«, ertönte eine blecherne Stimme vom Boden.

»Hilfe!«, rief ich. »Mein Name ist Kevin Devereaux! Er will mich umbringen!«

»Wo sind Sie gerade, Sir?«

Das Loch lag offen vor mir. Thad war zurückgefahren. In diesem Augenblick traf ich eine Entscheidung. Ich ignorierte das Telefon, kroch aus dem Loch und zog eine Spur aus warmem Blut hinter mir her. Thad sah mich und gab Vollgas. Der SUV raste auf mich zu und fauchte dabei wie ein Tiger. Im letzten Moment sprang ich zur Seite. Die Luft rauschte an mir vorbei und etwas traf mich im Rücken – war es der Rückspiegel? Ich fiel zu Boden. Fuck, fuck, fuck. Kiefernadeln blieben an dem warmen Wasserfall aus Blut kleben, der meinen Arm herabfloss, und aus irgendeinem bescheuerten Grund musste ich an Ketchup denken. Der SUV raste ein drittes Mal in den Trailer. Ich kroch zurück und versuchte, wieder auf die Füße zu kommen. Die Fahrertür öffnete sich und Thad purzelte heraus. Aus einer Schnittwunde an der Stirn tropfte Blut auf sein Gesicht herab. Der Boden unter mir schwankte. Lag es am Blutverlust? An meiner Panik? Oder an beidem?

»Thad«, sagte ich. »Du musst mich nicht verletzen.«

»Du hast *mich* verletzt, Kevin.« Er hob ein Stück Holz auf und umklammerte es, als wäre es eine Keule. »Ich hatte alles im Griff, und du hast es zerstört. Jetzt werde ich *dich* zerstören.«

Er stand mit der Keule über mir, bereit, mir den Schädel einzuschlagen. Ich streckte meine Arme aus, tastete den Boden um mich herum ab und umschloss mit meiner Hand etwas, das sich kalt und hart anfühlte – ein Stück Metall. Rasende Wut überkam mich. Der Tiger brüllte in meinem Kopf und wetzte seine Krallen. Alles, was mir in den letzten Tagen, Wochen und Monaten widerfahren war, heulte in meinem Inneren auf und erfüllte mich mit Lava und Blei. In mir tobte eine Kraft, die stark genug war, all den Schmerz und die Angst zu vertreiben. Ich umklammerte das Metallstück. Mit zwei, drei Hieben würde von seiner Holzkeule nichts mehr übrig bleiben. Der Mistkerl, der mein Zuhause zerstört und mein Leben ausgelöscht hatte, würde ins Gras beißen. Das Metall in meiner Hand verlieh mir die Macht. Ich zielte auf Les' Kniescheiben.

Und dann hielt ich inne. Les? Moment. Gegen wen kämpfte ich hier überhaupt?

Der Tiger in mir wollte endlich entfesselt werden. Thad hatte mein Zuhause zerstört, Peter des Mordes beschuldigt und mein komplettes Leben auf den Kopf gestellt. Er verdiente es, zu …

Was? Sterben? Ja. Oh ja. Ich würde ihn umbringen. So, wie er Les umgebracht hatte. So, wie Dad Mark Brown umgebracht hatte. So, wie ich beinahe Robbie Hunter umgebracht hätte. So, wie Thad vorgehabt hatte, mich zu töten. Wie viele Menschen würden der Wut noch zum Opfer fallen?

Ich spürte einen Wandel in mir. Es musste aufhören. Irgendjemand musste sich dafür entscheiden, aufzuhören. Ich schluckte. Der Kreis könnte von mir durchbrochen werden.

Der Tiger wollte schon wieder brüllen, aber ich kehrte ihm den Rücken zu. Ich kehrte der Wut den Rücken zu. Als der Tiger Luft holte, hörte ich einfach nicht hin und das Gebrüll verklang. Ich ließ das Stück Metall fallen. Der Tiger verblasste zu einem Paar schmaler Augen, die sich schlossen und im Nichts verschwanden.

»Ich werde nicht gegen dich kämpfen, Thad«, sagte ich. »Wir müssen aufhören. Einfach aufhören. Sobald einer den Anfang macht, können wir alle es endgültig sein lassen.«

Ich redete vor mich hin, ohne zu wissen, worauf ich überhaupt hinauswollte. Ich war mir nur sicher, dass ich nicht mehr wütend sein wollte. Der Zorn versiegte und die Lava würde zu kühlem Stein. Während sich mein Gefühlschaos beruhigte, kehrte der stechende Schmerz in meinem Arm zurück und der Schwindel ließ den Boden unter mir wanken.

»Du bist ein mieser Feigling!«, plärrte Thad. Ein warmer Speicheltropfen von seiner Lippe landete auf meiner Wange, aber ich war zu benommen, um ihn wegzuwischen. Er hielt die Keule höher. »Du hast mir alles genommen. Du bist so gut wie tot, Devereaux.«

Er holte aus, und ich rollte zur Seite. Mein Arm schrie vor Schmerz und hinterließ eine Blutlache. Thads Keule landete in der Pfütze und scharlachrote Tropfen spritzten in alle Richtungen. Ich schob mich nach hinten. Dreck und Kiefernadeln rieben gegen meine Haut.

»Thad«, sagte ich. »Das ist nicht der richtige Weg. Dadurch wird es nicht besser.«

»Natürlich nicht!« Er trat auf meinen verletzten Arm. Ein stechender Schmerz peitschte mich bis in die Knochen. Ich schrie. Thad verpasste mir noch einen Tritt, dieses Mal gegen die Seite. Gleich würde ich sterben.

Ich lag zu Thads Füßen auf dem Boden, so wie Robbie letztes Jahr vor mir gelegen hatte, und ich blickte zu Thad herauf, wie auch Robbie mich damals angesehen hatte. Und in Thads Augen sah ich den gleichen Schreck und Hass, den ich selbst gespürt hatte, als ich Robbie an jenem Abend zusammengeschlagen hatte und auch wieder, als ich Peters Mom angeschrien hatte. Es war die gleiche Angst und Wut, die ich auch Les gegenüber empfunden hatte. Thad und ich hatten viel gemeinsam. Wir hatten beide so viel Angst davor, allein zu sein.

Wir waren allein.

Und das war auch schon alles, oder? Die ganze Zeit über war ich überhaupt nicht auf Robbie oder auf Peters Mom wütend gewesen. Ich hatte Angst davor, allein zu sein. Aber Peter hatte mir gezeigt, dass es noch mehr Menschen gab wie mich. Dad hatte mir gezeigt, dass meine Familie mich liebte. Wayne hatte mir gezeigt, dass es eine ganze Welt voller Personen gab, die mich akzeptierten. Detective Malloy hatte mir gezeigt, dass auch andere Leute so verletzt worden waren wie ich, und dass sie es überstanden hatten. Ich war nicht allein. Und wenn *ich* nicht allein war, dann ...

»Thad«, sagte ich. »Du bist nicht allein. Ich weiß, wie es sich anfühlt. Mein Dad musste ins Gefängnis und meine Mom hat uns verlassen, und das macht mir die ganze Zeit Angst. Ich kenne das Gefühl. Die ganze Welt ist gegen dich und du glaubst, dass alle dich hassen wegen der Sachen, die deine Mom tut, aber es ist okay. Da draußen gibt es viele Menschen, die das Gleiche durchmachen. Ich bin einer von ihnen. Du bist so wie ich. Du musst nicht alleine damit fertigwerden.«

Thad erhob erneut die Keule. Ich versuchte, noch weiter nach hinten auszuweichen, aber ich war kraftlos und mir war zu schwindlig. Meine Seite tat

185

weh, mein Arm brannte vor Schmerz und ich sah nur noch verschwommen. In der Ferne waren leise Sirenen zu hören. Ich blickte zu Thad auf und sagte das Einzige, was mir in den Sinn kam.

»Es tut mir leid, Thad«, sprach ich mir sanfter Stimme. »Ich weiß, dass es furchtbar ist. Es tut mir so leid. Aber du bist nicht allein. Ich bin da, auch wenn du mich gerade umbringen willst.«

Thad spannte seinen Kiefer an und ließ langsam den Arm sinken. Ich machte mich auf noch größere Schmerzen gefasst, verabschiedete mich im Stillen von Dad und Peter und hoffte, dass sie wussten, wie sehr ich sie liebte. Die Keule schwang nach unten …

… und schmetterte auf den Boden neben mir. Ich starrte voller Schock hinauf. Thad schlug die Keule immer wieder nach unten und schrie mit jedem Treffer etwas lauter. Dann ließ er die Keule fallen und ging schluchzend in die Knie. Die Sirenen kamen immer näher. Wasser tropfte aus dem Wrack hinter uns und erzeugte unter den Nadelbäumen eine Dampfwolke. Ich kroch durch den Dunst zu Thad und schaffte es, meinen unverwundeten Arm um ihn zu legen. Die Knochen in seinen Schultern fühlten sich leicht und hohl an.

»Das ist nicht fair«, sagte er unter Tränen. »Das ist nicht fair.«

»Schon okay«, beruhigte ich ihn. »Ich bin ja da. Du bist nicht allein.«

Das erste Polizeiauto bog in die Einfahrt ein.

DRITTER AKT, 3. SZENE

KEVIN

WIE SICH herausstellte, hatte die Polizei anhand meines Namens herausfinden können, wo ich war, so wie schon die Morses. Ich landete mit ein paar Fäden und einer Bluttransfusion im Krankenhaus. Es war irgendwie unheimlich zu sehen, wie sich dieser rote Beutel in meinem Arm entleerte, und zu wissen, dass das Blut jemand anderem gehörte.

Detective Malloy war bei mir und machte sich Notizen, als Dad eintraf. Er kam mit einem wilden Gesichtsausdruck in das Zimmer gestürmt und erdrückte mich fast mit seiner Umarmung. Ich wies ihn jaulend auf meine Fäden hin, und er ließ los. Er weinte. Mussten das alle Personen in meinem Leben machen? Aber insgeheim war ich froh, dass er sich so sehr um mich sorgte.

Er bat mich darum, alles von Anfang an zu berichten, obwohl ich es gerade erst Detective Malloy erzählt hatte, und als ich fertig war, umarmte er mich erneut, diesmal vorsichtiger. Ich fragte ihn, wie hoch der Schaden des Trailers war.

»Wir haben das Gas und das Wasser abgedreht, aber der Trailer hat einen Totalschaden«, sagte Dad mit leiser Stimme. »Ich weiß nicht, was wir jetzt tun sollen, Kev.«

»Vielleicht gibt es ein paar Sozialprogramme, die Ihnen helfen könnten«, schlug Detective Malloy vor.

Dad schüttelte den Kopf. »Ich bin ein Straftäter auf Bewährung. Für mich gibt es keine Programme.«

Malloy setzte an: »Vielleicht können wir …«

In diesem Moment platzte Peter herein. Er sagte kein Wort und umarmte mich genauso fest wie Dad, und ich musste auch ihn auf meine Fäden hinweisen. Ich atmete seinen Duft ein, berührte seine Haare und mir wurde in seiner Anwesenheit ganz leicht ums Herz. Dann küsste er mich, und ich erwiderte seinen Kuss.

»Bis zur Unendlichkeit«, sagte er. »Geht es dir gut? Brauchst du irgendwas? Etwas zu trinken? Einen Snack? Noch mehr Blut? Ich hab jede Menge.«

Das brachte mich zum Lachen. »Im Moment bin ich noch bestens mit dem Null-positiv-Saft hier versorgt.«

»Du bist mein Held.«

»Oh, wirklich?« Ich errötete leicht, weil ich ihn vor den Augen von Dad und Detective Malloy geküsst hatte.

»Wegen dir wurde die Anklage fallen gelassen.« Peters Augen strahlten vor Begeisterung und er umarmte mich ein zweites Mal, diesmal vorsichtiger. »Du …

Ich kann gar nicht in Worte fassen, wie toll du bist, Kevin. Der Albtraum ist vorbei. Danke. Einfach nur … danke.« Er fing an zu weinen, was mich selbst fast zu Tränen rührte.

Dann bemerkte ich Mr. und Mrs. Morse. Sie warteten in der Tür. Hatten sie gesehen, wie Peter mich geküsst hatte? Ich stellte mich auf eine hitzige Auseinandersetzung ein, aber ich war zu erschöpft, und plötzlich war es mir egal, was sie dachten.

Dad ergriff für mich das Wort. »Was wollen Sie beide hier?«, fragte er fordernd. »Ich habe keinen Job, und unser Zuhause wurde zerstört. Wenn Kevin hier rauskommt, schlafen wir in meinem Truck. Es gibt nichts mehr, was Sie uns noch wegnehmen können.«

»So ist es nicht«, warf Peter ein.

»Er hat recht, Jerry«, sagte Mr. Morse. »Dürfen wir dich Jerry nennen? Nach allem, was wir durchgemacht haben, kommt es mir so vor, als …«

»Wir möchten uns mit Kevin unterhalten«, fiel Mrs. Morse ihm ins Wort.

»Ach ja?«, sagte ich, weil mir nichts Besseres einfiel.

»Du hast Peter gerettet«, sagte sie mit leuchtenden Augen. »Das … bedeutet mir die Welt. Uns beiden.«

»Und was ist mit all den Sachen, die Sie gesagt haben?« Ich konnte mir die Frage nicht verkneifen.

Mrs. Morse betrat das Zimmer und ging langsam und vorsichtig auf mein Bett zu. Ich trug ein Krankenhaushemd, das sich anfühlte, als hätte man mir einen Kopfkissenbezug um den Hals geschnürt, und ihre Anwesenheit verlieh mir ein unangenehmes Gefühl. Aber sie berührte lediglich meinen Handrücken.

»Ich war ziemlich überrumpelt von der ganzen Sache, und das bin ich wohl immer noch«, sagte sie, und ihre Stimme wurde unruhig. »Aber ich lag falsch, und ich bereue die Dinge, die ich gesagt und getan habe. Es tut mir leid. Du bist das Licht im Leben meines Sohnes … und du hast ihn gerettet. Ich danke dir.«

»Siehst du, Kev?«, sagte Peter mit seinem typischen herzzerreißenden Lächeln. »Du musst mich nur vor einer irrtümlichen Festnahme bewahren, und schon bist du drin.«

Das brachte alle ein wenig zum Schmunzeln, aber bevor ich antworten konnte, kam die Ärztin herein – eine kleine indische Frau mit einem langen, schwarzen Zopf und einem Stethoskop um den Hals. Im Zimmer wurde es langsam immer enger. »Es sieht alles in Ordnung aus«, sagte sie zu mir. »Aber wir würden dich gerne zur Kontrolle über Nacht dabehalten.«

Dad sah besorgt aus. »Ähm … Wie viel wird mich das kosten, Frau Doktor? Also, wenn Kevin es braucht, dann finden wir eine Möglichkeit, aber …«

Mr. Morse trat einen Schritt nach vorne. »Frau Doktor, dürften meine Frau und ich uns kurz mit Ihnen unterhalten? Auf dem Flur?« Die drei verließen das Zimmer.

»Was haben sie vor?«, fragte ich.

Peter grinste immer noch, als er entgegnete: »Helden müssen keine Krankenhausrechnungen bezahlen.«

ANSCHEINEND MÜSSEN sie auch sonst für nichts zahlen. Aber zunächst galt meine Aufmerksamkeit Thad. Ich wusste nicht, was genau mit ihm passiert war. Klar, er wurde festgenommen. Er hatte Les umgebracht und hatte auch versucht, mich zu töten, aber trotzdem tat er mir leid. Schließlich hatte er in seinem Inneren nicht wirklich vorgehabt, mich zu töten. Nachdem sich mein Schock gelegt hatte, wurde mir das bewusst. Hätte er mich wirklich umbringen wollen, dann hätte er einen direkteren Weg mit einem Messer oder einer Waffe gewählt. Er wäre nicht mit einem SUV in den Trailer gerast.

Jedenfalls war Thad verhaftet und wegen des Mordes an Les und ein paar anderen Dingen, die mit der Zerstörung des Trailers und dem Angriff auf mich zusammenhingen, angeklagt worden. Er würde ins Jugendgefängnis kommen, aber mehr wusste ich nicht. Nur, dass die Morses Mr. Dean dafür bezahlten, seine Verteidigung zu übernehmen.

Das Drogenproblem seiner Mutter wurde im Zuge der Ermittlungen offengelegt, und sie wurde wegen Vernachlässigung und Kindeswohlgefährdung angeklagt und in eine Entzugsklinik eingewiesen. Joe, Thads älterer Bruder, kam in eine Pflegefamilie.

All das sorgte für große Unruhen hinter den Kulissen von *Bunbury*. In zwei Wochen stand die Premiere an und Iris sagte, dass wir sie nicht verschieben durften – am Tag nach unserer letzten Vorstellung war das Theater bereits für die nächste Produktion reserviert. Also mussten wir uns eine Lösung einfallen lassen.

Thad hatte meinen Butler Lane gespielt. Ray Nestrorovich spielte Jacks Butler Merriman, eine sehr kleine Rolle, also bot Iris ihm Lanes Part an und fragte Wayne, ob er als Merriman einspringen könnte. Es war etwas merkwürdig, einen Erwachsenen gemeinsam mit uns Jugendlichen auf der Bühne zu haben, aber Merriman kam nur in wenigen Szenen vor. Ray musste sich richtig ins Zeug legen, um seinen neuen Text und alle Regieanweisungen auswendig zu lernen, aber zur Bewunderung des Ensembles hatte er bis zur Generalprobe alles auf dem Kasten. Iris sagte, durch diese Herausforderung war er als Schauspieler gewachsen.

Joe wollte unbedingt in der Produktion bleiben. Er hatte bereits seine Familie verloren und wollte nicht, dass dasselbe auch noch mit dem Stück passierte. Wir waren alle extrem freundlich zu ihm, bis er uns darum bat, damit aufzuhören, aber er hatte auch ein paar Wutanfälle wie ich damals. Wayne konnte ihn schließlich beruhigen, und er blieb in der Rolle des Dr. Chasuble ein Teil der Produktion.

Unser Trailer war ein einziger Trümmerhaufen. Dad und ich durften offiziell nicht einmal zurückkehren, um Gegenstände zu bergen, weil es zu gefährlich war, aber wir taten es trotzdem. Viel war nicht mehr übrig. Fast alles war entweder kaputt, überschwemmt oder zugeschüttet. Wegen meiner Fäden bewegte ich mich vorsichtig, und alles, was ich retten konnte, waren ein paar Klamotten, Stofftiere aus meiner Kindheit und das Foto von Robbie Hunter. Die Glasscheibe des Bilderrahmens war zersprungen. Ich betrachtete das Bild eine Zeit lang, klopfte auf den Rahmen und legte es zurück in die Trümmer. Meine Albträume von Robbie waren vorüber. Ich konnte ihn hier zurücklassen.

Zum Glück konnte ich mein Fahrrad retten. Es hatte im Hof gestanden, wo Thad es nicht einmal ansatzweise getroffen hatte. Das machte mich froh. Im Wilden Westen wäre mein Fahrrad mein Pferd gewesen, und der Verlust noch niederschmetternder.

Wir standen Seite an Seite im Hof und starrten auf den zerstörten Trailer. Dad und ich hatten hier gelebt, seit er aus dem Gefängnis entlassen worden war und Mom uns verlassen hatte. In diesem kleinen Trailer war ganz schön viel passiert.

Schließlich warfen Dad und ich unser Zeug in den Kofferraum seines Trucks und fuhren davon. Ich sah, wie der Trailer im Rückspiegel zwischen den Nadelbäumen verschwand.

»Diesen Ort werden wir nie mehr wiedersehen«, sagte Dad.

»Ist mir egal«, log ich. »Wirklich.«

»Ja.« Dad legte seine Hand auf meine Schulter. »Mir auch.«

Egal, wie heruntergekommen es auch sein mag, ein Zuhause ist nun mal ein Zuhause, oder?

Wir fuhren am Rand von Ringdale entlang und erreichten schließlich unsere Wohnung. Sie war schön, mit zwei Schlafzimmern und zwei Badezimmern – ich hatte mein eigenes –, einer Waschküche und einem Swimmingpool. Wie sich herausstellte, muss man, wenn man ein Grundstück mit einem Haus kauft, eine Versicherung dafür abschließen, selbst wenn es sich dabei um einen Trailer handelt. Und wenn der Trailer beschädigt wird, stellt die Versicherungsgesellschaft eine vorübergehende Unterkunft, bis alles wieder behoben ist. Das waren tolle Neuigkeiten. Besonders lustig war es, als die Versicherungsgesellschaft behauptete, dass Dad nur ein Mieter wäre und nicht der Besitzer, weshalb sie uns gar nichts schuldig waren, aber dann bat Mr. Morse den Vertreter, den Namen der Versicherungsgesellschaft zu wiederholen. Der Typ sagte dreimal »Morse-Versicherung«, bis der Groschen fiel. Danach machte er sich wahrscheinlich vor Angst in die Hose. Und wir bekamen eine coole Wohnung.

Außerdem boten die Morses Dad einen Job als Vorarbeiter hier in Ringdale an, und diesmal meinten sie es ehrlich. Und was war sein erstes Projekt? Der Bau eines Hauses auf einem Grundstück umgeben von Nadelbäumen, das die Morses gerade im Osten der Stadt gekauft hatten.

»Sobald es fertig ist, stellen wir den Vertrag auf dich aus«, versprach Mr. Morse. »Betrachte es als Antrittsbonus.«

Ich merkte, dass Dad zuerst ablehnen wollte, aber das tat er nicht. Stattdessen gab er den Morses die Hand und vereinbarte ein Treffen mit dem Architekten. Ich hatte noch nie in einem neu gebauten Haus gelebt. Ich war aufgeregt. Zwar würde ich weiterhin ein Ostseitler bleiben, aber diesmal in einem richtigen Haus. Von seinem ersten Gehalt kaufte Dad mir ein eigenes Handy und neue Schuhe. Peters Schwester Emily ging mit uns einkaufen. Da es ein Donnerstag war, klatschte Emily vor Freude in die Hände und entschied sich für ein paar lila Schuhe. Sie gefielen mir.

Vor ein paar Tagen ging ich außerdem zum Gemeindezentrum und fragte nach der Frau, die auf der Visitenkarte stand. Ihr Name war Natalie Hernandez, und genau wie Detective Malloy und Wayne gesagt hatten, musste ich für die Sitzung nichts bezahlen. Natalie – die mir gleich zu Beginn sagte, dass ich sie beim Vornamen nennen konnte – war eine mollige Frau, die eine mütterliche Wärme ausstrahlte. Obwohl ich schon mehreren Personen erzählt hatte, was Les mir angetan hatte, konnte ich es Natalie gegenüber zunächst nicht aussprechen. In der ersten Sitzung erwähnte ich nur, dass ich sehr oft traurig und wütend war. In der zweiten Sitzung ging ich darauf ein, dass ich angegriffen worden war. In der dritten Sitzung erzählte ich ihr schließlich, dass Les mich vergewaltigt hatte. Sie sah weder entsetzt noch verurteilend aus, nicht einmal überrascht. Sie nickte nur und genau wie Malloy sagte auch sie, dass es mutig von mir war, ihr das zu erzählen, und sie fragte mich, ob es noch mehr gab, worüber ich sprechen wollte. Allerdings, und es schien mir zu helfen. Les trichterte mir nicht mehr ein, dass ich ein kleiner Perversling war.

Natalie fragte mich, ob ich Dad von Les erzählt hatte, und ich sagte ihr, dass ich das immer noch nicht konnte, obwohl er wusste, dass ich schwul bin.

»Dass du schwul bist, hat überhaupt nichts damit zu tun, warum Les dich angegriffen hat«, sagte sie, als wir zusammen in ihrem Büro saßen. Mir gefiel es hier. Es war sauber und ordentlich. Die schlichten Möbel hatten eine angenehme beige Farbe, und durch das Fenster konnte man auf den Morse-Park blicken. »Menschen wie Les wollen Macht und Kontrolle. Es ist – war – ihm egal, ob du ein Junge oder Mädchen, lesbisch, schwul bi oder trans bist. Rede dir ja nicht ein, dass es etwas damit zu tun hatte, wer *du* bist. Es hatte nur mit ihm und seiner Persönlichkeit zu tun. Die Frage ist: Möchtest du es gerne deinem Dad erzählen?«

Ich nickte. »Aber ich habe ihm bereits so viel erzählt.«

»Wollen wir es ihm vielleicht hier sagen?«

Und so kam es schließlich auch. Dad wusste, dass ich Sitzungen bei Natalie besuchte, weil er zuvor eine Einwilligungserklärung unterschreiben musste, und er war froh darüber. Wie ich von ihm erfuhr, hatte er sich schon vor der Sache mit Les gewünscht, dass ich einen Therapieplatz bekommen würde, aber er war etwas überrascht darüber, dass er selbst vorbeikommen sollte. Am selben Tag, an dem ich ihn fragte, nahm er gemeinsam mit mir in Natalies kargem, ordentlichem Büro Platz.

Und ich erzählte es ihm. Er umarmte mich und sagte, dass alles in Ordnung war, und ich musste schon wieder weinen. Das hasste ich, aber ich war froh, dass er es wusste. Ich fühle mich mit jedem Tag etwas leichter.

FINALE

KEVIN

UND DANN gab es da noch Peter und mich.

Alle erinnerten mich daran, dass Peter mein erster Freund war und ich vorsichtig sein sollte. »Es spielt keine Rolle, ob du hetero, schwul, bi oder trans bist, Kumpel«, sagte Wayne. »Gefühle kommen und gehen, vor allem, wenn man jung ist.«

Es war mir egal. Und Peter auch. Jedes Mal, wenn ich ihn sah, schlug mein Herz höher. Jedes Mal, wenn er mein Gesicht berührte, berührte ich das gesamte Universum mit all seinen Sternen. Ich achtete darauf, nicht jede Sekunde meiner Zeit mit ihm zu verbringen – selbst ich wusste, dass dabei eine Katastrophe vorprogrammiert war. Ich fand ganz alleine einen Job in einer Pizzeria, und Jess hatte recht – man sollte niemals das Würstchenspezial bestellen. Ich musste viele Stunden arbeiten, wodurch meine gemeinsame Zeit mit Peter seltener und dafür umso intensiver wurde.

Peter einigte sich mit seinen Eltern auf einen Kompromiss. Er würde ab Herbst sowohl BWL- als auch Architekturkurse belegen. Es kursierten Gerüchte, dass die Morse-Familie mit Morse Plastic an die Börse gehen würde, aber ich sollte wohl darauf hinweisen, dass es sich nur um Gerüchte handelt. Im Ernst. Sie arbeiteten außerdem härter daran, dass Emily nicht mehr so stark auf Peter angewiesen ist, damit er Ringdale eines Tages verlassen kann, ohne sich Sorgen um sie machen zu müssen.

DIE PREMIERE kam in Windeseile. Ich trieb mich unter einer Schicht aus Make-up und Puder hinter den Kulissen herum, während alle anderen Ensemblemitglieder auf und ab gingen, ihren Text aufsagten und wild herum gestikulierten. Das Bühnenbild war fertig angestrichen, die Scheinwerfer hingen bereit und alle Requisiten standen auf ihrem Platz. Wir hatten an den Bühnenrändern sogar kleine Bäume platziert. Ein großer Strauß mit roten Rosen wurde für mich abgegeben, und auf der Karte stand *Unendlichkeit*. Ich schmolz in der Garderobe beinahe dahin. Peter hatte außerdem Blumen für die restlichen Ensemblemitglieder sowie für Iris und Wayne bestellt, aber für die anderen gab es bloß Nelken. Das war vor einer Stunde. Nun zog sich mein Magen zusammen und ich war mir sicher, dass ich mich übergeben müsste.

»Du musst dich nicht übergeben«, flüsterte mir Peter ins Ohr. In seinem Jack-Kostüm sah er einfach umwerfend aus – es bestand aus einer dunklen viktorianischen Jacke mit einem hohen Kragen und einer Krawatte, einer glatt gebügelten Hose und Lacklederschuhen. Ich trug ein ähnliches Outfit. Peter hatte bereits gesagt, dass ich zum Anbeißen aussah, und ich war froh, dass mein Make-up die Schamesröte verdeckte.

»Woher wusstest du, dass mit schlecht ist?«, flüsterte ich zurück.

»So geht es allen hier«, entgegnete hier. »Du wirst das Publikum zu Tode amüsieren.«

Ich warf Joe einen Blick zu. »Wahrscheinlich nicht die beste Wortwahl.«

Iris hatte uns gewarnt, dass es unprofessionell war und zudem Unglück brachte, vor Vorstellungsbeginn in den Zuschauerraum zu spähen, also zwang ich mich dazu, es nicht zu tun. Aber ich konnte hinter dem schweren roten Vorhang am anderen Ende der Bühne jede Menge Leute reden hören. Dad war einer von ihnen, genau wie Peters Eltern und Detective Malloy. Sogar Natalie war gekommen, wenngleich sie aus Gründen der Privatsphäre niemandem erzählen durfte, dass sie mich kannte. Auch Iris sah vom Zuschauerraum aus zu. Ihre Arbeit war mit der Premiere getan und unsere Regieassistenz übernahm für die restlichen Vorstellungen die Abendspielleitung. Mein Herz hämmerte.

»Noch eine Minute«, sagte Wayne mit ruhiger Stimme. Er trug sein Merriman-Kostüm. »Alles auf Anfang.«

Wir huschten auf unsere Positionen. Ray ging in seiner Rolle als Butler Lane zur Anrichte und tat so, als würde er ein Teetablett vorbereiten, und ich versteckte mich hinter der offenen Tür. Wie bereits in den Endproben erfüllte Klaviermusik vom Band den Saal. Das Publikum wurde ruhig und Wayne zog an dem Seil, um den Vorhang zu öffnen. Die Scheinwerfer gingen an und im Saal kehrte Totenstille ein. Lane richtete auf der Bühne das Tafelsilber her, während im Hintergrund die Klaviermelodie weiterlief. Ich wartete mit Herzrasen darauf, dass die Musik aufhörte. Mein Einsatz.

Als ich einen Schritt nach vorne trat, merkte ich, dass ich vergessen hatte, meinen Algy-Panzer anzulegen. Ich war immer noch Kevin Devereaux, ein Teenager aus Ringdale. Ich war immer noch ich selbst. Ich zögerte und überlegte, ob ich einen Moment warten sollte. Aber Ray stand ganz alleine als Lane auf der Bühne, ohne Text oder konkrete Anweisungen, was er tun sollte. Das Publikum wartete. Ray warf einen Blick zur Seite und schaute auf meine Tür.

Wenige Schritte entfernt stand Wayne mit seinem Regiebuch. Er machte eine scheuchende Bewegung und formte mit seinen Lippen ein stilles »Los!«

Ich trat nach vorne. Ohne Algy-Panzer. Die Scheinwerfer blendeten mich, aber die technischen Proben hatten mich darauf schon bereitet. Bis auf die ersten beiden Reihen war der gesamte Saal in Schatten gehüllt, und Dad saß genau vorne in der Mitte. Mein Mund wurde trocken. Alles war still. Ich vermasselte es. Wegen mir ging alles den Bach runter ...

Dann sag doch einfach deinen Text, du Idiot.

Ich öffnete den Mund, und mein erster Satz, den ich schon so oft geprobt hatte, dass ich ihn im Schlaf aufsagen konnte, kam mir über die Lippen. *»Haben Sie gehört, was ich da gespielt habe, Lane?«*

Ich hatte meinen Akzent vergeigt. Das Timing war vollkommen daneben. Aber ich hatte den Satz gesagt. Und dann passierte etwas Merkwürdiges. Als ich die Worte aussprach, entstand der Algy-Panzer ganz von alleine. Er umhüllte mich, spendete mir Deckung und Schutz. Es gab kein Publikum mehr, das mich anstarrte. Ich war in meiner Wohnung in London, trug die gleiche Kleidung wie an jedem Tag und unterhielt mich mit dem Butler, der schon seit Jahren in meinem Dienst stand. Meine Haltung wurde kerzengerade. Meine Augenbrauen kräuselten sich. Mein Kopf neigte sich zur Seite. Ich faltete die Hände auf arrogante Weise hinter meinem Rücken. Ich war Algernon Moncrieff.

»Ich hielt es für unhöflich, zu lauschen, Sir«, sagte Lane, und das Publikum schmunzelte. Ich – Algy – nahm überhaupt keine Notiz davon.

»Das tut mir leid für Sie«, entgegnete ich. *»Ich spiele zwar nicht allzu präzise – nach Noten spielen kann schließlich jeder«* – das Lachen wurde lauter – *»aber dafür spiele ich mit herrlichem Ausdruck.«* Noch mehr Gelächter, unbekümmert, leicht wie weiche Butter auf einer warmen Scheibe Brot. Algy nahm es immer noch nicht wahr, aber ich schon, und das Publikum trug mich durch den Abend. Es war nicht der Feind, ich musste es nicht fürchten. Die Leute im Saal standen auf meiner Seite, und ihnen gefiel das Stück. *Ich* gefiel ihnen.

Hier war ich zu Hause.

Das Stück nahm seinen Lauf. Wir machten zwar ein paar Fehler – hier und da ein Texthänger oder ein verpasster Auftritt –, aber das fiel niemandem auf. Das Publikum lachte, stöhnte entgeistert auf und spendete Beifall. Nach unserer ersten gemeinsamen Szene führte ich mit Peter hinter den Kulissen einen kleinen Freudentanz auf.

»Du bist fantastisch«, sagte ich grinsend.

»Das ist alles nur deinetwegen, Kev«, entgegnete er und musste selbst grinsen. »Los. Wir sind gleich wieder dran.«

Und ehe ich mich's versah, waren wir bei der letzten Szene angelangt. Das Verwirrspiel um den Namen Ernst wurde enthüllt, alle Probleme klärten sich und die Paare wurden glücklich zusammengeführt. Lady Bracknell unterbrach einen Kuss zwischen Jack und Gwen.

»Mein Neffe«, schnaubte sie missbilligend. *»Du scheinst mir Anzeichen von Trivialität an den Tag zu legen.«*

»Ganz im Gegenteil, Tante Augusta«, sagte Jack und wandte sich dem Publikum zu. *»Mir ist gerade zum ersten Mal in meinem Leben bewusst geworden, wie überaus wichtig es ist, ernst zu sein.«*

Der Vorhang fiel.

Applaus donnerte durch den Saal – tosender Beifall. Er durchbrach den Vorhang und überschwemmte uns in prickelnden Wellen. Das Triumphgefühl riss mich von den Füßen. Ich hatte es geschafft. *Wir* hatten es geschafft. Das Publikum feierte uns. Ich konnte nicht stillhalten. Meg, die ich gerade erst auf der Bühne geküsst hatte, stand mir am nächsten, und ich fiel ihr euphorisch um den Hals. Sie lachte. Wir mussten alle lachen. Peter stieß beide Fäuste in die Luft.

Der Applaus ebbte leicht ab. »Los, verbeugen!«, rief Wayne.

Wir alle ordneten uns gemeinsam mit Wayne in einer Reihe an, und einer der Bühnenarbeiter zog den Vorhang auf. Die Lichter im Saal wurden etwas heller, wodurch wir das Publikum sehen konnten. Wir verbeugten uns einmal alle gemeinsam. Dann waren die Butler Wayne und Ray an der Reihe. Anschließend verbeugten sich Charlene als Miss Prism und Joe als Dr. Chasuble, gefolgt von Meg und Krista als Gwen und Cecily. Melissa machte als Lady Bracknell einen überschwänglichen Knicks, was dem Publikum noch mehr Applaus und Jubel entlockte. Als Letztes betraten Peter und ich als Jack und Algy die Bühne.

Der Applaus wurde zu einem lauten Donner. Die Leute pfiffen und jubelten. Vollkommen überrumpelt von dem Lärm starrte ich nach vorne. Dann verbeugte sich Peter und ich schloss mich ihm an. Dad hielt beim Applaudieren beide Hände über den Kopf. Die Morses lächelten und es war das erste Mal, dass ich sie überhaupt so glücklich sah. Ich konnte es kaum fassen, aber es passierte wirklich. Peter verbeugte sich erneut, und ich tat es ihm gleich.

Dann stand das Publikum auf. Erst mein Dad, dann Mr. und Mrs. Morse und Detective Malloy, gefolgt von den Leuten um sie herum, und schließlich der komplette Saal. Alle standen auf den Füßen und applaudierten immer noch weiter. Die ganze Zeit über starrte ich ungläubig nach vorne. Sie waren wegen Peter aufgestanden, und wegen mir. Der Applaus nahm kein Ende. Es war wie ein Fluss aus Sonnenlicht, der seine Ufer überströmt. Wie flüssige Diamanten und trinkbares Gelächter.

Mein innerer Regenbogen begann zu strahlen. Ich zog Peter in meine Arme und gab ihm einen Kuss, vor den Augen des Ensembles, der Crew und der ganzen Welt. Er erstarrte und ich fragte mich, ob er zurückweichen würde, aber er war lediglich etwas überrumpelt. Dann erwiderte er meinen Kuss, warm und stürmisch und voller Gefühle.

Der Applaus geriet kurz ins Stocken und erklang dann wieder in voller Kraft – ein Zeichen der Unterstützung. Ich hätte vor Freude in die Lüfte steigen können. Peter und ich küssten und sehr lange, bevor wir die Lippen voneinander lösten und uns ein letztes Mal verbeugten. Dad verbarg hinter seinen Händen ein Lächeln, und Mr. und Mrs. Morse setzten ihren Applaus mit dem Rest des Publikums fort. Vielleicht befand sich die Stadt ja im Umbruch.

Meg lief ins Publikum, zog Iris mit sich auf die Bühne und brachte sie dazu, sich auch zu verbeugen. Meine Hände lagen immer noch um Peters Schultern, und ich flüsterte ihr und Wayne ein leises Dankeschön zu. Iris wischte sich die Tränen aus den Augen und Waynes Unterlippe zitterte. Dann verbeugten wir uns alle ein letztes Mal, bevor der Vorhang fiel.

In der Sekunde, als der Stoff den Bühnenboden berührte, brachen wir in stürmischen Jubel aus, der in eine gewaltige Massenumarmung mündete. Alle riefen wild durcheinander.

»Wir waren der Hammer!«

»Du und Peter? Wie lange läuft das schon!«

»Ich hab's gewusst. Ich hab's von Anfang an gewusst!«

»Der ganze Saal ist aufgestanden! Bis in die letzte Reihe!«

»After-Show-Party bei mir zu Hause!«

Wayne zog mich in eine Umarmung. »Glückwunsch, Kleiner«, sagte er. »Für alles.«

Peter gab mir natürlich noch einen Kuss, und alle mussten lachen.

»Seit wann?«, wollte Meg wissen.

»Wir haben uns kurz, nachdem Iris die Besetzungsliste aufgehängt hat, kennengelernt«, erklärte Peter. »Kevin ist aus Versehen in mich hineingelaufen, und von da an war es um mich geschehen.«

Ich lachte, aber ich konnte Peter nicht loslassen. Ich wollte es auch nicht, obwohl uns alle anstarrten. Und das Beste daran war, dass ich es überhaupt nicht musste.

»Kein Wunder, dass Peters Verhaftung dir so zu schaffen gemacht hat«, bemerkte Ray.

»Ja«, sagte ich und wich Joes Blick aus. »Es war schwer für uns alle.«

»Man weiß eben nie, was hinter den Kulissen vor sich geht«, stellte Melissa fest.

Und dann überkam mich ein leichter Schauder. Ich war so sehr auf mich und Peter fokussiert gewesen, dass mir etwas anderes komplett entfallen war. Ich löste mich aus Peters Umarmung und wandte mich mit besorgter Stimme Wayne zu. »Wayne … Ich habe beim Schlussapplaus etwas vergessen.«

»Was hast du vergessen?«, fragte Peter verblüfft.

»Das Publikum applaudiert immer noch«, sagte Wayne, und ich stellte fest, dass er recht hatte. Der Beifall hatte nicht nachgelassen. »Geben wir ihnen noch eine Verbeugung.«

Oh! Das war neu für mich. Wir stellten uns wieder in einer Reihe auf und nahmen uns an der Hand. Iris reihte sich mit ein, als der Vorhang sich erneut hob. Der Applaus wurde lauter. Einen Moment lang hielt ich Peter und Meg an der Hand, aber dann ließ ich Megs Hand los, trat einen Schritt nach vorne und salutierte mit Blick zu meinem Dad – der wichtigsten Person im Publikum. Sein Lächeln wurde breiter und er musste stärker blinzeln.

Wir verbeugten uns alle ein letztes Mal und der Vorhang senkte sich.

STEVEN HARPER PIZIKS wurde mit einem Nachnamen geboren, den kein Mensch richtig schreiben oder aussprechen kann, weshalb er seine Werke meist unter dem Namen Steven Harper veröffentlicht. Er wuchs auf einer Farm in Michigian auf, lebte anschließend in Wisconsin und Deutschland und verbrachte einige Zeit in der Ukraine. Bislang hat er über zwanzig Romane und mehr als fünfzig Kurzgeschichten und Essays verfasst. Wenn er nicht gerade am Schreibtisch sitzt, spielt er Harfe, hebt Gewichte und verbringt wahrscheinlich mehr Zeit im Internet, als ihm guttut. Er arbeitet als Englischlehrer an einer Highschool im Südosten von Michigan, wo er mit seinem Mann und seinem jüngsten Sohn lebt. Seine Schüler:innen halten ihn für komisch, was nicht zwangsläufig bedeutet, dass er auch lustig ist.

Besucht seine Website unter www.stevenpiziks.com oder www.stevenharperwriter.com.

Von STEVEN HARPER

Ein Junge ohne Bedeutung

Veröffentlicht von DREAMSPINNER PRESS
www.dreamspinnerpress.com